악마의 케이크
DEVIL'S FOOD CAKE MURDER
살인사건

조앤 플루크 지음 / 박영인 옮김

해문

악마의 케이크

살인사건

등장인물

한나 스웬슨	'쿠키단지' 라는 베이커리 카페 운영.
안드레아 토드	한나의 여동생, 부동산 중개인.
미셸 스웬슨	한나의 막냇동생.
노먼 로드	레이크 에덴의 치과의사.
마이크 킹스턴	위넷카 카운티의 경찰관.
리사 비즈먼	한나의 어린 동업자.
딜로어 스웬슨	한나의 어머니. 골동품점을 운영.
베버리 손다이크	노먼의 전 약혼자. 현재 치과병원 동업자.
크누드슨 부인	밥 크누드슨 목사의 할머니.
매튜 월터스	목사. 어린 시절 크누드슨 부인 댁에서 자람.
폴 월터스	매튜의 사촌. 그와 어린 시절을 함께 보냄.
앨리스 보겔	매튜의 고등학교 시절 여자친구.
휴 쾰러	매튜의 고등학교 시절 미식축구 동료.

"영구차가 이삿짐 트럭을 끄는 광경이라니, 정말이지 상상이 안 돼요!"

한나 스웬슨은 고개를 돌려 문쪽을 바라보았다. 친구인 클레어의 독특한 목소리를 단번에 알아챌 수 있었다. 목사관 복도에서 그녀의 웃음소리가 울려 퍼지고 있었다. '저승에는 아무것도 가져갈 수 없다'는 옛 속담을 빗댄 우스갯소리가 재미있는 모양이었다.

"클레어?"

한나가 불러보았지만, 아무 대답이 없었다. 이상한 일이다. 분명 클레어의 목소리였는데. 클레어와 그녀의 남편인 밥 크누드슨 목사가 레이크 에덴 메모리얼 병원에 입원해 있는 교회 신자를 방문하고 돌아오는 길일 테다.

"밥? 클레어?"

한나는 다시 불러보았다. 하지만 복도에는 아무도 모습을 보이지 않았다. 아늑한 응접실 밖은 완벽하리만큼 고요했다. 한나는 밥의 할머니인 프리실라 크누드슨에게 전통 방식으로 만드는 레드 데블스 푸드 케이크의 레시피 사본을 받기 위해 교회를 방문한 참이었다.

한나는 자리에서 일어나 창가로 다가갔다. 밥의 차가 세워져 있는지 살펴보려는 것이다. 바깥 풍경은 마치 크리스마스카드를 보는 듯했다. 진입로 맞은편에 자리한 자작나무에는 겨울새들이 날아와 크누드슨 부인이 가지마다 걸어놓은 수잇(소의 기름)을 맛보고 있었다. 새들은 저마다 붉은색, 파란색, 초록색, 그리고 검은색의 깃털을 뽐내며 다채로운 무지갯빛을 발하고 있었다. 그 광경을 보니 한나는 백금으로 세공된 보석 브로치가 떠올랐다. 미네소타 주 레이크 에덴의 겨울은 정말 아름다웠다. 물론 춥긴 했지만, 그래도 아름다웠다. KCOW의 일기예보관의 말이 사실이라면, 크누드슨 부인이 집 밖에 걸어놓은 온도계의 수은구는 제일 밑바닥에 가라앉아 있을 것이다. 가끔은 잠시 바닥 위로 고개를 내밀겠지만, 이내 다시 밑으로 사라져버릴 것이다.

한나의 시선은 집까지 이르는 진입로에서 차고로 옮겨갔다. 갓 내린 눈 위에 바퀴 자국은 보이지 않았다. 그럼 밥과 클레어가 차를 목사관 앞에 주차한 것인가?

아리송해진 한나는 응접실을 가로질러 복도 쪽으로 고개를 빼꼼 내밀어 보았다. 적막했다. 다시 자리로 돌아오려는데 크누드슨 부인이 부엌에서 모습을 보였다. 손에 든 쟁반에는 부인이 자랑하는 케이크 조각과 커피가 놓여 있었다.

"클레어랑 밥이 돌아왔나 봐요?"

한나가 크누드슨 부인의 무거운 쟁반을 대신 받아 들며 물었다.

"아직. 병원에서 출발할 때 미리 전화를 달라고 했거든. 그래야 커피 물을 올려놓을 테니 말이야."

한나는 제자리로 돌아와 크누드슨 부인이 일명 "소형 책상"이라고 부르는 소파 앞 커피 탁자에 쟁반을 내려놓았다. 신성한 구원자 모임의 회원 한 명이 지난주 직접 재료와 색상을 골라 리폼해준 소파였다. 푸른색과 노란색 줄무늬가 섞인 벽지와 아주 잘 어울렸던 푸른빛의 소파는 이제 밝은 분홍색의 벨벳으로 덮여 있었는데, 그걸 보자니 한나는 자꾸만 펩토 비스몰(미국의 소화불량 치료제로, 용기의 겉면이 분홍색이다) 약병이 떠올랐다.

"커피 좀 따라주겠어, 한나?"

크누드슨 부인이 묻자 한나는 다시 분홍색 소파에 앉았다.

"한나 같은 젊은 아가씨들은 머그잔을 좋아하는 것 같지만, 본차이나 잔으로 커피를 마시는 것이 뭔가 더 우아한 느낌이거든."

한나는 은색의 커피 주전자를 집어 조심스럽게 두 개의 잔에 커피를 따랐다. 그런 뒤 잔 받침에 잔을 내려놓고 막 크누드슨 부인에게 건네려는 찰나 다른 생각이 떠올랐다.

"부엌에서 마시는 게 더 좋을 것 같아요."

프로스팅을 풍성하게 올린 초콜릿 레이어 케이크와, 크누드슨 부인이 케이크와 어울릴 법한 것으로 골라 받친 케이크 접시를 내려다보며 한나가 제안했다.

"어째서, 한나?"

"분홍색 소파에 뭐라도 흘릴까 걱정이 돼서요."

"신경 쓰지 마."

크누드슨 부인이 자신의 잔과 받침을 향해 손을 뻗으며 말했다.

"오히려 난 매번 거기에 앉을 때마다 뭐라도 흘렸으면 좋겠다고 생각하는걸. 불행히도 돈나 렘크가 그 몹쓸 것에 방수 처리를 했지 뭐야. 흘리면 흘리는 족족 얼마나 잘 지워진다구."

"아…… 다행이네요."

"아니, 아니지. 그 이야기는 곧 내가 이 분홍 괴물과 계속 한집에 살아야 한다는 거니까. 어쩌면 나보다 이 녀석이 더 오래 살지도 모르지!"

한나는 어떻게 반응해야 할지 몰랐다. 크누드슨 부인이 마음에 안 드는 이 소파를 어떻게 해서든 훼손하려 하는 것이 우습기도 했지만, 한편으로는 부인이 새로 수선한 소파보다도 오래 살지 못할 것이라 생각한다는 것이 슬펐다. 무슨 말을 해야 할지 몰라 한나는 묵묵히 디저트 접시를 집어 들고 크누드슨 부인의 레드 데블스 푸드 케이크를 한 조각 떼어 입으로 가져갔다.

"으음!"

한나는 기쁨의 탄성을 내뱉었다. 프로스팅의 달콤한 퍼지가 다크초콜릿의 깊은 맛과 어우러지면서 입안에서 눈 녹듯 녹아내렸다.

"고마워, 한나."

크누드슨 부인이 미소를 지었다.

"내 케이크가 마음에 든다니 다행이야. 게다가 한나 어머님의 출간파티에서 내 케이크를 선보일 예정이라니, 내가 요즘 얼마나 마음이 들뜨는지 몰라. 그나저나…… 아까 왜 클레어와 밥이 돌아왔냐고 물어본 거야?"

"복도에서 클레어의 목소리를 들은 것 같았거든요. 분명히 클레어의 웃음소리였어요."

"제이콥이야."

"네?"

"클레어가 아니라, 제이콥이었을 거야."

"하지만 분명히 클레어의 목소리였어요. 확실해요."

"제이콥이 클레어 흉내를 곧잘 내거든. 뭐라고 했는데?"

"'영구차가 이삿짐 트럭을 끄는 광경이라니, 정말이지 상상이 안 돼요!' 라구요."

한나가 들은 이야기를 따라 했다.

"그렇다면 분명히 제이콥이야. 클레어와 밥이 교회 사무실에서 주일날 게시판에 붙일 것을 찾고 있을 때 제이콥도 같이 있었거든. 애들한테 빨리 이야기해주고 싶은걸! 녀석이 새로운 말을 배웠다는 것을 알면 분명 좋아할 거야."

한나는 아리송했다.

"제이콥이 누구예요?"

한나가 단도직입적으로 물었다.

"피트 넌크의 구관조야. 피트가 등 수술에서 회복하는 동안 밥이 맡아 기르기로 했거든."

한나는 웃음을 터뜨렸다.

"어머, 그럼 제이콥이 저를 감쪽같이 속인 거네요. 전 정말로 클레어인 줄 알았거든요. 혹시 부인 흉내도 내나요?"

"내 흉내는 못내. 밥도 마찬가지고. 아직은 말이야. 피트에게 배워서 두 마디 정도는 할 줄 알지."

"어떤 거요?"

한나가 포크로 케이크를 한 조각 더 떼어내 입으로 가져갔다. 어찌나 맛있는지 아예 머리를 케이크 속에 푹 박고 그 향미까지 모두 빨아들이고 싶었다.

"첫 번째 말은 '으후, 너무 추워!' 인데, 두 번째 말은 내가 차마 이야기하지 못하겠어. 날씨랑 관련된 건데 누군가 우물을 판다는 뭐, 그런 내용이거든."

한나의 머릿속에 문장 하나가 떠올랐지만, 목사관에서 차마 말할 수 없는 내용이라 입 밖에 내지 못했다.

"그럼 제이콥이 여기에 온 뒤에도 뭔가 배운 말이 있어요?"

"아니. 하지만 결코 우리 노력이 부족해서는 아니야. 밥이랑 클레어가 자기 이름 말하는 법을 계속 가르쳤는데, 녀석이 별로 관심이 없더라고."

그때 탁자 끝에 놓인 전화기에서 벨이 울렸다. 크누드슨 부인이 전화를 받는 동안 한나는 또다시 케이크를 먹기 시작했다. 약간 붉은 기가 도는 케이크 층을 보니 부인에게서 받은 레시피 복사본에 코코아가루 1/2컵이 포함되었던 것이 떠올랐다. 코코아가루가 들어간 케이크는 보통 멋진 마호가니 빛을 띠곤 한다. 한나는 레시피를 다시 살피던 중 도대체 무엇인지 알 수 없었던 깊고 짙은 맛의 정체가 초콜릿을 곁들인 강한 커피라는 사실을 깨달았다. 케이크 맛이 이렇게 좋았던 데는 다 그만한 이유가 있었던 것이다!

"밥이야."

크누드슨 부인이 수화기를 다시 내려놓으며 말했다.

"지금 오는 길이래. 나에게 줄 깜짝 선물이 있다는데."

"짐작 가는 거 없으세요?"

"커피 아이스크림이나 절인 청어, 아니면 볼로냐 소시지겠지."

크누드슨 부인은 마치 어린아이처럼 큭큭거렸다.

"이제 커피 전원을 올려야겠어. 이럴 줄 알고 미리 준비해놓았지."

한나가 남은 케이크를 마저 다 먹기 전에 부인이 돌아왔다.

"어쩌면 먹을 것이 아닐지도 몰라. 큰 키에 짙은 머리카락을 가진 외간 남자일지도 모르겠는걸. 난 그런 남자가 정말 좋더라!"

깜짝 놀란 한나는 크누드슨 부인을 쳐다보았다.

"누구를 만나보실 생각을 하고 계신 거예요?"

"세상에, 그럴 리가! 팸 백스터에게 이야기해 주면 재밌겠다고 생각했을 뿐이야. 그녀 말이 나는 큰 키에 짙은 머리카락을 가진 남자를 만나야 된다더라고."

"그렇군요."

지난 조단 고등학교 축제 때 점성술사 복장을 했던 팸의 모습이 떠올랐다.

“한나도 점을 본 적이 있어?”

“네, 팸이 저더러 돈방석에 앉게 될 거래요.”

“지금 쿠키단지에서 그러고 있잖아.”

크누드슨 부인이 메인가에 있는 한나의 베이커리 카페를 언급했다.

“한나의 경우에는 팸의 예언이 사실이네.”

“부인은 아니시구요?”

“레이크 에덴 목사관에 외지인은 흔치 않잖아. 사실 말이지, 내가 마지막으로 외지인을 만난 게 언제였는지도 기억이 안 나. 옛날에 호텔을 운영했을 때에는 참 많이 만났었는데, 지금—.”

“저희 왔어요!”

누군가의 목소리가 크누드슨 부인의 회상을 훼방 놓았다.

한나는 클레어와 밥에게 인사의 말을 외치려다 말고 멈칫했다. 이번에는 정말 클레어의 목소리가 맞을까? 제이콥이 또 장난친 것은 아닐까?

“클레어야.”

한나의 생각을 읽은 듯 크누드슨 부인이 말했다.

“제이콥은 지금 침실 새장 안에 있거든. 근데 클레어의 목소리는 집 반대편에서 들렸어.”

“다녀왔습니다.”

밥이 클레어와 함께 응접실에 들어왔다. 정말 완벽한 커플이었다. 짙은 곱슬머리에 단단해 보이는 체격의 밥은 요정처럼 날씬한 금발의 클레어와 매우 잘 어울렸다.

“안녕, 한나.”

“안녕하세요, 밥. 안녕, 클레어.”

두 사람이 다정히 손을 잡고 있는 모습이 눈에 띄었다. 그뿐만 아니라 두 사람 모두 얼굴 한가득 미소를 짓고 있었다. 정말 행복해 보였다. 물론 이런 모습이 갓 결혼한 신혼부부에게는 당연한 것일 테지. 밥과 클레어가 새해 첫날에 결혼식을 올리고, 이제 겨우 2월 첫째 주에 접어들었으니 두 달이 갓 지난 것이다.

"내 깜짝 선물은 어디 있니?"

크누드슨 부인이 손자를 재촉했다.

"한창 한나와 그 선물이 무얼까 추측해 보고 있었단다."

"뭐일 것 같아요?"

클레어가 한나에게 물었다.

"나는 전혀 모르겠어요. 부인은 그래도 짐작 가는 것이 있으신 것 같던데. 커피 아이스크림이나 절인 청어, 아니면 볼로냐 소시지일 것 같다고 하셨어요."

"전부 다 아니에요."

밥이 시원스레 웃으며 말했다.

"다른 것 말씀해 보세요, 할머니."

"셋 다 아니라면, 큰 키에 짙은 머리카락을 가진 남자밖에 없네!"

"네?"

밥이 깜짝 놀라며 그녀를 쳐다보았다.

"그렇게 놀란 표정 짓지 마라. 팸 백스터가 지난번 학교 축제 때 내가 곧 큰 키에 짙은 머리카락의 남자를 만나게 될 거라고 점쳐 주었거든. 그리고…… 어머나, 세상에! 정말이로구나!"

"팸 백스터의 말이 잘 들어맞은 것 같네요."

이방인이 말하며 크누드슨 부인과 포옹을 했다.

“정말이지 못 알아보겠구나!”

크누드슨 부인이 이제는 더 이상 이방인이 아닌 남자의 볼을 쓰다듬으며 말했다. 그러자 남자가 웃음을 터뜨렸다.

“놀랄 일도 아니죠. 고등학교 이후로 많이 변했으니까요. 머리숱도 적어지고, 살도 찌고, 생각도 넓어지고요.”

“어쨌든 이렇게 나를 만나러 와주다니 정말 고맙다!”

크누드슨 부인이 한나를 향해 고개를 돌렸다.

“여긴 매튜 월터스라고, 거의 30년 전쯤인가, 밥의 아버지랑 나랑 같이 지냈지.”

“저희 부모님이 아프리카로 선교 여행을 떠나시면서 저를 크누드슨 목사님 댁에 맡기셨거든요. 저희 삼촌 부부도 함께 떠나셨던 터라.”

“그랬지.”

부인이 이야기를 이어받았다.

“매튜의 아버지에게는 남동생이 있었고, 매튜의 어머니에게는 여동생이 있었어. 두 사람은 결혼식에서 만나 사랑에 빠졌고, 1년 후 결혼했단다. 두 사람에게도 폴이라고, 아들이 있었는데, 그 애도 우리와 함께 지냈어.”

크누드슨 부인이 매튜를 향해 고개를 돌렸다.

"그러고 보니 폴은 어떻게 지내니? 벌써 몇 년째 소식을 못 들었구나."

"폴은……."

매튜가 말을 멈추고는 얼굴을 찌푸렸다.

"사실 저도 잘 몰라요. 연락을 안 하고 지냈거든요."

그러자 크누드슨 부인이 놀란 얼굴로 물었다.

"어쩌다 그렇게 됐어? 어렸을 때에는 그토록 가깝게 지내더니."

"그때는 그랬죠. 저희 아버지나 폴의 아버지 두 분 모두 지척에 있는 교회의 목사님이셨기 때문에 가족끼리 함께 시간을 보내는 때가 잦았어요. 근데 폴이 여기 있을 당시에 학교 사물함을 몰래 뜯는 바람에 문제가 생겼던 것 기억하세요?"

"물론 기억하다마다. 하지만 값나가는 것을 훔친 건 아니었잖니. 빌 개리슨이 교장으로 있던 마지막 해였는데, 폴이 사물함을 뜯어 사소한 물건 몇 가지를 꺼내 자랑한 게 여자아이들의 관심을 끌려고 그런 거라더라. 너희 둘 다 여기에 온 뒤로 줄곧 붙어 다녔는데, 그 당시 너에게 여자친구가 생기는 바람에 폴이 쓸쓸해했었잖니."

"다들 그렇게 생각했죠. 하지만 지금 와서 생각해보면, 그게 시초였던 것 같아요. 시운전처럼 말이에요."

"무슨 말씀이세요?" 클레어가 물었다.

매튜는 심호흡을 했다. 그는 사촌에 대해 이야기하는 것이 꽤 불편한 듯 보였다.

"그게…… 저희 부모님이 아프리카에서 돌아오시고, 폴의 가족들이 시더 래피즈로 이사 가면서 일이 커진 것 같아요."

"무슨 말이냐, 일이 커지다니?"

크누드슨 부인이 물었다.

"그냥 폴이 훌륭한 시민으로 성장하진 못했다고만 말씀드릴게요."

"오, 세상에! 내 그럴 줄 알았지. 학교 사물함 건에 대해 나와 이야기를 나눌 때, 녀석, 전혀 후회하는 기색이 없더니만."

크누드슨 부인이 한숨을 내쉬며 매튜의 손을 토닥여주었다.

"내 생각해서 폴을 감싸주려고 애쓰지 않아도 괜찮다, 매튜. 폴이 범죄라도 저지른 것이야?"

매튜는 잠시 망설이더니 이내 고개를 끄덕였다.

"네, 맞아요. 자세한 건 모르겠지만, 아이오와에 있는 교도소에서 10~20년 정도 형을 살았다고 들었어요."

"10~20년형이면 중죄인데."

밥이 말했다.

"자네 사촌이 뭔가 중대한 범죄를 저질렀나 봐."

"도둑질이 점점 커진 거지. 사설탐정을 시켜 폴에 대해 알아봤는데, 5년만 살고 가석방됐대."

"5년이면 원래 형의 절반밖에 안 되잖아요."

한나가 지적했다.

"사설탐정 말이 교도소가 범죄자들로 넘쳐나는데다가 예산마저 감축되어 교도소 차원에서 재소자들을 많이 내보낸 것 같다고 하더군요. 어쨌든 내가 아는 건 폴이 그렇게 석방되었고, 며칠 후 흔적도 없이 사라졌다는 거예요."

"교도소에서 깨달은 바가 커서 다른 주에서 다시 새 삶을 시작했는지도 몰라요."

클레어가 말했다.

"아마도요."

하지만 한나가 듣기에 매튜의 어투는 수긍과는 거리가 멀었다. 자신의 사촌이 이제는 곧고 바른 삶을 살고 있을 거라는 말을 전혀 믿지 않는 듯한 눈치였다.

"근데 사설탐정은 왜 고용하신 거예요?"

한나가 물었다.

"사라 이모, 그러니까 폴의 어머니가 골수암 진단을 받았거든요. 폴도 알아야 한다고 생각했어요. 그 소식을 들으면 집에 돌아오거나, 적어도 편지라도 보내오지 않을까 하고요. 근데 탐정도 끝내 폴을 찾지는 못했어요. 교도소에서 나온 이후로는 흔적을 찾을 수가 없어요."

"이름을 바꾼 건 아닐까요?"

클레어가 물었다.

"그랬을 수도 있죠. 탐정 말이 다른 사람 신분으로 사는 게 꽤 쉬운 일이라고 하더군요. 우리가 아는 건, 폴이 멕시코나 캐나다, 아니면 그 외 다른 나라에서 익명으로 살고 있다는 거예요. 아니면…… 그보다 더 심각한 상황일 수도 있고요."

한나는 자신도 모르게 몸을 부르르 떨었다. *그보다 더 심각한 상황이라.* 매튜의 말이 무슨 뜻인지 알 것 같았다.

"어쨌든 뭐, 잘살고 있겠죠."

매튜가 미소를 지어 보였다. 하지만 한나의 눈에는 그 미소가 억지 미소로 비쳤다.

"이렇게 다시 만나게 돼서 얼마나 기쁜지 몰라요, 할머니. 이 응접실도 예전과 똑같네요. 다만…… 이 소파는 새로 들이신 건가 봐요, 그렇죠?"

크누드슨 부인이 분홍 괴물이라고 한 소파를 매튜가 톡톡 두드렸다.

"예전에는 짙은 초록빛 소파였던 것 같은데. 정말 미끈거렸죠."

"초록색 보일이었지."

크누드슨 부인이 분홍 소파를 매만지며 말했다.

"이건 새로 씌운 거야. 초록색 보일에서 크림색의 실크로 바꿨는데, 그것도 오래가지 못했어. 그다음에는 미드나잇 블루였고. 그게 제일 좋았지. 근데 이제…… 분홍색이 되어버렸단다."

한나는 웃음을 터뜨렸다. 크누드슨 부인은 이 분홍색 소파를 마치 입 속에 떨어진 벌레처럼 못마땅해하고 있었다.

"병원에서 우연히 밥을 만났는데, 어찌나 반갑던지요."

매튜가 크누드슨 부인을 향해 미소를 지었다.

"나이트 박사님께 인사를 드리려고 잠깐 병원에 들렀다가 밥을 만났어요. 그러고는 클레어를 만났는데, 둘이 바로 얼마 전에 결혼을 했다고 하더라구요. 앞으로 같이 많은 시간 보낼 수 있을 거예요, 할머니."

"그게 무슨 말이냐?"

크누드슨 부인이 물었다.

"2주 동안 이곳에 있을 거예요. 밥이 클레어와 신혼여행을 다녀올 수 있도록 제가 2주간 대신 사목(司牧) 업무를 봐주기로 했거든요."

크누드슨 부인의 얼굴에 환한 미소가 번졌다.

"어머나, 정말 훌륭하구나! 그런 고마운 제안을 해 주다니. 근데 신학교를 그렇게 오래 비워도 괜찮은 거야?"

"그보다 더 길게도 괜찮아요. 4개월 안식월을 받았거든요."

매튜가 모두를 향해 미소를 지어 보이고는 다시 부인에게로 고개를 돌렸다.

"이제 커피랑 케이크 맛 좀 볼 수 있을까요? 밥이 어찌나 할머니의 레드 데블스 푸드 케이크 자랑을 하던지 말이에요."

"밥이 좋아하는 케이크거든. 아주 어렸을 때부터 좋아했지. 널 위한 레몬 파피씨드 케이크도 있단다, 매튜."

"그것도 맛있을 것 같지만, 이번엔 데블스 푸드 케이크를 먹을래요."

매튜가 살짝 큭큭거렸다.

"신학교 사람들이 내가 이런 단어를 입에 담는 것을 들으면 안 될 텐데요!"

모두가 웃음을 터뜨렸지만, 크누드슨 부인만은 웃지 않았다. 한나는 그녀를 쳐다보았다. 크누드슨 부인은 깜짝 놀란 얼굴로 매튜를 바라보고 있었다.

"왜 그러세요?" 한나가 물었다.

"매튜는 초콜릿을 못 먹어. 알레르기가 있거든. 그래서 벌꿀로 약도 만들어주곤 했지."

"이젠 아니에요." 매튜가 말했다.

"초콜릿 알레르기는 이제 극복했어요. 벌써 20년 동안 초콜릿을 먹어 온 걸요. 이제 아주 좋아하는 음식이 됐어요. 신학교에 있는 비서 코린느 말로는 제가 그동안 못 먹었던 걸 보상받으려고 그렇게 먹어대는 게 아니냐더군요."

한나는 클레어가 커피와 케이크를 내오는 것을 잠시 도운 뒤 먼저 일어나겠다는 인사를 남기고 서둘러 시내에 있는 가게로 돌아왔다. 애플캔디빛 붉은색의 트럭을 가게 뒤편 지정 주차 자리에 세운 뒤 요즘처럼 추운 겨울날 차가 얼어 터지는 것을 방지하는 난방기의 연결선을 콘센트에 꽂았다. 그러고는 가게 뒤편 작업실 문을 열고 재빨리 안으로 들어갔다. 너무 화급히 들어서는 바람에 하마터면 동업자인 리사 허먼 비즈먼과 부딪힐 뻔했다.

"미안."

한나가 두 팔을 뻗어 비틀거리는 리사를 붙잡았다. 리사는 온기가 달아난 쿠키를 식힘망으로 막 옮기고 있던 참이었다.

"괜찮아요. 쿠키가 떨어지지 않아서 다행이에요. 안 그래도 쿠키가 모자랐거든요."

"내가 더 구울게."

한나가 앞치마를 집어 허리에 두른 다음 손을 씻기 위해 개수대로 다가갔다.

"오늘의 쿠키는 뭐야?"

"버터스카치 보난자 바요. 제가 가서 버터스카치 칩을 꺼내올게요."

"버터스카치 보난자 바에는 버터스카치 칩이 들어가지 않잖아."

"보통은 그랬죠. 근데 이번 반죽에는 넣어야 할 것 같아요. 오늘 아침에 반죽을 하다가 아무 생각 없이 버터스카치 칩을 2컵 넣었는데, 버티스트롭이 정말 맛있어하지 뭐예요. 미용실 손님들에게 주겠다며 주문을 해놓고 갔어요."

"알 만해. 버티라면 원하는 것을 꼭 손에 넣고 마니까."

"그러게요. 제가 구울 동안 한나가 홀에 나가보겠어요? 아니면 제가 홀에 나가볼까요?"

"내가 구울게. 리사는 홀에 나가 봐."

"좋아요. 어차피 마지와 아빠도 쉬실 때가 됐으니까요. 근데 크누드슨 부인에게 레시피는 받아 오셨어요?"

"응. 내일 오후에 만들어보려구. 목사관에서 한 조각 맛을 봤는데, 지난번 교회 저녁식사 때 먹었던 것보다 더 맛있었어."

"크누드슨 부인은 좀 어떠세요?"

"잘 지내셔. 지난번 뇌졸중도 이제 거의 다 회복하신 것 같아. 전만큼 날렵하시더라니까. 클레어와 밥의 신혼여행 이야기에 무척 들떠 하셨어. 일요일 교회 예배가 끝나는 대로 바로 떠날 거래."

“밥 대신 예배를 맡아줄 사람이 있어야 한다고 하지 않았어요?”

“사람을 구했어. 클레어와 밥이 병원을 방문했다가 또 다른 루터교 목사님인 매튜 월터스를 만났거든. 옛날에 그분 부모님이 해외 선교를 떠나 있는 동안 크누드슨 부인 댁에서 함께 지냈었대. 밥과 클레어가 얼마 전에 결혼식을 올렸고, 신학교에서 임시로 교회를 맡아줄 목사를 보내줄 때까지 신혼여행은 미뤘다는 이야기를 하니까 매튜 목사님이 그 자리를 대신 맡아주기로 했어.”

“정말 잘 됐네요! 그럼 신혼여행은 어디로 가신대요?”

“하와이. 목사관에서 나오기 직전에 밥이 14일짜리 크루즈 여행을 예약하는 걸 들었어. 일요일 정도에 공항에서 비행기로 로스앤젤레스에 간 다음 거기서 크루즈로 갈아타고 그날 밤에 바로 출발이래.”

“그럼 클레어의 가게는요? 신혼여행 가신 동안 누가 가게를 봐주신대요?”

“엄마.”

리사는 쿠키가 가득 든 단지를 들고 부엌과 홀의 경계를 구분 짓는 회전문으로 향하다 말고 깜짝 놀라 고개를 돌렸다.

“네……? 한나 어머님이요?”

“그래. 엄마 가게 바로 옆의 옆이잖아. 그래니의 앤티크에는 로드 부인이랑 루앤이 있으니까. 엄마 지금 레이크 에덴 여성들 저마다에게 아주 잘 어울리는 의상을 골라주겠다며 엄청 들떠 계셔.”

“한나 어머님 옷 입는 감각이 좋으시긴 하죠.”

리사가 말했지만 어쩐지 자신감 있는 어투는 아니었다.

“근데 한나 어머님께 클레어의 가게를 부탁드린 것이 정말 잘한 일이었을까요?”

“아니! 이건 재앙이야! 완전히 잘못된 선택이었다구. 클레어가 벌써 엄마한테 전화해서 얘기가 다 됐다고 하는데, 나 완전히 까무러치는 줄 알았다니까!"

"어머님이 잘 해내지 못할 거라고 생각하세요?"

"리사, 우리 엄마를 몰라? 완전 트집쟁이에다가 재치도 없잖아. 엄마한테 부리망이라도 씌우지 않는 이상 부 몽드는 며칠 만에 문을 닫고 말 거야."

리사의 눈이 휘둥그레지더니 이내 고개를 설레설레 저었다.

"진정해요, 한나. 설마 진심으로 한 이야기는 아니죠? 농담이죠?"

"농담이 아니야."

한나는 얼굴을 찌푸렸다. 리사는 어찌해야 할지 몰라 두 눈을 한쪽씩 깜빡이고 있었다. 리사가 왜 저러지? 갑자기 얼굴에 경련이라도 일어난 걸까?

"진지하게 말할게, 리사. 우리 엄마가 어떤지 잘 알잖아. 엄마가 부 몽드 카운터를 보고 있는데 베티 잭슨이 옷을 사러 왔다고 상상해봐."

"당연히 베티에게 잘 어울릴 만한 옷을 골라주려고 하시겠죠."

"그럴지도 모르지. 하지만 클레어가 자기 사이즈의 옷은 별로 갖다놓지 않는다고 베티가 불평이라도 한다면, 엄마가 뭐라고 대꾸하실지는 불보듯 뻔해."

"하지만, 설마 그럴 리가요……."

"아니, 엄마라면 충분히 그러시고도 남아."

한나가 끼어들었다.

"베티의 사이즈로는 멋들어진 디자인이 나올 수 없다고 하실 거야. 예쁜 옷을 입으려면 살부터 빼야 한다고 말이야."

"설마요. 한나 어머님이 그런 나쁜 말씀을 하실 리 없잖아요!"

"오, 당연히 의도적으로 나쁜 말을 하려고 하시는 건 아닐 테지. 단지 엄마는 늘 있는 그대로 솔직하게 말하시는 게 문제일 뿐이야."

한나가 하던 말을 멈추고 리사를 물끄러미 바라보았다. 리사가 한나를 향해 온갖 표정을 지어 보이고 있었다.

"왜 그래, 리사? 무슨 문제라도 있어?"

"리사에게는 아무 문제도 없다."

한나의 뒤에서 엄마가 큰딸 한나의 어깨를 거칠게 두드리며 나타났다.

깜짝 놀란 한나는 입을 떡 벌리며 스웬슨 가의 여자 우두머리를 돌아보았다. 엄마는 평소처럼 뛰어난 패션 감각을 뽐내고 있었다. 오늘은 칠흑같이 검은 단추가 달린 붉은 체리 빛 울 정장을 입고 목에는 붉은 체리 빛과 검은색이 어우러진 실크 스카프를 우아하게 두르고 있었다. 그야말로 눈부시게 아름다운 모습이었다. 엄마를 처음 만난 사람들은 그녀가 곧 60세 생일을 앞두고 있다는 사실을 상상조차 하지 못할 것이다.

"엄마!"

한나는 꿀꺽 침을 삼키며 엄마를 불렀다. 곱게 다듬은 눈썹 사이로 잔뜩 찌푸려진 미간이 단번에 한나의 눈에 들어왔다. 한나에 대한 노여움으로 붉으락푸르락 변한 광대뼈 아래쪽 뺨도 함께 눈에 띄었다.

"그래, 엄마다."

엄마가 한나를 쏘아보았다.

"내가 완전 트집쟁이에다가 재치도 없다니, 그게 도대체 무슨 말인지 너의 정확한 설명을 듣고 싶구나!"

뒷수습 또한 일종의 예술로 인정을 받았다면, 한나는 차세대 렘브란트로 동시대 사람들의 찬사를 받았을 것이다. 한나는 엄마의 마음을 상하게 하려는 의도는 전혀 아니었다며 열심히 설명을 했고, 외교협상 분야에 있어서 한나만큼 훈련받지 못한 엄마는 곧 기세를 누그러뜨렸다. 횡

하던 작업실의 분위기가 다시금 훈훈해졌다.

"그럼, 내가 어떻게 하면 되겠느냐?"

엄마가 조금 전까지만 해도 복수의 칼끝을 겨누었던 한나를 향해 경쾌하게 물었다.

"글쎄요."

한나는 섣부른 대답으로 다시 엄마의 심기를 건드리고 싶지 않았다.

"클레어와 약속까지 한 마당에 이제 와서 취소하고 싶진 않다만, 못하겠다고 이야기해야 할까?"

"아뇨, 가게는 약속대로 맡고 대신 옆에서 엄마를 도와줄 사람을 찾는 게 좋겠어요."

"누구를?"

엄마는 아리송한 표정이었다.

"유행하는 패션에 대해 잘 아는 사람이어야 하지 않겠니. 캐리에게 부탁하면 기꺼이 하겠다고 하겠지만, 그이는 패션에 대해서라면 잘 몰라. 루앤 역시 별로 관심이 없고. 안목 있는 사람이어야겠다만."

"안목이요?"

"사이즈에 대한 안목도 있어야 하고, 손님의 맵시에 대해 칭찬도 곧잘 해줄 줄 알아야 하지 않겠니. 예를 들어, 로라 바브라에게 딱딱하게 재단질을 한 드레스를 권할 순 없지 않느냐. 그녀의 인상을 더 세보이게 만들 테니까. 로라에게는 부드러운 곡선과 장식이 들어간 옷이 잘 어울릴 거야. 그리고 로즈 맥더못의 경우 밝은색의 커다란 코사지는 피해야 하지. 꿀벌들이 만찬의 장이 열렸다고 생각하고 몰려오면 안 될 테니까."

한나는 푸핫, 웃음을 터뜨렸다. 잠시 후 엄마도 함께 웃음을 터뜨렸다. 로즈와 꿀벌들이 한데 뒤섞인 영상이 간신히 머릿속에서 물러나자 한나는 다시금 엄마를 돌아보았다.

"어쩌면 제 생각이 틀렸는지도 모르겠어요. 사람들에게 어울릴 만한 옷을 골라주는 데에는 엄마만큼 소질 있는 사람도 없겠어요."

"그래, 나도 안다. 하지만 내가 괜한 말을 해서 아무도 옷을 안 사면 어떡하느냐. 내가 재치가 없다고 하지 않았니."

"제가 잘못 알고 있는지도 모르죠."

"아니야. 나도 내 단점을 잘 안다. 누군가 솔직하게 말해달라고 하면 정말로 솔직하게 다 말해버리지. 돌려 말하는 법도 없어. 판매 일을 하기에 적합한 성격은 아니란다."

"그래요." 한나도 동의했다.

"그렇다면 패션 감각도 좋고 재치도 있고, 판매술도 좋은 사람이 필요한 거네요. 아는 사람 중에는 없는 것 같은데."

"나도 마찬가지구나."

그때 작업실 문이 열리더니 한나의 동생인 안드레아가 들어왔다.

"으휴! 바람이 어찌나 찬지, 오늘 날씨 영하인가 봐."

안드레아는 입고 있던 코트를 벗어 문에 달린 옷걸이에 걸었다.

"안녕, 엄마. 안녕, 언니. 잠깐 커피나 마실까 하고 들렀어."

한나와 엄마는 서로 시선을 교환했다. 한나는 눈빛으로 말했다. *레이크 에덴에서 안드레아만큼 패션에 정통한 사람도 없죠. 물론 그 부분에서라면 엄마도 만만치 않지만요.* 그러자 엄마가 눈빛으로 대답했다. *안드레아가 나름 재치도 있고, 판매에도 소질이 있지. 빌이 늘 말하지 않았더냐. 안드레아라면 유목민들한테 고양이용 모래상자도 능히 팔 수 있을 거라고.*

"왜? 뭐야?"

엄마와 한나가 무언의 눈빛을 주고받으며 서로 고개를 끄덕이는 모습을 본 안드레아가 물었다.

"커피 여기 있어."

한나가 재빨리 안드레아 앞에 커피를 내려놓았다.

"그리고 새로운 이야깃거리도 있지."

엄마가 작업대를 사이에 두고 안드레아의 반대편에 앉았다.

"쿠키는?" 안드레아가 물었다.

"네 언니 말이, 초콜릿이 있다던데."

엄마가 제안했다.

"지금 갑니다."

한나가 재빨리 브라우니 플러스 쿠키 바 몇 개를 접시에 담아 두 사람 앞에 내려놓았다.

"마침 아주 잘 왔구나, 애야."

엄마가 안드레아의 손을 토닥였다.

안드레아는 잔뜩 경계하는 듯했다.

"왜요? 무슨 일이야?"

"일생일대의 기회란다. 앞으로 2주 동안 네 옷장을 부 몽드 드레스 12 벌로 가득 채워보면 어떻겠느냐?"

그러자 안드레아의 경계심이 돌연 의심으로 변했다.

"바라시는 게 뭐예요? 살인이요?"

"그럴 리가."

엄마가 안드레아를 향해 활짝 미소를 지었다.

"잘 들으려무나. 너에게 제안할 게 있단다!"

한나는 안드레아가 당연히 엄마의 제안을 받아들일 것이라 예상했다. 그리고 역시 한나의 예상은 빗나가지 않았다. 안드레아가 엄마를 도와 부 몽드의 손님들을 맞겠노라고 수락하자마자 엄마는 자리에서 일어났다.

"미안하구나, 얘야."

문으로 향하며 엄마가 말했다.

"이제 그만 가봐야겠다. 점심시간에 맞춰 캐리가 기다리고 있거든. 벌써 5분이나 늦었어."

엄마는 이미 문에 당도했는데도, 손잡이를 돌리지 않고 우두커니 서서 한나를 돌아보았다.

"쿠키 바 하나는 캐리를 위해 남겨둘 걸 그랬나 보다. 캐리가 한나의 쿠키를 정말 좋아하거든. 가끔가다 여기 들러서 조금씩 가져가면 얼마나 좋아하는지 모른단다. 근데 나도 초콜릿을 엄청 좋아하잖니. 너무 맛있어서 미처 남길 생각을 못했구나."

한나는 엄마의 속내가 빤히 보였다.

"엄마랑 로드 부인 드시게 상자에 포장해 드릴게요."

한나가 순순히 자리에서 일어났다.

"반 상자 분량 정도면 괜찮죠?"

“오, 그럼. 괜찮고말고. 네가 이렇게 챙겨주었다고 하면 캐리가 정말 좋아할 게야.”

“그래요.”

한나는 베이커리 상자를 꺼내 기름종이를 한 장 깔았다. 그런 다음 브라우니 플러스 쿠키 바 여섯 개를 바닥에 가지런히 나열한 뒤 또 다른 기름종이로 위를 덮고는 상자 뚜껑을 덮었다.

“고맙구나, 얘야.”

엄마가 상자를 받아들며 말했다. 그러고는 문밖으로 나서서는 등 뒤로 문을 닫았다.

“흠…… 정말 이상해!”

엄마가 자리를 뜨자마자 안드레아가 말했다.

“뭐가?”

“이번 주에는 새 옷을 한 벌도 못 사겠다 생각했거든. 갠츠 매물도 떨구어내기는 글렀으니.”

“그거 안됐구나.”

한나가 안드레아를 위로했다. 안드레아는 부동산 계약이 성사되지 못할 때마다 무척 우울해했다.

“사려던 사람이 마음을 바꿨나 보지?”

“아니, 그 사람은 아직도 사고 싶어하는데, 마거릿과 프레드가 오늘 아침에 매물을 취소했어.”

“어째서? 두 사람, 빨리 농장을 팔아버리고 시티즈에 있는 고층 아파트로 이사하고 싶어했잖아.”

“그랬지. 근데 프레드가 막상 아파트에서 생활해보니 아주 별로라는 거야. 창문 밖은 한밤중에도 늘 환하고, 차들이 오가는 소리도 너무 시끄럽다는 거야. 농가에 살 때도 종종 들고양이가 나타나 말을 놀라게 하기도 했는데, 그때보다 소음이 더 성가시대.”

“마거릿은? 마거릿도 같은 생각이야?”

“프레드만큼은 아니지만 다시 주택에 살고 싶어졌나 봐. 엘리베이터도 맘에 들지 않는데.”

“충분히 이해가 가. 나도 엘리베이터는 별로니까. 만약 중간에 멈춰버리기라도 하면 어쩌나 늘 걱정이거든―.”

그때 안드레아의 핸드폰이 울렸고, 한나는 하던 말을 멈췄다.

“빌이야.”

안드레아가 액정 화면을 쳐다보았다.

“무슨 일이지? 웬만하면 이 시간에 전화하지 않는데.”

한나는 동생이 남편과 마음 놓고 통화할 수 있도록 일부러 자리를 비켜주었다. 안드레아가 통화를 하는 동안 베이킹을 해야겠다고 생각했다.

“지난주에 일이 있었는데, 이제야 보고했단 말이에요?”

한나가 막 최신 레시피들을 모아놓은 3링짜리 바인더에서 비닐을 입힌 버터스카치 보난자 바의 페이지를 펼치는데 안드레아가 수화기에 대고 물었다. 안드레아가 남편의 대답을 듣고 있는 동안 한나는 제일 좋아하는 간식 중 하나인 버터스카치 보난자 바를 만들기 위해 전자레인지에 버터를 녹이고 황설탕을 측량했다

“위넷카 카운티 경찰서가 완전 만만한가 보네요.”

안드레아는 몹시 화가 난 듯했다. 위넷카 카운티 경찰서의 서장인 남편 빌이 위넷카 카운티보다 더 큰 조직에 휘둘릴 때면 그녀는 늘 이렇게 열을 내곤 했다.

“그래서 미니애폴리스 경찰에서는 당신더러 어떻게 하라는 거예요?”

안드레아가 잠시 수화기에 귀를 기울이고 있는 동안 한나는 황설탕을 저었다. 아주 만들기 간단한 레시피였다. 게다가 맛도 좋았다.

“켄우드 맨션을 부수고 들어갔다구요?”

안드레아의 깜짝 놀란 목소리에 한나는 그녀를 쳐다보았다. 안드레아는 얼굴이 울긋불긋해지더니 이내 고개를 설레설레 저었다.

“하지만 거기 사는 사람들 모두 최첨단 보안 시스템을 갖추고 있다구요.”

빌이 무어라 대답했는지 안드레아는 이내 끙 소리를 냈다.

“사람들이 무엇 때문에 시스템을 꺼두고 다니겠어요! 거기가 어떤 곳인데요.”

빌의 대답에 안드레아가 고개를 끄덕였다.

“물론 거기가 어딘지는 나도 알죠. 오른쪽으로 라즈베리 섬이 보이고 호숫가 전망이 좋은 모퉁이 맨션이잖아요. 튜더 양식으로 지어졌고, 침실 5개, 욕실 4개, 가족실이랑 집 꼭대기까지 연결된 돌계단이 있어요. 그 돌은 모두 강가의 돌로 만들어진 것이구요. 맨션의 목초지 둘레로 2.5미터에 달하는 울타리가 둘러져 있고, 그 울타리 가운데 난 문을 통해 들어가야 해요.”

빌이 무언가 이야기하자 안드레아가 한숨을 내쉬었다.

“당신 말이 아마 맞을 거예요. 목초지 지대가 낮아서 큰길에서는 안 보이죠. 강도가 숨기에는 완벽한 장소예요. 옆쪽에 배달 전용 문이 하나 있는데, 아마 거기로 들어갔나 봐요.”

그 집에 대해 많은 것을 알고 있는 안드레아가 한나는 놀라울 따름이었다. 레이크 에덴에 있는 집들이라면 부동산 중개 일을 하고 있는 안드레아가 속속들이 다 알고 있는 것이 당연하지만, 미니애폴리스까지는 꽤 범위가 넓었다.

빌도 한나와 비슷한 질문을 던진 모양인지 안드레아가 웃음을 터뜨렸다.

"그냥 우연일 뿐이에요, 여보. 대학 때 그곳에 가봤거든요. 가격을 물어보고 얼마나 놀랐는지 몰라요. 레이크 에덴에서 그렇게 값비싼 집은 드물잖아요. 그때만 해도 집값이 230만 달러였는데, 지금은 아마 더 올랐을 거예요."

한나는 휘파람을 불었다. 230만 달러는 정말 큰돈이다. 한나가 평생 벌어도 못 만져볼 돈이었다. 레이크 에덴에 사는 그 누구도 그만한 돈은 손에 쥐어보지조차 못할 것이다. 물론 많은 유산을 상속받은 바스콤 시장과 델레이 제조사의 사장인 델 우들리를 제외하고 말이다.

"도난당한 물건 목록 갖고 있어요?"

안드레아가 물었다. 그런 뒤 백에서 수첩과 펜을 꺼내 불러주는 대로 받아 적었다. 안드레아가 길고 긴 목록을 작성하는 동안 한나는 설탕과 버터를 섞은 그릇에 계란과 바닐라를 넣고 또다시 저었다. 그런 다음 마른 재료들을 담기 위한 볼을 하나 더 꺼내어 거기에 밀가루와 베이킹파우더, 소금을 넣고 골고루 섞은 다음 아까 만들어둔 버터 혼합물을 가루 위에 붓고는 나무 숟가락으로 잘 섞어주었다. 한나는 다진 호두를 넣고 마지막으로 반죽을 저어주었다.

"오, 그거야 쉽죠."

안드레아가 살짝 웃으며 말했다.

"보통 로즈 커트라고 말해요. 꽃 모양처럼 보이거든요. 예전에는 아주 인기 있는 커팅이었어요. 대략 3캐럿 정도 된다고 했죠?"

한나는 볼에 담긴 반죽을 세 개 분량으로 나누었다. 그런 다음 버티가 주문한 버터스카치 보난자 바 반죽에 버터스카치 칩을 넣고 두꺼운 호일을 간 9×13 크기의 팬에 반죽을 골고루 펼쳤다. 두 번째 반죽에는 중간 달기의 초콜릿 칩을 넣고, 세 번째 반죽에는 화이트 초콜릿 칩을 넣었다. 한나 개인적으로는 이 레시피에서 아무것도 더하지 않은 것이 제일 맛있었다. 굳이 재료를 더하지 않아도 버터스카치 향 때문에 충분히 풍미가 있었기 때문이다. 하지만 화이트 초콜릿 칩에 열광하는 몇몇 손님들은 화이트 초콜릿과 버터스카치의 조합을 무척이나 좋아했다. 또한 다크초콜릿이 들어가지 않은 쿠키는 상상조차 하지 못하겠다는 손님들도 있으니 그들을 위해서도 초콜릿 칩이 들어간 버터스카치 쿠키가 필요했다.

"다이아몬드가 대체 몇 개나 있었는데요?"

안드레아가 물었다. 그러더니 이내 그녀의 눈이 휘둥그레졌다.

"열여섯 개요! 그렇게나 많이! 그게 다 얼마래요?"

한나가 반죽을 채운 세 개의 팬을 가져와 오븐에 밀어 넣고 돌아서는 순간 안드레아는 허공에 대고 입을 떡 벌리고 있었다.

"믿을 수가 없네요!"

안드레아가 말했다.

"다이아몬드가 4캐럿 가까이 된다면, 그 정도 가격 나오겠어요."

안드레아가 잠시 귀를 기울이더니 이내 웃음을 터뜨렸다.

"그러네요, 여보. 그 가격은 말이 안 돼요. 반지 하나가 어떻게 그만큼 되겠어요. 근데 어디서 났대요?"

한나는 커피를 한 잔 따라 안드레아의 맞은편에 앉았다. 거꾸로 쓰인 글씨를 잘 읽지 못하는 사람도 많았지만, 한나는 학창 시절부터 숙련되어 있던 터라 문제없었다. 어렸을 때 안드레아와 미셸을 방으로 데리고 와 숙제를 도와주곤 했기 때문이다. 동생들의 숙제 내용을 맞은편에 앉은 그대로 읽을 줄 알아야 숙제 시간을 더 단축시킬 수 있었고, 그래야 조금이라도 일찍 잠자리에 들 수 있었다.

수첩에 적힌 것은 보석 목록이었다. 목걸이, 브로치, 티아라, 팔찌, 그리고 반지. 목록의 제일 아래에 적힌, 안드레아가 빌과 한창 의논 중인 앤티크 반지의 가치는 한나의 상상을 초월했다.

"자는 중에?"

안드레아는 몸을 살짝 떨었다.

"만약에 깨어났으면 무슨 일이 벌어졌을지 생각조차 하기 싫네요."

무슨 일일까 한나는 점점 궁금해졌다.

"어머!"

빌이 새로 들려준 이야기가 무척 충격적인 모양이었다.

"도주 차량으로 이웃 사람을 치어 죽였다면, 살인 아니에요?"

그건 중죄 모살(강도 등 중죄를 범한 순간, 살의(殺意) 없이 범한 살인) *이야.* 한나가 머릿속으로 대신 대답했다. *범죄 현장에서 발생한 불법적 살인은 모두 중죄 모살이라고 하지.*

"중죄 모살."

한나가 생각했던 답을 안드레아가 말했다.

"근데 이해가 안 되는 건 그 여자는 왜 그렇게 값비싼 보석들을 전부 옷방에 아무렇게나 놓아두었느냐는 거예요."

몇 가지 시나리오가 한나의 머릿속에 번뜩였지만, 안드레아가 이야기한 건 정작 다른 내용이었다.

"월커에서의 자선행사? 무슨 드레스를 입어야 할지 몰라서 보석들을 금고에서 전부 꺼내놓았단 말이에요?"

안드레아는 인상을 찌푸렸다.

"그렇다면 이해가 갈 만도 하지만, 집에서 나설 때 차지 않을 보석들은 다시 금고에 넣었어야 하는 거 아니에요? 아니면 집에 오자마자 모두 들여놓던가요."

한나는 손을 뻗어 안드레아의 커피잔을 만져보았다. 차갑게 식어 있었다. 한나는 컵을 들고 싱크대로 가서 커피를 버린 다음 새로 내린 따뜻한 커피를 다시 따랐다.

“금고에 넣어야지 생각하고 있었기 때문에 금고에 넣은 줄 알았단 말이죠.”

안드레아가 킁킁거리며 말했다.

“어설픈 변명 같지만 이해는 가네요. 우리도 예전에 서로 커피 물 올렸을 거라고 생각하고 잠자리에 들었잖아요. 기억나요? 다음 날 아침에 내려와 보니 커피는 전혀 준비되어 있지 않았죠. 시간도 늦어버려서 결국 커피 한 잔 마시지 못하고 각자 출근했었잖아요.”

한나는 소름이 돋는 듯했다. 커피 없는 아침이라니, 상상할 수 없다. 특히 한나는 모닝커피 없이는 하루를 버텨낼 수 없었다. 욕실에 들어가기 전에 커피를 마시지 않았다간 샤워하다가 그 자리에서 쓰러져 익사할지도 모른다!

“레이크 에덴에서 그 도난당한 보석들이 돌아다니지는 않는지 나더러 눈여겨봐 달라구요?”

안드레아가 믿을 수 없다는 듯 되물었다.

“빌…… 여보…… 말도 안 돼요! 그게 왜 여기 있겠어요? 우리 마을에는 전당포도 없고, 설사 있다손 치더라도 전당포에서 그런 값나가는 보석을 사들일 리 없잖아요. 설마 그 도둑이 몇만 달러나 되는 앤티크 다이아몬드 반지를 팔겠다고 홀 앤 로즈 카페 앞 모퉁이를 서성이고 있겠어요? 우리 마을에는 그걸 살 만한 돈을 갖고 있는 사람도 없어요.”

안드레아가 잠자코 귀를 기울이더니 이내 대답했다.

“알았어요, 여보. 나도 사랑해요. 이따 저녁에 봐요.”

안드레아는 핸드폰을 끄고는 다시 백에 집어넣었다. 그런 뒤 커피를 한 모금 들이켜고 자신이 적은 목록을 살펴보았다.

“우리더러 도난당한 보석을 찾아봐 달래. 아까 내가 계속 얘기했던 반지가 제일 값나가는 것이긴 한데, 그 외에도 많이 없어졌나 봐. 미니애폴리스 쪽에서 보석 사진들을 보냈다니까 언니한테도 한 장 복사해줄게.”

한나의 가게에 휘황찬란한 파티용 드레스를 입고 오는 손님도 없을뿐더러 그렇게 비싼 앤티크 반지는 눈 씻고 찾아봐도 볼 수 없을 거란 이야기를 해주고 싶었지만, 그래도 어쨌든 그 보석 사진들은 궁금했다.

“엄마랑 로드 부인에게도 복사해 드려. 앤티크 반지니까, 앤티크 경매장 같은 데 나타날 수도 있잖아.”

“좋은 생각이야.”

안드레아가 작업실 벽에 걸린 시계를 쳐다보았다.

“난 이만 가봐야겠어. 학교에 애들 데리러 가야 하거든.”

한나는 깜짝 놀랐다. 첫째 트레시는 초등학교에 들어가 이제 1학년이었지만, 둘째 베서니는 불과 2달 전에 두 돌 생일을 치렀다.

“애들?”

한나가 안드레아를 돌아보며 물었다.

“베시는 유치원 다니기에도 아직 어리잖아?”

“엄청 어리지. 재니스가 4살 반 미만으로는 애들 안 받는 거 몰라? 아직 기저귀 찰 나이니까. 난 베시 얘기한 게 아니야. 루시 던라이트가 오늘 밤에 사촌의 브라이덜 샤워를 열어줄 거래서 카렌이 우리 집에 와서 트레시랑 같이 자기로 했어. 맥캔 할머니가 카렌이 좋아하는 식사를 만들어주기로 했고, 식사 후에는 둘에게 밤비 만화영화를 보여주려고 해.”

“크리넥스 빵빵하게 채워놓아야겠네.”

한나는 밤비의 엄마가 죽었을 때 펑펑 눈물을 쏟던 안드레아의 모습이 생각났다.

“그럴 거야. 원래는 내가 애들한테 밤비 안 보여주려고 했거든. 둘 다 아직 7살밖에 안 됐고, 만화영화래도 너무 슬픈 내용이잖아. 근데 맥캔 할머니가 그것도 일종의 통과의례라고 하셔서 말이지.”

고작 7살에 통과의례? 조금 오버스럽지 않나 생각했지만, 어쨌든 초등학교 1학년 아이들에게 밤비를 보여준다고 해서 크게 해가 될 건 없을 것 같았다.

"동시상영을 하면 어때?"

한나가 제안했다.

"처음에 밤비를 보여주고, 그다음에는 신데렐라를 보여주는 거야. 신데렐라는 해피엔딩이니까 애들이 좋아할 것 아니야."

"그거 좋은 생각이야! 그러면 애들이 슬픈 생각을 하면서 잠자리에 들지 않아도 될 거야. 고마워, 언니. 언니도 빨리 결혼해서 엄마가 되면 좋겠어. 진짜 좋은 엄마가 될 것 같거든."

한나는 엄마에게 그랬던 것처럼 안드레아에게도 애들이 밤비를 보는 동안 간식으로 주면 좋을 쿠키를 포장해서 들려 보냈다. 두 편이나 연달아 봐야 할 테니 분명 간식거리가 필요할 것이다. 더군다나 아이들은 간식이라면 자다가도 벌떡 일어나지 않는가. 안드레아가 트레시가 좋아하는 당밀 크랙클과 베시와 맥캔 할머니가 좋아하는 전통 슈가쿠키, 그리고 카렌이 좋아하는 트리플릿 치플릿에 자신의 몫으로 러블리 레몬 쿠키바 상자까지 양손 가득 들고 돌아가고 난 뒤 한나는 작업실을 정리했다. 곧이어 오븐의 타이머가 울렸고, 한나는 버터스카치 보난자 바를 오븐에서 꺼낸 뒤 다시 새 커피를 따라 작업대 앞에 앉았다. 그러고는 안드레아가 했던 이야기를 곰곰이 생각해보았다.

안드레아가 한나의 정곡을 찔렀다. 한나도 아이를 갖고 싶었다. 그건 오래전부터 바라던 것이었다. 하지만 결혼에 대해서라면 아직도 확신이 서지 않았다. 만약 결혼을 결심한다면, 누구와 하는 것이 좋을까? 남편감 후보가 두 사람이 있긴 하다. 한 명은 위넷카 카운티 경찰서의 수석 형사인 마이크 킹스턴이고, 다른 한 명은 마을의 치과의사인 노먼 로드

다. 하지만 지금 현 상황에서는 그 어느 쪽도 만족스럽지 못했다.

마이크는 사실 좋은 남편감은 아니었다. 그것은 그도 인정한 사실이다. 그에게는 바람기가 다분했다. 지금도 마이크가 정말 한나만을 바라보고 있는 것인지 확신이 들지 않았다. 그리고 노먼이 있다. 두 달 전까지만 해도 확실한 보증 수표였던 그였지만, 이제 상황이 바뀌어 한나는 노먼에 대해서도 의심의 마음이 들기 시작했다.

싱글맘이 되는 방법도 물론 있겠지만, 그것은 한나에게 고려의 대상이 아니었다. 한나는 가능하면 아이는 아빠와 엄마가 함께 키우는 것이 옳다고 생각했다. 그보다 더 확장된 가족 형태라면 더 좋고. 한나는 아이들을 할아버지, 할머니, 삼촌이나 고모, 이모, 사촌들과 함께 어울리며 자라게 하고 싶었다.

사실 작년에 거의 결혼까지 갈 뻔한 순간이 있었다. 노먼이 한나와 함께 살 집으로 설계해 디자인 대회에 출품하기도 한 노먼의 집에서 하룻밤을 보냈을 때였다. 솔직히 그렇게 로맨틱한 밤은 아니었다. 로니 워드를 죽인 살인범에 대한 단서를 쫓느라 한나가 완전히 지쳐버렸던 그날 노먼은 이런 상태로는 집까지 운전할 수 없다며 한나를 붙들었다. 그리고는 한나에게 자신의 침실을 내어주고 다음 날 아침에 한나가 좋아하는 포포버 레시피로 황홀한 아침식사까지 준비해주었다.

두 남자 사이에서 한창 갈등하던 시기에 그날 아침식사는 한나의 마음속에서 노먼 쪽에 더 무게를 두게 한 계기가 되었다. 코너 태번에서 일하는 요리사 외에 그 어떤 남자도 한나에게 아침식사를 준비해준 적이 없었다. 하지만 한나가 노먼의 청혼을 받아들일까 심각하게 고려하던 찰나 노먼이 엄청난 폭탄을 날리고 말았다.

오, 그 폭탄은 이름도 있다. 레이크 에덴 호텔에서 엄마와 함께 브런치를 즐기고 있던 때에 처음 모습을 보인 폭탄의 이름은 바로 베버리 손다이크 박사. 노먼의 전 약혼녀였다. 완벽한 3 사이즈의 그녀는 얼굴도 예쁘장했다. 노먼은 그녀를 새로운 동업자로 소개하면서 한나의 마음에 수류탄을 던졌고, 그로 인해 노먼의 아내로서 행복하고 안락한 가정을 꾸리리라 다짐했던 꿈은 비누거품처럼 순식간에 사라져 버렸다.

그리고 이제 베브 박사(모두가 그녀를 그렇게 부른다)가 레이크 에덴에 있다. 노먼과 함께 로드 치과병원에서 일하며 레이크 에덴에서는 고급 아파트 축에 속하는 옥스에 살고 있다. 지난 1월에 이사를 왔는데 불행인지 다행인지 마을 사람들 모두 그녀를 좋아하는 듯했다. 물론 한나만 빼고. 한나의 조카인 트레시마저 그녀를 좋아했다.

노먼의 새 동업자로서만 봤을 때 그녀는 확실히 좋은 사람이었다. 너무 좋은 사람이라 짜증이 날 정도였다. 사실 한나 입장에서는 이것이 그녀에 대한 정확한 평가일 것이다. 하지만 한나는 노먼과 베브가 얼마나 자주 점심식사 혹은 저녁식사를 함께하는지, 그리고 두 사람의 동업이 단지 환자들을 함께 진료하고, 동료 의사로서 치료에 대해 의논하고, 한 명이 자리를 비울 때 대신 환자를 맡아주기도 하는 관계 이상으로 진전되지는 않는지 종종 한나의 귓가에 속삭여주는 질투의 악마에 영향을 받기도 했다. 사실 그 점이 한나가 못마땅하게 생각하는 부분이기도 했다.

베브에 대해 한나가 갖는 감정에 대해 노먼은 결백한 듯했다. 늘 한나의 마음을 잘 달래주는 노먼이었으니 그것도 걱정이었다. 노먼은 베버리를 병원에 데려온 이유가 병원 업무에서 벗어나 그림에 좀 더 전념하고 싶었기 때문이라고 한나에게 설명했다. 일리가 있는 설명이었다. 노먼이 치과의사가 되기 전에 그렸던 그림들은 한나가 봤을 때도 감탄스러웠으니 말이다. 다시 그림을 시작해 보라고 부추겼던 것도 한나였다. 베브를 데리고 온 이유가 단지 그것 때문이라면 한나도 얼마든지 이해할 수 있다. 하지만 한나가 알고 있는 한, 베브가 마을에 온 이후 5주 동안 노먼은 단 한 번도 병원을 비운 적이 없었고, 그림 또한 전혀 그리지 않았다.

"한나?"

리사가 회전문을 열고 모습을 보였다.

"버티에게서 전화가 왔는데, 버터스카치 보난자 바가 다 됐는지 물어보시는데요."

"자르기만 하면 되니까 조금만 기다리라고 해."

한나는 우울한 기분을 애써 떨치며 버티의 쿠키 바를 자르기 위해 조리대로 향했다. 초콜릿이 필요하다. 초콜릿을 먹으면 우울한 기분이 사라질 것이다. 하지만 초콜릿은 칼로리가 높다. 이미 베브 사이즈의 3배이지 않은가. 한나는 중간 달기의 초콜릿 칩 봉투에 손을 집어넣어 3개를 꺼냈다. 이거면 충분하다.

네 조각을 먹고 나니 기분이 한결 나아졌다. 놀라운 의지를 발휘해 한나는 한 조각만을 더 꺼내어 먹고는 유혹을 단호하게 뿌리친 것이다. 달콤한 초콜릿은 역시 한나의 기대를 저버리지 않고 마법 같은 효과를 발휘하기 시작했다. 한나는 가지런히 자른 버티의 바 쿠키를 홀에 있는 리사에게 전해준 뒤 다시 작업실로 돌아와 빌과 안드레아가 크리스마스 날 선물해준 노트북 컴퓨터를 켰다. 노먼의 치과병원에는 홈페이지가 있다. 이름은 잘 기억이 안 나지만 그 옛날 유명한 장군들 몇몇이 적을 알아야만 승리할 수 있다고 말하지 않았던가. 노먼의 홈페이지에 들어가 베버리 손다이크에 대해 최대한 많은 것을 알아볼 작정이었다.

지난 1월, 베버리 손다이크가 오기 전 노먼은 병원 홈페이지에 '베브 박사를 소개합니다'라는 새로운 코너를 하나 만들었다.

한나는 그 코너를 대단히 흥미로운 시선으로 읽어보았다. 코너는 상대방을 알아보기 위한 여러 개의 질문들이 나열되어 있고, 베브 박사가 그에 답하는 형식으로 꾸며져 있었다. 우선 베브 박사는 미니애폴리스에서

태어났고, 에디나에 있는 고등학교를 다녔으며, 미시간에 있는 대학을 나
왔다. 그리고 시애틀에서 치의학 학위를 받았고, 거기서 노먼을 만났다.
그녀가 가장 좋아하는 영화는 '타이타닉'이며, 음악은 클래식을 좋아하
고, 가장 좋아하는 음식은 멕시코 요리였다. 여가 시간에는 춤을 추러 가
거나, 영화를 보거나 독서를 한다고 했다. 우표 수집이 취미이며, 테니스
를 좋아하고, 가장 좋아하는 색깔이 베이지란다.

한나는 실소를 터뜨렸다. 이 웃음이 초콜릿 때문인지 노먼의 홈페이지
에 오른 베브 박사의 프로필 때문인지는 알 수 없었다. 이유야 상관없었
다. 왠지 모를 안도감에 마음이 가벼워졌다. 베버리 손다이크 박사에 대
해서는 이제 전혀 걱정할 필요가 없다. 노먼이 베이지 색을 좋아하는 여
자에게 빠질 리 없지 않은가!

버터스카치 보난자 바

오븐은 175도로 예열합니다. 틀은 오븐의 중앙에 두세요.

재료

소금기 있는 버터 1/2컵(112g) / 황설탕 2컵*** (측량할 때는 한 컵 가득 담으세요)

베이킹파우더 2티스푼 / 소금 1티스푼 / 바닐라액 1티스푼

거품 낸 계란 2개(포크로 저으세요)

밀가루 1과 1/2컵(나이프로 측량컵 윗면을 훑어주세요)

다진 견과류 1컵(선택사항) / 버터스카치 칩 2컵(선택사항)

*** 당장 갖고 있는 것이 흑설탕뿐이고, 밖은 몹시 춥고 길도 미끄러워서 도저히 상점까지 차를 끌고 나갈 수 없다 해도 좌절하지 마세요. 흑설탕 1컵에 일반 백설탕 1/2컵을 섞어보세요. 그러면 황색 빛의 설탕이 만들어질 겁니다. 일명 레슬리의 레시피라고도 하죠. 백설탕에 당밀을 섞으면 그 완성된 빛깔에 따라 어떤 형태의 황설탕도 제조가 가능하단 사실, 잊지 마세요.

한나의 메모: 레슬리는 견과류가 선택사항이라고 했지만, 그녀는 견과류를 넣은 보난자 바를 더 좋아했어요. 저도 호두를 넣은 게 맛있더라구요. 버티 스트롬은 다진 피칸에다가 버터스카치 칩 2컵을 첨가해 달라고 주문했어요. 엄마는 중간 달기의 초콜릿 칩만 넣고 견과류는 빼는 것이 좋다고 하셨고요. 로드 부인은 미니 초콜릿 칩 2컵에 다진 피칸 1컵을 넣는 것을 좋아하시고, 리사는 다진 호두 1컵에 화이트 초콜릿 칩 1컵, 버터스카치 칩 1컵을 더한 것을 좋아한답니다.
이것만 봐도 레슬리의 레시피가 얼마나 다양하게 활용될 수 있는지를 알 수 있겠죠? 처음에는 재료에 적힌 대로 견과류만 넣어서 만들어보세요. 그런 다음에 맛있을 듯한 재료들을 하나씩 더해서 만들어보세요.

만드는 법

1. 9×13 크기의 케이크 팬에 기름칠, 혹은 밀가루를 뿌리거나 들러붙음 방지 스프레이를 뿌립니다. 들러붙음 방지 스프레이는 밀가루가 섞인 것으로 준비하시면 됩니다. 팬이 준비되었으면 반죽을 시작합니다.

2. 버터를 녹이는데, 작은 소스팬을 낮은 불에 올려 녹이거나, 전자레인지 '강'에 1분 정도 돌려서 녹이면 됩니다.

3. 녹은 버터에 황설탕을 넣고 섞습니다.

4. 베이킹파우더와 소금을 넣고 섞습니다.

5. 바닐라액을 넣고 섞습니다.

6. 거품 낸 계란을 넣고 섞습니다.

7. 밀가루를 1/2컵씩 담아 넣으면서 한 번씩 넣을 때마다 섞어줍니다.

8. 견과류를 넣고 섞습니다.

9. 버터스카치 칩 혹은 선택한 다른 종류의 칩들을 넣습니다.

10. 반죽이 잘 섞였으면 준비한 케이크 팬에 붓고 고무주걱으로 윗면을 평평하게 다듬어줍니다.

11. 175도에서 20~25분 동안 굽습니다(저는 25분간 구웠답니다).

12. 바 쿠키가 완성되었으면, 오븐에서 꺼내 팬에 담긴 채로 식힘망이나 불을 켜지 않은 가스레인지 위에 올려 완전히 식힙니다.

13. 쿠키가 충분히 식었으면 날카로운 칼로 브라우니 정도의 크기로 자릅니다.

믿지 않으실지도 모르겠지만,

엄마가 저더러 중간 달기의 초콜릿 칩을 넣어

이 쿠키를 만든 다음 초콜릿 퍼지 프로스팅을 얹어 장식하면

어떻겠느냐고 제안하셨답니다.

전 가끔 엄마가 참치샌드위치 위에도

초콜릿 퍼지 프로스팅을 얹어 드시는 게 아닐까

의심스러울 때가 있어요!

한나는 바닥에 잠시 가방을 내려놓고 열쇠로 아파트 잠금장치를 열었다. 그런 뒤 한 걸음 뒤로 물러나 발뒤꿈치에 단단히 힘을 주고서는 문을 활짝 열었다. 한나 룸메이트의 습관을 잘 모르는 사람들이 이 광경을 보면 한나를 이상하게 생각하겠지만, 한나와 함께 살고 있는 고양이는 하루 일과를 마치고 돌아온 주인을 아주 성대하게 맞이하는 습성을 갖고 있었다.

"우후!"

한나의 품을 향해 날아드는 오렌지와 흰색이 섞인 10킬로그램짜리 털뭉치를 받아내며 한나는 뒤로 반 발자국 정도 주춤거렸다. 하지만 이내 균형을 되찾고 현관문을 지나 모이쉐가 가장 좋아하는 자리인 소파 뒤편에 녀석을 내려놓았다.

"내가 그렇게 반가워?" 한나가 물었다.

"라아아야야옹!"

모이쉐가 한쪽 눈만 깜빡이며 대답했다. 녀석은 한쪽 눈이 보이지 않았고, 귀도 찢어졌으며, 한나의 집에 들어오기 전 험난한 거리생활을 했던 터라 여기저기 상처도 많았다. 그래서 한나는 녀석의 이름을 모이쉐로 지었다. 여러 전투에서 승리를 거둔 애꾸눈의 이스라엘 장군 이름을 따서 말이다.

한나는 낡은 가죽 가방을 내려놓았다. 엄마는 이 가죽 가방이 보기 싫다며 크리스마스나 생일, 심지어는 성 패트릭의 날에도 대체할 만한 가방을 선물하려 했다. 하지만 엄마가 선물한 초록색의 그 앙증맞은 가방은 한나의 차 열쇠, 아스피린 두 알, 레이스 손수건이 겨우 들어갈 만한 크기였다.

"배고프니, 모이쉐?"

한나가 파카를 벗어 현관 옆 의자 위로 던졌다.

"야야옹!"

"알았어."

한나는 책상에 놓인 자동응답기를 쳐다보았다. 빨간색 불이 깜빡이고 있었다.

"메시지부터 듣고 나서 저녁 줄게."

"르야아아아옹!"

녀석의 거친 울음소리에 자동응답기로 향하던 한나는 걸음을 멈췄다.

"알았어. 그럼 메시지는 나중에 들을게. 닭고기 어때? 조금만 기다려. 잘게 잘라 줄게."

"냐아아옹!"

한결 부드러워진 모이쉐의 울음소리에 한나는 미소를 지으며 부엌으로 들어갔다. 동물은 결코 사람의 말을 알아들을 수 없다는 이론도 모이쉐를 보면 거짓이었다.

부엌은 어두컴컴했고, 한나는 이내 형광등의 스위치를 올렸다. 스노우 화이트 빛의 벽과 새하얀 부엌 집기들에 불빛이 반사되어 한나는 마치 휘황찬란한 영화 세트장에 들어서는 듯한 기분이 들었다. 부엌 벽을 좀 더 어두운 색으로 칠하는 것도 좋을 것 같다. 아니면 형광등의 전구를 낮은 와트의 것으로 교체하던가. 하지만 집에서 레시피를 시험해 볼 때에는 재료를 살피거나 측량을 정확히 해야 하니 환한 불빛이 필요하긴 하다.

모이쉐에게 줄 닭가슴살은 냉장고 위 제일 높은 선반에 있었다. 한나는 도마를 꺼내 닭가슴살을 잘게 잘랐다. 그런 다음 얼마 전 엄마 집에 가져간 키시 로레인을 만들고 남은 베이컨 조각을 냉장고에서 꺼냈다.

냉장고 문을 막 닫고 난 한나는 냉장고 위에 하얗고 둥근 이상한 것이 올라앉아 있는 게 눈에 띄었다. 아침에 오렌지 주스를 꺼낼 때에도 저게 있었던가? 손을 뻗어 물체를 집은 한나는 얼굴을 찌푸렸다. 새로 빨아 공처럼 말아 둔 한나의 하얀 양말이었던 것이다. 양말은 침실 서랍에 있어야 하는데. 이게 어떻게 해서 냉장고 위에 올라가 있지?

모이쉐의 먹이 그릇에 베이컨을 담으며 한나는 생각에 잠겼다. 일요일 오후에 빨래를 한 게 기억났다. 산더미 같은 빨랫감 때문에 한나의 세탁 바구니는 옷들이 넘쳐났다. 양말은 모두 말아서 분명 침실 서랍 안에 넣었다. 만약 침실까지 옮기는 도중에 하나를 떨어트린 것이라면 마실 것을 가지러 부엌에 가는 길에 분명 눈에 띄었을 것이다. 기억은 안 나지만, 어쩌면 한나가 그 양말을 집어 레모네이드를 마시는 동안 냉장고 위에 던져뒀는지도 모르겠다. 눈에서 멀어지면 마음에서도 멀어진다는 말은 이런 상황에도 적용이 되는 건가. 우연히 발견한 양말에 이리도 놀라다니 그동안 양말에 대해서는 까맣게 잊고 있었던 모양이다. 하긴 누구나 살다보면 이럴 때가 있다. 신경을 온통 다른 데에 쏟느라 엉뚱한 곳에 물건을 놓아두고도 기억하지 못하곤 한다. 아빠도 옛날에 한 번 돋보기안경을 냉장고에 넣어두고는 어떻게 해서 거기에 뒀는지 전혀 기억을 못했던 때가 있었다는 이야기를 하신 적이 있다.

드디어 미스터리가 풀렸다. 그래, 내가 올려놓고 잊어버린 모양이다. 그게 아니면 설명할 방법이 없었다. 한나는 바닥에 모이쉐의 먹이 그릇

을 놓아주고는 녀석이 머리를 파묻고 열심히 식사를 즐기는 모습을 바라
보았다. 그런 뒤 양말을 다시 침실 서랍장에 고이 넣어두었다.

정확히 1시간 30분 후, 한나는 레이크 에덴 호텔의 부스에 앉아 소시
지와 쌀, 양송이, 기름에 살짝 튀긴 어린 깍지 완두를 곁들여 살구 소스
를 발라 구운 게임 헨(영계 요리)을 먹고 있었다. 이 모두가 샐리 래플린의
훌륭한 작품들이었다. 맞은편에 앉은 마이크는 잘 조리된 봄 채소를 곁
들인 양고기 요리를 맛깔스럽게 먹고 있었다.

두 사람이 식사를 막 끝냈을 즈음에 샐리가 부스 자리로 다가왔다. 그
녀는 눈사람과 소나무, 지붕에 눈이 한가득 쌓인 붉은색 농가에 옛날 나
무 썰매가 그려진 독특한 호텔 요리사 앞치마를 두르고 있었다. 가슴에
는 직사각형 모양의 붉은 상자 안에 하얀색 실로 '레이크 에덴 호텔'이
라고 수놓아져 있었다. 홀과 주방을 분리하는 전면창 뒤로 요리를 하고
있는 주방장은 샐리가 얼마 전 새로 고용한 사람이었는데, 그가 입은 앞
치마에도 샐리의 앞치마와 똑같은 그림이 그려져 있었다. 주방장과 나란
히 서 있는 부주방장 역시 같은 그림의 앞치마를 두르고 있었지만, 샐리
의 붉은색과 대조되는 초록색 배경이어서, 두 사람의 다채로운 앞치마
조화가 호텔 주방에 또 하나의 활력이 되고 있었다.

"게임 헨 어땠어요?"

샐리가 한나에게 물었다.

"채식주의자가 아닌 게 다행이다 싶을 만큼 맛있었어요."

샐리는 웃음을 지으며 이번에는 마이크를 돌아보았다.

"양고기 요리는 괜찮았어요?"

"맛있었습니다."

마이크가 깨끗하게 비운 접시를 가리켰다.

“소스가 정말 환상이었어요. 그래서 한 방울도 남기지 않고 싹싹 긁어 먹었죠.”

“예리한데요! 그 요리는 소스가 핵심이죠. 정말 접시가 깨끗하네요. 이대로 다시 찬장에 넣어도 되겠어요.”

샐리가 마이크의 반응을 살피더니 이내 그의 어깨를 토닥였다.

“농담이에요.”

“다른 사람에게는 그런 농담하지 마십시오. 식품위생관리국에서 잠입 요원을 고용해 식당을 돌아다닌다는 소문이 있거든요. 그 사람들에게는 농담이 안 통할 겁니다.”

“그렇군요. 그럼 전 이만 부엌으로 돌아가―.”

“잠깐만요.”

마이크가 그녀를 잡았다.

“잠깐 시간 내주실 수 있습니까? 사진 몇 장 보여드리려고 하는데.”

샐리가 한나의 옆에 앉았다.

“설마 조카들 사진 보여주려는 건 아니죠?”

“아닙니다. 경찰 수사 건이에요.”

마이크가 자리 한편에 놓아둔 서류가방에서 파일을 하나 꺼냈다. 그러고는 사진 뭉치를 꺼내 샐리에게 건넸다.

“미니애폴리스 경찰에서 보낸 것인데, 자세히 봐주십시오. 누군가 그 보석들 중 하나를 하고 오거나 가지고 있는 걸 보시면 바로 저희 쪽으로 연락 부탁드리겠습니다.”

“도난당한 거예요?”

샐리가 사진들을 넘기며 물었다.

“네, 그 과정에서 죽은 사람도 있습니다. 그러니 혹시 누군가 보게 되더라도 조심하셔야 합니다. 절대 의심하고 있다는 걸 들키지 마세요. 우리한테 전화만 주시면 바로 달려오겠습니다."

"알았어요."

샐리는 자리에서 일어났다. 여전히 손에는 사진을 쥐고 있었다.

"우리 웨이트리스들에게 보여줘도 괜찮을까요? 웨이트리스들이 나보다 더 손님들을 많이 대하니까요."

"그럼 한나와 제가 디저트를 먹는 동안 보여주고 오세요."

샐리가 자리를 뜨자 한나는 마이크를 쳐다보았다.

"정말로 그 보석들이 우리 마을에 나타날 거라고 생각해요?"

"꼭 확신하는 건 아니지만, 가능성도 무시하지 못하지 않습니까. 강도가 현금도 갖고 달아났습니다. 옷방 서랍에 현금도 얼마 있었거든요. 그 정도 돈이면 보석들을 다 팔아치울 때까지 얼마간은 이곳 호텔에 묵을 수 있을 겁니다. 이런 작은 마을에 숨어들었을 거라곤 생각하지 않지만, 그래도 일단 바닥부터 시작해봐야죠."

"그럼 사진을 갖고 쇼핑몰에 있는 보석상에 가보는 게 낫지 않을까요? 거기서는 앤티크 보석을 사들여 되팔기도 하잖아요."

"한나만 괜찮다면 저녁 먹고 들러보려던 참이었습니다."

"난 괜찮아요."

한나가 대답했다. 쇼핑몰을 자주 찾지 않는 한나였지만, 지난주에 새 치즈가게가 오픈했다며, 거기서 맛본 모짜렐라 치즈 맛이 환상이었다고 안드레아에게 들은 터라 궁금하기도 했다.

잠시 후 웨이트리스가 휘핑크림과 초콜릿 컬을 올린 디저트 그릇 2개를 들고 나타났다.

"사장님이 최근 개발한 디저트예요."

그녀가 설명했다.

"서비스로 드리는 거랍니다."

“이름이 뭡니까?”

마이크는 웨이트리스의 대답도 기다리지 않고 숟가락으로 디저트를 떠 한입 맛보았다.

“모카 트리플이에요. 린다 시푸엔테스라는 친구분에게서 받은 레시피라고 해요. 그 친구분도 일리노이에서 호텔을 운영하고 계시다네요.”

“음, 맛있어요!”

한나는 먹는 데에 좀 더 집중하기 위해 더 이상의 말은 아꼈다. 강한 커피향이 다크초콜릿과 부드럽게 잘 어우러졌다. 입안에 감도는 느낌 역시 부드러웠다. 촉촉한 케이크에 피칸의 씹히는 맛, 그리고 중간 달기의 초콜릿 컬이 휘핑크림의 달콤함에 한데 녹아들었다.

“사장님 말씀이, 친구분께서는 한 번 맛보면 멈출 수 없다고 해서 이 걸 '카페인 중독'이라고 이름 붙이셨대요. 시중에 파는 케이크로 만들면 완성하는 데 15분밖에 안 걸려요. 물론 저희 사장님은 처음부터 직접 다 만드셨지만요. 사장님은 항상 직접 만드신 스펀지케이크를 사용하시거든요.”

웨이트리스가 앞치마 주머니에서 레시피를 꺼냈다.

“여기요.”

그녀가 한나에게 레시피를 건네주었다.

“사장님이 갖다 드리라고 해서요.”

“역시 샐리야.”

웨이트리스가 커피를 따르는 동안 한나는 레시피를 살펴보았다. 그러고는 다시 디저트를 맛보기 시작했다.

마이크가 손을 뻗어 레시피를 집더니 탐독하기 시작했다.

“역시 그럴 줄 알았어!”

“뭐가요?”

“여기 커피 알코올이랑 초콜릿 알코올이 들어가지 않습니까. 샐리가 설마 이걸 미성년자에게도 판매하는 건 아니겠죠.”

“그럴 리가 없잖아요!”

한나가 얼굴을 찌푸리며 말했다.

“샐리와 딕이 그런 것에 얼마나 조심하는데요.”

마이크는 약간 당황한 기색을 보였다.

“아무래도 경찰이다 보니 자꾸 이런 데에 신경이 쓰이게 되네요.”

그러니까요! 한나는 외치고 싶었지만 꾹 참았다. 이미 자신의 단점을 잘 파악하고 있는 마이크에게 굳이 더 지적할 필요는 없을 듯했다.

“레이크 에덴 호텔에서 술 문제 관련해서 신고 받은 적 있어요?”

대신 한나는 이렇게 물었다.

“없습니다. 한 번도. 호텔에서 나오는 사람들 중 음주운전으로 적발된 사람도 한 명도 없었습니다.”

마이크가 손가락으로 레시피를 두드렸다.

“이것 만들 수 있겠어요?”

“그럼요. 트리플 볼에 재료들만 쌓으면 되는 것 같은데. 별로 복잡하지 않아요.”

“그럼 다음 주 일요일에 만들어 줄래요?”

한나는 어깨를 으쓱했다.

“왜 안 되겠어요. 리사랑 요즘 밸런타인데이 준비 때문에 정신없긴 하지만, 15분 정도는 시간을 낼 수 있어요. 어디에 쓸 건데요?”

“생일 파티가 있습니다.”

한나는 침을 꿀꺽 삼켜 내렸다. 지난번에도 마이크가 생일 파티에 가져갈 것이라고 해서 디저트를 만들어준 적이 있었다. 그리고 그날 밤 생일 파티의 주인공은 살해당했다. 하지만 사실 그 이후에도 한나는 수많은 생일 파티의 디저트를 만들었고, 살해당한 이는 아무도 없었다. *바보 같이 걱정을 사서 하다니, 이건 거의 강박증에 가까워.*

"어때요, 한나? 할 수 있겠습니까?"

"그럼요, 할게요."

마이크에게 트리플을 만들어준다 한들 절대 아무 일도 일어나지 않을 거라며 스스로를 달래며 한나가 대답했다.

"알코올은 넣을까요, 넣지 말까요?"

"없이도 만들 수 있어요?"

"물론이죠. 알코올만큼 달콤하고 진한 액체로 대체하면 되니까요. 커피 알코올 대신 커피향이 나는 콘 시럽을 넣으면 되고, 초콜릿 알코올 대신 초콜릿 시럽을 넣으면 돼요."

"그렇게 해도 같은 맛이 날까요?"

"아주 똑같지는 않지만, 그래도 맛있을 거예요. 자, 알코올을 넣을까요, 말까요?"

"넣는 것으로 하죠. 어차피 많이 들어가지도 않고, 파티장에 아이들은 없을 거니까. 내일 주류점에서 재료를 사서 가게에 들르겠습니다."

"좋아요."

레이크 에덴 주류점에 최신 브랜드의 알코올이 있어야 할 텐데 생각하며 한나가 대답했다. 그리고는 마이크가 생일 파티 이야기를 꺼냈을 때부터 줄곧 궁금했던 질문을 던졌다.

"근데 누구 생일이에요?"

"베브요. 베브 박사 알죠?"

"알죠."

한나는 그냥 그렇게 대답하고 말았다. 어찌 베버리 손다이크 박사를 모를까. 노먼이 한나 가족들에게 인사시켰던 그날 밤 처음 만나고, 그 이후로도 몇 번 지나치면서 본 적이 있다. 하지만 베브 박사가 온 이후로 한 번도 노먼의 병원에 가지 않았기 때문에 그녀에 대해 그 이상 자세히 알지는 못했다. 그녀 역시 노먼과 삼각관계에 놓인 여자와 친구가 되고 싶지는 않을 것이다!

"베브가 생일날에도 부모님 집에 가지 못할 거라며 노먼이 나한테 파티 준비를 부탁했습니다."

마이크가 계속해서 설명했다.

"우린 베브가 레이크 에덴에서 처음 맞는 생일을 아무런 축하 자리도 없이 보낸다면 무척 외로워할 거라고 생각했죠."

마이크가 누구의 생일인지 먼저 말하지 않은 것이 다행이었다. 그녀의 생일인 줄 알았다면 트리플 부탁은 거절했을 것이다. 그때 마음속 악마가 나타나 경쟁자를 없애버릴 수 있는 절호의 기회라고 한나에게 소리쳤다. 하지만 이번에는 천사가 나타나 트리플에 독을 넣는 것은 불법일뿐더러 누가 했는지도 금방 들통 날 거라고 한나를 설득했다. 그러자 악마가 또다시 그보다 덜 치명적이지만, 나름 괜찮은 방책을 속삭였고, 그때 마이크가 미소를 지으며 한나를 향해 몸을 기울였다.

"좋은 생각이 났습니다."

마이크가 레이크 에덴의 아가씨들 절반은 능히 녹일 만한 따뜻한 미소로 말했다.

"노먼이 손님 초대도 나에게 맡겼는데, 아직 경찰서에 있는 사람 몇 명 말고는 초대하지 않았거든요."

순간 한나는 흡, 숨을 멈추고, 다음에 일어날 상황을 예측했다. 마이크가 무슨 이야기를 하려는 것인지 충분히 알 것 같았다.

"어때요, 한나? 한나도 오지 않겠어요?"

카페인 중독(모카 트리플)

오븐은 예열할 필요 없습니다. 이 디저트에는 오븐을 사용하지 않거든요.

재료

스펀지케이크 6컵 / 진한 커피 1컵(실온에서 식혀주세요)

그날의 토핑 16온스(448g) 혹은 6컵(전 휘핑크림을 사용했어요)

커피 알코올 1/4컵(전 스타벅스 카푸치노를 사용했답니다)

초콜릿 알코올 2테이블스푼 혹은 1/8컵(고디바 것을 사용했어요)

초콜릿 요거트 6온스(168g)짜리 2개***

미니 초콜릿 칩 3/4컵 / 다진 고반 3/4컵

*** 식료품점에 초콜릿 요거트가 없어서 일반 바닐라 요거트 6온스짜리 2개에 초콜릿 시럽 1/8컵을 섞었답니다. 효과 만점이었어요.

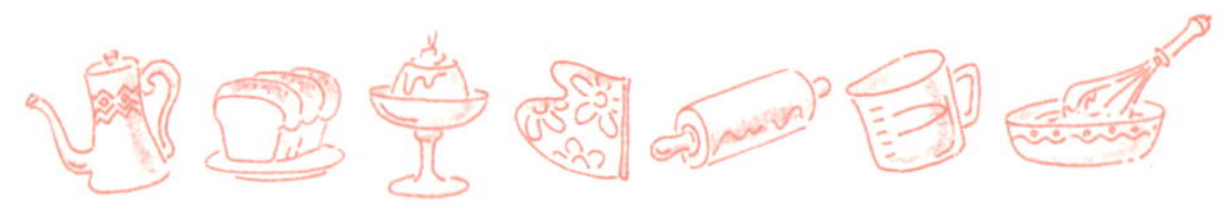

만드는 법

1. 스펀지케이크를 파티 때 종종 등장하는 깜찍한 사각 치즈의 두 배 정도 크기로 잘라주세요. 크기가 꼭 정확할 필요는 없어요. 그걸 일일이 재는 사람은 없을 테니까요.

2. 그렇게 자른 케이크 조각을 그릇에 넣고 진한 커피를 붓습니다. 그릇을 여러 번 흔들어 케이크에 커피가 골고루 스며들도록 해주세요.

3. 또 다른 작은 볼에 휘핑크림과 요거트, 알코올을 넣고 섞습니다.

4. 다시 작은 볼을 하나 더 꺼내 미니 초콜릿 칩과 다진 피칸을 넣고 한쪽으로 밀어두세요.

5. 12개 컵 분량을 담을 수 있는 예쁜 볼을 꺼내 작업대 위에 놓고 트리플 조합을 준비합니다.

6. 볼의 제일 바닥에 커피에 적신 케이크를 1/3 깔아주세요.

7. 그 위에 휘핑크림 혼합물을 1/3 얹습니다.

8. 그 위로 초콜릿 칩과 피칸 섞은 것을 1/3 뿌립니다.

9. 그 위부터는 위의 세 단계를 두 번 더 반복해주세요.

얹은 반면, 샐리는 레이크 에덴 호텔에서 초콜릿 컬을 얹어 손님들에
게 내고 있어요. 초콜릿 컬을 만들기 위해서는 두꺼운 초콜릿 바를 날
이 잘 선 칼로 멋지게 잘라내야 하지만, 가끔 시간이 별로 없을 때가
있죠. 그럴 때 저는 제철 딸기 혹은 미니 초콜릿 칩 몇 조각을 얹기
도 합니다.

이 디저트는 먹기 전에

적어도 3시간 동안 냉장고에 넣어두셔야 합니다.

재료가 모두 준비되었으면 아침에 출근하기 전 막간을 이용해

15분간 뚝딱 만든 다음, 냉장고에 넣어놓고 출근을 하세요.

그런 다음에 퇴근 후 저녁식사 때

손님에게 대접하면 됩니다.

"그래서 어떻게 할 거야?"

안드레아가 물었다.

"마땅한 핑곗거리가 생각나지 않아서 그냥 가겠다고 했어. 그럼 어떻게 해?"

"그러게 어제 내가 남긴 메시지를 들었어야지. 정확히 오후 4시 45분에 메시지를 남겼는데 말이야. 마이크가 빌을 생일 파티에 초대해서 빌이 나와 함께 가겠다고 수락했다고."

한나는 끙 소리를 냈다. 자동응답기에 빨간불이 깜빡이는 것을 보았는데도 모이쉐의 저녁부터 챙기느라 미처 확인하지 못한 게 화근이었다. 막 메시지 확인을 하려는데 마이크가 저녁을 함께하자며 전화를 했고, 샤워를 마친 뒤라 엉망이 된 머리카락을 진정시키느라 미처 메시지를 확인할 시간이 없었다. 그렇게 마이크가 도착을 했고, 그때 이미 한나의 머릿속에서 응답기 메시지 같은 것은 사라진 지 오래였다. 다시 마이크의 배웅을 받으며 집에 돌아왔을 때에도 자동응답기에 눈길 한 번 주지 않고 잠자리에 들었다.

"그러니까 메시지 확인 좀 잘해, 언니. 특히 핸드폰 꺼놓았을 때는 더더욱."

"핸드폰이 꺼져 있어?"

한나는 가방 바닥에서 핸드폰을 찾아냈다. 순간 왜 핸드폰이 꺼져 있는지 기억이 났다.

"맞다, 엄마의 레전시 로맨스 클럽 모임에 출장 서비스를 나갔을 때 껐어. 근데 모임이 끝나고 분명히 다시 켰던 것 같은데."

그러자 안드레아는 어깨를 으쓱했다.

"언니가 껐거나, 자동으로 배터리가 나갔거나 둘 중 하나겠지. 어쨌든 언니한테 전화하니까 바로 음성사서함으로 넘어가더라구. 언니 음성메시지 확인 안 한 지도 오래됐지? 사람들이 언니한테 연락할 수 있는 수단을 이렇게 다 차단해버리면, 언니도 도움되는 정보를 듣지 못하게 된다구."

"인정해."

한나는 핸드폰의 전원을 켜며 순순히 수긍했다. 하지만 평소보다 더 한참 들고 있었는데도 핸드폰에서는 아무런 소리도 나지 않았고 액정 화면 역시 아무것도 뜨지 않았다.

"핸드폰에 문제가 생겼나 봐. 켜지지가 않아."

"그럼 배터리를 갈아야 하는 것 아냐? 충전기 어디 있어? 내가 충전해줄게."

안드레아가 한나에게서 핸드폰을 건네받았다.

"집에 있어. 가게에는 갖다놓지 않았거든."

안드레아는 고개를 설레설레 저었다.

"정말 못 말려, 언니! 충전기가 무슨 값나가는 것도 아니고, 집이랑 가게랑 하나씩은 두고 써야지. 어차피 핸드폰 매장에 들를 일이 있었으니까, 간 김에 충전기 하나 더 사다줄게. 난 집에 하나, 사무실에 하나, 차에도 하나씩 두고 쓴다구. 핸드폰을 가득 충전시켜 놓는 게 제일 중요하거든."

"너한테는 중요하겠지. 넌 일 때문에라도 주고받는 연락이 많으니까. 하지만 나는 정말 개인적인 용도로밖에 사용하지 않아."

"그렇대도 중요해. 자, 이제 마이크 이야기나 더 해 봐. 언니한테 뭐라고 하면서 물어봤어?"

안드레아는 생일 파티 초대 건에 대해 다시 묻고 있는 모양이었다.

"좋은 생각이 있다고, 나도 오지 않겠느냐고. 근데 그때는 이미 내가 파티에 가져갈 모카 트리플을 만들어 주겠다고 약속한 뒤였다구."

"왜 그런 약속을 했어? 베브 박사가 온 걸 못마땅해하는 줄 알았는데."

"그렇지. 수락할 때만 해도 누구 생일인지 몰랐거든."

"마이크는 바보야."

안드레아가 한숨을 푹 내쉬며 말했다.

"남자들이란 정말 센스가 제로인가 봐. 하필이면 왜 언니한테 베브 박사의 생일 파티에 쓸 디저트를 만들어달라고 한 건지 도대체가 이해가 안 가, 설마……."

안드레아는 하던 말을 멈추고는 인상을 찌푸렸다.

"설마, 뭐?"

"다른 꿍꿍이가 있는 게 아니라면 말이야. 언니와 노먼 사이를 멀어지게 만들면 언니가 자동으로 자신한테 오지 않을까 생각했던 게 아닐까. 그게 아니라면……."

안드레아는 설명을 하던 중 잠시 멈칫했고, 한나가 대신 말을 이었다.

"그게 아니면 마이크의 IQ가 작은 부엌 조리기구만 한 거겠지."

"맞았어!"

한나의 비유에 안드레아는 즐거워했다.

"어떤 것에 비할 수 있을까?"

“토스트기.”

“마을 여자들 모두 그가 매력적이라고 생각하니까?”

“맞아. 게다가 마이크가 자신만을 바라본다고 생각했다가는 그가 다른 여자에게 눈을 돌릴 때마다 완전 열 받아 버릴 테니까. 마이크는 항상 그러잖아.”

안드레아가 고개를 끄덕이며 맞장구를 쳤다.

“언니가 이미 마이크에 대해 제대로 간파한 것 같네. 노먼은 어때? 노먼은 베브 박사를 왜 마을에 데려왔을까?”

“모르겠어. 나도 줄곧 생각해보긴 했는데.”

“언니의 질투심을 유발해서 자기한테 안달 나게 만들려는 의도는 아닐까?”

한나는 잠시 생각에 잠겼다가 이내 고개를 저었다.

“그건 아니야. 노먼은 잔머리 굴리는 타입이 아니니까. 분명 베브 박사를 데려온 데는 뭔가 이유가 있을 거야. 그게 뭔지는 잘 모르겠지만, 시애틀에서 온 친구가 미니애폴리스에 새 치과병원을 지었다는 소식을 듣고, 친구를 만나러 갔던 길에 무슨 일이 있었던 게 분명해.”

“정말?”

“레이크 에덴을 떠날 때만 해도 괜찮았거든. 커들스를 데려다주면서 나를 안아주기도 하고 키스도 해줬어. 근데 미니애폴리스에 도착하고 난 뒤의 노먼은 변했어. 메시지를 몇 개 남기긴 했지만, 목소리가 어딘가…….”

한나는 그때의 노먼 목소리를 어떻게 설명하면 좋을까 잠시 고심했다.

“차가웠어. 마치 모르는 사람한테 말하듯이 말이야. 그리고 다시 마을에 돌아왔을 때도 어딘가 모르게 냉랭했어. 나를 안아주면서 커들스를 잘 돌봐줘서 고맙다고 인사했지만……, 아무튼 차가웠어. 그 느낌을 달리 어떻게 설명해야 좋을지 모르겠다."

"떠나기 전에는 연인이었다가, 돌아오고 나서는 그냥 친구가 됐다?"

"바로 그거야. 난 지금도 그냥 친구인 거야. 그의 마음이 변한 계기가 분명 있었을 텐데, 그게 뭔지 모르겠다구."

"조만간 알게 되겠지, 뭐."

안드레아가 자리에서 일어났다. 그러고는 나가려다 말고 뒤를 돌아보았다.

"그래도 얼른 알아보는 게 좋겠어. 언니 손으로 노먼과 베브 박사의 웨딩 케이크를 만들게 되기 전에."

안드레아가 남기고 간 말을 한나는 심각하게 받아들였다. 하지만 그렇다고 지금 당장 한나가 할 수 있는 일도 없을뿐더러 가게 안팎으로 쿠키 주문도 엄청나게 밀려 있었다. 한창 쿠키 반죽에 몰두하고 있는데 리사가 회전문을 열고 들어와 크누드슨 부인이 한나를 만나러 왔다고 전해주었다.

"중요한 일이시래요."

리사가 말했다.

"여기로 안내할까요?"

"그래. 아마 주일에 쓸 쿠키 때문에 오셨을 거야. 예배 후에 클레어와 밥의 신혼여행 축하 파티가 열릴 거라고 들었거든."

그러자 리사가 고개를 가로저었다.

"그건 아닌 것 같아요. 굉장히 근심스러운 얼굴로 오셨거든요. 게다가 목사관에서 여기까지 걸어 오셨대요."

"이런 날씨에, 위험해! 영하 23도인 데다가 길도 미끄러울 텐데."

"그래서 허브에게 전화해서 모시러 오라고 이야기했어요. 아마 5분 안에 도착할 거예요. 그 사이에 따뜻한 커피 마시면서 같이 이야기 나누세요.”

리사가 다시 자리를 떴고 한나는 저렇게 명민하고 세심한 동업자를 만난 것은 행운이라고 다시 한 번 생각했다. 2년 반 전, 리사를 처음 고용했을 때 그녀는 갓 고등학교를 졸업한 어린 나이였다. 당시 리사는 좋은 대학에 진학할 수 있는 장학금도 탔지만, 알츠하이머를 앓고 계신 아버지를 돌보고 싶다며 레이크 에덴에 남기로 결정했다.

2년 반 사이 많은 일이 있었다. 일을 꼼꼼하게 잘 해내는 리사는 곧 풀타임 동업자로 승격되었고, 한나의 동창 친구인 허브 비즈먼과 작년 밸런타인데이에 결혼식도 올렸다. 허브의 어머니인 마지 비즈먼은 아들 부부를 위해 살던 집을 내주고, 리사의 아버지가 있는 집으로 거처를 옮겼다.

미망인인 마지가 역시나 홀아비인 잭의 집으로 이사했을 때 마을 사람들 사이에 여러 소문이 나돌긴 했지만, 한나 엄마의 활약으로 소문은 곧 잠잠해졌다. 이제 레이크 에덴 마을 사람들은 두 사람에 대해 이상하게 생각하지 않았다. 잭 허먼과 마지 비즈먼도 커플로 인정하는 분위기였다.

“안녕하세요, 크누드슨 부인.”

작업실에 들어선 부인을 향해 한나가 인사를 건넸다.

“와서 여기 앉으세요. 커피 한 잔 드릴게요.”

“고마워, 한나.”

크누드슨 부인의 목소리가 살짝 떨렸다. 한나는 서둘러 커피를 따랐다. 영하의 날씨에 목사관에서 여기까지 걸어오느라 무척 지쳤을 것이다.

“리사한테 얘기 들으셨어요? 허브가 집까지 모셔다드릴 거예요.”

“안 그래도 들었어. 정말 고맙지 뭐야. 허브는 원래 착한 청년이니까. 오늘 가게에 혹시 특별한 메뉴 없을까? 집에 갈 때 클레어와 밥에게 줄 깜짝 선물로 한 상자 사가려고. 그래야 내가 여기에 온 진짜 이유를 눈치채지 못할 테니까. 진짜 이유를 알게 되면 신혼여행을 떠나려 하지 않을 거야."

어—오, 무슨 일이지? 한나의 머릿속에 경고음이 울렸다. 부인의 표정이 무척 심각했다.

"걱정 마세요. 제가 특별한 메뉴로 포장해 드릴게요."

한나는 식힘망 쪽을 쳐다보며 그녀를 안심시켰다.

"초콜릿 슈가쿠키도 있고, 모카 너트 버터볼도 있어요. 월넛 데이트 츄랑 블론드 브라우니도 있구요. 일반 쿠키나 쿠키 바가 싫으시면 오늘 아침에 구운 캐롯 오트밀 머핀도 괜찮으실 거예요."

"머핀이 좋을 것 같은데. 새로운 메뉴야?"

"네, 리사가 루이스 테센에게서 받은 레시피예요. 오트밀 머핀 중 단연 최고래요. 미네소타 주 디저트 경연대회에서 1위를 차지한 메뉴예요."

"오!"

크누드슨 부인은 감탄했지만, 얼굴빛은 여전히 어두웠다.

"하나 맛보실래요?"

한나는 접시에 머핀을 담아 부인 앞에 내려놓았다.

"기꺼이. 루이스는 나도 잘 아는데 요리 솜씨가 정말 뛰어나지. 그녀가 좋아하는 오트밀 머핀 레시피라면, 분명 맛있을 거야."

부인은 머핀을 집어 한입 베어 물었다.

"역시 맛있어. 밥이랑 클레어에게 가져다주면 딱이겠어. 클레어는 오트밀을 좋아하고, 밥은 당근을 정말 좋아하거든."

"매튜는요? 매튜도 좋아할까요?"

그러자 크누드슨 부인은 인상을 찌푸렸다.

"매튜는 글쎄, 모르겠네. 적어도 머핀에 관해서는 말이야. 사실 내가 한나를 만나러 온 게 매튜 때문이야."

부인은 캐롯 오트밀 머핀과 함께 커피 세 잔을 비우며 한나에게 이야기를 털어놓았다. 부인은 매튜가 예전에 알던 그 아이가 아닌 것 같다며 걱정하고 있었다. 매튜의 정체를 처음부터 의심한 것은 아니었지만, 십 대 시절의 그 아이와 성인이 되어 나타난 그 아이 사이에 일치하지 않는 점이 너무도 많았다.

"제가 제대로 이해했는지 적어볼게요."

한나가 작업실에 상시 놓아두고 사용하는 수첩을 꺼내어 펼쳤다.

"십 대 시절 매튜는 초콜릿 알레르기가 있었는데, 어른 매튜는 아니라는 거죠."

"그래. 사실 알레르기가 갑자기 없어지거나 하는 게 아니잖아. 내 동생 베르타도 딸기 알레르기가 있는데, 평생을 그것 때문에 고생하고 있어. 조금만 먹어도 두드러기가 나거든."

"제가 초콜릿 알레르기에 대해 알아볼게요."

한나가 수첩을 내려다보며 약속했다.

"그리고 신학교에서 그렇게 오랫동안 휴가를 주는 것도 이상하다고 생각하시는 게 맞죠? 신학교에 전화해서 매튜가 정말 거기서 교편을 잡고 있는지, 지금이 안식월이 맞는지 확인해 주었으면 하시는 거구요."

"그래. 신학교에서 4개월이나 안식월을 줬을 리가 없어. 우리 애들 아빠도 정식 목사로 안수받기 전에 신학교에서 학생들을 가르쳤는데, 2년이 지난 후에야 겨우 6주간의 안식월을 받았으니까."

한나는 부인의 말을 모두 메모했다.

"그리고 또 한 가지 의심스러운 점이 매튜가 노래를 잘한다는 거라구요?"

“오, 그래! 정말 이상한 일이야. 루터교 목사들 중에 5절까지 있는 찬송가 ‘때 저물어 날 이미 어두니’를 그렇게 정확한 음정으로 끝까지 불러내는 사람은 지금껏 만나보질 못했거든.”

“어렸을 때 매튜는 어땠는데요?”

한나가 물었다.

“그때는 음정이 불안했나요?”

부인은 잠시 생각에 잠기더니 이내 한숨을 내쉬었다.

“모르겠어. 노래 부르는 걸 들어본 적이 없는 것 같아. 나는 늘 목사 가족들을 위한 앞자리에 앉았는데, 그 애에게 함께 앉자고 하니 자기 친구들이랑 뒤편에 앉겠다고 했거든.”

“매튜의 노래 솜씨 때문에 그가 정식으로 안수를 받은 목사가 맞는지 의심이 드셨다는 거죠?”

“그래. 만약 정말로 신학교에 매튜 월터스라는 사람이 교편을 잡고 있고 정식 목사에다가 현재 4개월 안식월을 갖고 있는 것도 확실하다면, 그 매튜라는 사람이 노래를 잘 부르는지도 알아볼 수 있을까?”

“해볼게요.”

한나가 대답했다. 하지만 그리 녹녹치는 않을 듯했다. 신학교에 전화를 거는 일이라면 안드레아에게 부탁하는 편이 낫겠다. 빌은 안드레아의 목소리가 꾀꼬리처럼 곱다며 칭찬을 아끼지 않는데다가 사람들에게 정보를 얻어내는 데에는 안드레아만큼 실력 좋은 사람도 드무니까.

“참, 소파 이야기도 있는데, 하마터면 깜빡할 뻔했네.”

부인이 다시 입을 열었다.

“응접실에 있는 분홍색 소파요?”

“그래. 매튜는 원래 초록색이었던 걸로 기억한다고 했는데, 그 애가 그렇게 기억할 리가 없어. 어젯밤에 신문을 보다가 문득 생각났는데, 그 애가 우리와 함께 지낼 때 소파는 붉은색이었거든. 초록색으로 바꾼 것은 그 애가 떠난 뒤였어."

"하지만—."

부인이 손을 들어 한나를 가로막았다.

"물론 그 애가 잘못 기억하는 걸지도 모르지. 하지만 이상한 게 단지 이것뿐만이 아니니까 의심이 커지는 거야."

"이해해요."

"정말 이해할 수 있겠어?"

부인이 한나의 눈을 뚫어져라 바라보았다.

"내가 말도 안 되는 오해를 하고 있다고 생각하는 건 아니지?"

"아니요. 십 대 시절 매튜가 어떤 아이였는지 말씀하신 걸 들으니 저도 좀 이상하다는 생각이 드네요."

"그럼 대신 전화를 걸어 확인해주겠어?"

"기꺼이요."

"오, 고마워라!"

크누드슨 부인은 주머니에서 꼬깃꼬깃 접힌 쪽지를 꺼내 한나에게 내밀었다.

"콩코르디아 신학교 전화번호야. 거기가 바로 매튜가 교편을 잡고 있다는 곳이지. 비서 이름은 코린느랬어. 초콜릿 알레르기 이야기를 하면서 비서 이름을 언급하길래 내가 혹시나 하는 마음에 메모를 해뒀지. 시외전화라 요금이 많이 나올 텐데, 그 요금은 내가 나중에 줄게."

"그러시지 않으셔도 돼요. 저도 부인만큼 호기심이 생겼는걸요. 이따 오후에 코린느에게 전화해 볼게요. 그녀와 연락이 안 되면 내일 아침에 다시 걸어보구요."

한나는 손을 뻗어 부인의 손을 잡았다.

"너무 걱정하지 마세요. 내일 오전 중에는 꼭 답을 갖고 연락을 드릴 게요."

크누드슨 부인은 작업실에 들어온 이후 처음으로 미소를 지어 보였다.

"고마워, 한나. 정말 얼마나 고마운지 몰라. 내가 전화를 걸어볼 수도 있지만, 혹시 그 애가 엿들을까 봐 걱정이 되어서 말이야. 그 남자가 정말 매튜라면, 내가 의심하고 있다는 사실에 상처를 받을 게 아냐. 그리고 매튜가 아니라면 무언가 딴 생각을 하게 될지도 모르지. 내가 의심하고 있다는 걸 그 남자가 알게 되는 것도 싫고."

"충분히 이해해요."

한나는 수첩을 닫고 자리에서 일어났다.

"머핀부터 포장해 드릴게요. 허브가 도착했는지 리사에게도 물어보고 요."

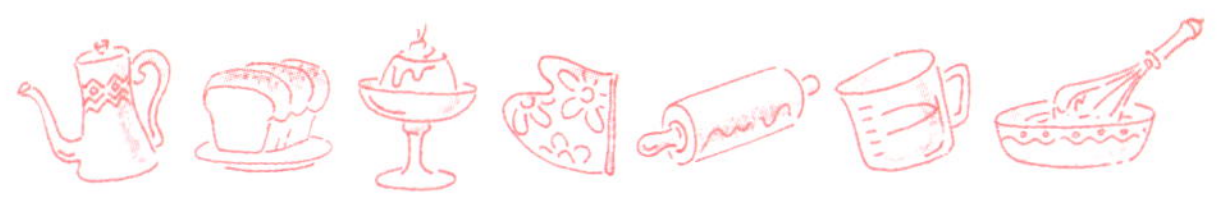

캐롯 오트밀 머핀

오븐은 190도로 예열합니다. 틀은 오븐의 중앙에 두세요.

재료

밀가루 1과 1/3컵 / 정통 방식으로 건조시킨 오트밀 1컵

베이킹파우더 1테이블스푼 / 베이킹소다 1/2티스푼

시나몬 1티스푼(저는 시나몬 1/2티스푼과 카르다몸 1/2티스푼을 섞었답니다)

황설탕 1/2컵(측량할 때 바닥에 내려치며 담아주세요)

잘게 다진 당근 3/4컵(측량할 때 바닥에 내려치며 담아주세요)

건포도 1/2컵(전 골든 건포도를 사용했어요) / 우유 1/2컵

거품 낸 계란 1개 / 소금기 있는 버터 녹인 것 1/3컵 / 바닐라액 1티스푼

만드는 법

1. 12개들이 머핀용 팬에 기름칠 혹은 들러붙음 방지 스프레이를 뿌립니다.

2. 커다란 볼에 밀가루와 오트밀을 넣고 섞습니다.

3. 거기에 베이킹파우더, 베이킹소다, 시나몬을 넣고 다시 잘 섞습니다.

4. 황설탕을 넣고 잘 섞어줍니다.

5. 당근은 최대한 잘게 다져 줍니다. 그래야 머핀이 구워지는 동안 먹음직스러운 황금빛 갈색을 띠며 맛있게 잘 익을 수 있거든요.

6. 다진 당근과 건포도를 볼에 넣고 다시 섞어줍니다.

7. 또 다른 작은 볼에 우유와 거품 낸 계란, 녹인 버터와 바닐라를 넣습니다. 재료들이 골고루 섞이도록 저어줍니다.

8. 작은 볼의 내용물을 아까의 큰 볼에 넣고, 건조하게 남아 있는 곳 없이 모든 재료들이 속속들이 섞이도록 저어줍니다.

9. 반죽이 완성되었으면 아까 준비한 머핀용 팬에 3/4 깊이까지 차도록 반죽을 붓습니다.

10. 190도에서 20~25분간 굽습니다. 머핀의 가운데에 꼬챙이를 찔렀을 때 묻어나오는 것 없이 깨끗하면 완성입니다(물론 꼬챙이가 완전히 깨끗한 채로 나올 수는 없겠죠. 이건 단지 요리책에서 사용하는 표현일 뿐이구요. 이 말은 곧 아직 익지 않은 반죽이 묻어나오지만 않으면 된다는 이야기입니다).

11. 불을 켜지 않은 가스레인지나 식힘망으로 팬을 옮겨 10분간 식힙니다. 꼭 10분을 식힌 다음에 머핀을 꺼내야 합니다. 왜냐하면 오븐에서 꺼내자마자 바로 머핀을 꺼내려고 하면 머핀이 깨지기 때문입니다. 애써 구웠는데 머핀이 깨져버리면 큰일이잖아요!

12. 10분간 식혔으면 칼로 각 머핀의 가장자리를 훑은 다음 조심스럽게 꺼냅니다. 머핀을 다 꺼냈으면 식힘망으로 옮겨서 완전히 식힙니다. 하지만 분명 식기도 전에 몇 개는 사라지게 될 거예요.

한나의 메모: 초콜릿이 들어가지 않으면 쳐다도 보지 않는 엄마가 좋아할 정도면 맛은 보장된 거죠!

　한나는 부엌 벽에 걸린 시계를 쳐다보았다. 아침 9시 45분. 안드레아는 벌써 45분째 전화기를 붙들고 있었다. 귀를 아무리 활짝 열어보아도 안드레아의 이야기로는 아무것도 알아낼 수 없었다. 매튜 목사가 실존 인물인지 아닌지는 여전히 미지수였다. 한나도 나름 초콜릿 알레르기에 대해 조사해 보았는데, 간혹 그 증상이 없어지는 경우도 실제로 있었다. 오랫동안 초콜릿을 끊었던 사람이 어쩌다 다시 먹게 되면 아무런 증상을 보이지 않을 수 있다고 말이다. 매튜 목사도, 그의 주장대로 그런 경우일지도 모른다.

　숟가락이 찻잔에 부딪히는 소리, 손님들의 나지막한 말소리와 간간히 들려오는 웃음소리가 회전문을 통해 홀에서 작업실까지 전달되었다. 오늘 아침 쿠키단지는 손님들로 붐볐다. 아무리 한 시간이라지만 이렇게 바쁜 평일에 자리를 비우는 것이 한나는 미안했다. 하지만 리사는 크누드슨 부인을 안심시켜드리는 것이 우선이라며 흔쾌히 한나를 배려해주었다.

　"당신도요, 코린느."

　안드레아가 말했다.

　"정말 큰 도움이 됐어요. 이만하면 충분한 것 같아요. 이야기해줘서 정말 고마워요. 'ï' 이 두 번 들어가는 코린느라고 했죠? 'd' 가 두 번 들어가는 애덤스구요?”

한나는 귀가 번쩍 뜨였다. 안드레아가 매튜의 비서와 이야기를 끝내려는 모양이다.

“아무튼 다시 한 번 고마워요. 통화 즐거웠어요.”

한나는 이미 식어버린 안드레아의 커피를 버리고 김이 모락모락 나는 새 커피를 따랐다. 커피를 들고 작업대로 왔을 때 안드레아는 핸드폰을 가방에 다시 넣고 있었다.

“뭐래?”

한나가 커피를 내려놓으며 물었다.

“매튜의 비서가 정말 큰 도움이 됐어.”

“네가 그렇게 유도했잖아.”

“아니, 코린느가 원래 수다스러운 거야. 상사도 자리를 비운 터라 심심했나 봐.”

“그래도 세인트루이스 포스트-디스패치(미주리 주 세인트루이스의 메이저급 지역 신문)의 기자인 척해야 했으니 말 다했지.”

“선의의 거짓말이었어. 어쨌든 우리의 의도는 선하잖아. 크누드슨 부인이 정말 걱정 많이 하신다면서.”

“그래. 아까 너 통화할 때 ‘네’, ‘아니오’ 대답만으로는 전혀 감이 안 잡히던데, 부인께서 걱정하실 만한 일이 정말 있는 거야?”

안드레아는 고개를 가로저었다.

“매튜 월터스 목사는 정식으로 목사 안수를 받은 미주리 시노드 루터교 목사야. 신학교 교수이기도 하고. 지난주부터 4개월 동안 안식월을 받았대. 떠나기 전에 코린느에게 미네소타에 있는 작은 마을 레이크 에덴에 들를 거라고 이야기했다던데. 로버트 크누드슨 목사를 만나러 말이야. 크누드슨 부인도 만나 회포도 풀겸.”

"그럼 그건 확인이 된 거구나."

"그리고 또 있어. 신학교에서 매튜 목사가 뭘 했냐고 물어보니까 음악 부전공을 했대. 찬송가도 몇 곡 만들었다던데? 학교 합창단에서 테너 솔로리스트로 활동하고 있기도 하고."

"그렇다면 루터교 목사들은 모두 노래를 못한다는 부인의 가설이 잘못된 거로구나."

"그런 것 같아."

안드레아가 종이 냅킨에 끼적인 메모를 물끄러미 내려다보았다.

"그리고 소파에 대해서도 알아낸 게 있어."

한나는 놀랄 수밖에 없었다. 안드레아의 통화를 옆에서 전부 듣고 있었지만 소파에 대해서는 언급하지 않았다.

"어떻게 알아냈어?"

"코린느의 이야기를 듣고 추측할 수 있었지. 그녀 말이 매튜는……."

안드레아는 메모가 가득 적힌 냅킨을 내려다보았다.

"……적색각 이상자래."

"그럼 색맹?"

"맞아. 언니 어떻게 알았어?"

한나는 어깨를 으쓱했다.

"어딘가에서 읽은 것 같아. 그리고 또 뭐래?"

"그래서 붉은색을 초록색 비슷하게 인식한대. 비서 생활 1년 동안 모르고 있었는데, 사무실에서 열렸던 크리스마스 파티에 환한 붉은색 셔츠에 초록색 넥타이를 하고 왔더래. 크리스마스 파티 분위기랑 너무 잘 어울린다고 칭찬을 했는데, 매튜 목사는 전혀 영문을 몰라 하더라는 거야. 붉은색 셔츠를 초록색 계열로 착각하고는 자기 딴에는 그것과 어울리는 초록색 넥타이를 매고 왔던 거지."

“그렇게 된 거구나!”

한나는 그제야 이해가 되었다.

“크누드슨 부인의 집에 있던 붉은색 소파가 그 사람에게는 초록색으로 보였던 거야.”

“그렇지.”

“그럼…… 끝이네. 부인이 갖고 있던 의심들은 다 설명이 되었는걸. 말씀드리면 크게 안심하시겠어!”

“우리가 지금 당장 찾아뵙고 말씀드리는 게 좋겠어.”

안드레아는 ‘우리’ 라고 말하고 있었다.

“너도 같이 가게?”

한나가 물었다.

“당연하지! 부인 댁에 어제 먹고 남은 데블스 푸드 케이크가 있으면 좋겠는데. 언니 이야기 듣고 무척 먹어보고 싶어졌거든. 매튜 목사에 대한 좋은 소식을 들고 가면 너무 기뻐하시면서 우리에게 커피와 함께 케이크를 내주시지 않을까?”

커다란 믹서기를 낮은 속도로 가동시키며, 작은 볼에 소금과 베이킹소다, 베이킹파우더, 그리고 설탕을 넣고 섞는 한나의 입가에 미소가 번졌다. 레드 데블스 푸드 케이크 레시피를 시험해보고 있는 중이었다. 물과 버터, 초콜릿, 황설탕, 그리고 에스프레소 파우더를 넣어 만든 소스가 소스팬 안에서 식고 있었고, 한나는 케이크 팬에 미리 기름칠을 한 뒤 밀가루를 뿌리고, 바닥에 기름종이까지 깔아놓았다. 매튜 목사가 어린 시절 함께 지냈던 그 아이가 확실하다는 소식을 전해 드리니 부인은 무척이나 기뻐했다. 그리고 안드레아의 예상이 적중했다. 크누드슨 부인이 잠시 앉아서 케이크와 커피를 들고 가라며 두 사람을 붙잡았던 것이다. 그리고 한나에게 일요일 예배 후에 있을 클레어와 밥의 신혼여행 축하 파티에 출장 베이커리 서비스를 부탁했다.

한나는 볼에 설탕을 더하며 부인의 제안을 곰곰이 생각해 보았다. 클레어와 밥의 신혼여행지가 하와이니까 트로피컬 타입의 쿠키를 만들면 좋을 것 같았다. 트로피컬 타입의 쿠키라면 이미 몇 가지 종류를 알고 있지만, 이번만큼은 무언가 새로운 것을 만들어 보고 싶었다.

한나는 코코아가루와 남은 설탕을 볼에 넣으며 여전히 생각에 잠겼다. 그런 다음 계란을 하나씩 깨어 넣고 바닐라액을 첨가했다. 초콜릿 향기가 감미로웠다. 순간 한나는 밥과 클레어의 쿠키에 초콜릿과 코코넛을 넣으면 되겠다고 결심했다. 초콜릿과 코코넛은 한 번도 실패한 전적이 없는 전통 어린 콤비이지 않은가.

소스팬의 소스가 계란을 넣어도 익지 않을 만큼 완전히 식자 한나는 소스의 반을 볼에 붓고 밀가루도 반을 부었다. 재료가 골고루 섞이고 난 뒤 다시 남은 소스 반과 밀가루 반을 넣고 잘 섞어주었다. 그런 다음 믹서기를 끄고, 채도 빼낸 다음 반죽을 손으로 저어주었다.

미니 초콜릿 칩을 얹은 코코넛 쿠키가 좋겠다. 준비한 케이크 팬에 반죽을 담고 팬을 오븐에 넣으며 한나는 그 코코넛 쿠키를 어떻게 하면 좀 더 트로피컬하게 꾸밀 수 있을까 고민해보았다. 오븐의 타이머를 20분으로 맞춰 놓는 동안 문득 한나의 머릿속에 좋은 생각이 번뜩였다. 쿠키 위에 트로피컬한 장식을 얹는 것이다. 트로피컬한 느낌을 주면서도 코코넛과 초콜릿이 들어간 쿠키에 어울릴 만한 맛있는 재료여야만 한다.

과일 조각은 일단 제외시켰다. 과즙 때문에 끈끈해질 게 뻔하다. 그때 엄마가 뒷문으로 들어섰다.

"시간 있니, 얘야?"

엄마가 물었다.

"그럼요. 방금 오븐에 케이크 넣었으니까 막간을 이용해서 잠깐 쉬죠, 뭐. 커피 드릴까요?"

"커피라면 오늘 하루 종일 마셨단다. 혹시 주스는 없니?"

"오렌지랑 포도랑 복숭아 있어요."

"오렌지 주스가 좋겠구나. 출간 기념 파티 때문에 의논하려고 들렀단다."

"그래요."

한나는 당황했다. 사실 엄마의 두 번째 책 출간 기념 파티에 대해서는 아무것도 계획한 것이 없었다. 근데 일정은 어느새 다음 주 일요일로 바짝 다가와 있었다.

"영국에 사는 내 친구 켈리-앤이 다과회에 안성맞춤인 레시피를 보내 줬단다."

엄마가 주스를 가지러 가는 한나의 얼굴에서 당황한 기색을 눈치채지 못한 것이 다행이었다. 영국에 사는 친구분의 레시피라니, 영국식 레시피는 미국식으로 측량 단위를 변환해야만 했다. 영국에서는 9와 2/3온스 혹은 1/2컵의 1/3과 같은 이상한 표현을 사용하니 말이다. 물론 반올림을 하는 방법이 있지만, 성가신 것은 사실이었다.

엄마에게 주스를 가져다주며 한나는 나름 표정 관리에 신경 썼지만, 눈빛에 서린 근심은 지워지지 않은 모양인지 엄마가 한나를 보더니 웃음을 터뜨렸다.

"걱정 마라, 얘야."

엄마가 말했다.

"레시피 변환이 귀찮은 일이라는 건 나도 잘 안다. 그래서 켈리-앤에게 그것도 부탁을 했지. 전부 미국식으로 변환되었단다. 오븐의 온도까지 말이다."

한나는 엄마의 맞은편에 앉으며 안도의 한숨을 내쉬었다. 이제 걱정할 게 없었다. 그 레시피가 한나가 이전에 만들어본 적이 있는 종류의 메뉴라면, 그리고 거기에 들어간 재료들이 플로렌스의 빨간 부엉이 식료품점에서도 모두 구입할 수 있는 것들이라면 순순히 엄마 의견에 따라 레시피 대로 준비해야겠다고 생각했다.

"무슨 레시피인데요?"

한나가 마음속으로 행운을 기원하며 물었다.

" '오렌지 크림' 이라는 쿠키 레시피란다. 취향에 따라 '레몬 크림' 으로 만들어봐도 괜찮겠지. 아니면 파티에 둘 다 내놓는 것도 방법이 될 수 있겠다."

"좋을 것 같네요."

한나는 안도의 미소를 지었다.

"레시피 가져오셨어요?"

"당연히 가져왔지."

엄마가 백에서 레시피를 꺼내 한나에게 건네주었다.

한나는 레시피를 재빨리 읽어보았다. 켈리-앤은 재료 하나하나 옆에다가 세심하게 설명을 달아두었다.

"어떠니, 얘야?"

한나가 레시피를 다시 스테인리스 소재의 작업대 위에 내려놓자 엄마가 물었다.

"롤 쿠키네요. 손이 많이 가는 메뉴라 가게에서는 별로 만들지 않았는데, 그래도 해볼 만하겠어요. 맛있을 것 같아요."

"그럼 파티 때 두 종류 다 만들 생각이냐?"

"그래야죠. 샴페인하고도 잘 어울리겠어요. 일단 테스트용으로 만들어서 맛보여 드릴게요."

"잘됐구나!"

엄마는 기쁜 듯했다.

"지금까지 오겠다고 연락을 취해 온 사람이 37명인데, 다음 주에는 연락이 더 많이 올 것 같아. 그러니까 100명 정도 예상하고 있거라. 남은 쿠키는 여기서 판매하면 되지 않겠니."

"그렇게 많이 남진 않을 것 같아요. 제 예상만큼 맛이 좋으면 두 배분량 정도는 준비해야 할걸요."

엄마가 자리에서 일어날 채비를 하기 시작했다.

"나는 이만 돌아가 봐—."

"잠깐만요, 엄마."

엄마가 미처 일어나기도 전에 한나가 붙잡았다.

"엄마가 도와줘야 할 게 있어요."

"그래. 말해보렴."

엄마가 다시 자리에 앉았다.

"뭔데 그러느냐?"

"일요일 예배 후에 있을 밥과 클레어의 파티 때문에요. 두 사람의 신혼여행지가 하와이라서 크누드슨 부인이 트로피컬 분위기가 나는 쿠키를 부탁하셨어요. 그래서 코코넛과 초콜릿 칩을 넣은 쿠키를 만들까 하는데, 어떻게 생각하세요?"

"초콜릿 칩은 솔직히 트로피컬 분위기는 아니잖느냐, 얘야."

"하지만 코코넛이랑 잘 어울리는 게 초콜릿이잖아요."

"그렇긴 하지."

엄마는 잠시 생각에 잠겼다.

"코코넛 쿠키의 반에는 초콜릿 칩을 넣고, 나머지 반에는 설탕에 절인 파파야를 넣으면 어떻겠느냐? 지난번에 오트밀 건포도 크리스피를 만들 때도 건포도가 떨어져서 그런 방법으로 대체하지 않았니."

"좋은 생각이에요, 엄마! 그때 일은 까맣게 잊고 있었네요."

"그래, 그때 정말 맛있었단다. 다시 한 번 해보렴."

"그럴게요. 혹시 그날 파티 준비에 관해서 더 제안 주실 것 없으세요?"

"있고말고. 쿠키마다 마카다미아를 한 알씩 올리면 좋겠구나. 그러면 하와이 분위기가 물씬 나지 않겠니? 그리고 쿠키를 낼 때는 네 아빠의 서핑보드를 이용하면 어떻겠느냐? 표면이 접시처럼 평평하니까 쿠키가 쏟아지진 않을 게다."

"아빠한테 서핑보드가 있었어요?"

한나는 깜짝 놀랐다. 운동에는 소질이 없다고 생각했던 아빠에게 서핑보드라니, 상상할 수 없었다.

"그냥 장식용이었단다. 하와이 공항에 있는 가게에서 파는 관광기념품 있잖니. 내 기억으로는 야자수 나무랑 파도 그림이 그려져 있었던 것 같구나. 결혼하고 몇 년 동안 거실 벽에 걸어두었지."

"근데 그걸 아직도 갖고 계세요?"

"그래. 네 아빠가 벽에서 떼어낸 이후 줄곧 다락방에 보관했단다. 필요하면 가서 찾아보렴."

한나는 즉시 마음의 결정을 내렸다.

"찾아봐야겠어요. 그거면 쿠키 접시로 딱이겠는데요. 겉면을 비닐랩으로 깨끗하게 덮으면 위생 문제도 걱정 없을 거예요. 엄마는요? 엄마는 하와이에서 사온 기념품 없어요?"

"사오긴 했지만, 오래 보관할 건 아니었다. 공항에서 글쎄 마카다미아를 팔지 않았겠니. 초콜릿을 입힌 마카다미아는 또 내가 무척 좋아하지 않느냐. 그때까지만 해도 우리 마을에는 그런 마카다미아를 팔지 않았기 때문에 여섯 상자나 사왔지. 그러고 보니 또 생각이 났는데, 플로렌스에게 전화해서 마카다미아 초콜릿을 주문하면 어떻겠니? 그러면 그냥 마카다미아를 올린 파파야 쿠키랑 초콜릿을 씌운 마카다미아를 올린 파파야 쿠키 두 종류를 만들 수 있겠어.”

“훌륭해요! 평소 베이킹을 많이 하지 않는 엄마치고는 아이디어가 정말 환상이에요.”

“고맙구나, 얘야. 도움이 됐다니 나도 기쁘다.”

엄마는 다시 자리에서 일어났다. 이번에는 한나도 붙잡지 않았다.

“그럼 토요일에 보자꾸나, 얘야. 혹시 저녁식사 같이 하고 싶거든 하와이언 팟 로스트랑 이지 라자냐를 만들어주마.”

엄마표 이지 라자냐와 하와이언 팟 로스트는 생각만 해도 속이 느글거렸다. 물론 맛이 없는 건 아니었다. 다만 매주 한 번씩 갖는 모녀간의 오붓한 저녁식사에서 엄마는 늘 라자냐 아니면 팟 로스트를 만들곤 했기 때문에 주말까지 그 메뉴들을 마주하고 싶지 않았다.

“한나?”

엄마가 대답을 재촉했고, 한나는 애써 슬픈 표정을 지어 보였다.

“미안해요, 엄마. 토요일 밤에는 약속이 있어요.”

“오, 그래…… 그럼 다음에 하자꾸나. 나도 어차피 해야 할 일이 많으니까. 다음번 레전시 로맨스 소설의 윤곽 잡는 작업을 2주 안에 마무리해야 하거든.”

“제목은 정하셨어요?”

“아직. 하지만 두운체를 사용해야겠지. 내 책의 제목들은 다 두운체니까. 혹시 좋은 생각 있느냐?”

한나는 잠시 생각에 잠겼다. 엄마의 첫 번째 책의 제목은 ‘A Match for Melissa’ 였다. 그리고 다음 주에 새롭게 출간될 책의 제목 역시 ‘A

Season for Samantha' 였다.

"'A Boyfriend for Bettina' 어때요?"

"너무 현대적이잖니. 레전시 시대에는 'boyfriend' 라는 단어를 사용하지 않았단다."

"알았어요. 그럼…… 'A Husband for Holly' 는요?"

엄마는 잠시 고민하더니 이내 미소를 지었다.

"맘에 드는구나. '홀리' 라는 이름은 평범한 이미지니까 소설 끝에 그녀와 결혼하는 남자는 귀족으로 설정해야겠다. 귀족들 중에는 자기보다 아래 계층의 아가씨와 결혼하는 사람도 종종 있었으니 말이야. 그렇게 해서 아가씨도 신분 상승하게 되는 거지."

"공작과 결혼하면 공작부인이 되는 거예요?"

"그래."

"그럼 반대로 귀족 아가씨가 자신보다 신분이 낮은 남자와 결혼하면 어떻게 돼요? 그 남자도 신분이 상승하나요?"

"아니지, 애야. 반대의 경우는 해당이 안 된단다. 사실 공작이 죽고 나면, 그가 생전에 소유했던 땅이며 집도 공작부인의 소유가 되지 않아. 그 장남이 자연스럽게 공작의 작위를 물려받고, 그 부인, 그러니까 며느리가 공작부인이 되는 거지. 부인은 귀족 미망인 신분으로 하락하게 된단다."

"그건 어떤 신분인데요?"

"아주아주 하위 계층이야. 귀족 미망인은 죽은 남편의 유산 일부로 마련한 조그마한 집에서 살아야 했는데, 전에 살던 공작의 성이랑은 가능한 멀리 떨어진 곳이어야 했단다. 평소 착용하던 보석이며 돈도 모두 놓고 나와야 했지. 그건 모두 새로운 공작의 소유가 되었으니까. 미망인은 전적으로 아들 공작 부부가 보내주는 돈에만 의지해서 살아야 했단다."

“불공평해요!”

“그렇지. 하지만 그땐 그랬다는구나.”

“차라리 결혼을 하지 않는 편이 더 나았겠는데요.”

한나가 추측했다.

“그렇지 않단다, 애야. 결혼하지 않은 여자는 천민보다 더 못한 취급을 받았어. 그랬기 때문에 시즌이 되면 젊은 아가씨들은 하나같이 멋지게 차려입고 런던 거리를 배회했단다.”

“시즌이요?”

“그때는 그렇게 불렀다는구나. 신사들이 국유지에서의 사냥 게임을 마치고 다시 의회가 시작되기 전까지의 기간을 시즌이라고 불렀다지 뭐냐. 젊은 아가씨들은 왕비의 부름을 받고 무도회나 파티에 참석을 했지. 그렇게 해서 아직 결혼하지 못한 남자들은 제 짝을 찾을 수 있었단다. 젊은 아가씨들은 적어도 한 번 이상의 청혼을 받았지.”

“청혼을 받지 못한 아가씨는 어떻게 되는데요?”

“참 슬픈 일이지. 한 번 이상의 시즌을 지내면서도 한 번도 청혼 받지 못한 아가씨는 사람들에게 놀림을 받으며, ‘늙은 아줌마’ 같은 별명으로 불리기도 했다는구나.”

“너무해요!”

“그래, 지금이 훨씬 낫지. 널 보거라, 애야. 서른이 넘었는데 아직 결혼을 안 하지 않았니. 레전시 로맨스 시대였다면 단번에 노처녀 소리를 들었을 게다. 그보다 더 끔찍하게는 단지 교환의 수단으로 팔려가듯 시집갔을 수도 있겠지. 남편이 운영하는 가게에 필요한 일손인 것 외에는 의미가 없는 그런 아내로 말이다.”

“그 시대에 태어났으면 큰일 날 뻔했네요.”

“오, 그렇고말고!”

엄마는 벽시계를 올려다보았다.

"늦었구나. 서둘러야겠다."

엄마가 자리를 뜨자 한나는 다시 자리에 앉아 오븐 속 케이크가 완성되기를 기다렸다. 레전시 시대의 영국은 독립적인 여성이 살아가기에는 좋지 못한 환경이었던 것 같다. 한나는 사회적 배경이 무언가 부당하다고 느껴질 때면 레전시 시대 여성들이 어떤 삶을 살았는지 떠올리면서 그때에 태어나지 않은 것을 감사하게 생각해야겠다고 마음먹었다.

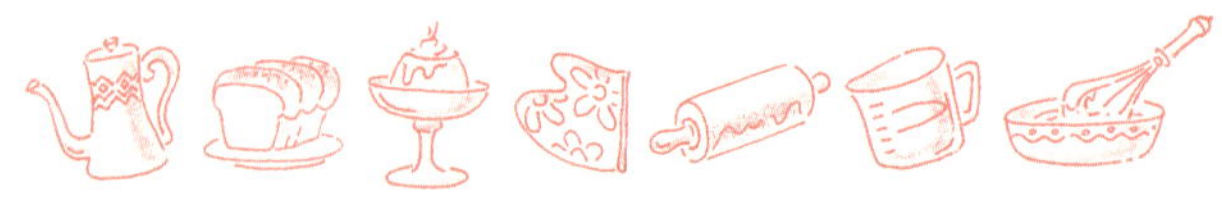

레드 데블스 푸드 케이크

오븐은 175도로 예열합니다. 틀은 오븐의 중앙에 두세요.

재료

물 1컵 / 소금기 있는 버터 3/4컵 / 황설탕 1/2컵 / 백설탕 1/2컵

달지 않은 사각 초콜릿 1온스(28g) / 인스턴트 에스프레소 커피가루 1티스푼

백설탕 1과 1/2컵 / 소금 1/2티스푼 / 베이킹소다 1티스푼

베이킹파우더 1/4티스푼 / 달지 않은 코코아가루 1/2컵

계란 2개(실온에 두었던 계란을 사용하세요. 깜빡하고 잠들기 전 계란을 냉장고에서 꺼내

어놓지 못했다면 뜨거운 물에 계란을 잠시 띄워놓으세요) / 바닐라액 2티스푼

케이크용 밀가루 3컵***

*** 케이크용 밀가루가 없다면, 다목적용 밀가루 2와 2/3컵을 사용하세요. 식감
이 부드럽지 않을 수도 있지만, 초콜릿 케이크일 때는 크게 상관없습니다.

만드는 법

1. 물과 버터, 백설탕, 황설탕을 작은 소스팬에 넣은 뒤 불
에 올립니다.
2. 달지 않은 사각 초콜릿을 2조각으로 부수어 소스팬에 넣
습니다.
3. 불을 중간 정도로 줄인 다음 계속 저어주면서 버터가 녹
을 때까지 끓입니다.

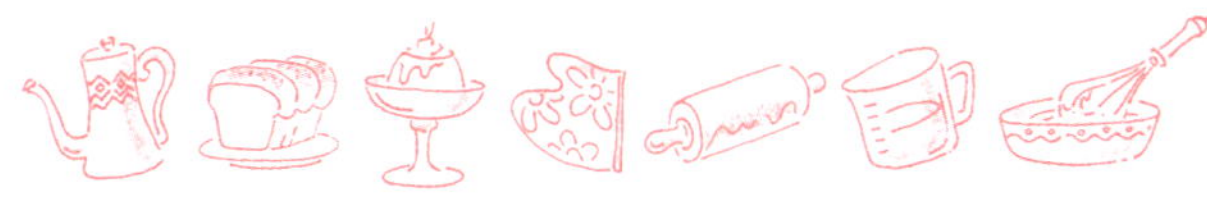

4. 혼합물이 부드러워질 때까지, 초콜릿이 완전히 녹을 때까지 저어주세요.

5. 불에서 소스팬을 내리고 인스턴트 에스프레소 커피가루를 넣습니다. 가루가 잘 풀어질 때까지 저어주세요.

6. 한쪽에서 소스팬을 식히는 동안 다른 과정에 돌입하세요.

7. 9인치(22.5cm) 크기의 둥근 케이크 팬 2개를 끼내어 안쪽에 들러붙음 방지 스프레이를 뿌립니다. 케이크 팬의 바닥보다 약간 더 큰 기름종이 2장을 준비해 겹쳐놓은 다음 그 위에 팬을 얹어 펜이나 연필로 바닥면을 따라 그립니다. 그런 다음 그림대로 기름종이를 잘라주세요. 그러면 준비한 팬 바닥에 딱 맞는 기름종이가 완성될 겁니다. 기름종이에도 들러붙음 방지 스프레이 뿌리는 것 잊으시면 안 됩니다.

한나의 첫 번째 메모: 전자 믹서기가 있으면 만드는 게 더 간편해집니다. 물론 핸드 믹서기나 손으로 하셔도 됩니다.

8. 백설탕 1과 1/2컵에서 1/3을 볼에 넣습니다(꼭 정확할 필요는 없어요. 눈대중으로 하시면 됩니다).

9. 소금 1/2티스푼과 베이킹소다 1티스푼, 베이킹파우더 1/4티스푼을 볼에 넣습니다.

10. 스탠드 믹서기를 '낮음' 으로 가동시켜서 30초간 재료들을 섞은 다음 전원을 끕니다(손으로 하실 경우에는 재료들이 골고루 섞이도록 잘 휘저어주세요).

11. 볼에 다시 설탕 1/3컵을 넣고 다시 믹서기를 30초간 가동합니다.

12. 코코아가루를 볼에 넣고 다시 믹서기를 '낮음' (낮음으로 하지 않으면 재료들이 온 사방으로 튄답니다)으로 30초간 가동합니다.

13. 마지막 설탕 1/3컵을 넣고 믹서기를 1분간 가동합니다.

14. 믹서기를 가동하는 가운데 계란 1개를 깨어 넣습니다. 골고루 섞어줍니다.

15. 다시 두 번째 계란을 넣고 골고루 섞어줍니다.

16. 여전히 믹서기를 가동하면서 바닐라액 2티스푼을 넣고 골고루 섞은 뒤 전원을 끕니다.

17. 아까 끓인 소스팬의 겉면을 만져보았을 때 계란을 넣어도 익지 않을 만큼 식은 것 같으면 바로 작업을 시작합니다. 아직 뜨겁다면 더 식히세요.

18. 믹서기를 '중간' 속도로 가동하는 가운데 충분히 식은 소스의 1/2을 천천히 볼에 붓습니다. 소스가 재료와 골고루 섞일 수 있도록 믹서기를 가동한 다음 완성된 것 같으면 전원을 끕니다.

19. 케이크용 밀가루를 측량하는데, 측량컵에 가득 담고 나서는 반드시 윗면을 테이블 나이프로 고르게 훑어주셔야 합니다. 단, 컵을 바닥에 내려치지는 마세요.

20. 밀가루 분량의 반을 볼에 넣고 믹서기를 다시 '낮음' 의 속도로 가동시켜 섞어줍니다.

21. 믹서기가 '낮음'의 속도로 가동되는 가운데 아까 남은 소스를 전부 볼에 천천히 부어줍니다. 재료들이 골고루 섞였으면 믹서기 전원을 끕니다.

22. 남은 밀가루를 볼에 넣고 '낮음'으로 믹서기를 가동합니다. 재료들이 어느 정도 섞인 것 같으면 다시 '중간' 속도로 믹서기를 1분간 가동합니다.

23. 믹서기 기계에서 볼을 꺼내 손으로 다시 한 번 저어줍니다. 볼 가장자리에 엉겨 붙은 재료들까지 골고루 섞어주기 위함입니다. 반죽이 완성되었으면 두 개의 케이크 팬에 나누어 담습니다.

24. 165도에서 20~25분간 굽습니다. 가운데 부분에 꼬챙이를 찔러넣었을 때 아무것도 묻어나오는 것이 없으면 완성입니다(저는 22분간 구웠어요).

한나의 두 번째 메모: 미니 컵케이크 사이즈로 만들고 싶다면, 미니 컵케이크 틴을 준비해서 기름종이를 얹거나 기름칠을 해 주세요. 그런 다음 틴의 3/4까지 반죽을 붓습니다. 그러고는 175도에서 15분간 구워주면 완성입니다.

25. 오븐에서 팬을 꺼내 식힘망으로 옮겨 식힙니다. 팬에서 케이크를 빼낼 때에는 칼로 먼저 팬의 가장자리를 훑어주세요. 그러면 잘 빠진답니다.

레드 데블스 푸드 케이크의 프로스팅 바르는 법

(다른 케이크에 활용해도 좋아요)

1. 레드 데블스 푸드 케이크에 프로스팅을 얹을 준비가 되었다면, 접시 위에 케이크를 평평한 쪽이 위로 가도록 거꾸로 엎습니다(이 과정이 어렵다면, 처음부터 팬에서 케이크를 꺼내실 때 뒤집어서 거꾸로 꺼내주세요).

2. 퍼지 프로스팅(레시피는 오른쪽과 같습니다)을 사용해 층 사이에 프로스팅을 얹습니다.

3. 두 번째 케이크를 아까 프로스팅을 바른 케이크 위에 얹어줍니다.

4. 이제 케이크의 위와 옆면에 프로스팅을 발라주세요. 자, 이제 작품 완성입니다!

한나의 세 번째 메모: 프로스팅을 다양하게 활용해 보세요. 정말 맛있답니다! 특히 바닐라나 커피 아이스크림과 함께 먹으면 더 맛있답니다.

엄마는 초콜릿 아이스크림과 함께 먹는 걸 좋아하세요.
그래서 눈 폭풍이 불어서 차들도 못 다니는 때에
초콜릿 아이스크림이 다 떨어졌다며 아빠를 세 블록이나 떨어진
식료품점에 심부름을 보낸 적도 있다고 하네요.
정말 엄마답죠?

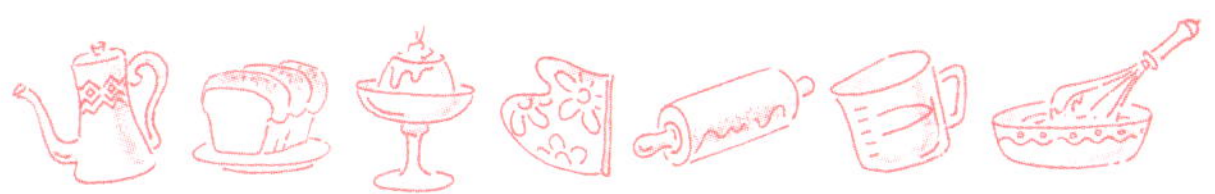

퍼지 프로스팅

재료

중간 달기의 초콜릿 칩 2컵

소금 1/4티스푼(초콜릿의 풍미를 더욱 짙게 만들어 준답니다)

농축우유(연유) 14온스(392g) / 소금기 있는 버터 2테이블스푼

바닐라액 1티스푼

한나의 메모: 이 프로스팅을 만들 때에는 중탕법을 활용하면 아주 간편해져요. 아니면 두꺼운 소스팬을 중간 불 위에 올려서 끓이셔도 되구요. 대신 타지 않게 나무 숟가락이나 열기에도 끄떡없는 고무주걱으로 계속 저어주셔야 합니다.

만드는 법

1. 중탕하는 본 냄비에 물을 붓습니다. 물을 너무 많이 부어 냄비 밖으로 넘치지 않도록 주의해주세요.
2. 초콜릿 칩과 소금을 중탕하려는 그릇 안에 넣고 냄비에 띄웁니다. 그런 다음 냄비를 가스레인지에 올려 중간 불로 맞춥니다. 초콜릿 칩이 잘 녹아들도록 간간히 저어주세요.
3. 농축우유를 붓고 저은 뒤 2분 정도 끓입니다. 끓이는 중간에도 프로스팅이 윤기를 띠며 균일하게 퍼질 때까지 저어주세요.

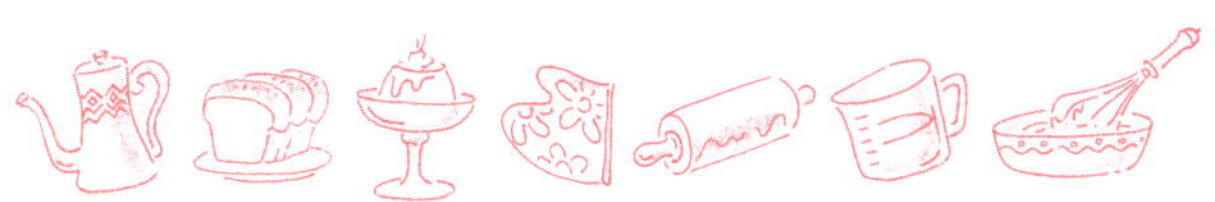

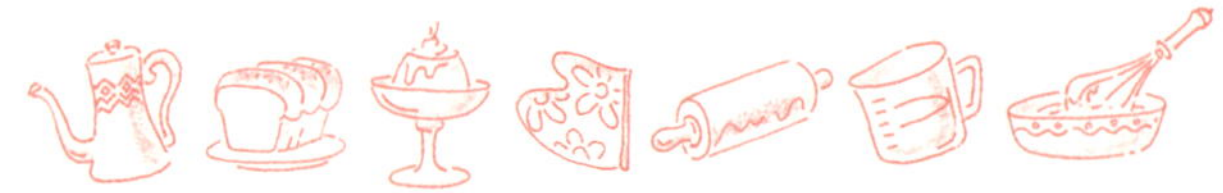

4. 다 되었으면 불을 끄고 중탕 그릇을 불을 켜지 않은 차가운 버너 위로 옮깁니다. 그런 다음 바닐라액을 넣고 재빨리 저어주세요(조금 튈지도 모르니 조심하세요). 그런 다음 버터를 넣고 충분히 녹입니다.

5. 이제 프로스팅 완성입니다.

두 겹짜리 레드 데블스 푸드 케이크
혹은 미니 컵케이크에 프로스팅을 다 발랐으면,
프로스팅이 남아 있는 팬은
제일 좋아하는 사람에게 주세요.
프로스팅이 식으면 퍼지처럼 변하거든요.
이게 또 별미랍니다.

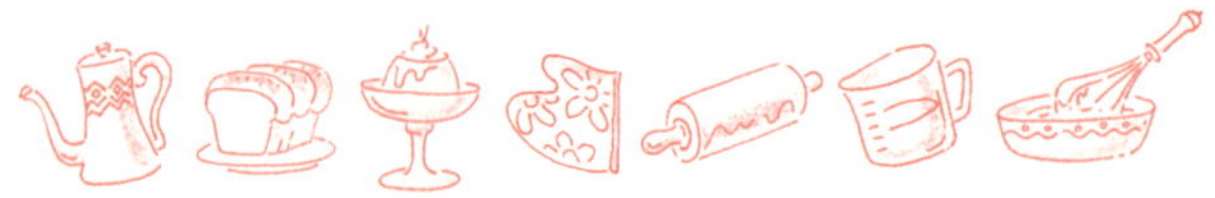

“목사님이 정말 괜찮구나.”

매튜 목사의 설교 끝에 엄마가 한나에게 속삭였다.

“네, 그러네요. 설교가 좋아요.”

한나도 속삭였다. 매튜 목사는 레이크 에덴에 온 지 한 주도 채 지나지 않았음에도 불구하고 밥의 자리를 아주 훌륭하게 대신하고 있었다. 클레어 말로는 매튜 목사가 모든 교회 임무를 수행하도록 밥이 옆에서 독려했다고 한다. 물론 오늘의 신성한 성찬례 예식까지 포함해서 말이다. 일종의 테스트 같은 거였는데, 매튜 목사는 기대 이상으로 아주 잘해내고 있었다. 이번 주 들어 매튜 목사는 세 건의 결혼식을 주례했고, 두 건의 세례식, 그리고 한 건의 장례식을 거행했다. 게다가 남성 신자들의 성경 모임을 이끌었으며, 레이크 에덴 메모리얼 병원을 찾아가 아픈 신자들을 돌보고, 다음 주 교회 게시판을 작성했을 뿐만 아니라 곧 결혼을 앞둔 두 쌍의 커플들을 상담하기도 했다.

“노래하는 목소리도 어쩜 그렇게 훌륭한지!”

엄마가 말을 이어나갔다.

“게다가 잘생기기까지 했더라. 너한테는 확실히 연상의 남자가 좋을 것 같다만, 한나.”

한나는 엄마를 향해 제발 그만두라는 시선을 쏘아 보냈고, 엄마는 어깨를 으쓱하며 입을 다물었다. 두 사람 모두 이 완벽한 시나리오에 미소를 지었다. 이건 예전에도 여러 번 반복했던 장면이다. 엄마가 남자에 대한 이야기를 꺼내면 한나는 무조건 반기를 들고, 엄마는 거기에 굴복하지 않고 계속해서 한나 또래 혹은 한나보다 연상인 남자를 미래의 사윗감으로 점쳐보는 시나리오 말이다.

찬송가 합창이 거의 끝나가고 있었다. 높은 음에서 끝이 나는 찬송가가 마지막 절을 향해 달려가고 있을 때 엄마와 한나는 자리에서 슬며시 미끄러지듯 일어나 까치발로 예배당을 빠져나왔다. 이제 서핑보드 접시에 쿠키를 담아 나를 시간이다. 엄마도 함께 돕기로 했다.

리사와 허브는 이미 마지와 함께 도착해 교회 지하실에서 다과를 준비하고 있었다. 세 사람은 커피 물을 올리고, 서핑보드를 비닐랩으로 감싼 뒤 다과 테이블에 올려놓고, 냅킨을 꺼내고, 크림과 설탕, 그리고 차를 마시는 사람들을 위해 레몬까지 가지런히 나열해놓았다.

"종류별로 따로 올릴까?"

허브가 테이블에 쿠키 상자를 가져오며 물었다.

"아니면 다 섞어서 놓을까?"

"내가 섞을게. 그게 더 예쁠 것 같거든."

"그건 내가 할게, 한나."

마지가 나서서 서핑보드 위에 쿠키들을 올려놓기 시작했다.

"나도 도와줄게."

엄마가 서둘러 달려왔다.

"오늘 밤 파티에 올 거지, 마지?"

"일요일 밤은 보드게임의 날이라 안 될 것 같아. 잭이 보드게임을 정말 좋아하거든. 특히 파치시(인도의 주사위 놀이)를 좋아하지. 엉클 위글리 게임도 좋아하고. 보통 애들이랑 같이 어울려서 게임을 해."

그러자 엄마가 살짝 한숨을 내쉬었다.

"잭이 콘트랙트 브리지(카드 게임의 일종)에 완전 선수였는데. 이제 그 게임은 안 하나보지?"

"이제 규칙을 다 잊어버려서 그건 못해. 잊어버렸다는 사실에 우울해하니까. 지금은 보드게임이 훨씬 낫지. 모두 즐거운 시간을 보낼 수 있으니."

"특히 제가요."

리사가 허브티 백이 든 바구니를 들고 다가왔다.

"어렸을 때는 게임이 끝나기도 전에 잠자리에 들어야 했거든요. 하지만 나중에 좀 더 나이를 먹었을 때는 다른 애들이 게임을 하려고 하지 않았어요. 근데 지금은 마음껏 할 수 있으니 얼마나 좋은지 모르겠어요."

"참, 새로 온 목사님은 어떠셨어요?"

허브가 엄마에게 물었다.

"아주 잘하시더구나. 게다가 검은색 예배복을 입으니 더 잘생겨 보이더라."

마지가 웃음을 터뜨렸다.

"딜로어 목소리를 들으니 꽤 관심 가는 모양이네?"

마지가 놀려댔다.

"오, 나한테는 너무 어리잖아."

한나는 숨을 몰아쉬었다. 엄마의 다음 말이 충분히 예상되었기 때문이다. 제발 그 말만은 꺼내지 말기를. 한나는 엄마를 향해 눈빛으로 말했다. *제발 그만둬요!* 하지만 엄마는 그저 짓궂은 미소만 흘릴 뿐이었다.

"사실 말이지. 내 생각에는……."

엄마의 말이 끝나기를 기다리며 한나는 끙 소리를 내지 않기 위해 안

간힘을 썼다. 역시나 거칠 것이 없는 엄마다.

"보니 블레어와 잘 어울릴 것 같아. 나이트 박사의 비서 말이야. 나름 귀엽게 생기고 신앙심도 깊잖아. 언젠가 한번 신학교에 가고 싶다고 내게 얘기한 적도 있었어. 물론 그때는 신학교에서 그녀를 심각하게 받아들이지 않았다지만."

고마워요, 엄마. 한나는 모녀간의 레이더망을 통해 엄마에게 신호를 보냈다. 엄마는 한나의 전파를 감지했는지 살짝 고개를 끄덕여보였다. 모든 게 순조로웠다.

문득 위층에서 사람들의 발걸음 소리가 들리기 시작했다. 마침내 예배가 끝난 모양이다. 매튜 목사가 모든 신자들을 클레어와 밥의 신혼여행 축하 파티에 초대했다.

30분도 채 지나지 않아 한나의 예상이 적중했다. 준비한 쿠키의 3/4과 커피 40잔 분량, 그리고 허브티백의 1/3이 사라지고 만 것이다. 아이들은 연거푸 레모네이드를 마셨으며, 어린 데니스 웨일러는 쿠키 5조각을 집었다가 엄마 손에 붙들렸고, 얼 프렌스버그는 미니 맥 쿠키가 정말 훌륭하다며 계속해서 한나를 칭찬했다.

또다시 10분 후 다과 파티가 끝이 나고 한나와 리사는 밥과 클레어 부부가 여행 가방을 챙기기 위해 목사관에 들어가기 전 따뜻한 포옹을 나누었다. 그런 뒤 매튜 목사와도 악수를 나누었다. 그는 다과 파티를 꼼꼼하게 준비해 주었다며 한나에게 칭찬을 아끼지 않았다. 허브와 엄마, 마지가 뒷정리를 돕겠다며 기꺼이 나서주었다. 마지와 리사가 교회 소유의 커피 컵과 숟가락들을 씻는 동안, 허브는 의자들을 접어서 제자리에 정렬했고, 한나와 엄마는 테이블을 닦고, 남은 쿠키들을 포장했다. 일사불란한 분업 덕분에 15분 안에 모든 정리가 끝이 났다.

"그럼 내일 아침에 봐."

허브와 마지와 함께 차를 타고 떠나는 리사를 향해 한나가 인사를 건넸다.

"얼이 그 미니 맥 쿠키를 정말 좋아하더라. 캐리도 파파야 맥을 세 조각이나 먹었어."

엄마가 차를 향해 걸으며 한나에게 칭찬의 말을 건넸다.

"내가 베이킹을 할 줄 알았다면, 수요일 밤에도 좀 만들면 좋겠는데 말이다. 다들 저녁식사 하러 오기로 했거든."

한나는 이번에도 엄마의 마음을 읽고 말았다.

"남은 쿠키 가져가실래요?"

"그러면 나야 좋다만, 오늘 저녁에 있을 베브 박사의 생일 파티에 가져가야 하지 않니? 네가 디저트를 준비하기로 했다고 들었는데 말이다."

"쿠키 말고 다른 걸 준비하기로 했어요."

한나가 엄마에게 쿠키 상자를 내밀었다.

"냉동실용 비닐 용기에 담아서 냉동실에 보관하세요. 수요일 아침에 꺼내놓으면 실온에서 충분히 녹을 거예요. 해동시킨 것이라도 갓 구운 것만큼이나 신선한 맛이 날 테니 걱정 안 하셔도 돼요."

"고맙구나, 얘야. 생일 파티에 나도 참석하고 싶지만, 소설 윤곽 잡는 작업 마감이 코앞이라 시간 내기가 어렵구나."

엄마와 헤어진 뒤 쿠키 트럭을 향해 걸으며 한나는 한숨을 내쉬었다. 엄마가 같이 가준다면 마음에 어느 정도 의지가 될 텐데 아쉬웠다. 하지만 한편으로는 엄마가 같이 가지 않는 게 다행이다 싶었다. 혹시나 베버리 손다이크의 머리채라도 잡게 된다면, 엄마가 뒷목 잡고 쓰러지시지 않겠는가.

한나는 막 주차장을 빠져나가는 엄마를 향해 손을 흔들었다. 그런 뒤 한나 역시 트럭을 몰고 3번가에 접어들었다. 한나는 메인가를 따라 쭉 달리다 정지 표지판에 못 미쳐 오른쪽 골목길로 들어섰다. 잠시 후 한나는 쿠키단지 뒤편 주차장에 트럭을 세우고 가게로 들어갔다. 내키지 않지만, 이제는 베브 박사의 생일 파티에 가져갈 모카 트리플을 만들어야 한다.

저녁 8시, 시간은 죽도록 느리게 흘렀다. 줄곧 시간만 확인하고 있는 것을 누군가 눈치채지 않도록 조심하며 한나는 손목시계를 내려다보았다. 그러고는 한숨을 내쉬었다. 베브 박사의 생일 파티장에 있는 그 자체가 한나에게는 고통이었다. 그래도 누군가에게 이런 기색을 들키지 않기 위해 안간힘을 써야 했다.

노먼은 파티를 위해 레이크 에덴 커뮤니티 센터의 연회장을 빌렸다. 연회장은 사람들로 북적였다. 마이크가 사람들 초대에 꽤 정성을 들인 모양이었다. 50명이 넘는 손님들이 웃고 떠들며 레이크 에덴 주류점의 바텐더인 행크 올슨이 내주는 맥주를 홀짝이고 있었다. 술을 마시지 못하는 손님들은 한쪽 벽에 마주한 테이블에서 자기들끼리 음료수를 마시며 이야기를 나누고 있었다. 모두 즐거운 시간을 보내고 있는 듯했다. 모두. 한나를 빼고. 바로 그게 문제였다.

누군가 천장을 주름종이로 만든 끈과 은색의 풍선들로 장식했다. 꽃이 하나 가득 심어진 화분과 연결된 풍선들은 천장에서 이리저리 흔들리고 있었다. 단상 위에는 6인조 밴드가 자리하고 있었고, 트라이 카운티 쇼핑몰에 있는 샌드위치 가게에서 공수한 델리 샌드위치와 감자칩, 감자칩을 찍어 먹을 소스도 저마다 접시와 그릇에 소복이 담긴 채 제자리를 차지하고 있었다. 저장실에 보관 중인 한나의 트리플 역시 촛불을 꽂고 화려하게 등장할 때만을 기다리고 있었다.

밴드가 연주를 시작하면서 공식적인 파티의 시작을 알렸다. 노먼이 베브 박사를 팔로 감싸는 것을 목격한 한나의 심장이 심하게 요동쳤다. 노먼이 이끄는 대로 우아하게 연회장을 가로지르며 그녀는 노먼을 향해 미소를 지어 보였고, 그런 그녀를 향해 노먼 역시 애정 어린 시선을 보냈다.

이건 고통 이상이다. 한나는 심장이 타들어가는 듯한 아픔을 맛보았다. 노먼과 베브 박사를 지켜보면서 아무렇지도 않게 즐거운 표정을 짓고 있기가 무척 힘이 들었다. 두 사람은 마치 결혼식 피로연장에 선 신랑, 신부 같았다.

"한나?"

누군가의 목소리가 한나를 불행의 도가니에서 끄집어내주었다. 한나는 나를 제외한 온 세상이 행복한 커플로 가득 찬 것 같은 착각에서 간신히 빠져나올 수 있었다.

"마이크."

그의 출현이 이토록 반가울 수 없었다.

"어서요, 한나. 우리도 춤춥시다."

마이크가 손을 내밀었고, 한나는 그의 손을 잡았다. 마이크와 춤을 추는 동안에는 적어도 노먼과 베브 박사에 대한 생각을 떨쳐낼 수 있으리라. 매력적인 마이크의 품 안에서 다른 사람을 떠올리기란 쉽지 않으니 말이다.

춤을 추기 시작하자 마이크 특유의 섹시한 카리스마가 마법 같은 힘을 발휘했다. 불행한 군중의 역할에서 자신을 구원해준 마이크에게 한나는 한없는 고마움을 느꼈다. 그래서 그의 팔 안으로 좀 더 가까이 다가서며 베브 박사가 노먼을 향해 지었던 것과 똑같은 미소로 마이크를 올려다보았다.

춤이 계속되는 가운데 다른 커플들도 하나둘씩 댄스 플로어에 합류하기 시작했다. 춤추기 시작했을 때 연주했던 곡이 어느새 끝이 나고 밴드는 새롭게 감미로운 곡을 연주하기 시작했다. 곡이 시작된 지 얼마 지나지 않아 누군가 마이크의 어깨를 두드렸고, 그 바람에 두 사람은 춤을 중단해야 했다.

노먼이었다. 한나는 으레 그러하듯 순순히 노먼의 팔 안으로 들어섰고, 베브 박사도 마이크의 손을 잡았다. 그렇게 두 커플은 서로 파트너를 바꾸었다.

"재미있어요?"

노먼이 물었다.

"재밌어요."

노먼이 부디 진심으로 받아들여 주기를 바라며 한나가 대답했다.

"다행이에요. 베브도 즐거워하는 것 같아요. 우리 환자들도 대부분 왔거든요. 한나 어머님도 아까 보니까 오셨던데. 소설 때문에 바쁠 것 같다고 하시더니 오셨네요."

한나는 엄마를 향한 무한한 애정이 샘솟았다. 바쁘다고 하시더니 아무래도 내가 걱정되어 오신 모양이다. 엄마는 나이트 박사님과 춤을 추고 있었다. 한나와 눈이 마주치자 엄마는 여기 일은 괜찮으니 걱정하지 말라는 신호를 보냈다. 베브 박사가 노먼의 품에 안기는 모습을 본 한나가 얼마나 좌절했는지 엄마가 알지 못하는 게 천만다행이었다.

운 좋게도 댄스 파트너는 끊이지 않았다. 레이크 에덴에 사는 모든 남자들이 춤을 추고 싶어했다. 이 근방에서 일명 '다이브'라고 불리는 이글이나 슬리지, 컨트리-웨스턴 바에서의 댄스와는 달랐다. 거기서는 저녁에도 마땅히 데이트가 없는 남자들이 마지막 주문을 받기 10분 전에 술집에 찾아가 혼자 있는 여자들에게 춤을 청한 뒤에 마지막 주문 때 술을 한 잔 사는 것이 전부였다. 그 이후에는 돈 한 푼 들이지 않고 데이트를 즐길 수 있었기 때문이다.

디저트 타임이 끝나고, 선물 오픈식이 끝난 뒤에도 한나는 자리를 떠나지 않았다. 샐리의 트리플 레시피는 대성공이었지만, 그것도 한나의 우울한 기분을 달래주진 못했다. 한나는 베브 박사에게 생일 축하 인사와 함께 작별인사를 건네고는 다음 날 아침 가게에 일찍 나가봐야 한다는 핑계를 대고 연회장을 빠져나왔다. 두 시간 동안 쉴 새 없이 미소를 띠느라 얼굴 근육이 경직될 지경이었다.

한나는 커뮤니티 센터의 문을 열고 영하의 공기 속으로 발을 내디뎠다. 크게 안도의 한숨을 내쉬는 한나의 입에서 커다랗게 입김이 뿜어져 나왔다. 이제 다 끝났다. 얼른 집으로 돌아가 보송보송한 미니 마시멜로우를 띄운 따뜻한 핫초콜릿을 마시고 싶었다. 모이쉐를 쓰다듬으며 마음을 진정시킨 뒤 잠자리에 들어야겠다.

"한나?"

노먼의 목소리였다. 한나는 하마터면 신음소리를 입 밖으로 내뱉을 뻔했다. 지금은 노먼과 이야기를 나눌 기분이 아니었다. 못 들은 척 그냥 갈까도 생각해봤지만, 주변이 너무 고요했고, 한나의 청각에 아무런 이상이 없다는 건 노먼도 잘 알고 있었다. 지금까지 잘 참았으니 조금만 더 힘을 내자고 마음을 다잡으며 한나는 뒤를 돌아보았다.

"안녕, 노먼."

한나는 힘겹게 다시 미소를 흘렸다.

"코트도 안 입고, 안 추워요?"

"괜찮아요. 한나를 쫓아 나오느라구요. 오늘 베브 파티에 와준 것 정말 고마워요. 한나가 밸런타인데이 때문에 한창 바쁠 때라서 케이크는 다른 데서 주문하려고 했는데, 마이크가 이미 디저트를 부탁했다고 하더라구요. 한나가 기꺼이 수락했다면서요.”

“그랬죠.”

설마 디저트값을 치르겠다는 말을 하려는 건 아니겠지.

“트리플이 정말 환상적이었어요. 베브가 어떻게 만드는 건지 배우고 싶다고 하더군요. 불행히도 베브는 요리에 별로 소질이 없거든요. 아마 안드레아와 견줄 정도일걸요.”

“그렇게 형편없어요?”

“여기로 이사하고 나서 한번은 믹스를 사다가 컵케이크를 만들어줬는데, 완전히 하키 퍽처럼 되고 말았어요.”

한나는 진심 어린 웃음을 지었다. 천하의 베브 박사가 못 하는 것이 있다니, 이렇게 반가울 수가 없었다. 한나는 여유를 부려보았다.

“그녀의 집 오븐이 좋지 않은가 보죠.”

“우리 집 오븐이었는걸요. 우리 집 오븐은 아무 문제 없어요.”

한나의 심장이 또다시 쿵 소리를 내며 떨어졌다. 베브 박사가 노먼의 집 오븐을 사용하다니. 노먼과 함께 집 설계를 할 때 한나가 직접 고른 그 오븐을. 한나는 노먼과 결혼해서 그 집에 함께 살지 않는 이상 그 오븐은 내 것이 아니지 않느냐며 애써 스스로를 달랬다.

“트리플은 어때요? 만들기 어려워요?”

노먼이 물었다.

관용은 이걸로 끝이다. 한나는 어깨를 살짝 으쓱했다.

“나한테는 별로요.”

한나는 나름 뼈있는 대답을 던졌다.

“당연히 그렇겠죠. 한나는 전문가니까. 그냥 어떤 베이킹 과정을 거쳐야 하는지 궁금해요.”

"일단 스펀지케이크가 있어야 해요."

시작은 진솔했지만, 한나는 또다시 과시하고 싶은 충동이 일었다.

"베브 박사가 스펀지케이크를 구울 줄 알까요?"

"절대요!"

"흠…… 만들어 보고 싶다고 한다면 내가 갖고 있는 스펀지케이크 레시피를 줄게요."

과연 그녀가 직접 스펀지케이크를 만들려 할까 의심스러워하며 한나가 제안했다. 사실 트리플을 만드는 데에 고작 15~20분밖에 걸리지 않으며, 오븐조차 사용하지 않는다는 것을, 그리고 스펀지케이크는 식료품점에서 파는 것을 사서 만들어도 된다는 것을 노먼에게 털어놓을 생각은 추호도 없었다.

"아니에요. 베브는 분명 다 태워 먹고 말 거예요. 그러면 또 우울해할 걸요. 뭐든 완벽하게 해내지 못하는 걸 제일 싫어하거든요."

"알았어요."

노먼은 이 셔츠바람으로 얼마나 오래 여기 서 있을 생각인 걸까 한나는 궁금했다.

"춥지 않아요?"

한나가 다시 물었다.

"아뇨. 한나랑 오랜만에 단둘이 있으니 좋은데요. 내일 가게에 잠깐 들를까요?"

"그래요. 언제든 환영이에요."

"오전에 갈까요? 아니면 오후에?"

"12시에서 2시 사이면 좋겠어요." 한나가 재빨리 대답했다.

"아침에는 베이킹이 밀려 있고, 오후에는 배달을 가야 하거든요."

"그럼 12시, 괜찮죠? 11시 30분에 진료가 있긴 하지만, 금방 끝날 거예요."

"네, 12시 좋아요. 그럼 내일 봐요."

한나는 트럭을 향해 계단을 내려갔다. 하지만 마지막으로 손을 흔들기 위해 돌아봤을 때에도 노먼은 마치 동상처럼 한자리에 우두커니 서 있었다.

"얼른 들어가요. 완전 얼음이 되어버리겠어요. 지금 영하예요."

"알았어요."

노먼이 고개를 끄덕이며 대답했다. 그러더니 이제야 얼마나 추운지 깨달았다는 듯 몸을 부르르 떨고는 재빨리 따뜻한 센터 문 안쪽으로 사라졌다.

"으훗, 추워!"

한나는 트럭 문을 열고 바깥 공기보다 더 차가운 운전석의 플라스틱 좌석에 올라탔다. 추위도 느끼지 못할 정도라면 노먼의 머릿속에 무언가가 무겁게 자리하고 있는 게 분명하다. 확실히 뭔가가 있다. 그의 양미간에 전에는 볼 수 없었던 근심이 서려 있었다. 무언가 좋지 않은 일이 있는 것은 확실한데, 그것이 무엇인지 한나로서는 전혀 알 길이 없었다.

한나는 트럭의 시동을 걸고 히터를 가동했다. 그런 다음 앞 유리창의 성에가 녹기를 기다리며 파카에 부착된 인조 털 깃을 바짝 세워 올렸다. 그래, 노먼에게는 뭔가가 있다. 그것 때문에 내일 가게로 찾아오겠다고 한 걸까? 뭔가 내게 할 말이 있는 것일까?

미니 맥 쿠키

오븐을 165도로 예열합니다. 틀은 오븐의 중앙에 두세요.

재료

농축우유 14온스(392g)(무가당 농축우유는 안 돼요) / 바닐라액 2티스푼

잘게 다진 코코넛 14온스(약 5와 1/3컵) / 미니 초콜릿 칩 2컵

만드는 법

1. 미니 사이즈의 베이킹 컵을 준비하는데(지름이 4cm 정도면 미니 머핀 팬에 꼭 맞게 들어갈 겁니다), 베이킹 컵이 따로 필요가 없는 미니 머핀 팬이나 쿠키 틀을 사용하셔도 됩니다. 베이킹 컵을 사용할 때에는 머핀 팬에 얹기만 하면 되고요. 베이킹 컵이 필요 없는 미니 머핀 팬을 사용할 때에는 들러붙음 방지 스프레이를 골고루 뿌려주세요. 쿠키 틀을 사용할 때에는 두꺼운 호일로 바닥을 깔아주어야 합니다. 호일 위에도 들러붙음 방지 스프레이 뿌리는 것 잊지 마세요.

2. 커다란 믹싱볼에 농축우유를 붓고 바닐라액을 넣은 뒤 섞습니다.

3. 잘게 다진 코코넛을 그릇에 넣고 섞습니다(코코넛은 한 번에 1/2컵씩 넣고 섞어주세요).

4. 볼에 초콜릿 칩을 넣고 골고루 잘 섞습니다(미니 맥 쿠키마다 초콜릿 칩이 골고루 분포되게 하기 위함입니다).

5. 베이킹 컵을 사용한다면 쿠키 반죽을 티스푼으로 컵 안에 떠 넣습니다. 그런 다음에 젖은 손가락으로 반죽을 눌러주세요(이 반죽은 끈적하답니다!). 굽는 동안에도 반죽이 부풀어 오르지 않기 때문에 윗부분까지 꽉 채워서 반죽을 넣어도 괜찮아요.

6. 베이킹 컵이 필요 없는 미니 머핀 틴을 사용한다면 티스푼으로 틴 안에 반죽을 떠 넣고 역시나 젖은 손가락으로 눌러주세요. 윗부분이 약간 봉긋하게 솟으면 모양이 예쁘게 구워진답니다.

7. 기름칠 혹은 밀가루를 바른 쿠키 틀을 사용할 때에는 티스푼으로 반죽을 떠서 틀 위에 얹고 젖은 손가락으로 눌러주세요. 반죽이 옆으로 퍼지지 않기 때문에 한 개 틀에 16~20개 정도 구울 수 있습니다.

8. 165도에서 15~18분간 구워주세요(저는 17분을 구웠습니다). 코코넛이 먹음직스러운 황갈색으로 익었으면 완성입니다.

9. 쿠키를 틀 위에서, 혹은 베이킹 컵 안에 든 채, 혹은 미니 머핀 팬 안에서 2분간 식힙니다.

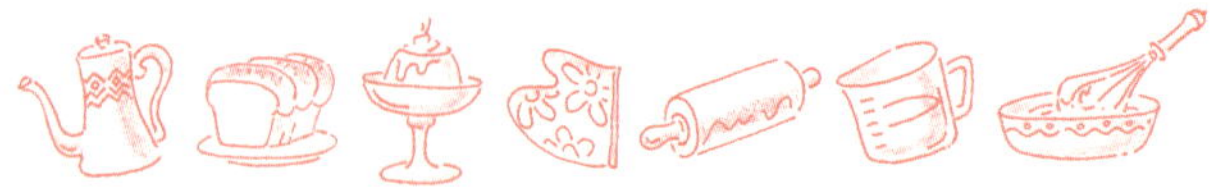

그런 다음 식힘망으로 옮겨 완전히 식힙니다. 베이킹 컵을 사용하였으면 일부러 컵을 제거하진 마세요. 그 상태로 내야 훨씬 예쁘답니다.

10. 미니 맥 쿠키는 보관용기에 층층이 기름종이를 깔아 담은 뒤 보관하세요. 쿠키들이 서로 붙으면 나중에 떼어내기 힘들기 때문에 꼭 기름종이도 함께 넣어야 합니다. 냉동시킬 때에도 서로 붙지 않도록 주의해 주세요.

얼 프렌스버그와 로드 부인이

이 쿠키를 정말 좋아합니다.

엄마는 다음번 두 사람과의 저녁식사 때

이 쿠키를 특별히 주문할 거라고 하셨어요.

초콜릿 아이스크림과 함께

디저트로 내야겠다면서요.

파파야맥 쿠키

오븐을 165도로 예열합니다. 틀은 오븐의 중앙에 두세요.

재료

농축우유 14온스(392g)(무가당 농축우유는 안 돼요) / 바닐라액 2티스푼

잘게 다진 코코넛 14온스(약 5와 1/3컵)

잘게 다진 말린 파파야 2컵(건포도 크기로 잘라 주세요)***

*** 말린 파파야는 일년 내내 구할 수 있는 재료가 아니에요. 파파야를 찾기가 힘들 때에는 다른 종류의 말린 과일로 대체하셔도 좋습니다. 저는 말린 파인애플이나 자두, 크랜베리로도 만들어봤는데, 어느 재료를 넣어도 하나같이 다 맛있었어요!

만드는 법

1. 미니 사이즈의 베이킹 컵을 준비하는데(지름이 4cm 정도면 미니 머핀 팬에 꼭 맞게 들어갈 겁니다), 베이킹 컵이 따로 필요가 없는 미니 머핀 팬이나 쿠키 틀을 사용하셔도 됩니다. 베이킹 컵을 사용할 때에는 머핀 팬에 얹기만 하면 되고요. 베이킹 컵이 필요 없는 미니 머핀 팬을 사용할 때에는 들러붙음 방지 스프레이를 골고루 뿌려주세요. 쿠키 틀을 사용할 때에는 두꺼운 호일로 바닥을 깔아주어야 합니다. 호일 위에도 들러붙음 방지 스프레이 뿌리는 것 잊지 마세요.

2. 커다란 믹싱볼에 농축우유를 붓고 바닐라액을 넣은 뒤 섞습니다.

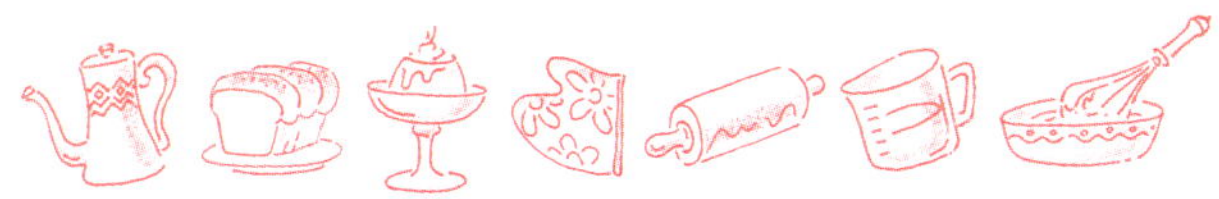

3. 잘게 다진 코코넛을 그릇에 넣고 섞습니다(코코넛은 한 번에 1/2 컵씩 넣고 섞어주세요).

4. 볼에 잘게 다진 파파야를 넣고 골고루 잘 섞습니다(각 쿠키마다 파파야 조각이 골고루 분포되게 하기 위함입니다).

5. 베이킹 컵을 사용한다면 쿠키 반죽을 티스푼으로 컵 안에 떠 넣습니다. 그런 다음에 짖은 손가락으로 반죽을 눌러주세요(이 반죽은 끈적하답니다!). 굽는 동안에도 반죽이 부풀어 오르지 않기 때문에 윗부분까지 꽉 채워서 반죽을 넣어도 괜찮아요.

6. 베이킹 컵이 필요 없는 미니 머핀 틴을 사용한다면 티스푼으로 틴 안에 반죽을 떠 넣고 역시나 젖은 손가락으로 눌러주세요. 윗부분이 약간 봉긋하게 솟으면 모양이 예쁘게 구워진답니다.

7. 기름칠 혹은 밀가루를 바른 쿠키 틀을 사용할 때에는 티스푼으로 반죽을 떠서 틀 위에 얹고 젖은 손가락으로 눌러주세요. 반죽이 옆으로 퍼지지 않기 때문에 한 개 틀에 16~20개 정도 구울 수 있습니다.

8. 165도에서 15~18분간 구워주세요(저는 17분을 구웠습니다). 코코넛이 먹음직스러운 황갈색으로 익었으면 완성입니다.

9. 쿠키를 틀 위에서, 혹은 베이킹 컵 안에 든 채, 혹은 미니 머핀 팬 안에서 2분간 식힙니다. 그런 다음 식힘망으로 옮겨 완전히 식힙니다. 베이킹 컵을 사용하였으면 일부러 컵을 제거하진 마세요. 그 상태로 내야 훨씬 예쁘답니다.

10. 파파야 맥 쿠키는 보관용기에 층층이 기름종이를 깔아
담은 뒤 보관하세요. 쿠키들이 서로 붙으면 나중에 떼어내기
힘들기 때문에 꼭 기름종이도 함께 넣어야 합니다. 냉동시킬
때에도 서로 붙지 않도록 주의해 주세요.

클레어와 밥이 좋아하는 쿠키예요.
제가 여러 종류의 쿠키를 만들어볼 수 있도록
하와이에서 다채로운 종류의 건과일을
사다주기로 약속했답니다.

새벽 4시, 알람이 울렸다. 한나는 한껏 손을 뻗어 알람을 끄고는 성가시다는 듯 머리 위로 이불을 뒤집어썼다. 월요일 아침, 밖은 아직 동트기 전이었다. 결혼식 피로연을 위해 만들어야 할 반죽이 15개에 약혼식 파티를 위해 2개, 생일 파티를 위해 1개가 밀려 있었다. 쿠키단지 홀에 진열해야 할 수십 가지의 쿠키들 또한 날마다 만들어야 하는 분량이다.

게다가 지난 주말에는 베브 박사의 생일 파티 때문에 또 한 번 실력 발휘를 해야만 했다. 한나는 마치 머리 위에 아랍식 칼 한 자루가 매달려 이리저리 흔들거리며 시간이 흐를 때마다 조금씩 조금씩 한나의 정수리를 향해 내려오는 듯한 위협을 느꼈다. 노먼은 베브 박사와 사랑에 빠지기라도 한 걸까? 오늘 정오에 그를 만나면 알 수 있을 것이다. 어쩌면 노먼은 한나와의 관계를 깨끗하게 정리하기 위해 만나자고 한 것일지도 모른다. 큰 집에 혼자 사는 것이 늘 쓸쓸하다고 입버릇처럼 말하던 그였지만, 그것도 커들스를 데리고 오기 전의 일이다. 고양이는 사람에게 큰 의지가 되어주게 마련이니 말이다. 한나에게도 모이쉐가 없었다면 무척 쓸쓸했을 것이다.

한나는 또다시 고통 섞인 한숨을 내뱉었다. 노먼이 무엇을 의도하고 있던 중요한 일인 것만은 분명했다. 제발, 전 약혼녀와 결혼하기로 마음먹었으니 더 이상은 한나를 만날 수 없다는 고백만은 아니기를!

한나는 완전히 잠이 깨고 말았다. 그건 곧 또다시 현실에서 오는 스트레스를 느끼기 시작했다는 것을 의미하기도 했다. 해야 할 일도 많았고, 해결해야 할 일도 많았다. 어쨌든 하나하나, 하루하루 찬찬히 헤쳐나가야만 한다. 자고 일어나면 모든 게 다 괜찮아질 거라는 믿음도 거짓이었다. 오늘 아침은 5시간 전 잠자리에 들었을 때와 똑같이 괴롭고 힘들었다.

오늘 일진은 좋지 않을 듯하다. 부엌에 들어서서 커피메이커의 빨간불이 완전히 꺼져 있는 것을 본 한나는 생각했다. 커피를 마실 수 없다. 어젯밤에 타이머를 맞춰놓는 것을 깜빡하고 만 것이다. 커피 없이 어떻게 하루를 시작한다? 다시 침실에 돌아가 잠시 눈을 붙인 다음 처음부터 다시 시작하는 편이 좋겠다.

하지만 그러기에는 할 일이 너무 쌓여 있었다. 스웬슨 가 딸들은 자신의 의무를 외면하지 않는다. 엄마에게는 독일식 노동관이 있었고, 아빠에게는 스칸디나비아식 노동관이 버티고 있었다. 한 주 50시간의 노동이라고 해도 불평해서는 안 된다. 60시간의 노동도 전혀 불가능한 것은 아니다. 일을 완전히 마무리할 때까지는 아무리 피곤해도 박차고 일어나야만 한다.

2분 후, 한쪽에서는 커피메이커가 열심히 커피를 끓이고 있었고, 그 틈을 타 한나는 주스를 꺼내기 위해 냉장고 문을 열었다. 토마토 주스를 유리컵에 따른 뒤 다시 냉장고에 집어넣고 막 문을 닫으려는 찰나 또다시 하얀 양말 뭉치가 냉장고 위에 올라가 있는 것이 눈에 띄었다.

"설마, 모이쉐?"

한나는 모이쉐를 돌아보았다. 녀석은 부엌 바닥 자신의 먹이그릇 옆에서 참을성 있게 아침식사를 기다리고 있었다.

"어떻게 양말이 또 여기 올라가 있지?"

하지만 모이쉐는 완전히 결백한 표정이었다. 한나는 잠시 스스로를 의심했다. 어쩌면 내가 서랍에서 양말을 꺼내 우연히 부엌에 들고 왔다가 주스를 따르는 동안 아무 생각 없이 냉장고 위에 얹어놓았는지도 모른다.

"아니, 난 아니야!"

한나가 크게 소리쳤다. 어젯밤에는 분명 냉장고 위에 아무것도 없었다. 그리고 오늘 아침에 한나는 아무것도 들고 오지 않았다. 이건 확실히 모이쉐의 짓이다. 근데 어떻게 한 거지? 서랍에서 직접 꺼내지는 못했을 텐데. 게다가 지난주 토요일 이후로 빨래는 하지 않았다.

한나는 양말 뭉치를 집어 들고 또다시 모이쉐를 쳐다보았다. 녀석은 여전히 아무것도 모르겠다는 표정이었다. 한나는 공중에 양말을 던져보았다. 모이쉐는 양말을 따라 시선을 옮기는 듯했지만 아무런 미동도 보이지 않았다. 한나는 이번에는 양말을 굴려보았다. 양말은 부엌 바닥을 또르르 굴러 녀석의 옆자리에 안착했다. 한나는 모이쉐가 양말을 입에 물고 냉장고 위로 펄쩍 뛰어 올라가 내려놓는 모습을 재연하길 기대했지만, 역시나 통하지 않았다. 모이쉐는 양말에 전혀 관심이 없었다. 녀석은 한나의 존재 역시 철저히 무시한 채 머리를 맞대고 있는 벽면 부근에 몰두하기 시작했다. 녀석의 털이 솟아오르고 눈이 휘둥그레지는 것을 본 한나는 녀석이 바라보고 있는 쪽을 살폈지만, 거기에는 아무것도 없었다.

지금은 모이쉐의 유무죄를 따지고 있을 때가 아니다. 시간이 없었다. 오늘 아침에 발생한 이 미스터리한 양말 사건은 결코 쉽게 풀어내지 못할 것이다. 한나는 양말을 테이블 위에 올려놓은 뒤 모이쉐의 먹이그릇에 녀석이 좋아하는 키티 크런치를 가득 부어주었다. 모이쉐에게 깨끗한 물을 따라주고, 한나도 자신의 몫으로 커피를 따라 조금씩 홀짝이며 욕실로 향했다. 얼른 씻고 나갈 준비를 해야 했다.

"안녕, 노먼."

회전문을 통해 작업실로 들어오는 노먼을 한나가 반갑게 맞아주었다.

"새로 만든 쿠키가 있는데, 한번 먹어볼래요? 엄마의 '오렌지 크림'이라는 쿠키예요."

노먼은 놀랍다는 얼굴로 한나를 쳐다보았다.

"한나 어머님이 베이킹을 하셨어요?"

"우리 엄마가 직접 하신 건 아니구요."

한나가 살짝 웃음을 터뜨렸다. 엄마는 한 번도 베이킹을 해본 적이 없었다.

"영국에 사시는 엄마 친구분이 보내주신 레시피예요. 오렌지 말고 레몬으로도 만들 수 있어요. 오늘은 둘 다 만들어봤으니까 하나씩 맛을 봐요. 엄마 출간 기념 파티 때 내볼까 해요."

한나가 커피와 함께 접시에 쿠키를 담아 내오자 노먼은 흥미로운 시선으로 쿠키를 바라보았다.

"예쁜데요."

노먼이 말했다.

"엄마 생각이랑 같네요. 레전시 시대에는 시트러스 향이 큰 인기였대요. 그땐 부유한 사람들만이 오렌제리를 가질 수 있었으니까요."

노먼의 아리송한 표정을 눈치챈 한나가 설명했다.

"오렌제리란 실내 온실에서 과일나무나 열대 꽃 종류를 재배하던 농장을 말해요."

"웨인 버그스트롬의 펜트하우스 정원처럼 말이죠?"

"그렇죠."

그 정원이라면 한나도 기억하고 있었다. 제니가 안나와 함께 펜트하우스로 이사를 한 뒤 한나도 몇 번 방문한 적이 있었기 때문이다. 정원에서 바뀐 것이라고는 과실수가 몇 그루 더 늘어났다는 것뿐이었다. 어쨌든 그 중 하나가 만다린 오렌지 나무였으니 노먼의 말이 옳았다. 오렌제리 같은 것이 아니라 그게 바로 오렌제리였다.

노먼이 오렌지 크림을 집어 맛을 보았다. 한나는 그 펜트하우스의 주인공이 어떻게 죽었는지에 대해서는 떠올리지 않으려 애를 썼다. 적어도 죽기 전에 얼마간은 즐거움을 맛보았을 것이다.

"정말 맛있어요."

노먼이 다시 한 번 한나의 우울한 생각을 깨트려주었다.

"오렌지향이 진짜 진해요."

"오렌지 제스트를 많이 넣었거든요. 레몬도 맛봐요."

노먼은 한입 베어 물고 남은 오렌지 쿠키를 내려놓고, 이번에는 레몬 쿠키를 집었다. 그는 쿠키를 한입 먹더니 이내 기쁨의 탄성을 내뱉었다.

"최고예요. 레몬이 더 맛있는 것 같은데요. 하지만 공정성을 위해서 오렌지를 한 번 더 맛봐야겠어요."

한나는 미소를 지었다.

"공정성을 위해서요."

"네."

노먼은 다시 남은 오렌지 쿠키를 한입에 집어넣었다. 하지만 순간 그의 얼굴에 공포의 빛이 떠올랐다.

"이런! 다 먹어버릴 생각은 아니었는데, 큰일이네요. 아직 레몬이랑 오렌지의 비교가 끝나지 않았잖아요."

한나는 웃음을 터뜨렸다. 그러고는 쿠키를 2조각 더 가져다주었다. 노먼이 오렌지 크림과 레몬 크림을 무척이나 좋아하더라고 빨리 엄마에게 이야기해주고 싶었다.

"지난 토요일에 마이크랑 같이 코너 태번에 갔을 때 메뉴판에 파스트라미 버거라는 새 메뉴가 있지 않았어요?"

한나는 깜짝 놀라고 말았다. 토요일 밤에 한나가 마이크와 함께 식사했던 것을 노먼이 어떻게 알았을까? 아, 마이크가 이야기했을 수도 있겠다. 두 사람은 이제 절친한 친구 사이가 되었으니 말이다.

"네, 있었어요."

한나가 대답했다.

"버거 페이지 첫 번째에 있던데요."

"맛이 어땠어요?"

"글쎄요. 난 베이컨 치즈버거 멜트를 주문했기 때문에 잘 모르겠어요. 난 그게 제일 맛있더라구요."

한나는 입을 다물었다. 노먼에게 베브 박사와 저녁 먹으러 간 적이 있는지 물어볼까 말까 고민스러웠다. 안 그래도 쿠키단지를 찾는 단골손님들에게서 두 사람이 같이 있는 모습을 보았다는 이야기를 종종 들어온 터였다.

"노먼은요?"

마침내 한나가 아무렇지도 않은 척 물어보았다.

"먹어봤어요?"

"오, 베브랑 거기는 아직 안 가봤어요. 대신 버타넬리에 가서 점보 하와이언 스페셜을 먹었죠."

"파인애플 넣은 피자 안 좋아하잖아요!"

한나는 자신도 모르게 말을 내뱉고 말았다. 한나는 그저 평소 노먼이 좋아하지도 않던 것을 그녀 때문에 먹었다는 사실이 놀라울 뿐이었다.

"그렇긴 한데, 베브가 좋아하는 피자라 나도 좋아해보려고 노력 중이에요."

나랑 있을 때는 항상 반반씩 시키더니. 한나는 혼자 생각했다. *게다가 나랑 있을 때엔 안초비에 손도 안 댔잖아요! 분명 나보다 그녀를 더 좋*

이하는 거야.

"그래도 한나와 있는 게 더 좋아요."

노먼이 한나의 손을 잡았다. 한나의 기분이 다시금 좋아지려고 하는 찰나에 그가 입을 열었다.

"하지만 한나를 만나려면 내 차례가 돌아올 때까지 기다려야 하니, 그 건 별로예요. 언제든 함께 시간을 보낼 수 있는 사람이 있다는 건 참 좋 은 것 같아요. 한나와 저녁식사라도 할라치면 늘 마이크와 함께 있으니, 그때마다 베브에게 물어볼 수밖에요."

그럼 베브 박사는 노먼을 위해 상시 대기 중인가 보죠? 한나는 그렇 게 물어보고 싶었지만, 차마 그럴 수는 없었다.

"베브는 시간이 많으니까 정말 좋아요. 마을에서 그녀가 만나는 남자 는 나 외에 1명밖에 없으니까요."

"노먼 외에 1명이요?"

이번에 한나는 즉각적으로 되물었다.

"마이크요."

노먼은 한나의 얼굴에 서린 충격을 눈치챘는지 한나의 손을 꼭 잡았 다.

"미안해요, 한나. 마이크가 이야기한 줄 알았어요. 베브가 오크우드에 있는 마이크의 집 바로 건너편에 살거든요. 아무래도 집이 서로 가까우 니까 내가 한나랑 있을 때에는 베브가 마이크랑 데이트를 하고, 마이크 가 한나랑 있을 때는 나와 함께 있었어요. 사실 네 명 모두에게 공평한 게임이잖아요."

한나는 살짝 얼굴을 찌푸렸다. 노먼의 설명을 듣고 있자니, 베버리 손 다이크가 두 남자 사이를 이리저리 튕겨 다니는 노란 테니스공 같다는 생각이 들었다. 우습다는 생각을 하던 중 한나는 문득 자신 역시 그녀와 다를 바 없다는 사실을 깨달았다. 마이크와 노먼에게 조금씩 시간을 쪼개어 주며 그 어느 쪽에도 정착하지 못하고 있지 않은가.

하지만 당장은 이런 생각을 한들 답이 없었다. 일단은 머릿속에 제일 먼저 떠오르는 의문부터 해결해야만 했다.

"왜 그래요?"

한나가 평소와 달리 조용하자 노먼이 물었다.

지금이 아니면 기회는 없어. 죽기 아니면 까무러치기다. 한나는 용기를 내어 노먼을 똑바로 바라보았다.

"오늘은 왜 보자고 한 거예요, 노먼?"

"어젯밤에 파티 끝난 뒤에 말했잖아요. 요즘 한나랑 시간을 많이 보내지 못한 것 같아서요."

"그럼 나랑 완전히 끝내자고 온 거 아니에요?"

"한나랑 끝내요?"

노먼은 당황한 기색이 역력했다.

"당연히 아니죠! 오늘 밤에 같이 저녁식사 할 수 있을까 물어보려고 들른 거예요."

"오."

한나는 단번에 무장해제되고 말았다.

"시간 괜찮아요?"

"아…… 네, 네, 좋아요."

"잘됐네요!"

노먼이 자리에서 일어나 커피 컵을 개수대에 가져다 놓았다.

"그럼 7시에 데리러 올게요. 괜찮으면 호텔에 가서 식사해요."

"좋아요."

한나는 오후에 샐리에게 전화를 걸어 노먼에게 트리플 레시피가 엄청 복잡하다고 속인 사실을 잊지 말고 얘기하자고 머릿속에 메모해 두었다.

노먼은 의자를 제자리에 집어넣은 뒤 밖으로 나섰다.

"그만 가봐야겠어요. 10분 후에 진료 예약이 있거든요. 그럼 이따 저녁에 봐요, 한나."

노먼이 자리를 뜬 후 한나는 작업대 앞에 우두커니 앉아 노먼이 했던 이야기들을 곰곰이 생각해 보았다. 노먼과 마이크 모두 베브 박사와 데이트를 하고 있었다. 노먼은 나와 있는 것이 더 좋다고 했지만, 그 말이 정말 진심일까? 내가 마이크와 만나는 것을 그만둔다면, 노먼도 베브와 만나는 것을 중단할까? 이게 정말 내가 원하는 바일까?

"한나?"

한나는 깜짝 놀라 고개를 들었다. 리사가 회전문 사이로 빼꼼히 머리를 내밀고 있었다.

"응?"

"크누드슨 부인이 방금 전화하셨어요. 오늘 오후 모임에 쓸 쿠키 언제 배달되느냐고 물어보시는데요?"

"지금 간다고 전해 드려."

한나는 자리에서 일어나 파카를 집었다. 스노우 부츠는 굳이 신지 않아도 될 것 같았다. 목사관까지 가는 길은 매일 눈을 잘 치워놓을뿐더러 트럭도 바로 뒤편 주차장에 있으니 말이다. 한나는 작업대 위에 놓여 있던 쿠키 상자를 들고 음료 냉각기 위에 얹어 놓았던 가방을 집은 다음 종종걸음으로 문밖에 나섰다.

오렌지 혹은 레몬 크림

오븐은 미리 예열하지 마세요. 반죽을 1~2시간 정도 숙성시
켜야 합니다.

재료

쿠키 재료 :

울트라파인 슈가(약 0.35mm로 매우 작은 입자의 설탕) 2/3컵***

소금기 있는 버터 1컵(224g) / 거품 낸 계란 노른자 1개(포크로 저어주세요)

오렌지 혹은 레몬주스 2티스푼(오렌지 혹은 레몬 과일즙도 괜찮습니다)

레몬 혹은 오렌지 제스트(1/2티스푼 정도면 됩니다)****

다목적용 밀가루 2와 1/4컵(측량할 때 칼로 측량컵 위를 잘 쓸어주세요)

*** 울트라파인 슈가가 없다고 당장 차를 끌고 식료품점에 달려갈 필요는 없습니
다. 일반 백설탕을 칼날을 끼운 믹서기에 넣고 잘게 갈아주면 되거든요(측량은 이
과정이 모두 끝난 후에 해야 합니다. 설탕 알갱이가 곱게 갈리면 같은 분량의 컵
에도 더 많이 담을 수가 있거든요).
**** 제스트는 꼭 색깔이 있는 껍질 부분만 잘라야 합니다. 하얀색 부분은 쓴 맛
이 나거든요.

쿠키 사이에 넣을 크림 프로스팅 재료 :

소금기 있는 버터 1/3컵 / 슈가 파우더 4와 1/2컵(큰 덩어리가 있지 않은 이상

체질하지 않아도 됩니다)***** / 우유 혹은 라이트 크림 4테이블스푼

오렌지 혹은 레몬주스 1과 1/2티스푼(과일즙도 괜찮습니다)

***** 영국에서는 슈가 파우더를 아이싱 슈가라고 부른답니다.

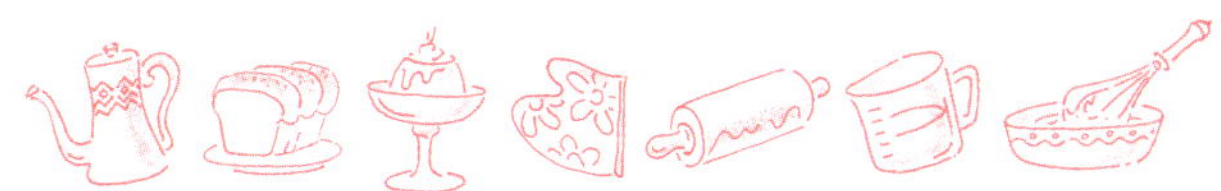

만드는 법

1. 쿠키를 만들기 위해서 설탕과 버터를 한데 넣고 보송보송하게 섞어줍니다. 전자 믹서기가 있으면 작업이 편해진답니다(스탠드 믹서기가 있으면 더욱 좋구요).

2. 계란 노른자에 과일주스, 그리고 제스트를 넣고 섞어줍니다. 제스트가 골고루 퍼질 때까지 섞어주어야 합니다.

3. 밀가루를 반 컵씩 넣으며 넣어줄 때마다 저어줍니다.

4. 믹싱볼에서 치댄 반죽을 두 개로 나눕니다. 각각의 반죽을 공 모양으로 다듬은 뒤 비닐랩으로 감쌉니다. 그렇게 냉장고에 넣어 적어도 1시간 이상 숙성시킵니다(밤새 숙성시켜도 좋습니다).

5. 반죽이 충분히 숙성되었으면, 오븐을 190도로 예열합니다. 틀은 오븐의 중앙에 둡니다.

6. 밀가루를 뿌린 도마 위에 반죽을 0.3cm 두께로 펼칩니다(파이 껍질처럼요). 그런 다음 둥근 쿠키 커터나 음료수 잔의 둥근 면을 사용해 반죽을 동그랗게 잘라냅니다.

대체할 수 있는 방법:
반죽을 펼치는 것이 어려운 분들은 반죽을 실온에 놓아둔 다음 2-티스푼 스쿠퍼를 사용해 동그랗게 반죽을 떠냅니다. 그런 다음 들러붙음 방지 스프레이를 뿌리거나 기름종이를 깐 쿠키 틀에 올립니다. 12개 정도면 충분합니다.

철제 주걱의 날카로운 면을 사용하거나 아니면 음료수 잔의 평평한 바닥을 사용해 반죽을 0.3cm 두께가 될 때까지 눌러 주세요.

7. 190도에서 8~10분간 구워줍니다. 윗부분이 노르스름해지면 완성입니다.

8. 오븐에서 쿠키를 꺼내 틀 위에서 5분간 식힌 다음 식힘망으로 옮겨 완전히 식힙니다.

9. 프로스팅을 만들 때에는 버터가 보송보송해질 때까지 치대주어야 합니다(전자 믹서기가 있으면 편하답니다).

10. 슈가 파우더 분량의 반을 버터가 담긴 그릇에 넣고 잘 섞어줍니다.

11. 우유 분량의 반을 넣고 섞어 줍니다.

12. 거기에 과일주스 혹은 과일즙을 넣습니다.

13. 남은 슈가 파우더를 넣고 다시 골고루 섞어줍니다.

14. 이제 남은 우유를 천천히 부어줍니다. 단, 조심하세요! 우유를 너무 많이 넣으면 프로스팅의 균일감이 없어질 수 있거든요. 적당히 끈기가 남아 있도록 조절해서 넣어주세요. 하지만 실수를 했더라도 좌절하지 마세요. 샌드위치식 크림 프로스팅은 매우 유동적이거든요. 프로스팅이 너무 묽으면 슈가 파우더를 더 넣으면 되고, 너무 되면, 우유를 더 넣으면 됩니다.

15. 쿠키가 완전히 식었으면 이제 레몬 혹은 오렌지 크림을 조합해 봅시다. 쿠키의 평평한 면에 프로스팅을 바르고 그 위에 또 다른 쿠키의 평평한 면이 아래로 향하게 얹습니다.

켈리-앤의 설명에 따르면,

이 쿠키는 6주 동안 냉동 보관이 가능하다고 해요.

프로스팅 역시 마찬가지고요.

다만 냉동하기 전에 쿠키 사이에 꼭 기름종이를 넣어주어야 합니다.

이렇게 하면 즉석에서 반죽을 만들지 않더라도

갓 구운 듯 신선한 쿠키를 먹을 수 있습니다.

한나는 목사관의 부엌문을 열고 안으로 들어갔다.

크누드슨 부인이 가스레인지 앞에서 커다란 수프 냄비를 지켜보고 있었다.

"냄새가 너무 좋아요!"

한나는 훈훈한 공기 속으로 들어서자마자 파카를 벗었다.

"치킨 수프, 직접 만드신 거예요?"

"그렇기도 하고 아니기도 하지."

"그게 무슨 말씀이세요?"

"내가 직접 만든 건 닭고기밖에 없거든. 수프는 몇 년 전에 우리 며느리 잔넬에게서 받은 레시피야. 그 애가 변호사인데 늘 너무 바빠서 요리할 짬이 없었지. 얼른 앉아봐. 내가 한 그릇 줄 테니."

크누드슨 부인이 그릇에 김이 모락모락 피어오르는 수프를 담아 한나의 앞에 내려놓았다. 한나의 뱃속은 아까부터 요동치고 있었다.

"뜨거우니까 호호 불면서 먹어."

한나는 수프를 한 숟가락 떴다. 잔넬의 치킨 수프처럼 맛있어 보이는 음식을 눈앞에 두고 식기를 기다리기란 여간 힘든 일이 아니었다. 한나는 바로 입에 넣어버리고 싶은 충동을 꾹 참으며 몇 번을 호호 분 뒤 조심스럽게 입에 가져갔다.

수프는 여전히 뜨거웠지만, 맛이 느껴지지 않을 정도는 아니었다. 정말 맛있는 수프였다. 한나는 불현듯 레시피가 궁금해졌다.

"사워크림(생크림을 발효시켜 새콤한 맛이 나는 크림)이 들어갔나 봐요?"

한나가 숟가락으로 다시 수프를 퍼 곧장 입으로 가져가며 물었다.

"맞아. 제일 마지막에 넣지. 한나 거에도 수프를 다 뜬 다음 마지막으로 넣었어."

"정말 맛있어요. 혹시 레시피 얻을 수 있을까요? 원하시는 건 뭐든지 드릴게요."

그러자 크누드슨 부인이 웃음을 터뜨렸다.

"그렇게까지야. 바라는 건 없으니 그냥 가져가도 좋아. 수프 다 먹고 나면 한 장 복사해줄게."

"감사합니다!"

한나는 게 눈 감추듯 수프를 비웠다.

"더 줄까?"

"더 먹고 싶지만 괜찮아요. 오늘 저녁 약속이 있거든요. 노먼이랑 레이크 에덴 호텔에서 식사하기로 했어요."

"그럼 가는 길에 교회에 들러서 매튜에게 점심 먹을 시간이라고 전해주겠어? 전화를 했는데 받질 않네."

"교회에 계신 게 확실해요?"

"오, 그럼. 어젯밤에 잠자리에 들기 전에 나한테 그랬거든. 오늘 아침 일찍 일어나서 수요일 밤에 있을 예배 설교를 준비해야겠다고 말이야. 내가 새벽 6시 30분에 일어나서 그 애 방 옆을 지나쳤을 때 방에 아무도 없었으니까 아마 새벽같이 일어나서 교회에 갔을 거야."

부인은 살짝 미소를 지었다.

"고등학생일 때랑 별로 변한 게 없지 뭐야. 오늘 보니 침대 정돈을 어쯤 그리 잘해 놓았는지. 참, 아침으로 먹으려고 했는지 내가 만든 레드 데블스 푸드 케이크도 크게 한 조각 잘라 가져갔더라고."

침대가 정돈되어 있었다? 한나는 조금 이상한 생각이 들었다. 부인은 매튜가 오늘 아침에 침대 정돈을 하고 나간 것으로 생각하고 있지만, 만약 어젯밤에 아예 잠자리에 들지 않았던 거라면? 어딘가에 갔다가 아직 돌아오지 않은 거라면?

"혹시 어젯밤에 병원에 입원해 있는 신자분들 중 위독한 분이 있다고 연락이 오거나 하지 않았어요?"

"아니. 아마 그런 연락이 있었으면 세심한 매튜가 분명 메모라도 남겼을 거야. 제이콥까지 데리고 어디를 갔겠어? 갈 데라곤 교회 사무실밖에 없잖아."

"제이콥도 없어졌군요." 한나가 대꾸했다.

"매튜가 제이콥 데리고 다니는 걸 좋아해. 녀석에게 설교를 읽어주면서 새로운 성경 구절을 익히도록 하더라고."

"그게 효과가 있어요?"

"한 구절 정도 외운 것 같던데. 아무튼 사무실에 없으면 교회 어딘가에는 있을 거야. 예배당 램프에 전구가 나갔다면서 교체해야겠다고 이야기한 걸 들었던 것 같아. 아니면 보일러를 손보고 있을지도 모르고. 밥이 신혼여행 떠나기 전에 방법을 알려줬거든."

"걱정 마세요. 제가 찾아볼게요."

한나는 자리에서 일어나 수프 그릇과 숟가락을 개수대에 가져다 놓았다.

"대신 레시피는 잊지 말고 꼭 챙겨주셔야 해요. 정말 수프 맛이 최고예요."

한낮의 교회는 전혀 무서울 것이 없었다. 한나는 부엌문을 닫고 나와 덧문이 달린 뒤쪽 현관을 나서 목사관에서 교회까지 연결되어 있는 진입로로 들어섰다. 전혀 무서울 것이 없다면서 심장이 이토록 쿵쾅거리는 건 무엇 때문일까?

한나는 얼음이 언 곳을 피해 걸으며 파카 주머니에 손을 찔러 넣었다. 겨울이지만 밝고 화창한 날이었다. 한나는 교회 문에 점점 가까워지며 매튜 목사가 전화를 받지 못할 법한 정상적인 상황들을 머릿속에 나열해 보았다. 이를테면 벨소리를 듣지 못했다거나, 화장실에 있다거나, 교회 마당에서 밤새 내린 눈을 치우는 중이라거나, 교회 뒤편에 있는 창고에서 뭔가를 찾는 중이라거나 하는 일반적인 상황들 말이다. 하다못해 부인이 전화번호를 잘못 눌렀을 수도 있다. 아무튼 그것 말고도 예상 가능한 이유라면 얼마든지 있다. 단지 매튜 목사가 전화를 받지 않는다고 해서 불길한 일이 있으리란 법은 없단 말이다.

하지만 한나의 마음은 반기를 들었다. 불길한 일이 있을 수도 있다. 아치 모양의 높다란 교회 천장에 매달려 있는 육중한 유리 램프에 전구를 교체하기 위해 사다리를 타고 올라갔다가 떨어졌다면? 보일러가 오작동을 일으켰다면? 이미 전문가나 다름없는 밥을 따라서 섣불리 보일러 선을 만졌다가 감전됐을지도 모른다!

이 모든 건 추측일 뿐이다. 한나는 자신의 터무니없는 망상에 실소를 터뜨렸다. 발생 가능한 온갖 사건들을 나열해 보는 것 자체가 바보 같은 짓이었다. 이제 거의 다 왔다. 직접 들어가서 확인하면 될 것이다. 무슨 일이 있는 것인지.

한나는 교회의 측면 문 앞에 도달해 크누드슨 부인에게서 받은 열쇠로 잠긴 문을 열었다. 한나는 다시 한번 스스로에게 아무 일도 없다고, 모든 게 다 괜찮을 거라고 되뇌었다. 사무실에서 매튜 목사가 한나를 반갑게 맞아줄 것이고, 그렇게 함께 목사관으로 돌아가면 된다. 하나도 걱정할 것 없다.

문을 열고 교회 안으로 들어서자마자 교회 특유의 퀴퀴한 공기가 한나 쪽으로 훅 불어 들었다. 죽은 꽃 냄새에 보일러의 기름 냄새가 희미하게 묻어 있었다. 창문이 없는 조그마한 낭실로 향하는 안쪽 문은 활짝 열려 있었지만, 불빛이라고는 저 멀리 예배당 벽면을 둘러싼 스테인드글라스를 통해 들어오는 희미한 햇살뿐이었다.

한나는 램프를 켜야겠다고 생각했다. 하지만 스위치가 어디에 있는지 찾을 수가 없었다. 그렇다면 빛도 들어오고 공기도 통할 겸 밖으로 난 문을 이대로 열어 놓는 게 좋겠다고 생각했지만, 이내 매년 겨울, 어마어마한 난방비에 허덕이는 교회의 처지가 떠올랐다. 수은주가 평년보다 더 떨어져 기록적인 한파가 찾아온 2월이었다. 그러고 보니 눈도 어느새 어둠에 적응이 되었다.

바깥쪽 문을 완전히 닫아도 괜찮기까지는 약간 시간이 필요했지만, 어쨌든 문을 닫고 나서도 한나는 발걸음을 뗄 수 있었다. 낭실에는 묵직한 서랍이 달린 높다랗고 널따란 옷장이 벽면에 줄지어 서 있었다. 옷장에는 예배 때 사용하는 새하얀 리넨을 보관하고 있을 것이다. 옷장 위에는 마거릿과 클라라 홀른벡 자매가 매주 공을 들여 닦곤 하는 둥그런 모양의 커다란 은쟁반이 올려져 있었고, 쟁반에는 예배 때 와인을 따라 놓는 유리잔의 모양대로 자욱이 새겨져 있었다. 그 옆에는 덮개를 씌운 그보다 더 작은 은색 쟁반이 놓여 있었는데, 그건 예배 때 쓰는 성체를 모실 때 사용되곤 했다.

바닥에 놓여 있는 몇 개의 상자를 조심스럽게 피하며 한나는 예배당 쪽으로 난 문을 향해 다가갔다. 그러고는 예배당 안으로 발을 들여놓았다. 예배당이 한결 나았다! 스테인드글라스를 통과한 오후의 햇살이 고즈

넉한 분위기를 연출해 주었다.

"매튜 목사님?"

한나는 그를 불러보았다. 하지만 아무런 대답도 들리지 않았다. 참나무로 만든 기다란 예배당 의자를 한줄 한줄 훑어보았지만 움직이는 것이라곤 공중에 부유하는 먼지 알갱이뿐이었다.

한나는 1~2분 정도 기다려보았다. 매튜 목사가 한나의 목소리를 듣고 이리로 나오고 있는 중일지도 모른다. 하지만 그 어디서도 발걸음 소리 같은 건 들리지 않았다. 이 정도면 충분히 기다렸다. 한나는 이번엔 카펫이 깔린 중앙 통로를 따라 높다란 아치형의 스테인드글라스 유리창을 지나 교회 사무실로 향했다.

사무실은 성가대석으로 향하는 계단의 반대편에 자리하고 있었다. 밥이 최근에 새로 단장한 공간이었다. 사무실의 문은 굳게 닫혀 있었다. 한나는 망설였다. 매튜 목사가 기도나 명상에 심취해 있으면 어쩐다? 고작 점심식사 같은 세속적인 것으로 그를 방해해도 괜찮은 걸까? 하지만 말이야 바른 말이지, 크누드슨 부인의 홈메이드 치킨 수프는 신성하리만큼 맛있다!

"매튜 목사님?"

한나가 다시 그의 이름을 부르며 점잖게 노크를 했다.

"안에 계세요?"

아무 답도 없다. 한나의 심장 박동이 다시금 빨라졌다. 목이 콱 막히는 듯했다. 이런, 이건 좋지 않다. 불길하다! 한나는 그 자리에서 뒤돌아 뛰쳐나가고 싶었지만, 겁쟁이처럼 굴고 싶진 않았다. 매튜 목사가 안에서 부상이라도 입었다면 어쩐다? 아니면 갑자기 몸이 안 좋아져서 쓰러진 것일지도 모른다. 그것도 아니면…… 아, 그건 정말이지 생각하고 싶지도 않다!

한나는 다시 그의 이름을 불렀다. 한 번 더. 결국, 한나는 떨리는 손으로 문의 손잡이를 돌려보았다. 그러고는 간신히 문을 빼꼼 열었다. 책상의 가장자리가 겨우 눈에 들어왔다. 한나는 문을 좀 더 열어보았다. 그리고…….

제일 먼저 눈에 띈 것은 케이크였다. 크누드슨 부인의 레드 데블스 푸드 케이크 한 조각이 책상 앞 양탄자 위에 놓여 있었다. 그 옆에 접시가 나뒹굴고 있는 것을 보니, 케이크를 바닥에 떨어트린 모양이었다. 한나는 잠시 케이크를 바라보았다. 부인의 군침 도는 퍼지 프로스팅이 하얀 양탄자 위에 뭉개져 있었다. 얼룩이 졌으면 큰일인걸. 하지만 책상 건너편 쪽으로 시선을 옮기자마자 얼룩 걱정 따위는 순식간에 사라져버렸다.

끔찍한 광경에 한나는 그 자리에서 돌처럼 굳어버렸다. 매튜 목사가 책상 앞에 앉아 있었고, 책상 위에는 설교 원고들이 흩어져 있었다. 부인의 말씀대로 수요일에 있을 설교를 준비하고 있었던 모양이다. 그때 책상 위로 힘없이 떨궈져 있는 그의 머리가 보였다. 잠든 것 같진 않았다. 종이 위로 무언가가 흥건하게 고여 있었기 때문이다. 그건 바로 피였다! 아주 많은 피. 과연 인간이 저토록 많은 피를 몸 안에 담을 수 있을까 의심스러울 정도로 엄청난 양의 피였다.

"매튜 목사님?"

한나가 나지막이 불러보았다. 대답하리란 기대 같은 것은 전혀 없었지만, 역시 대답은 없었다. 매튜 목사가 죽었다!

한나는 그 끔찍한 광경을 망연자실하게 지켜보고 서 있었다. 갑작스러운 상황에 발걸음이 떼어지지 않았다. 그때 갑자기 책장 위쪽에서 누군가의 목소리가 들렸고, 한나는 화들짝 놀라고 말았다.

"죄의 값은 죽음이니라."

한나는 화급히 고개를 들어 책장 위를 쳐다보았다. 목소리의 정체를 확인한 한나는 하마터면 실성한 듯 웃음을 흘릴 뻔했다.

제이콥이었다. 녀석은 책장 위 새장 안에서 구슬 같은 눈으로 한나를 내려다보며 꽥꽥 소리를 내고 있었다.

"죄의 값은 죽음이니라."

제이콥은 또다시 매튜 목사의 목소리를 흉내 내어 말했다.

그 순간, 책상 위 전화기에서 벨이 울렸다. 한나는 손을 뻗어보았지만, 한나가 서 있는 곳에서는 수화기를 집을 수 없었다. 한나는 지문 보존을 위해 책상 위 티슈 상자에서 티슈를 한 장 뽑아 수화기를 감싼 다음 조심스럽게 전화를 받았다.

"여보세요?"

한나가 떨리는 목소리로 입을 열었다. 부디 아무도 눈치채지 못하길.

"한나!"

크누드슨 부인이었다.

"매튜는 찾았어?"

"아, 네."

한나는 매튜 목사로부터 애써 시선을 돌렸다.

"점심 먹으러 지금 오겠대?"

"아…… 아뇨, 그게 지금…….''

크누드슨 부인이 가장 반겼던 손님이자, 손자의 자리를 대신 메워주고 있던 매튜의 죽음에 대해 어떻게 말씀드리면 좋을까 한나는 고민스러웠다. 어쨌든 전화로는 말씀드리면 안 될 것 같았다. 그건 좋은 방법이 아니다.

"점심 먹으러 안 오겠대?"

"지금은 어려우실 것 같아요. 그게…….''

한나는 말을 멈췄다. 뭐라고 하지? 부인에게 거짓말을 하고 싶진 않았지만 수화기 너머로 나쁜 소식을 전하기는 더더욱 싫었다.

"무슨 일 있어?"

크누드슨 부인이 물었다.

"아뇨, 지금은 배가 고프지 않대요."

한나는 제일 먼저 떠오른 핑곗거리를 말했다.

"수프는 그만 데우셔도 될 것 같아요. 저는 여기 목사님이랑 잠시 더 있다가, 그리로 갈게요."

"알았어, 한나."

부인이 살짝 웃음을 지었다.

"매튜가 케이크를 너무 많이 먹었나 봐. 어쩐지 아침에 너무 크게 잘라 갔다 했지. 내 케이크를 어찌나 좋아하는지 말이야."

"맛있잖아요."

한나는 바닥에 나동그라져 있는 레드 데블스 푸드 케이크 조각을 내려다보았다. 이 끔찍한 광경을 절대 보게 해 드려서는 안 된다.

"잠깐만 계세요. 10분 안에 갈게요. 그래도 괜찮죠?"

한나가 약속했다.

"괜찮고말고. 어차피 난 성경 모임이 있거든. 이따 목사관에 들러서 수프 더 들고 가."

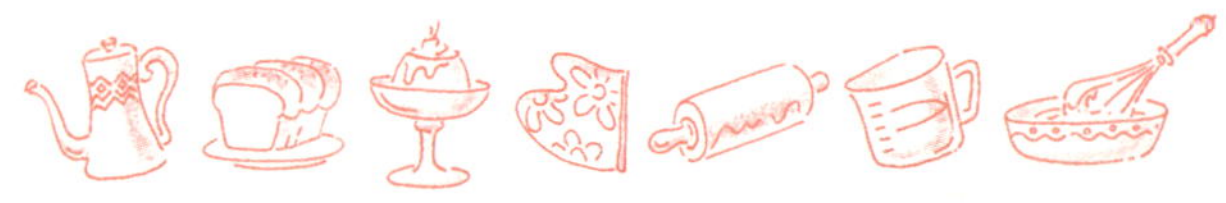

잔넬의 빠르고 간편한 치킨 수프

재료

닭 육수 8컵 혹은 물 2쿼터(8컵)와 닭 고체수프 8개

조리하지 않은 에그누들 6과 1/2컵 / 크림 치킨 수프 통조림 2캔(각 300g)

조리한 닭고기 3컵(큐브 모양으로 썰어주세요) / 사워크림 1컵(224g)

파슬리 다진 것 조금

만드는 법

1. 닭 육수 혹은 물과 닭 고체수프를 물 12~14컵 정도 담길 크기의 냄비에 넣습니다.
2. 끓으면 에그누들을 넣고 간간이 저어주며 익힙니다. 에그누들이 부드러워질 때까지 끓여주세요(저는 9분 걸렸어요). 누들은 따로 건져내지 마세요. 누들도 수프에 들어가는 것이거든요.
3. 불을 중불로 낮춰주세요.
4. 크림 치킨 수프 통조림을 넣고 저어주세요.
5. 거기에 큐브 모양으로 자른 닭고기를 넣고 저어주세요.
6. 재료들이 다 익을 때까지 끓입니다. 5~10분 정도면 충분합니다.
7. 수프가 보글보글 끓으면 냄비를 불에서 내리세요. 곧바로 먹을 거라면 사워크림을 넣고 한 번 저어준 뒤 파슬리를 솔솔 뿌려 그릇에 담습니다.

“아니, 전화하지 마!”

크누드슨 부인이 마이크를 향해 인상을 찌푸렸다.

“한창 신혼여행 중인데, 망칠 수 없잖아.”

한나는 부인을 감탄스러운 시선으로 바라보았다. 방금 마이크에게서 전해 들은 비보에 그녀의 낯빛은 어두웠지만, 목소리만큼은 침착했다.

“괜찮으시겠어요?”

클라라 홀른벡이 물었다. 클라라와 마거릿 홀른벡 자매는 크누드슨 부인의 성경 모임 다과 준비를 돕기 위해 일찍 교회를 찾은 참이었다.

“소식을 들으면 밥 목사님이 단번에 날아오실 텐데요.”

마거릿이 말했다.

“이런 때에 혼자 계시게 하고 싶지 않으실 거예요.”

“혼자가 아니야.”

크누드슨 부인은 잠시 말을 멈추었고, 한나는 신심어린 말씀을 하시려나 보다 생각했다.

“자네가 있잖아, 클라라.”

부인이 클라라의 손을 토닥였다. 그리고 이번에는 마거릿의 손을 잡았다.

“그리고 자네도, 마거릿.”

자매는 크누드슨 부인의 친구로 공식 신임을 받은 것이 못내 자랑스러운 듯했다.

"하지만 나중에 밥 목사님이 아시면 미리 알리지 않았다고 화내지 않으실까요?"

클라라가 걱정스러운 표정으로 말했다.

"당연히 그러겠지. 하지만 당장 비행기를 타고 이리로 올 수 있는 게 아니잖아. 지금 한창 배를 타고 가는 중일 테니, 아마 하와이에는 3일 후에나 도착할 거야. 그런데 그렇게 아름다운 섬에 도착해서 바닷가 구경 한 번 하지 못하고 곧바로 공항으로 가야 한다면 두 사람이 너무 가련하잖아?"

클라라와 마거릿은 고개를 끄덕였다.

"부인 말씀이 옳아요."

평소 나긋나긋하던 마거릿이 짐짓 엄숙하게 말을 이었다.

"저희끼리 잘 협력하면 신학교에서 새로운 목사님을 보내줄 때까지 그럭저럭 버틸 수 있을 거예요. 새 목사님이 올 때까지 예배는 제 동생네 교회의 콜린스 목사님께 부탁드리면 될 것 같구요. 그레이 이글에서 오신 분 있잖아요."

"행크 콜린스라면 믿을 만하지."

크누드슨 부인이 동의했다.

"그 사람이라면 아마 최선을 다해 교회 일을 돌봐 줄 거야. 아니면 리틀 폴스의 톰 서먼 목사에게 부탁해도 돼. 예전에 톰이 휴가를 갔을 때 우리 밥이 대신 교회를 맡아주었거든."

그때 마이크가 목청을 가다듬었고, 모두 그를 쳐다보았다.

"실례합니다, 숙녀분들. 크누드슨 부인께 몇 가지 여쭤볼 것이 있어서요."

"얼마든지."

크누드슨 부인이 클라라와 마거릿을 돌아보았다.

"오늘 성경 모임은 두 사람이 맡아줘. 다들 오시면 거실로 안내하고, 교회에 사고가 좀 생겼다는 정도로만 이야기해. 신학교에서 새 목사님을 보내줄 때까지 누구에게 교회 일을 부탁하면 좋을지 함께 의논해본 다음에 목록을 만들어서 나중에 나랑 같이 살펴보면 좋겠어. 같이 전화도 돌려보고 말이야. 커피 물을 올려놨으니까 지금쯤 다 되었을 거야. 그리고 한나가 쿠키를 가져왔는데…… 무슨 쿠키였지, 한나?"

"빅소프트츄이 당밀 쿠키요. 루이스 테일렌의 레시피예요."

"아, 그거 나도 먹어본 적 있어. 정말 맛있지."

클라라가 말하고는 이내 부인을 돌아보았다.

"부인 드실 것도 커피랑 같이 챙겨올게요."

그러자 부인은 고개를 끄덕였다.

"고마워, 클라라. 신경 써 주어서."

클라라와 마거릿이 자리를 뜬 후, 한나는 마이크를 쳐다보았다.

"부인과 단둘이 말씀 나눌 수 있게 자리를 비켜줄까요?"

"괜찮습니다. 한나는 내가 전적으로 신뢰하고 있는 사람이니 굳이 그럴 필요 없어요."

"나한테도 마찬가지야."

크누드슨 부인이 덧붙였다.

"게다가 어차피 매튜에 대해 안드레아랑 같이 알아낸 사실들을 마이크에게 이야기해줘야 하지 않겠어?"

부인이 마이크를 향해 고개를 돌렸다.

"일요일 예배 때 교회에 왔으면 매튜를 직접 만날 수 있었을 텐데."

마이크는 부인의 부드러운 꾸중을 제법 점잖게 받아넘겼지만, 한나의 눈에는 그가 살짝 당황한 것이 보였다. 어쩐지 이번 주 일요일에는 마이크를 교회에서 볼 수 있을 듯하다.

"월터 목사님을 마지막으로 보신 게 언제였습니까?"

마이크가 물었다.

"어젯밤 9시, 잠자리에 들 때쯤이었어. 내가 잘 자란 인사를 했고, 매튜는 수요일 설교를 준비해야 한다면서 내일 아침 일찍 일어나서 교회에 갈 거라고 했지."

문득 피에 흥건히 젖은 채 책상 위에 흩어져 있던 설교 원고들이 떠올라 한나는 몸을 부르르 떨었다. 과연 설교 준비는 다 마쳤던 것일까. 하지만 이제 와서 그게 다 무슨 소용이랴.

"혹시 매튜 목사님께 원한을 갖고 있을 만한 사람은 없습니까?"

마이크가 두 번째 질문을 던졌다.

"글쎄, 어쩌면……."

크누드슨 부인이 잠시 하던 말을 멈추고는 생각에 잠겼다.

"폴이라는 사촌이 있는데, 그 애와의 사이가 좋지 않은 것 같긴 했어. 원인 제공을 누가 했는지는 모르겠지만. 어쨌든 서로 연락을 안 한 지 몇 년 됐다고 하더라구. 부모가 모두 선교를 떠나고 두 아이 모두 여기서 나랑 같이 지낼 때는 아주 친했었거든. 그 해 연말쯤이었나, 폴이 사고를 하나 쳤는데, 우리는 매튜에게 여자친구가 생겨서 질투심에 그랬다고 생각했지. 예전만큼 같이 많은 시간을 보내지 못했으니까."

"어떤 문제였습니까?"

"소소한 거야. 학교 사물함을 뜯어서 별로 값나가지도 않는 물건들 몇 개를 훔쳤다고 해. 그때 교장 선생님은 폴이 관심을 끌고 싶어서 그런 행동을 했다고 했지만, 매튜는 그게 시작이었던 것 같다고 얘기했어. 매튜 말에 따르면, 폴이 범죄를 저질러서 아이오와에 있는 교도소에 들어갔다 나왔다고 해. 자세한 건 폴의 부모님도 이야기해 주지 않아서 잘 모르겠지만, 예전의 그 단순한 절도가 어른이 되면서 심각해진 것 같다고 말이야."

"폴의 부모님을 아세요?"

"잘은 아니지만 그래도 알지. 서로 크리스마스카드도 주고받고 매년 내 생일에는 선물도 보내줬는걸. 지금은 두 사람 다 세상을 떠났어. 폴의 엄마는 6년 전에 죽고, 아빠는 작년에 죽었지."

한나는 마이크의 입 주변으로 경직되는 근육의 움직임을 관찰했다. 폴의 부모님을 직접 만나 심문할 수 없다는 것이 아쉬운 모양이었다.

"그럼 매튜 목사님이 사촌인 폴을 마지막으로 만난 것이 언제였다고 했습니까?"

"잘은 모르겠지만 매튜가 20대였을 때쯤이 아니었을까. 폴이 출소한 이후에 사설탐정까지 고용해서 그를 찾아봤는데, 찾을 수가 없었다고 했거든."

"사촌이랑 왜 갑자기 연락을 취하려고 했었답니까?"

"폴의 엄마가 암에 걸린 사실을 이야기해주려고 그랬대. 그 소식을 꼭 전해줘야 할 것 같았다더군. 소식을 듣게 되면 폴이 엄마를 찾아오거나 하다못해 편지라도 보내오리라 생각했던 거지. 하지만 결국 찾지는 못했어."

마이크는 재빨리 수첩에 무언가를 적었다.

"알겠습니다. 매튜 목사님이 여기, 우리 마을에 있는 동안은 어땠습니까? 혹시 마을 사람들과 문제가 있었다거나, 갈등이나 다툼이 있진 않았습니까? 아니면 그 두 사람이 부인과 함께 지냈던 때부터 묵혀왔던 원한이 있었다거나?"

"내가 보기에 그런 건 전혀 없었어. 매튜는 착한 아이였거든. 마을 사람들을 좋아했고, 마을 사람들도 매튜를 좋아했지.”

마거릿이 티 쟁반을 들고 들어오자 크누드슨 부인이 말을 멈추었다.

“오, 고마워, 마거릿. 그냥 여기 두면 따르는 건 한나가 해 줄 거야. 그래 주겠어, 한나?”

“그럼요.”

한나는 섬세한 본차이나 주전자의 손잡이를 조심스럽게 잡아 커피를 따른 뒤 쿠키 접시와 함께 건넸다.

세 사람은 쿠키와 함께 커피를 마시며 잠시 커피와 쿠키 맛이 좋다는 담소를 나누었다. 문득 크누드슨 부인이 한나를 돌아보았다.

“내가 매튜를 의심했을 때 안드레아랑 같이 신학교에 알아봤던 일을 마이크에게 얘기해줘, 한나.”

부인이 말했다. 그러자 마이크의 눈썹이 치켜 올라갔다.

“매튜 목사님의 신원을 확인했단 말입니까?”

“네.”

한나는 끔찍한 사건의 희생자가 되어버린 매튜 목사에 대해 알아낸 바를 마이크에게 낱낱이 이야기해 주었다.

“집에 가서 쉬시는 게 어때요?”

한나가 보글스 반죽에 말린 크랜베리 넣는 것을 벌써 세 번째나 깜빡하고 나자 리사가 말했다.

“지금 베이킹을 할 상태가 아니신 것 같아요. 여긴 제가 정리할게요. 집까지 운전하실 수는 있겠어요? 아니면 허브한테 에스코트 부탁할까요?”

“난 괜찮아.”

한나가 말했다. 하지만 실은 전혀 괜찮지 않았다. 그저 가능하면 정신

을 차려보려고 노력하는 중이었다. 매튜 목사의 시체를 발견한 이후로 손떨림이 멈추지 않고 있지만, 그래도 액셀이나 브레이크를 밟고 아파트 주차장에 차를 세우는 데는 전혀 지장이 없었다.

한나의 얼굴에 드러난 감정을 읽었는지 리사가 걱정스러운 듯 물었다.

"왜 그래요? 너무 우울해 보여요."

"바보 같아."

한나가 말했다.

"의인화를 하다니."

"사물이나 동물을 사람처럼 생각하는 거 말씀이세요?"

"응, 계속 제이콥 생각을 했거든."

리사는 어리둥절한 표정을 지었다.

"제이콥이 누구예요?"

"피트 넌크의 구관조. 피트가 얼마 전에 등 수술을 받았는데 회복할 때까지 제이콥을 목사관에서 키우기로 했대."

"그렇다면 제이콥은 괜찮은 거죠? 설마 그 범인이 제이콥도……."

"아니야, 제이콥은 멀쩡해."

한나가 리사를 안심시켰다.

"매튜가 살해당했을 때 사무실 책장 위 새장 안에 있었어. 아마 그 광경을 다 봤을 거야."

리사가 몸을 살짝 떨었다.

"너무 끔찍해요! 구관조는 아주 똑똑하다던데, 제이콥이 범인을 가려낼 수는 없을까요."

"그건 TV 탐정물에서나 나오는 얘기야."

"역시."

리사가 살짝 웃음을 지었다.

“아무튼 제이콥이 새인 게 다행이에요. 증인석에 앉힌들 뭐라고 할 수 있겠어요? ‘폴리는 과자 먹고 싶어요’?”

이번에는 한나가 몸을 부르르 떨었다. 너무 심하게 떤 바람에 리사도 눈치채고 말았다.

“이번엔 왜 그러세요?”

리사가 다시 물었다.

“매튜 목사의 시체를 찾은 직후에 있었던 일이 기억났어.”

“무슨 일이 있었는데요?”

“그냥 멍하니 매튜 목사의 시체를 바라보고 있었는데, 그의 목소리가 들리는 거야. ‘죄의 값은 죽음이니라’ 라고.”

“그의 목소리요? 그렇다면…… 매튜 목사님 목소리였단 말이에요?”

“응.”

“그럼 그땐 아직 죽은 게 아니었네요?”

“그건 아니야. 한눈에 봐도 죽은 게 분명했거든. 근데 갑자기 천장 쪽에서 그의 목소리가 들리니까 너무 놀랐지. 순간 초자연적 현상을 경험하는 줄 알았으니까.”

“억울하게 죽은 사람의 영혼이 이승에서 떠도는 것 같은?”

“그렇지. 그래서 고개를 들어보니까 제이콥이었어. 매튜 목사의 목소리 흉내 내는 걸 배운 것 같아. 목사관 사람들 전부 성경 구절을 가르치려고 했다는데, 아마 결국 매튜 목사님에게 배웠나 봐.”

그러자 리사는 소름이 돋는 듯 양팔을 문질렀다.

“혹시 어쩌면…… 그냥 제 생각인데…… 매튜 목사님이 살인범에게 외치는 걸 제이콥이 듣고 외운 게 아닐까요?”

“그거야말로 정말 오싹한 얘긴데!”

“이거 내일 사람들한테 이야기해 줄 때 써도 될까요?”

한나는 웃음을 터뜨렸다. 리사는 가게를 찾은 사람들에게 한나가 어떻게 해서 시체를 발견하게 되었는지 이야기 들려주는 것을 무척 좋아했다. 물론 사람들 역시 리사에게 이야기를 듣고 싶어했다. 리사가 어찌나 실감 나게 그녀만의 원-우먼-쇼를 진행하는지 이야기의 당사자인 한나조차 혹할 정도였다.

"그래도 돼요?" 리사가 재촉했다.

"난 상관없어." 한나가 대답했다.

"매튜 목사님을 어떻게 발견했는지 자세하게 얘기해 줄까? 아니면 리사가 지어서 이야기하는 게 낫겠어?"

"이야기해 주세요."

리사는 한나가 늘 수첩을 보관해 두는 서랍으로 달려가 수첩과 펜을 챙긴 다음 따뜻한 커피 두 잔까지 챙겨 들고 작업대로 돌아왔다.

"준비됐어요."

리사가 수첩을 펼친 뒤 손에 펜을 단단히 쥐었다.

"준비~땅!"

"'땅' 이라는 말은 하지 말아줘."

"왜요? 설마 목사님, 총에 맞으신 거예요?"

한나가 고개를 끄덕이자 리사가 충격을 받은 표정을 지었다.

"오, 세상에! 너무 끔찍해요. 차라리 칼에 찔리거나 둔기에 맞거나 아니면 질식사 정도였기를 바랐는데."

"왜?"

리사의 뜻밖의 반응에 한나는 의아해졌다.

"매튜 목사님이 총에 맞아 돌아가신 게 알려지면 또다시 총기 관련 스포츠가 된서리를 맞을 거 아니에요. 안 그래도 정치인들이 총기 사용을 불법화하려고 하는데 말이죠. 총기를 불법화할 거면 칼이며, 망치, 심지어 베개까지도 불법화해야 해요!

"유감이야, 리사."

한나는 리사를 위로했다. 리사와 허브는 클레이사격 마니아였다.

"유감인 건 저도 마찬가지예요. 허브랑 저랑 클레이사격을 좋아하잖아요. 제 솜씨가 점점 늘고 있다고 허브한테 칭찬도 받았는데. 옛날 서부인들 복장 갖추고 카우보이 게임 하는 건 정말 재미있어요. 만약 총기가 불법이 되면, 그때는…… 아마…… 볼링이나 해야 하겠죠!"

한나는 하마터면 웃음을 터뜨릴 뻔했다. 리사가 '볼링'을 외치는 입 모양이 꼭 어린 시절 안드레아와 뒷마당에서 수박씨 누가 멀리 뱉나 내기했을 때 수박씨를 뱉어내던 그 입 모양과 똑같았기 때문이다.

"조심해, 리사. 앨리스 보겔이 그 이야기를 들으면 별로 좋아하지 않을 거야. 우리 단골이잖아."

"그렇겠네요."

리사가 쑥스러운 표정을 지었다.

"볼링에 감정 있는 건 아니에요. 볼링을 좋아하는 사람도 많으니까요. 앨리스가 운영하는 알리의 앨리 볼링장도 잘 운영되고 있잖아요? 하지만 그래도 전 볼링보다 클레이사격이 백만 배는 더 재밌어요. 생각해 봐요, 한나. 사실 볼링공으로도 얼마든지 사람을 죽일 수 있다구요!"

리사는 또 흥분하기 시작했다. 그런 리사를 향해 한나는 온화한 미소를 지어 보였다.

"그래도 미네소타에서는 총기류를 불법화하긴 어려울 거야. 사냥을 해야 사슴 개체 수가 늘어나는 것도 막을 수 있고, 또 전국에서 사람들이 사냥이나 낚시를 위해 미네소타에 몰려오잖아. 그 관광수입만 해도 얼만데. 그 덕분에 미네소타 주 마을들이 먹고 사는걸. 게다가 외곽 지역에서 농사를 짓는 농가에서는 포식동물로부터 스스로를 보호해야 하니까 꼭 필요해."

"맞는 말이에요. 외곽의 농가에 총이 필요한 이유가 또 하나 있어요. 특히 겨울철에 이웃과 서로 몇 킬로미터씩 떨어져 있는 외딴 농가의 경우에 말이에요. 아니 카슨이 작년 폭풍 때 농가 밖에서 넘어져서 발목이 부러졌던 거 기억나세요? 폭풍 때문에 전화선도 다 끊겼던 때였는데."

"기억나."

"아니는 걸을 수도 없었고, 새디는 미처 아니를 집까지 부축할 수도 없었어요."

"그럴 만도 하지. 덩치가 큰 아니에 비해 새디는 왜소하니까."

"그래서 새디가 부엌에 가서 아니의 총을 들고 나와 집 밖 한편에 쌓인 눈더미를 향해 세 발을 쐈대요. 이웃들에게 보내는 일종의 신호로요. 총소리는 아주 멀리서도 들을 수 있잖아요. 아무튼 그렇게 해서 도움을 요청했대요."

"좋은 방법이네."

"총이 흉기 외에 다르게도 쓰일 수 있다는 걸 보여주는 사례죠. 아무튼 아까 한나가 한 이야기가 사실이었으면 좋겠어요. 미네소타에서는 여러모로 총기가 필요하다는 것 말이에요. 허브에게 결혼 선물로 받은 새 권총을 압수당하고 싶지 않거든요."

"결혼 선물로 권총이라, 새로운 발상인걸."

"안 그래도 사람들이 놀려요."

리사가 다시 펜을 집어 들며 미소를 지었다.

"자, 이제 크누드슨 부인의 심부름으로 교회에 갔다가 어떻게 매튜 목사님을 발견하게 됐는지 상세하게 얘기해 주세요."

빅 소프트 츄이 당밀 쿠키

오븐은 예열하지 마세요. 반죽을 충분히 숙성시켜야 합니다.

한나의 첫 번째 메모: 루이스는 제빵 과정을 모두 손으로 했는데, 저는 쿠키단지에 있는 스탠드 믹서기를 사용했어요. 그리고 이걸 롤 쿠키로 만들기도 했는데, 롤 쿠키로 만들려면 밀가루를 뿌린 바닥에 0.6cm 두께로 반죽을 민 뒤 9cm 지름의 쿠키 커터로 반죽을 잘라주세요. 시간을 아끼기 위해 저는 냉장고에 숙성시킨 반죽을 사용했답니다.

재료

백설탕 1과 1/4컵 / 소금 1티스푼 / 베이킹소다 1과 1/2티스푼

생강 간 것 1과 1/2티스푼 / 라이트 당밀 1컵(저는 다크 당밀 1/2컵에 카로 시럽 1/2컵을 섞어서 사용했답니다) / 거품 낸 계란 2개(포크로 저어주세요)

소금기 있는 버터 1컵(224g) / 뜨거운 물 2테이블스푼 / 오트밀 4컵

다목적 밀가루 4컵(측량할 때 밀가루를 체질하지 말고, 내려치지도 마세요. 측량컵으로 뜬 다음 테이블 나이프로 윗면만 쓸어주면 됩니다)

건포도 1과 1/2컵(전 황금 건포도를 사용했어요) / 다진 견과류 1컵

토핑용 설탕 약 1/2컵

만드는 법

1. 믹서기에 설탕을 넣고 '낮음' 의 속도로 가동합니다.
2. 소금과 베이킹소다, 생강 간 것을 넣고 잘 섞습니다.

3. 라이트 당밀을 넣고 재료들이 골고루 섞일 때까지 믹서기를 돌립니다.

4. 거품 낸 계란을 넣고 섞습니다.

5. 소스팬 혹은 전자레인지를 사용해 버터를 녹입니다. 전자레인지를 사용할 때는 '강'에 90초간 돌리면 됩니다(전자레인지에 돌린 후에도 완전히 녹지 않았으면 숟가락으로 한 번 저은 뒤 20초 정도 더 돌리세요)

6. 녹인 버터를 믹서기에 붓습니다.

7. 거기에 뜨거운 물 2테이블스푼을 더합니다. 믹서기는 여전히 가동 중입니다.

8. 낮은 속도로 믹서기가 가동되는 가운데, 오트밀을 1컵씩 넣고 섞어줍니다.

9. 역시 낮은 속도로 믹서기가 가동되는 가운데, 밀가루를 1컵씩 넣고 섞어줍니다.

10. 건포도를 넣고 섞어줍니다.

11. 마지막으로, 견과류(전 호두를 썼어요)를 넣고 섞어줍니다.

12. 믹서기에서 볼을 꺼내 손으로 마지막 반죽을 합니다. 반죽이 조금 된 것이 정상입니다.

13. 반죽에 비닐랩을 씌워 믹서기 볼에 담은 채 냉장고에 1시간 정도 넣어둡니다. 숙성되어야 작업하기가 더 쉽답니다.

이 반죽으로 쿠키를 만들 수 있는 방법에는 세 가지가 있습니다. 결과물은 똑같지만 각자 마음에 드는 방법을 선택하시면 됩니다. 일단 루이스는 첫 번째 방법으로 구웠습니다.

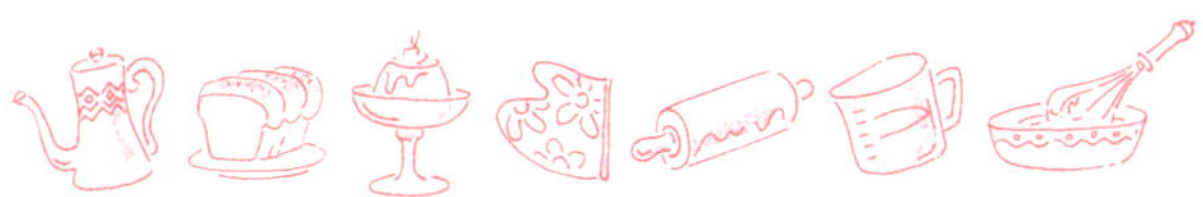

1. 숙성된 반죽을 반으로 나눕니다. 그렇게 반은 냉장고에 다시 넣고 반은 커다란 공 모양으로 굴립니다.

2. 빵용 도마에 밀가루를 뿌린 뒤 공 모양 반죽을 올리고 손바닥으로 평평하게 눌러줍니다.

3. 평평해진 반죽 위에 밀가루를 뿌립니다.

4. 둥근 밀대로 쿠키 반죽을 0.6cm 두께로 밀어줍니다. 그런 뒤 둥근 쿠키 커터로 9cm 지름으로 반죽을 잘라 주세요 (이 사이즈의 쿠키 커터가 없다면, 부엌에 있는 그 어떤 것을 활용하셔도 좋습니다. 전 대략 지름이 9cm 되는 플라스틱 컵이 있길래 그것을 사용했답니다).

5. 기름칠을 한 쿠키 틀 위에 잘라낸 반죽을 5~7.5cm 간격으로 올립니다. 표준 사이즈의 쿠키 틀이라면 6개 정도가 올라갈 겁니다.

6. 붓을 사용해 쿠키 윗면에 물을 바른 뒤 설탕을 뿌립니다.

7. 190도에서 9~10분간 구워주세요. 가장자리에 황갈색 빛이 돌면 완성입니다(전 10분이 걸렸어요).

8. 오븐에서 쿠키 틀을 꺼내 틀 위에서 1분 정도 식힌 다음 식힘망으로 옮겨 완전히 식힙니다.

9. 쿠키가 다 식었으면 뚜껑이 있는 밀폐용기나 단지 등에 보관합니다.

롤 쿠키가 싫다면, 두 번째 방법을 사용해 보세요.

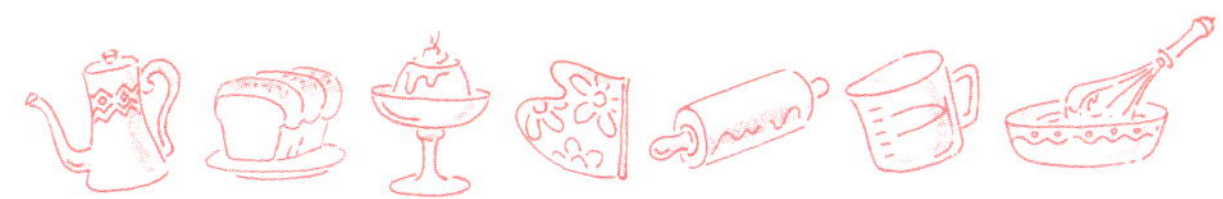

이 방법은 매우 재밌으면서도 간단하답니다. 도마도 밀대도 심지어 밀가루도 필요 없거든요. 반죽 윗면과 아랫면에 설탕을 뿌려주기만 하면 됩니다!

1. 반죽을 손으로 떼어 6cm 크기의 공 모양으로 굴려줍니다 (자두 크기 정도면 됩니다). 설탕 그릇 위에 반죽을 굴린 다음 기름칠한 쿠키 틀 위에 올립니다. 넓적한 철제 주걱이나 깨끗하게 씻은 손바닥으로 0.6cm 두께가 되게끔 반죽을 눌러주세요.

2. 이런 과정을 반복해서 표준 사이즈의 쿠키 틀 위에 반죽을 올려주세요. 5~7.5cm 간격으로 반죽을 올리면 6개 정도가 올라갈 겁니다.

3. 190도에서 9~10분간 구워주세요. 가장자리에 황갈색 빛이 돌면 완성입니다(전 10분이 걸렸어요).

4. 오븐에서 쿠키 틀을 꺼내 틀 위에서 1분 정도 식힌 다음 식힘망으로 옮겨 완전히 식힙니다.

5. 쿠키가 다 식었으면 뚜껑이 있는 밀폐용기나 단지 등에 보관합니다.

세 번째 방법은 냉장고를 사용하는 방법입니다. 이 방법은 시간이 좀 걸리긴 하지만, 간단하기는 마찬가지랍니다.

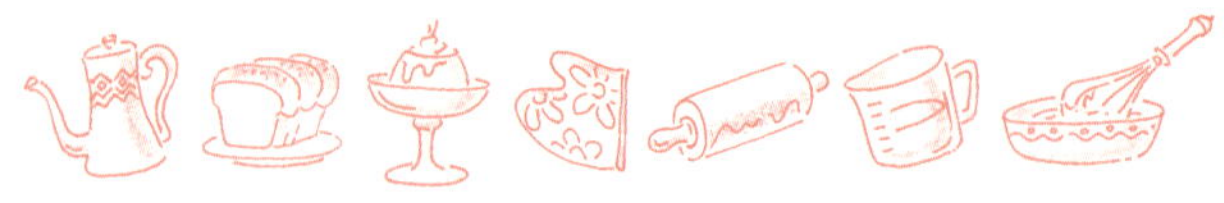

1. 숙성된 반죽을 반으로 나눕니다. 반죽 하나는 냉장고에 넣어두고 다른 하나로 작업을 시작합니다.

2. 기름종이를 약 45cm 길이로 잘라주세요. 그런 다음 다시 말리지 않도록 뒤집어 작업대 위에 펼쳐줍니다. 긴 면이 위쪽으로 가도록 해주세요.

3. 기름종이 위에 반죽을 놓고 30cm 길이가 되게끔 손으로 길쭉한 통나무 모양으로 매만져 줍니다(다시 유치원 때로 돌아가 찰흙놀이를 하는 것 같은 기분이 들 거예요).

4. 30cm로 완성된 반죽을 기름종이와 함께 말아주세요.

5. 양 끝에 반죽이 삐져나오지 않도록 종이로 잘 메워주세요. 그런 다음 냉장고에 넣습니다.

6. 잘 숙성될 수 있도록 밤새 냉장고에 보관합니다.

7. 아침에 베이킹을 할 준비가 되었다면 먼저 오븐을 190도로 예열해 주세요. 틀은 당연히 오븐의 중앙에 둡니다.

8. 오븐이 예열될 동안 쿠키 틀 위에 기름칠을 해 주세요.

9. 예열이 끝났으면 냉장고에서 반죽을 꺼내 돌돌 만 기름종이를 빼낸 뒤 얇고 날카로운 칼을 사용해 3.8cm 크기로 잘라줍니다.

10. 바닥이 평평한 볼에 백설탕을 넣고 슬라이스한 쿠키 반죽을 하나씩 담가 설탕을 묻혀 줍니다. 앞뒤로 골고루 묻혀 주세요. 그런 다음 쿠키 틀 위에 5~7.5cm 간격으로 올립니다. 표준 사이즈의 쿠키 틀이라면 6개가 올라갈 겁니다.

11. 190도에서 9~10분간 구워주세요. 가장자리에 황갈색 빛이 돌면 완성입니다(전 10분이 걸렸어요).

12. 오븐에서 쿠키 틀을 꺼내 틀 위에서 1분 정도 식힌 다음 식힘망으로 옮겨 완전히 식힙니다. 쿠키가 다 식었으면 뚜껑이 있는 밀폐용기나 단지 등에 보관합니다.

어떤 방법을 선택하시든지 상관없습니다. 롤링핀을 사용하시든지 공 모양 반죽을 만들어 베이킹을 하시든지, 아니면 슬라이스를 하시든지 굽는 시간도 똑같고, 맛도 같을뿐더러, 1개 틀에서 나올 수 있는 개수 역시 같으니까요.

한나의 두 번째 메모: 루이스의 아버님이 제일 좋아하시는 쿠키였대요, 그 이유는 먹어보면 아실 거예요!

한나의 세 번째 메모: 저의 증조할머니, 엘사 스웬슨은 이 쿠키를 부드럽고 촉촉하게 보관하는 비법을 알고 계셨어요. 그건 바로 쿠키 단지 밑에 오렌지나 레몬 껍질을 깔아두는 것이랍니다! 그렇게 하면 향긋한 껍질이 머금고 있는 수분 덕분에 쿠키가 한결 부드러워지고, 오렌지 혹은 레몬 향이 쿠키에도 깃들어 향미 또한 아주 좋아요! 미네소타에 시트러스 과일이 제철이 아닐 때에는 사과 조각을 사용하기도 하셨대요.

“괜찮아요?”

그날 밤 7시, 한나가 아파트 문을 열자마자 노먼이 물었다.

“그런 것 같은데요.”

한나는 잠시 그의 질문을 곱씹어보았다.

“안 괜찮아 보여요?”

“아뇨, 좋아 보여요! 옷이 정말 잘 어울리는데요.”

한나는 미소를 지었다. 여느 때였다면 그의 칭찬에 들떠 제자리에서 한 바퀴 휙 돌아 보였겠지만, 오늘은 그러기엔 마음이 무거웠다.

“나도 이 스커트랑 스웨터 세트 좋아해요.”

한나가 말했다.

“오늘 특별히 이걸 골라 입은 이유가 있는데…….”

“뭔데요?”

한나가 말꼬리를 흐리자 노먼이 물었다.

“힘을 낼만한 게 필요해서요.”

“그거라면 나에게 맡겨요.”

노먼이 약속했다.

“가서 한나 코트 가져올 테니까 바로 출발해요. 오늘 오후에 있었던 일은 들었어요. 가서 저녁 먹으면서 같이 얘기해요.”

이건 분명 기적이 아니었다. 하지만 노먼이 입혀주는 드레스 코트에 팔을 꿰어 넣고, 그가 모이쉐에게 생선 모양의 간식 몇 개를 던져준 뒤 문밖으로 에스코트하는 모습을 지켜보며 한나는 마치 기적을 경험하는 듯한 기분이었다. 노먼만이 갖고 있는 바로 이 특별함, 그는 언제나 한나가 필요로 하는 것을 잘 알고 있었다. 지금 이 순간만큼은 모델을 해도 손색없을 만큼 우아하고 지적인 베브 박사는 존재하지 않는다. 지금 노먼은 나와 함께 있다. 한나는 그를 가능한 한 오래 붙잡아 둘 생각이었다. 그럼 베브 박사는 집에 홀로 남게 되겠지. 마이크 또한 매튜 목사의 살인사건 수사로 바쁠 테니 베브 박사는 그동안의 분주한 데이트 일정으로 인해 닳을 대로 닳은 구두 힐이나 쓰다듬고 있어야 할 것이다.

"웃는 걸 보니 좋네요."

노먼이 조수석 문을 열어주며 말했다.

"노먼과 같이 있으니까요."

한나가 대답했다. 사실이었다. 노먼과 함께일 때면 늘 기분이 좋았다. 더불어 한나의 기분을 좋아지게 만든 요인이 한 가지 더 있었다. 하지만 노먼에게 베브 박사가 잔뜩 풀이 죽은 채 아파트에 홀로 남아 있을 모습을 상상하니 기운이 난다는 이야기는 차마 할 수 없었다.

"한나? 다 왔어요."

노먼의 목소리가 한나를 달콤한 낮잠에서 깨어나게 했다. 아주 부드럽고 따뜻한 목소리에 한나는 순간 어린 시절 학교 갈 시간이라며 한나를 깨우는 아빠의 목소리를 듣고 있는 듯했다. 하지만 이건 아빠의 목소리가 아니다. 이건…… 노먼이다. 한 달 만에 간신히 나온 노먼과의 데이트에서 그만 잠들어 버리고 만 것이다!

"오, 노먼! 정말 미안해요! 이렇게 피곤한 줄 몰랐는데…… 근데 왜 여기에 차를 세웠어요? 여긴 배달차 전용 주차공간이잖아요."

"샐리에게 전화해서 잠시 사용하겠다고 허락받았어요. 어차피 오늘 밤에 배달 건도 없다고 해서요. 한나를 주차장에서부터 걷게 하고 싶지 않았거든요."

"고마워요, 노먼."

차라리 찬바람을 맞는 것이 거미줄처럼 복잡하게 얽힌 머릿속을 정리하는 데에 도움이 될지도 모른다는 생각과 함께 쏟아질 듯 졸음이 밀려오는 데도 불구하고 한나는 활짝 웃어 보였다. 여기서 호텔까지의 이동거리는 비록 짧지만 잠시나마 찬 공기를 쐬면 도움이 될 것이다. 예상대로 노먼이 조수석 문을 열자마자 한나는 아까보다 더 정신이 들었다.

현관에서 코트를 벗어 걸고 부츠를 미리 가져온 신발로 갈아 신은 뒤두 사람은 레스토랑으로 향했다. 레스토랑 안에 들어서자 샐리가 두 사람을 맞아주었다.

"언제 도착하나 했어요."

샐리가 말했다.

"오늘 밤 새로 내본 디저트가 있는데, 이제 몇 접시 남지 않았거든요. 두 사람을 위해 특별히 남겨둘까요?"

노먼이 고개를 끄덕였다.

"그래 주시면 감사하죠. 근데 무슨 디저트예요?"

"피어 크런치 파이요. 리한나의 레시피예요. 한나도 기억하죠? 우리가 호텔문 열고 처음 1년 동안 그녀가 레스토랑의 총체적인 업무를 살펴줬었잖아요."

"기억나요. 여길 그만두고 캘리포니아로 간다고 했을 때 샐리가 무척 서운해했었잖아요."

"오늘 밤 메뉴 중 가장 특별한 음식이 뭐예요, 샐리?"

노먼이 물었다.

"한나가 와인 한 잔 곁들여서 뭔가 안락하게 즐길 수 있는 요리면 좋을 것 같아요. 사실…… 저도 지금 그런 요리가 필요하구요. 물론 와인은 빼야겠죠. 저는 소다수로 주세요."

"그런 요리를 찾는다면 아주 잘 찾아왔어요."

샐리가 미소를 지었다.

"오늘처럼 추운 날에는 다들 따뜻하고 영양가 있는 음식을 찾게 마련이죠. 그래서 오늘은 브리스킷 앤드 베지스(채소를 곁들인 스테이크 요리)를 준비했답니다."

"안 그래도 먹고 싶었어요!"

한나가 재빨리 대답했다.

"저도요."

노먼 역시 맞장구를 쳤다.

"잘됐네요. 그럼 나머지는 나에게 맡기고 두 사람 다 편히 쉬어요."

샐리가 한나의 어깨를 두드렸다.

"두 사람을 위해서 별석을 따로 준비했어요. 그래야 사람들이 한나에게 와서 질문하지 않을 거 아니에요?"

한나는 감동의 눈물이 흐를 지경이었다. 미처 그런 것까지는 생각하지 못했는데. 하지만 정말 샐리의 말이 옳았다. 레이크 에덴 마을 사람들 모두 매튜 목사의 시체를 발견한 자초지종에 대해 듣고 싶어할 것이다.

"고마워요, 샐리. 알아서 챙겨주시다니 정말 최고예요."

"도트에게 안내를 시킬게요. 커튼도 잊지 말고 치라고 하고요."

샐리가 손짓하자 레스토랑의 수석 웨이트리스인 도트 라슨이 두 사람을 레스토랑 지면에서 조금 높이 솟은 구역으로 향하는 계단을 통해 그 구역에서도 가장 끝쪽 자리로 안내했다.

"아기는 잘 있어요, 도트?"

막 커튼을 치고 있는 도트에게 한나가 물었다.

"아주 쑥쑥 크고 있어요. 한시도 가만히 있지 않고 뛰어다닌다니까요. 우리 집이 조금만 더 컸어도 우리 엄마가 힘에 부치셨을 거예요."

"여기서 일하는 동안 어머님이 아기를 봐주시나 봐요?"

노먼이 물었다.

"네. 제가 주중에는 5시부터 10시까지 일을 하니까 엄마가 4시 30분쯤에 오세요. 지미가 5시 30분 정도에 집에 돌아오면 시간 맞춰 저녁도 차려주시고, 제이미도 밥을 먹인 뒤 재우고, 좋아하는 TV 프로그램이 할 시간에 맞춰 다시 집에 돌아가시죠. 아빠가 안 계셔서 줄곧 적적해하시더니 요즘은 제이미 키우는 재미에 사신다니까요."

"아버님이 돌아가셨다니 유감이네요."

노먼이 재빨리 말했다.

"오, 돌아가신 게 아니에요!"

도트가 경쾌한 웃음을 지었다.

"지금이 한창 개썰매 시즌이라 개들을 데리고 알래스카에 가셨어요. 보통은 엄마도 같이 가시는데, 아빠가 개썰매를 타는 동안 엄마는 할 것이 없어 심심하셨나 봐요. 사실 제이미를 돌봐야 한다는 핑계로 개썰매 여행에서 풀려난 걸 엄마가 얼마나 좋아하셨게요."

도트가 자리를 뜨자 한나는 커튼 틈 사이로 다른 손님들을 관찰했다.

"방금 호위랑 키티 레빈이 들어왔어요."

한나가 노먼에게 보고했다.

"그리고 팸과 조지 백스터도 있네요. 그리고 그 바로 뒤에…… 엄마네요!"

"우리 엄마요? 아니면 한나 어머님이요?"

“우리 엄마요. 혼자세요.”

“동석하시자고 할까요?”

한나는 잠시 갈등했다. 정말이지 노먼과 단둘이서만 있고 싶었다. 하지만 엄마는 혼자 식사하는 것을 몹시 싫어한다는 사실을 한나는 잘 알고 있었다.

“한나? 한나가 원하는 대로 따를게요.”

노먼은 한나의 대답을 기다렸다. 한나는 한숨을 푹 내쉬며 머리를 떨구었다.

“엄마를 초대하고 싶지 않지만, 아무래도 그래야만 할 것 같네요.”

“그럼, 그렇게 해요. 내가 가서 모셔올까요?”

“그러는 게 좋겠어요.”

한나는 마음속으로 행운을 기원했다. 제발 엄마가 저녁약속 때문에 오신 것이길. 단지 일행이 아직 도착하지 않았을 뿐이길. 엄마의 용모를 보고 일행이 있을지 없을지를 점쳐볼 수도 있겠건만 엄마는 늘 잘 차려입고 다니기 때문에 도통 알 수가 없었다. 엄마 세대에 그 정도의 미모를 뽐내고 다니는 사람은 레이크 에덴에서, 아니 위넷카 카운티 전체를 통틀어도 엄마뿐일 것이다.

오늘 밤 엄마는 디자이너 정장을 입고 있었다. 안드레아 같은 패션 전문가가 아니더라도 그건 단번에 알 수 있는 사실이었다. 엄마는 디자이너 의상이 아니면 절대 구입하지 않으니 말이다. 오늘 의상은 극세사로 엮은 부드러운 초록색의 울 정장이었는데, 그걸 보니 한나는 비단처럼 얇은 날개를 가진 달의 요정이 떠올랐다. 색상은 약간 어두운 초록으로 아보카도보다는 밝고 봄철 땅을 뚫고 솟아나온 크로커스 싹보다는 짙었다. 저렇게 조심스럽기 짝이 없는 소재로 만든 옷과 스타일을 너끈히 소화할 수 있는 사람은 오직 엄마뿐일 것이다. 재킷은 허리 부분이 끈으로 잘록하게 묶여 있었는데, 당연히 엄마에게는 삐져나온 살 같은 건 보이지 않았다. 스커트는 연필심처럼 얇아서 그 어떤 결점도 가려주지 못할 듯했다. 물론 이것도 엄마에게는 전혀 걱정할 사항이 아니지만 말이다. 한마디로 말해 딜로어 스웬슨 여사는 매력적이었다. 머리스타일도 완벽했고, 화장 또한 흠잡을 데가 없었다. 엄마의 외모는 단연 최고였다. 오늘 저녁식사를 위해 엄마는 꽤 공을 들여 준비를 한 듯했다. 한나는 문득 일행이 누구일지 궁금해졌다.

노먼이 자리를 비운 사이 음료가 도착했다. 도트는 노먼 몫으로 라임 조각을 띄운 소다수를 준비했고, 한나에게는 샐리가 추천하는, 오리건 주 던디 힐스의 드 퐁트 셀라스 와인을 준비했다. 한나는 시선을 커튼 틈 사이에 고정한 채 와인을 홀짝이며 노먼과 엄마가 대화를 나누는 모습을 지켜보았다.

엄마는 자리에서 일어나지 않았다. 이건 좋은 징조다. 엄마가 초대를 수락했다면 바로 자리에서 일어나 노먼의 에스코트를 받았을 것이다. 하지만 무슨 일인지, 노먼은 엄마가 앉은 테이블에서 일어나 곧장 레스토랑 밖으로 향했다.

제발 긴급한 환자 호출은 아니기를. 한나는 마음속으로 기도했다. *만약 그런 상황이라면 제발 베브 박사에게 전화해서 부탁하기를. 모처럼 오붓하게 데이트를 즐길 참인데 이렇게 빨리 끝나버릴 순 없어.*

한나가 더 자세히 바깥 상황을 관찰하려는 찰나 도트가 빵 바구니를 가져왔다. 바구니 위에 덮여 있던 냅킨을 들어 그 안에서 따스한 온기를 품고 있는 빵을 확인한 한나는 만족스러운 미소를 지었다. 오늘 밤에는 모두 네 종류의 빵이 준비되어 있었다. 오른쪽 두 개는 샐리의 콘브레드와 허니 머핀, 그리고 왼쪽 세 개는 이지 치즈 비스킷이었다. 그걸 본 한나는 미소를 지었다. 이건 한나가 샐리에게 준 레시피였기 때문이다.

하지만 그 무엇보다 한나를 기쁘게 한 것은 바구니 중앙에 놓인 애프리컷 브레드였다. 몇 달 전에 샐리에게서 레시피를 받았는데, 아직 한 번도 만들어보지 못했다. 어쩌면 오늘 밤이 기회다. 집에 돌아가는 대로 노먼과 함께 반죽을 만들면 좋겠다. 반죽 하나에 두 덩어리의 빵이 나오니, 2개의 반죽을 만들어서 빵 한 덩어리는 노먼에게 주고, 하나는 한나처럼 애프리컷 브레드를 좋아하는 엄마에게 주고, 나머지 두 개는 집에 두고 먹자.

한나가 따뜻한 애프리컷 브레드에 부드러운 버터를 바르고 있는데 노먼이 커튼을 젖히고 자리로 돌아왔다.

"엄마가 함께하지 않으신다고 했죠?"

한나가 여전히 미소 띤 얼굴로 물었다.

"네, 일행을 기다리고 계시대요."

"누군데요?"

"말씀 안 해주시던데요. 근데 저한테 한나가 매튜 목사님 사건을 수사 중이냐고 물어보시던걸요."

"그래서 뭐라고 했어요?"

"아마 그럴 거라고요. 한나가 시체를 발견했으니 어쩐지 일말의 책임감을 느끼고 있을 것 같더라구요."

노먼이 한나 쪽으로 바싹 몸을 기울였다.

"내 말이 맞죠?"

"네."

한나가 대답했다. 하지만 아직 확실하게 결정 내린 것은 아니었다.

"도와줄래요?"

"이미 한 건 한걸요. 한나 어머님께 매튜 목사님이 옛날에 크누드슨 부인 댁에서 살 때 그를 알았느냐고 여쭤봤어요."

“그랬더니 뭐라고 하세요?”

“그냥 조금 알았다고 하셨어요. 하지만 오늘 만날 사람이 한나 어머님보다 더 많이 알고 있을 거라고 하시던데요.”

한나는 잠시 생각에 잠겼다. 한나는 이미 매튜 목사가 오래된 원한이나 레이크 에덴에서 있었던 과거의 어떤 일 때문에 살해당했을 것이라 짐작하고 있었다.

“도움이 되겠어요. 물론 무슨 이야기를 들을지는 잘 모르겠지만요. 커피랑 디저트 함께 들면서 이야기 나누면 어떨까요?”

“그것도 벌써 내가 다 손 써 놓았어요.”

노먼이 흡족한 표정으로 말했다.

“디저트 함께 드시자고 말씀드렸거든요. 어머님이랑 이야기 나눈 뒤에 샐리에게 가서 물어봤는데, 네 명 먹을 분량의 피어 파이를 남겨놓겠다고 했어요.”

“멋져요! 고마워요, 노먼.”

한나는 애프리컷 브레드를 한입 베어 물고는 만족스러운 탄성을 내뱉었다. 그런 뒤 아까부터 생각하고 있던 것을 노먼에게 물어보았다.

“이따 우리 집에 갈래요? 샐리의 애프리컷 브레드 반죽을 만들려고 하는데 노먼이 도와주면 좋겠어요. 집에 갈 때 한 덩어리 포장해 줄게요.”

그러자 노먼이 한나의 손을 잡았다.

“재밌겠는데요. 한나와의 베이킹이라면 언제든 환영이죠.”

“나도 그래요.”

한나는 반쯤 먹다 만 빵을 내려놓고는 다른 한 손으로 한나의 손을 감싸 쥐고 있는 노먼의 손을 다정하게 잡았다.

브리스킷 앤드 베지스

한나의 첫 번째 메모: 샐리가 이 레시피를 건네주기 전에 한 가지 다짐을 받았어요. 이 레시피가 정말 쉽고 간편하긴 하지만, 그래도 만들 때는 하루 종일 부엌에서 진땀을 뺀 것처럼 생색을 내라고 말이죠. 이건 원래 샐리 어머님의 비밀 레시피였는데, 이제 여러분도 함께 공유하게 되었네요.

재료

양지머리 4~5파운드(약1.8~2.2kg, 소금에 절인 것은 안 돼요)

양송이 수프 통조림 2개(560g) / 중간 크기의 감자 3개(종류는 상관없어요.)

잎사귀를 떼어낸 셀러리 줄기 5개 / 작은 양파 6개

당근 6개 / 약간의 소금과 후추 / 브라운 그레이비 소스 1포장

만드는 법

1. 로스트용 팬 바닥에 수프를 깔아줍니다(통조림 반 캔 분량이면 됩니다). 그리고 그 팬을 쿠키 틀 위에 안정감 있게 얹어주세요.

2. 양지머리에 소금과 후추를 골고루 뿌린 뒤 지방이 있는 쪽이 위로 올라오게 해서 로스트용 팬에 얹습니다.

3. 감자 껍질을 벗긴 다음 잘라서 모두 6개의 덩어리를 만듭니다. 감자를 양지머리 주변으로 둘러 놓아주세요.

4. 셀러리 줄기를 5cm 크기로 자릅니다. 자른 것을 감자와 똑같이 양지머리 주변으로 둘러주세요.

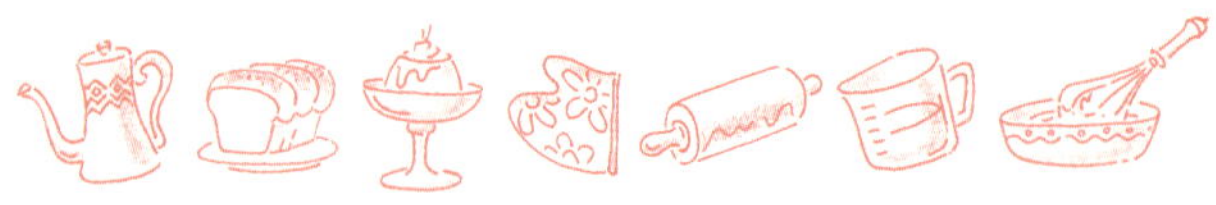

5. 양파 껍질을 벗겨 반으로 자른 다음 마찬가지로 양지머리 주변으로 두릅니다.

6. 당근 껍질을 벗겨 5cm 크기로 자른 다음 양지머리 주변에 둘러줍니다.

7. 채소 위에도 소금과 후추를 살짝 뿌린 다음 남은 수프를 팬 위로 모두 부어줍니다. 그런 다음 팬 윗면을 두꺼운 쿠킹 호일로 감싸 증기가 빠져나가지 못하도록 해주세요.

8. 175도에서 4~5시간 굽습니다. 고기가 잘 잘리면 완성입니다.

9. 굽는 시간이 30분 정도 남았을 때 호일을 벗겨줍니다.

10. 시간이 다 되었으면, 오븐에서 팬을 꺼내 30분 정도 식혀주세요.

“어머! 나이트 박사님이에요.”

한나가 노먼에게 미소를 지으며 말했다. 샐리의 훌륭한 브리스킷 앤드 베지스 요리를 먹으면서 한나는 틈틈이 커튼 밖으로 엄마의 일행이 과연 누구일지 살피는 중이었다.

“요즘 꽤 자주 만나시는 것 같아요.” 노먼이 말했다.

“그래요?”

“우리 어머니 말씀이, 그레이 레이디즈에도 자원하셨다던데요?”

“그레이 레이디즈가 뭔데요?”

“여유 있는 시간에 병원의 환자들을 방문하는 사람들의 모임이에요. 한나 어머님이 거기서 일정 짜는 일을 맡으셨대요.”

“그럼 자원봉사를 하신단 말이에요?”

한나는 깜짝 놀랐다. 엄마는 지금껏 한 번도 자원봉사 같은 것을 해 본 적이 없다.

“자원봉사라고 볼 수도 있겠지만, 지역사회활동에 더 가까워요. 병원에 입원해 있는 환자들은 시간 보내기가 여간 고역이 아니거든요. 나이트 박사님이 면회시간도 철저히 관리하시는 터라. 그래서 면회시간이 아닌 때에 레인보우 레이디즈가 방문하는 거죠.”

한나는 혼란스러웠다.

"잠깐만요. 아까는 그레이 레이디즈라고 했잖아요."

"처음엔 그랬는데, 지금은 한나 어머님이 이름을 바꾸셨어요."

"왜요?"

"예전에는 회색 유니폼을 입었거든요. 근데 한나 어머님이 회색 유니
폼이라니, 상상할 수 있겠어요?"

"전혀요."

한나가 재빨리 대답했다. 엄마는 다채로운 색상을 좋아했다. 회색은
색깔로도 치지 않았다.

"그래서 한나 어머님이 클레어네 가게에서 밝은 색상의 재킷 유니폼을
새로 주문하셨대요. 어머니한테 들은 이야기예요. 밝고 가볍고 세탁도 간
편한 소재인데, 레인보우 레이디즈 회원들은 검정 바지, 검정 상의에 그
재킷을 입는대요. 우리 어머니도 정말 마음에 들어 하세요. 어머니가 좋
아하는 청록색이거든요. 한나 어머님이 첫 모임 때 직접 색깔판을 가져
오셔서 각자 마음에 드는 색깔을 고르게 하셨대요."

한나는 또다시 커튼 밖을 살폈다. 엄마는 나이트 박사와의 담소에 푹
빠져 있었다. 아마도 레인보우 레이디즈에 대한 이야기를 하는 것이리라.

한나가 브리스킷의 마지막 조각을 입에 넣고 나자 노먼이 물었다.

"단서 잡은 거라도 있어요?"

"아직이요. 시작도 안 한 걸요."

"사건 수첩은 가져왔어요?"

한나는 엄마와 안드레아가 그토록 미워하는 가죽 가방을 툭툭 두드렸
다. 낡고 헐었다는 데에는 한나도 동의하지만, 이 안에 생존을 위해 필요
한 것들이 전부 들어 있었다.

"어머님과 나이트 박사님과 동석하기 전에 우리끼리 미리 브레인스토
밍을 해 볼까요? 아니면 일단 쉬고 나중에 할까요?"

"브레인스토밍해요."

한나가 가방에서 수첩과 펜을 꺼냈다.

"우선 내가 범죄 현장이 어땠는지 설명할게요. 그러면 노먼이 듣고 가능한 동기를 추측해봐요."

현장을 설명하는 데에는 그리 오래 걸리지 않았다. 지난 6시간 동안 벌써 두 번이나 반복했으니 말이다. 한 번은 마이크의 공식 수사 건으로, 또 한 번은 리사에게. 반복할 때마다 설명은 더 수월해졌다. 아무리 반복해도 지치지 않을 것 같았다. 하지만 그래서는 안 된다. 폭력에 의한 죽음은 결코 가볍게 여길 것이 아니다!

"그럼 살인 도구가 총이었군요?"

한나의 설명이 끝나자 노먼이 물었다.

"네, 매튜 목사님은 책상에 엎어져 있었구요."

"그래서 그 총은 찾았대요?"

"아뇨. 마이크에게 물어봤는데, 일단은 부검이…… 아, 박사님!"

노먼이 웃음을 터뜨렸다.

"그래요, 아마 이따가 의견을 얘기해 주실 것 같네요. 카운티의 검시관으로 일하시면서 총상은 많이 봐오셨을 테니, 뭐라고 말씀하시든 박사님 소견이 옳을 거예요."

"탄도연구소에서 결과를 보내올 때까지 우리도 뭔가 알아봐야 해요. 마이크가 결과가 나오려면 못해도 3일은 걸린다고 했거든요. 일주일이 걸릴 수도 있고요."

도트가 다가오자 노먼은 다시 입을 다물었다. 그녀는 접시를 치우고 박사님과 엄마가 5분쯤 후에 합석할 것이라고 알려주었다. 그런 뒤 노먼의 신용카드를 갖고 돌아갔다.

"두 분을 기다리는 동안 우리, 살해 동기에 대해 이야기해봐요."

노먼이 제안했다.

"목사님을 왜 죽인 걸까요?"

"매튜 목사님이 목회자인 것과는 상관없을지도 몰라요. 매튜 목사님이 이곳에서 1년 정도 살았을 때에는 단지 고등학생이었잖아요. 그때부터 원한을 갖고 있던 사람이라면 이번 기회를 놓치지 않았을 거예요."

"오래된 원한이라. 대체 뭘까요?"

"모르겠어요. 어쩌면 단순한 질투심일 수도 있어요. 크누드슨 부인에게 들었는데, 매튜가 고등학교 때 미식축구팀에서 쿼터백으로 뛰면서 치어리더 주장이랑 데이트도 했대요. 당시 교장 선생님 말씀으로는 매튜의 사촌인 폴이 그 둘 사이를 엄청 질투했다고 하던걸요."

노먼은 잠시 생각에 잠겼다.

"하지만 매튜 목사님이 그 치어리더와 결혼한 것도 아닌데 이제 와서 폴이 그를 죽일 이유가 뭐가 있을까요? 그리고 폴이 두 사람을 질투했다면, 왜 치어리더는 죽이지 않았죠?"

"좋은 지적이에요. 아무래도 폴은 아니겠죠? 지금 그가 어디에 있는지도 전혀 모르는데 말이에요. 폴의 어머님이 암에 걸렸을 때 매튜 목사님이 사설탐정까지 고용해서 폴을 찾아보려고 했지만, 결국 찾지 못했대요. 폴이 석방된 이후 자료도 교도소에는 남아 있지 않았구요."

"잠깐만요! 매튜 목사님의 사촌인 폴이 교도소에 있었어요?"

"네. 하지만 형기를 다 채우기 전에 교도소 수용 인원 폭증으로 석방되었대요. 정확히 무엇 때문에 교도소에 가게 되었는지는 모르겠지만 5년 만에 출소했으니 아마 살인은 아닐 거예요."

"그렇군요. 그럼, 폴은 용의자 명단에서 빼도 좋겠어요. 폴 말고 다른 적은 없었을까요?"

"크누드슨 부인 말씀으로는 아마 없었을 것 같다고 하시는데, 알 수 없는 일이죠, 뭐. 부인은 남편을 도와 교회를 꾸리느라 바빴을 테니까요. 그리고 부모님과 멀리 떨어져 지내는 십 대가 친척에게 솔직하면 얼마나 솔직했겠어요?"

"그렇다면 우리가 얼른 매튜의 반 친구들 명단을 찾아서 아직도 이 근처에 살고 있는 사람이 있는지 알아봐야겠네요. 그 친구들은 뭔가 기억하고 있을지도 몰라요."

"좋은 생각이에요!"

한나가 활짝 웃으며 수첩에 메모했다. 노먼은 '우리' 라는 말을 했다. 그 말은 즉 한나의 수사에 함께하고 싶다는 뜻일 테다.

"도서관에 조단 고등학교 졸업 앨범이 전부 보관돼 있을 거예요. 마지 비즈먼이 정리를 해 두었으니까요. 졸업한 연도만 정확히 찾으면 돼요."

"내일 아침에 곧장 도서관으로 가볼게요. 병원 일은 베브가 맡아줄 거예요. 마지도 매튜를 기억하고 있을지 모르겠네요."

"그럴 수 있어요. 평생 이곳에 사셨으니까. 아니면 리사 아버님께 여쭤봐도 되고요."

그러자 노먼은 조금 염려스러운 표정을 지었다. 리사의 아버지가 알츠하이머를 앓고 있는 사실 때문이었다.

"잭이 기억하실 수 있을까요?"

"컨디션이 좋으시면요. 기억을 잘 못하시면 다음 날 다시 찾아가면 되죠."

"아무튼 이상한 사건이에요."

노먼이 눈썹을 씰룩거리며 말했다.

"마치 두 건의 살인사건을 수사하는 듯한 기분이네요."

"매튜의 고등학생 시절과 현재, 이렇게 두 개요?"

한나가 추측했다.

"네. 매튜 목사님은 현재 시점에서 살해당한 것이지만 살해 동기는 과거에 묻혀 있을 가능성이 큰 거잖아요. 아니면 그 동기가 현재에 속하는 것일 수도 있어요. 그게 무슨 뜻인지는 한나도 알겠죠?"

"일이 두 배가 된다는 거?"

한나는 이번에도 추측해 보았다.

"이번에야말로 내 도움이 절실히 필요할 거예요."

"당연하죠."

한나의 대답에 노먼은 기뻐하는 듯했다. 정말로 노먼은 한나에게 큰 도움이 되고 있었다. 두 사람이 환상의 팀이라는 사실은 결코 부인할 수 없었다.

"한 주간은 베브가 병원 일을 봐줄 거예요."

노먼이 핸드폰을 꺼냈다.

"진료 예약을 과하게 잡지 말라고 얘기해야겠어요. 혼자 환자 보기가 벅차면 언제든 베넷 박사님께 도움을 요청할 수도 있구요. 그렇게 하면 한 주 동안은 한나에게만 시간을 쏟을 수 있어요. 괜찮죠?"

"좋네요."

한나는 대답했다. 다만 '한 주 동안'이라고 제한을 둔 표현이 마음에 걸릴 뿐이었다.

"지금 전화해도 될까요?"

"그럼요."

한나는 노먼이 한 주 동안이나 자리를 비울 거라는 소식에 베브 박사가 어떻게 반응할까 궁금해졌다. 노먼이 한나와 같이 있을 거라는 데에 질투심을 느낄까? 아니면 퇴근 후의 마이크를 만나며 외로움을 달랠까?

"안녕."

엄마가 인사를 건네며 나이트 박사님과 함께 부스 안쪽으로 미끄러지 듯이 들어왔다. 그런 뒤 이내 한나의 손을 잡았다.

"리사에게 얘기 다 들었다. 또 끔찍한 경험을 했더구나! 괜찮으냐?"

"네, 괜찮아요…… 적어도 지금은요."

"그렇겠지. 노먼과 같이 있잖니."

엄마가 노먼을 돌아보았다.

"노먼이 우리 꼬마 아가씨를 잘 돌봐주고 있구나."

"우리 꼬마 아가씨요?!"

한나는 자신의 귀를 의심했다.

"미안하구나, 얘야. 네가 혼자인 게 늘 걱정이라서 말이다. 안드레아에게는 빌이 있고, 미셸에게는 학교 친구들이 있지만 너에게 누가 있느냐."

그때 노먼이 손을 뻗어 한나의 다른 쪽 손을 잡고 힘 있게 쥐었다. 노먼의 뜻을 알 것 같았다. 지금 엄마에게 외롭지 않다고 항변해봤자 좋을 것이 없었다. 엄마는 스스로 질릴 때까지 '한나의 외로운 인생'이란 화제를 결코 포기하지 않을 것이다.

"그만하면 됐어, 딜로어."

나이트 박사님이 처음으로 대화에 끼어들었다. 그리고 누군가 미처 대꾸하기도 전에 도트가 커피와 디저트를 들고 나타났다.

도트는 각자의 컵에 커피를 붓고 휘핑크림을 올린 뒤 황설탕을 뿌렸다. 도트가 커피를 다 돌리자 엄마가 한나를 돌아보았다.

"내 출간 기념 파티 때 이걸 만들어 주면 좋겠구나, 얘야. 샐리의 시나몬 수프림 커피는 내가 제일 좋아하는 거거든."

"피어 크런치 파이도 마음에 드실 거예요."

도트가 파이를 네 조각으로 잘라 각자의 접시에 담아주며 말했다.

"한 번 맛을 보세요. 제가 좋아하는 디저트예요."

한나는 엄마가 파이를 조그맣게 떼어 맛보는 것을 가만히 지켜보았다. 엄마는 이내 포크로 파이를 크게 자르더니 분주하게 입으로 가져가기 시작했다. 숙녀란 식사를 할 때도 늘 조신해야 한다고 한나에게 늘 잔소리하던 엄마가 네 사람 중 제일 먼저 파이와 커피를 먹어치웠다.

"정말 맛있구나!"

엄마가 한나를 향해 미소를 지었다.

"내 출간 파티 때 둘 다 있으면 좋겠다."

"운이 좋으세요, 스웬슨 부인."

도트가 앞치마 주머니에서 레시피를 꺼내 한나에게 건네주었다.

"사장님이 드리라고 하셨어요. 필요하실 거라고요."

한나는 미소를 지었다. 엄마가 출간 파티 때 만들어 달라고 부탁한 디저트만 벌써 수십 개다. 엄마가 이야기한 것을 전부 준비했다가는 초대받은 손님들이 슈가 코마에 빠져버리고 말 것이다. 그리고 빌과 마이크는 많은 사람들에게 디저트 살해를 감행하려 했다는 죄목으로 한나를 체포해야 할 것이다.

그 후로 한참 동안 들리는 것이라곤 은식기가 디저트 접시에 부딪히는 소리뿐이었다. 모두가 디저트와 커피를 다 먹고 나자 나이트 박사가 한나를 쳐다보았다.

"아마 부검 결과가 궁금하겠지? 안드레아가 정보를 빼내올 때까지 기다리기 힘들 거야."

한나는 깜짝 놀라 입을 떡 벌렸다. 그때 엄마가 눈웃음을 치며 박사를 바라보았다.

"안드레아가 정보를 빼내다니?"

"보니에게서 몰래 보고서 사본을 받거나, 빌이 잠든 사이에 서류가방을 뒤져보겠지. 아주 솜씨 좋은 딸내미를 뒀어, 로리.”

로리? 한나는 엄마를 쳐다보았지만, 평상시였다면 발끈했을 엄마가 아무 말도 하지 않았다. 아니, 오히려 박사를 향해 미소를 짓고 있었다.

“늘 좋은 본보기가 되려 하고 있잖아.”

엄마가 말했다.

그러자 나이트 박사는 머리를 뒤로 젖히고 껄껄거리며 웃었다. 그러더니 엄마의 어깨에 팔을 두르고는 꼭 감싸 안았다.

“역시 우리 딜로어 여사라니까.”

우리 딜로어 여사? 한나는 충격 어린 시선을 노먼과 주고받았다.

“적어도 오늘 밤만은 말이지.”

엄마가 대답하며 박사를 향해 장난스럽게 도발적인 미소를 날렸다.

순간 한나는 한결 안심이 되었다. 엄마는 나이트 박사님과 장난을 치고 있는 것일 뿐이다. 장난쯤이야 얼마든지 칠 수 있지 않은가? 지난 몇 달간 조 디에츠와 버드 호지, 그리고 그 외 몇몇 남자와 이런 식의 농담을 주고받는 것을 본 적이 있다. 분명 그 사람들 모두는 엄마와 단순한 친구 사이다. 하지만 만약 친구 사이가 아니라면 엄마에게는 교통정리가 필요하다. 굳이 누군가 묻는다면 쉰도 훨씬 넘은 여자가 동네 남자들과 시시껄렁한 농담이나 주고받는 것이 좋아 보이지 않는다고 대답하겠지만, 그래도 한나는 엄마가 즐거워하는 것 같아 좋았다.

“매튜 목사님이 살해당한 시점이 언제예요?”

노먼이 물었다.

“12시에서 2시 사이.”

“하지만 제가 12시 30분에 사무실에 도착했는데, 그때 목사님은 이미…….”

한나는 순간 머릿속에 전구가 반짝였다.

“혹시 일요일 새벽 말씀이세요?”

“그렇지. 한나가 시체를 발견했을 때 매튜 목사는 이미 죽은 지 12시간이 지난 상태였어. 어쩌면 그보다 더 길 수도 있고.”

“하지만 어떻게……..”

엄마의 공포에 질린 듯한 표정을 읽은 한나가 중간에 하던 말을 멈추었다.

“아, 아니에요. 굳이 더 자세한 것까지 알 필요는 없겠네요.”

“고맙구나, 얘야.”

엄마가 한나를 향해 따스한 시선을 보냈다. 그러고는 이내 박사를 돌아보았다.

“궁금한 게 있어.”

“물어봐.”

나이트 박사가 엄마를 향해 미소를 지었다.

“한나가 현장에서 발견했다는 그 먹음직스러운 케이크를 매튜 목사가 먹었는지가 궁금해. 물론 그냥 호기심에서 물어보는 거야. 어떻게 그런 판단을 내렸는지까지는 굳이 말하지 않아도 괜찮아.”

“한두 입 정도 먹었어.”

“그럼 범인도 매튜 목사님을 죽이기 전에 그 케이크를 먹었을까요?”

한나가 뒤로 물러나 앉으며 박사의 대답을 기다렸다.

그러자 박사는 웃음을 터뜨렸다.

“난 그저 의사일 뿐이야. 심령술사가 아니라. 그거야 알 길이 없지.”

“지금 저희가 케이크가 아닌 파이를 먹고 있는 게 다행이네요!”

노먼의 말에 모두가 웃음을 터뜨렸다.

한나는 노먼을 향해 따스한 미소를 보낸 뒤 다시 박사에게 질문하기 시작했다.

“검시 결과 보고서 사본을 받을 수 있을까요?”

나이트 박사는 고개를 가로저었다.

“그건 내 힘으로 어떻게 할 수가 없어, 한나. 게다가 한나에게는 필요가 없잖아. 한나 동생이 이미 보니에게서 사본을 받아 갔는걸.”

한나는 미소를 지었다. 안드레아는 역시 행동이 빠르다. 한나가 매튜 목사 사건을 수사할 걸 알고 미리 관련 서류들을 모으는 중인 것이다.

“아까 노먼이랑 살해 동기에 대해서 의논해 봤어요. 그 동기가 최근 우리 마을에 오게 되면서 생긴 일 때문일 수도 있지만, 옛날 조단 고등학교 학생 때의 일 때문일 수도 있을 것 같아요.”

“아니면 매튜 월터스랑은 전혀 상관없는 일 때문이거나.”

나이트 박사가 세 번째 가정을 제시했다.

“그게 어떻게 가능하지?”

엄마가 물었다.

“한밤중에 누군가 교회에 몰래 침입했다고 가정해봐. 사무실에 아무도 없을 것이라 예상했는데 목사가 있었으니, 설사 어설픈 강도였다고 해도 증거를 남기고 싶지 않았을 거라고.”

한나는 즉각 매튜의 사촌인 폴을 떠올렸다. 그에게 강도상해 전과가 있다고 했다. 한나는 노먼을 쳐다보았다. 그도 한나와 같은 생각을 하고 있는 것 같았지만, 폴은 이미 용의자 명단에서 지우기로 하지 않았냐는 듯 고개를 살짝 저었다.

“교회에 뭐 훔칠 게 있다고?”

엄마가 물었다.

“헌금?”

박사가 대답했다.

한나는 잠시 생각에 잠겼다.

"그럴 수도 있겠어요. 일요일에는 교회에 헌금이 모이잖아요. 또 그날은 밥 목사님과 클레어의 신혼여행 축하 파티가 있던 날이었으니 여느 날보다 더 많은 돈이 모였을지도 모르죠."

"제법인걸."

엄마가 박사를 칭찬했다.

"고마워. 지금껏 공부한 게 이런 것들인데 제법일 수밖에."

"전에도 사건을 해결하신 적이 있으세요?"

노먼이 물었다.

"그건 아니지만, 환자를 진단하는 일과 비슷해. 사실들을 나열한 뒤 해당사항이 없는 질병을 골라내는 거지. 그런 다음 제법 들어맞는 질병을 상세하게 비교해보는 거야. 우리 인턴들한테도 내가 그렇게 가르쳐. 말린은 잘 따라오는 것 같지만, 벤은 아직도 갈 길이 멀어."

박사는 커피 주전자를 집어 엄마의 잔에 커피를 따라준 뒤 자신의 잔을 채우기 전에 한나와 노먼에게 먼저 권했다.

"로리 말이 매튜가 고등학교 때 미식축구팀에서 어떻게 쿼터백 자리를 꿰차게 됐는지 한나가 궁금해할 거라고 하던데."

"네, 얘기해 주세요."

한나가 수첩을 펼치고는 펜을 꺼내기 위해 가방에 손을 넣었다.

샐리의 시나몬 수프림 커피

한나의 첫 번째 메모: 샐리는 드립 커피메이커를 이용해서 만들었다고 해요. 다만, 그녀의 레시피는 30인용 분량이었는데, 제가 그것을 가정용 드립 커피메이커에 맞춰 줄여보았답니다.

재료

시나몬 스틱 4개 / 황설탕 3테이블스푼 / 시나몬가루 1티스푼

갓 간 신선한 커피가루 1컵 / 물 10컵

만드는 법

1. 시나몬 스틱과 황설탕을 커피메이커 주전자에 넣습니다.

2. 커피메이커가 필터를 필요로 하는 것이라면 필터를 채워주세요. 그런 다음 커피가루와 시나몬가루를 담습니다.

3. 물 10컵을 붓고 커피메이커 전원을 올립니다. 커피가 완전히 내려질 때까지 기다리세요.

4. 주전자를 빼내어 황설탕이 잘 녹도록 저어줍니다. 그런 다음 아직 열기가 남아 있는 커피메이커에 다시 올려주세요. 적어도 5분은 그대로 두어야 설탕이 완전히 녹는답니다.

5. 이 커피는 휘핑크림을 얹어 먹으면 좋아요. 휘핑크림 1컵에 슈가 파우더 2테이블스푼, 바닐라액 1/2티스푼을 넣어 크림을 만든 뒤 예쁜 그릇에 담아 사람들이 각자 자신의 취향대로 커피에 올려 먹도록 해주세요.

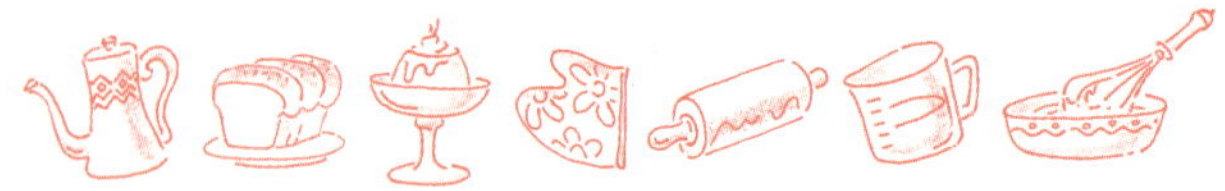

6. 커피를 사람들에게 낼 때는 커피메이커 주전자에 그대로 내거나 다른 주전자에 옮겨 담아도 상관없습니다. 단, 시나몬 스틱은 꼭 함께 넣어주어야 한답니다. 시나몬 스틱을 많이 우릴수록 맛이 좋거든요.

7. 컵에 가득 커피를 따른 뒤 휘핑크림을 올립니다. 취향에 따라 그 위에 추가로 황설탕을 뿌려주어도 좋아요.

한나는 가방에서 펜을 찾는 데에 잠시 공을 들여야 했다. 안장 형태의 가방 안은 마치 뽑기 게임을 연상케 했다. 유리상자 안에 여러 물건들이 섞여 있는 가운데 굴착기에 달린 기계손으로 원하는 것을 집어내는 게임 말이다. 때때로 원하는 것을 잘 집어 얻게도 되지만, 어떤 때는 별로 필요하지 않은 물건이 집힐 때도 있다. 이번에 한나는 운 좋게도 첫 번째 시도에서 바로 펜이 걸려들었다.

"준비됐나?"

박사가 물었다.

"네."

"매튜가 조단 고등학교에 왔을 때 바로 미식축구팀에 지원을 했고 쿼터백 대타로 뛰게 되었지. 원래 쿼터백은 2년 동안 휴 쾰러가 맡아오고 있었거든. 몇 게임 봤는데 꽤 잘하는 학생이었지.

"그럼 휴 쾰러가 상시 쿼터백이었고, 매튜는 그냥 대타였단 말이죠?"

노먼이 물었다.

"처음 세 게임 동안은 그랬어. 하지만 텔리슨 코치가 팀 전원을 데리고 에덴 호수로 전지훈련을 가면서 상황이 바뀌어버렸지. 홈커밍 게임을 앞두고 있던 때라 팀워크를 다져야 할 시기였거든. 결속력을 높이려는 의도였는데, 잘되진 않았어."

"무슨 일이 있었는데요?"

한나가 물었다.

"텔리슨 코치가 제일 먼저 시킨 것이 장작을 모아오는 일이었어. 몇 명이 무리를 지어서 가도 되고, 혼자 다녀도 되었지. 나중에 들은 얘긴데, 어떤 아이들이 무리지어서 다니고, 어떤 아이들이 혼자 다니는지 보기 위해서 그걸 시켰다고 해. 그래서 왜 그랬냐고 내가 물어보니까 누가 어떤 포지션을 맡을지 결정하는 데에 참고하려고 했다더군."

"그렇군요."

노먼이 대꾸했다. 하지만 그는 별로 이해한 것 같아 보이지 않았다.

"매튜에 대해서는 뭐라고 하셨어요?"

"매튜는 혼자 다녔다고 했어. 휴도 마찬가지고. 휴의 남동생인 애덤은 잠시 우두커니 서 있다가 이내 또 혼자 다니더라는 거야. 매튜의 사촌인 폴도 그랬고."

"폴도 있었어요?"

한나는 깜짝 놀랐다. 크누드슨 부인은 폴 역시 미식축구팀에 있었다는 이야기를 해주지 않았다.

"폴은 주니어 대표팀에 있었어. 직접 경기를 뛴 것은 몇 분 안 되는 것 같았지만, 어쨌든 유니폼을 입는 팀원이라면 모두 그 캠프에 갔으니까."

"애들한테 다른 학생들에 대해서도 말해줘."

엄마가 재촉했다.

"매튜와 휴, 애덤, 그리고 폴을 제외하고 다른 아이들은 3, 4명씩 무리를 지어 다녔지."

"그걸 보면서 코치에게 뭔가 드는 생각이 있었겠어?"

엄마는 한나 만큼이나 궁금한 눈치였다.

"그렇지. 아이들이 가져온 장작을 보면, 뭔가를 짐작할 수 있었다고 했는데, 그게 뭐였는지 지금은 생각이 안 나. 아마 내가 좀처럼 이해할 수 없었던 내용이었던 것 같아."

"매튜는 장작을 많이 가져왔대요?"

한나가 물었다.

"그 누구보다 많이 가져오긴 했지만, 제일 늦게 돌아왔다고 했어."

"시간제한도 있었어요?"

한나가 미처 묻기 전에 노먼이 나섰다.

"15분 만에 돌아오는 것으로 정했다고 해. 무리로 다닌 아이들이 13분으로 제일 먼저 들어오고, 두 명씩 짝지어 다닌 아이들이 다음으로 들어오고, 그다음엔 폴, 애덤 순이었어. 매튜는 20분에 들어왔지."

"휴는요?"

한나가 물었다.

"돌아오지 않았어. 나중에야 도착지점에서 멀리 떨어진 곳에서 박달나무의 가지를 짚고 간신히 서 있는 휴를 발견했다지. 다리가 부러졌대."

"무슨 일이 있었던 거야?"

엄마가 물었다.

"휴 말로는 매튜가 자기랑 똑같은 길로 가는 것을 보고 다른 길을 선택했다고 해. 거기에 장작이 더 많을 것 같아서 말이야. 하지만 장작이 별로 보이지 않자 다시 매튜가 갔던 길을 따라갔어. 매튜가 줍고 남은 장작들이 조금은 남아 있기를 바라면서. 그렇게 가다가 캠프파이어를 하기에 안성맞춤인 통나무를 발견했대. 그래서 곧장 그리로 달려갔는데, 그만 낙엽에 묻혀 숨어 있던 깊은 구덩이에 빠져버리고 만 것이지. 그래서 다리가 두 군데나 부러졌어."

한나는 나이트 박사의 이야기에서 훨씬 앞서나가 있었다.

"그럼 매튜 짓일 거라고 했단 말이에요?"

"그렇지. 매튜가 일부러 구덩이를 파 놓고는 위장하기 위해 낙엽을 덮은 거라고 생각했어. 그 앞에는 미끼로 통나무도 갖다놓고 말이야. 아무튼 그 일로 팀에 분열이 생겼어. 하지만 팀의 리시버가 구덩이 바닥에 깔려 있던 썩은 낙엽들과 진흙은 그 주초에 내린 비 때문에 쌓인 것이라고 말하면서 원래부터 그 자리에 있었던 구덩이라고 지적했지."

"그럼 휴가 사과하고 모든 일이 잘 마무리되었겠네요?"

"아니. 몇몇 아이들이 매튜가 그 길로 가는 것을 봤기 때문에 휴의 생각이 어느 부분까지는 사실이라고 믿었어. 그리고 그 구덩이의 윗부분이 낙엽으로 철저하게 가려져 있었잖아. 아마 우연히 생긴 일은 아니었을 거라고 말이야. 매튜가 구덩이를 판 건 아니더라도 미끼로 통나무를 가져다 놓고 위에 낙엽을 덮었을 수는 있겠지."

"분열이 있었다고 하셨잖아요."

한나가 지적했다.

"그러면 매튜가 결백하다고 믿은 아이들도 있었겠네요?"

"그렇지. 텔리슨 코치도 그중 하나였어. 나한테도 매튜가 그런 일을 저지를 아이가 아니라고 말했어. 팀의 선배들도 그렇게 생각했다고 하고. 그러니까 딱 반반으로 나뉜 거지. 하지만 그런 의혹도 팀이 블로어빌 타이거스와의 홈커밍 경기에서 매튜의 눈부신 활약으로 28대 23의 승리를 거두자 모두 사라져버리고 말았지."

"어떻게 생각해?"

엄마가 박사에게 물었다.

"정말 매튜 짓이었을까?"

"물론 내 생각이 틀릴 수도 있겠지만, 매튜 짓은 아니었을 거야. 경기 후에 매튜가 휴의 병문안을 하러 병원에 왔을 때 내가 단도직입적으로 물어봤거든. 물론 그때 휴는 매튜를 만나려 하지 않았지. 그 애는 여전히 매튜가 자신의 쿼터백 자리를 노리고 일을 꾸민 거라고 믿고 있었으니까. 근데 매튜는 자신이 한 짓이 아니라며, 자신도 그 구덩이를 봤는데, 그때까지만 해도 통나무 같은 건 없었다고 했어. 누군가 자신이 떠난 뒤에 그 자리에 와서 구멍을 낙엽으로 덮고, 미끼로 통나무를 가져다 놓은 게 분명하다고 말이야."

"그 사람이 누구였을까?"

엄마가 박사 쪽으로 몸을 기울이며 물었다.

"팀에 있는 누군가였겠지. 텔리슨 코치 이야기를 들어보면 휴는 류바브 파이가 세상에 탄생한 이래로 자신이 가장 잘난 존재라고 여겼다고 해. 팀에서 독보적인 존재라면서 자기가 없으면 팀 승리는 장담할 수 없다고 했대. 그러니 그런 그의 태도를 마음에 들어 하지 않는 아이들도 있었고. 특히 동료들에게도 이것저것 지시하려 들 때 말이야. 아마도 휴를 미워했던 아이들 중 누구라도 될 수 있겠지."

"한 명이 아니라 여러 명이었을 수도 있겠네요."

노먼이 제안했다.

"아마도. 휴를 구덩이에 빠트리면 재밌겠다고 여러 명이 숙덕거렸을 수도 있겠지."

"큰 악의는 없었을지도 몰라."

엄마가 말했다.

"깊이 생각을 안 한 거지. 그냥 재미로 덫을 놓은 것일 뿐, 휴가 다리까지 부러져서 시즌 내내 출전하지 못하게 되리라곤 미처 생각 못했을 거야."

"시즌이 끝난 이후에도 마찬가지였어."

박사가 사실을 바로잡아 주었다.

"아주 심각한 부상이었거든."

"다른 아이들이 한 짓이 아니라면, 그의 동생인 애덤은 어때요?"

한나가 물었다.

"혹시 휴와 애덤 사이에 형제간 경쟁의식 같은 건 없었나요?"

"오, 단순히 형제간 경쟁심 그 이상이었지."

박사가 대답했다.

"무슨 말씀이세요?"

노먼이 물었다.

"휴가 병원에 있는 동안 애덤과 크게 다투는 소리를 내가 직접 들었거든. 분위기가 굉장히 험악하더군. 물론 휴는 다리에 깁스를 하고 있었으니 말싸움뿐이었지만, 애덤이 참 안됐더라고. 휴가 자기 동생을 몇 년간 괴롭혔던 모양이야. 하지만 그때 애덤도 어느 정도 성장하였으니 형에게 대들기 시작했지. 그래봤자 좋을 게 없었던 것 같지만."

"그럼 애덤이 덫을 놨다고 생각하세요?"

노먼이 물었다.

그러자 나이트 박사는 어깨를 으쓱했다.

"뭐, 가능할 수도 있겠지. 휴가 죽도록 미웠다면 애덤이 그런 짓을 할 법하지 않았겠나? 애덤이 그런 행동을 감행할 용기가 있었는지는 둘째 문제고."

"그럼 애덤은 어떻게 됐어요? 지금 우리 마을에 살고 있진 않죠?"

한나가 물었다.

"애덤은 예일대학교에 진학해서 학사학위를 받고, 역시 아이비리그에 있는 명문대에서 석사와 박사학위까지 땄지. 아마 지금 UCLA에서 학생들을 가르치고 있을 거야. 그 이후로 마을을 방문한 적은 한 번도 없었어. 앞으로도 그렇겠지."

"그럼 휴도 대학에 진학했나요?"

한나는 호기심이 생겼다.

"아니. 체육학과 쪽으로 입학허가를 받았던 것 같긴 한데, 다리를 다친 이후로는 소용이 없게 됐지. 회복하는 데에만 1년이 걸린 데다가 다리에 철심 박은 쿼터백을 어느 대학팀에서 받아주려고 하겠나."

"크게 상심했겠어."

엄마가 나섰다.

"오, 그랬지. 아니, 현재형으로 말해야 하나. 그 부상이 자기 인생을 송두리째 앗아갔다고 여기고 있으니. 지금은 허리 통증으로도 고생하고 있지."

나이트 박사가 말을 멈추고 물을 한 모금 마셨다.

"회복되자마자 도로공사팀에 들어갔거든. 하지만 너무 고된 일이라 휴에게는 무리였지. 하지만 보수는 좋았어, 복지도 훌륭했고. 여름 동안에만 일하고, 나머지 기간에는 세인트 클라우드에 있는 삼촌의 철물점에서 일했지. 그리고 2년 전쯤인가, 도로공사팀에서 일을 하던 중에 트럭 뒤편에 앉아서 주의 표지판을 집어 올리다 그만 미끄러져서 등을 다치고 말았어."

"그래서 척추뼈가 부러진 거예요?"

휴가 그리 좋은 사람이었던 것 같진 않지만, 그래도 그의 불운한 인생에 한나는 불쌍한 생각이 들었다.

"엑스레이를 찍고 수술도 했지만, 제대로 회복되지 못했어. 척추 수술은 여전히 위험도가 높은 수술이거든. 특히 183센티미터에 104킬로그램이 나가는 덩치 좋은 남자의 경우엔 더더욱 어렵지. 내가 조심하라고 그토록 이야기를 했건만 내 말을 듣지 않았지. 지금은 에덴 호수에 있는 오두막에서 장애 수당을 받으면서 살고 있지."

“그렇게 부상이 심했어요?”

노먼이 물었다. 한나 역시 같은 생각을 하고 있었다. 휴가 그때 사고의 원인을 여전히 매튜 탓으로 돌리고 있다면, 살해 동기로 충분하다. 하지만 체력적으로 봤을 때 휴가 한밤중에 교회에 찾아와 매튜 목사를 죽일 만한 여력이 되었을까는 의문이었다.

“모르겠어. 그가 레이크 에덴에 돌아온 뒤로는 보지 못했으니까. 아마 수도자처럼 은신하며 자신의 불운에 좌절하고 있겠지. 틀림없어. 휴는 언제나 자기연민에 능했으니까. 그에게도 짊어지고 가야 할 십자가가 있는 법 아니겠나.”

“그럼 지금껏 줄곧 자신을 이렇게 만든 매튜를 원망하고 있었겠네요? 그를 죽일 수도 있을 만큼이요.”

한나가 물었다.

박사는 잠시 생각에 잠기는 듯하더니 이내 고개를 끄덕였다.

“오, 그렇겠지. 근데 그 친구, 머리가 좀 이상해진 것 같기도 해. 내 생각이긴 하지만. 어쨌든 두 사람이 직접 만나보고 확인하면 어떻겠어.”

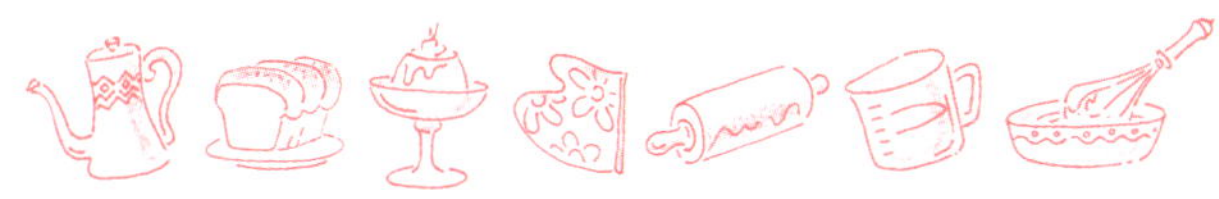

파이 크런치 파이

오븐은 220도로 예열합니다(매우 뜨거운 온도죠). 틀은 오븐의 중앙
에 두세요.

재료

파이 껍질:

굽지 않은 9인치(22.5cm) 크기의 파이 껍질***

토핑:

다목적 밀가루 1컵(테이블 나이프로 윗면을 훑어주세요)

황설탕 1/2컵(측량컵을 바닥에 탁탁 내려치세요) / 시나몬 1/4티스푼

육두구 열매 1/4티스푼(갓 간 것을 사용할 때에는 1/8티스푼을 준비해주세요)****

소금기 있는 버터 1/2컵(112g) / 다진 호두 1/2컵(다진 후에 측량하세요)

파이 소:

커다란 배 1개(574g, 잘게 잘라 시럽이나 주스에 담가주세요)

작은 배 1개(238g, 잘게 잘라 시럽이나 주스에 담가주세요) / 백설탕 1/4컵

옥수수녹말 2테이블스푼 / 육두구 열매 1/8티스푼(갓 간 것은 절반 분량)

소금 1/8티스푼 / 배즙 1과 1/2컵(양이 충분하지 않다면 물을 채워주세요)

소금기 있는 버터 1테이블스푼 / 레몬주스 1티스푼(직접 짜낸 것이면 더욱 좋겠죠)

*** 시간이 부족하다면 식료품점에서 냉동 파이 껍질을 구매하세요.
**** 허브나 기타 향신료와는 달리 갓 간 육두구 열매는 건조 가루보다 그 향이
짙답니다.

1. 토핑부터 먼저 만들 텐데요, 과정은 무척 쉽습니다. 작은 볼에(혹은 칼날을 부착한 믹서기) 밀가루, 황설탕, 시나몬, 육두구 열매 간 것을 넣습니다.

2. 손으로 반죽할 때에는 손가락을 사용하거나 혹은 칼을 이용해 버터를 조각낸 다음 밀가루에 넣어주세요. 그런 다음 옥수수가루처럼 보일 때까지 섞어줍니다(믹서기를 사용한다면 믹서기를 가동했다 껐다를 반복하면서 섞어주시면 됩니다).

3. 다진 피칸을 넣고 잘 섞은 뒤 한편에 밀어둡니다.

4. 배를 담가뒀던 시럽이나 주스에서 건져냅니다. 그 시럽이나 주스는 절대 버리지 마세요. 나중에 사용할 거거든요.

5. 종이 타월을 사용해 배에 묻은 물기를 제거합니다.

6. 중간 크기의 소스팬을 불을 켜지 않은 차가운 가스레인지 위에 올린 뒤 설탕과 옥수수녹말, 육두구 열매, 그리고 소금을 넣습니다. 잘 섞일 때까지 저어줍니다.

7. 아까의 배 시럽 혹은 주스를 넣고 잘 섞어줍니다.

8. 그런 다음 가스레인지의 불을 켜고 중간불에서 끓입니다.

9. 끓이는 중간에도 계속 저어주어야 합니다. 내용물이 탁한 빛에서 투명한 빛이 될 때까지 끓이면 됩니다. 옥수수녹말을 처음 사용하신 분들에게는 조금 어려울 수도 있는데 그냥 나무 숟가락으로 계속 저어주면서 내용물이 보글보글 끓어오를 때까지 끓이면 됩니다. 총 5분 정도면 충분할 거예요.

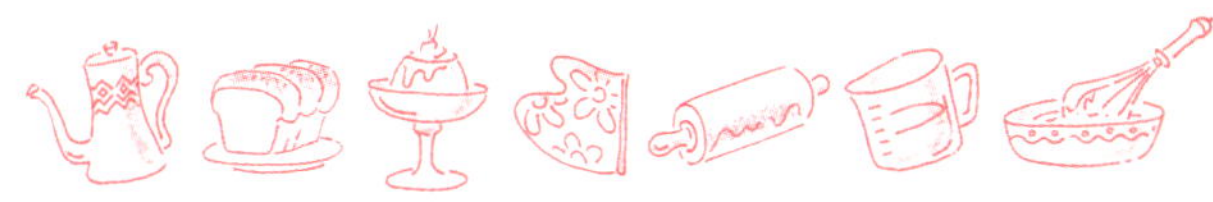

10. 5분이 다 되었으면 불에서 소스팬을 내린 뒤 다시 차가운 가스레인지 위로 옮깁니다. 거기에 버터와 레몬주스를 넣고 섞은 뒤 완전히 식을 때까지 내버려둡니다. 자, 이제 배를 가지고 작업합니다.

11. 굽지 않은 파이 껍질에 배 조각들을 나열하는데, 둥근 부분이 위를 향하도록 합니다. 너무 예술적으로 승화시키고자 할 필요는 없습니다. 어차피 윗면은 크런치 토핑으로 덮일 테니까요.

12. 배가 만족스럽게 나열되었으면, 파이 껍질이 담긴 팬을 드립팬 위에 올립니다(저는 양면이 막힌 쿠키 틀을 이용했어요). 그런 다음 나열한 배 위에 방금 만든 소스를 붓고 골고루 펼쳐줍니다.

13. 아까 만들어 놓은 토핑을 다시 한 번 저은 뒤 팬 위에 뿌립니다. 이게 바로 피어 크런치 파이의 달콤한 '크런치'가 되는 거랍니다. 리한나의 레시피에는 크런치가 엄청 많이 들어가니 최대한 많이 붓고 꼭꼭 눌러주세요.

14. 220도에서 20~25분간 굽습니다. 토핑이 먹음직스러운 갈색을 띠면 완성입니다(정말 눈에 보이는 그대로 맛이 있답니다!).

리한나는 샐리의 호텔 추수감사절 뷔페 때
이 파이를 만들었다고 해요. 샐리의 펌킨 파이와도
너무나 잘 어울렸다고 하네요.

새벽 4시에 한나는 눈을 떴다. 알람이 시끄럽게 울려대기 정확히 15분 전이었다. 한나는 알람을 끄고 침대 옆 탁자에 놓인 램프를 켰다. 그러고는 몸을 일으켜 침대 옆에 걸터앉았다. 현실의 무게감은 여전했지만, 그래도 몸과 마음은 제대로 휴식을 취한 듯 행복했다. 이렇게 기분이 좋을 수 없었다. 정말 오랜만에 느껴보는 상쾌함이었다.

"노먼을 다시 보니까 너무 좋았지, 그렇지, 모이쉐?"

한나는 동그랗게 눈을 뜨고 한나를 쳐다보고 있는 고양이 룸메이트에게 말을 건넸다. 깜짝 놀란 녀석의 표정을 보니 한나는 웃음이 터져 나왔다.

한나의 웃음이 끊이지 않자 녀석이 털을 곤추세우기 시작했다. 이렇게 이른 아침부터 실성한 듯 깔깔거리는 한나의 모습에 무척 놀란 모양이었다. 그 모습을 보니 한나는 또다시 웃음이 나왔다. 보통은 알람 소리에 힘겹게 눈을 떠 절망의 신음소리를 내뱉던 한나가 아니었던가. 슬리퍼를 다른 쪽 발에 잘못 꿰어신기도 하고, 잠에서 덜 깬 채 복도를 가로질러 부엌으로 향하다 넘어지기도 했다.

"르아아아옹!"

모이쉐가 방어적인 태세로 침대에서 펄쩍 뛰어내렸다. 잠시 후 녀석이 복도를 가로질러 노먼이 선물한 키티 콘도 제일 위쪽으로 뛰어오르는 소리가 들렸다. 전 주인의 모습을 한, 이 과도하게 행복한 여자를 어떻게 하면 좋을지 몰라 일단은 제일 안전하다 싶은 장소로 대피한 듯싶었다.

"진정해. 그저 노먼의 영향 때문이니까."

한나는 슬리퍼를 옳게 꿰어신고 복도를 지나며 소리쳤다. 그러고는 커피를 위해 부엌으로 들어갔다. 한 손에 커피잔을 든 채 한나는 부엌 문가를 서성였다. 모이쉐는 여전히 키티 콘도에 올라앉아 있었다. 완벽하게 숨어있다고 생각하는 모양이었지만 녀석의 꼬리가 살랑이는 것이 훤히 보였다.

"괜찮아. 이제 해 뜰 때까지 절대 웃지 않겠다고 약속할게."

어젯밤 노먼과 함께 만들었던 애프리컷 브레드 네 덩어리 중 세 개가 아직 작업대 선반에 놓여 있었다. 한나는 아침식사를 위해 한 덩어리를 자를까 잠시 고민했다. 하나는 엄마에게 줄 생각이다. 샐리의 애프리컷 브레드를 무척 좋아하시니 말이다. 그리고 나머지 두 개는 쿠키단지에 가지고 가 쿠키가 다 떨어졌을 경우를 대비해 이 빵으로 디저트를 만들 수 있을지 시험해 볼 생각이었다.

분명 쿠키가 부족하겠지? 충분히 예상 가능한 일이었다. 다들 가게에 몰려와 커피에 쿠키 두 조각은 기본으로 먹으며 한나가 어떻게 시체를 발견했는지 리사의 이야기를 들으려 할 테니 말이다. 지난 사건 때는 이른 오후부터 쿠키가 전부 동이나 오후 2시에 문을 닫아야만 했다!

물론 밋밋하게 애프리컷 브레드만 내놓을 수는 없다. 그런 형태의 애프리컷 브레드라면 샐리의 호텔에서도 얼마든지 맛볼 수 있다. 다른 형태의 디저트를 고안해야 한다. 케이크나 브레드나. 애프리컷 브레드는 딱 그 중간이었다.

한나는 눈을 감고 잠시 생각에 잠겼다. 그러고는 이내 미소를 지으며 눈을 번쩍 떴다. 애프리컷 브레드로 브레드 푸딩을 만들면 될 것 같았다.

누군가 실제로 만들어봤다는 이야기는 아직 듣지 못했지만, 안될 것이 무엇이랴. 하지만 그러기 위해서는 살구와 잘 어울릴 만한 주재료가 하나 더 필요하다. 그런 거라면…… 초콜릿! 초콜릿과 살구는 환상의 궁합을 자랑할 뿐더러 다들 좋아하는 조합이기도 했다. 크림치즈도 곁들이면 좋을 듯했다. 달콤함이 가미되어야 밋밋한 맛이 좀 덜어질 것이다.

레시피 작성에는 그리 오랜 시간이 걸리지 않았다. 물론 테스트가 필요할 테니 지금 당장 만들어 보는 게 좋겠다.

5분도 채 지나지 않아 한나는 시럽을 만들고, 애프리컷 브레드를 모두 썰어 놓았다. 이제 디저트 조합만 남았다. 한나는 황설탕과 버터, 살구 팬케이크 시럽을 섞어 만든 시럽을 베이킹팬의 바닥에 부었다. 그런 다음 휘핑 크림치즈와 함께 썰어놓은 애프리컷 브레드 분량의 반을 바닥에 깔았다. 그리고 그 위에 미니 초콜릿을 뿌렸다. 이런 조합이 맛이 없을 리가 없다. 그렇지 않겠는가?

한나가 다시 크림치즈와 함께 마지막 애프리컷 브레드를 막 얹고 나자 전화벨이 울렸다. 한나는 벽시계를 쳐다보았다. 아직 새벽 4시 30분. 한나는 얼굴을 찌푸렸다. 이렇게 일찍 누구지? 수화기로 손을 뻗으며 한나의 머릿속에는 온갖 불길한 생각이 스쳐 지나갔다.

"여보세요?"

한나가 긴장어린 목소리로 전화를 받았다.

"한나, 역시 지금쯤이면 일어났을 줄 알았어요. 내가 맞았죠?"

"그렇네요."

한나는 미소를 지었다. 노먼이었다. 노먼의 목소리는 언제 들어도 기분이 좋았다.

"이렇게 일찍 무슨 일이에요?"

"온라인으로 조사한 게 좀 있었는데, 갑자기 좋은 생각이 떠올라서 눈이 번쩍 떠졌어요.”

“어떤 건데요?”

“만나서 얘기해 줄게요. 코너 태번에서 아침식사 어때요?”

한나는 하던 일을 돌아보았다. 그대로 냉장고에 보관해 두면 될 테지만 새 레시피를 맛도 보기 전에 중단하고 싶지 않았다.

“좋은 생각이긴 한데, 오늘은 쿠키단지에 가봐야 해요. 새 레시피를 시험해보고 있거든요.”

“알았어요. 그럼 한나가 레시피 시험할 동안 내가 아침식사 포장해 갈게요. 베이컨과 치즈 스크램블 괜찮죠?”

한나가 미처 대답하기도 전에 위장이 먼저 요동쳤다. 한나가 좋아하는 아침식사 메뉴였다.

“좋아요!”

한나가 대답했다.

“리사는요? 리사도 일찍 나와요?”

“아마도요. 항상 일찍 나오니까요.”

“그럼 리사 것도 포장해 갈게요. 해쉬브라운 큰 것 하나랑 사이드로 베이컨 두 조각, 굽기는 바삭바삭하게로 주문하면 되겠죠? 그밖에 또 일찍 나오는 사람 있어요? 더 챙겨갈 수 있는데.”

한나는 잠시 골몰했다.

“없을 것 같긴 한데, 확실히는 모르겠어요.”

“알았어요. 누가 더 있으면 바로 내 핸드폰으로 전화해요.”

“그럴게요.”

“그럼 몇 시까지 가면 될까요?”

“음…… 부엌을 정리하고 빨리 샤워한 다음에 나가면 되니까 노먼은……”

한나는 사과 모양의 벽시계를 올려다보다가 문득 냉장고 위에 올라앉은 무언가가 눈에 띄었다. 또 양말 뭉치다! 도대체 어떻게 된 일이지?

"한나, 거기 있어요?"

노먼이 말했다.

"몇 시에 갈까요?"

한나는 재빨리 시내까지 가는 데 걸리는 시간을 계산하고, 리사와 어젯밤에 반죽해 놓은 쿠키 반죽이 몇 개나 되었던가 가늠해 보았다. 브레드 푸딩은 10분이면 완성이고, 샤워하는 데에 10분, 쿠키단지까지 20분, 오븐을 예열하는 데에 또 10분이 걸릴 것이다. 이렇게 이른 시간에는 차도 별로 막히지 않으니, 별다른 차 사고만 일으키지 않는다면, 노먼과는 6시 30분쯤 아침식사를 할 수 있을 듯했다.

"한나?"

"계산하느라구요. 6시 30분 어때요?"

"그럼, 그때까지 갈게요. 아침부터 얼굴 볼 생각하니까 좋은데요."

한나는 그의 마지막 말에 미소를 지으며 수화기를 내려놓았다. 어젯밤에도 함께 시간을 보낸 노먼은 오늘 아침에도 한나를 보게 되어 좋다고 말했다. 여자로서 이 이상 무엇을 바랄까?

"냄새가 환상이에요."

평소 좋아하는 라즈베리 비니거 쿠키 반죽을 만들며 리사가 말했다.

"이건 맛있을 수밖에 없는 디저트야. 맛있는 재료들만 골라서 넣었으니까. 그리고 서로 잘 어울리거든."

"특히 초콜릿과 살구의 조합은 훌륭해요. 걱정 마세요, 한나. 맛이 좋을 거예요."

"맛이 없을까 봐 걱정하는 게 아니라, 어마어마하게 맛있지 않을까 봐 걱정하는 거야."

그러자 리사가 웃음을 터뜨렸다.

"전 그냥 맛있기만 해도 괜찮…… 잠깐만요, 뒷문에 누가 온 거예요?"

한나는 견과류를 넣어 돌리던 믹서기를 잠시 멈추고 귀를 기울였다. 리사의 말이 맞았다. 누군가 노크를 하고 있었다. 하지만 아직 노먼이 올 시간이 아니다. 설마 내 얼굴을 한시라도 빨리 보고 싶어서 서둘러 달려온 게 아니라면…….

"제가 나가볼게요."

한나가 나가볼 생각을 않자 리사가 나섰다. 그녀는 문을 열고는 의문의 방문객을 반갑게 맞이했다.

"어머! 이렇게 일찍 어쩐 일이세요?"

"근무 중이죠. 한나 안에 있습니까? 물어볼 것이 있습니다."

하마터면 한나는 입 밖으로 신음소리를 낼 뻔했다. 마이크였다. 물론 그가 반갑지 않은 것은 아니었다. 단지 단순히 한나의 얼굴을 보러 온 것이 아니라는 게 문제였다. 아침부터 살인사건에 대한 질문을 들어야 하다니, 좋았던 기분이 다시 바닥을 치고 말 것이다. 그래도 밤새 매튜 목사의 살인사건에 매달렸을 사람을 문전박대할 수는 없다. 한나는 얼굴에 애써 미소를 띠고 안으로 들어오는 마이크를 향해 기운차게 손을 흔들어보였다.

"안녕, 마이크."

한나가 말했다.

" 안에 있습니까?' 라니, 무슨 소리예요? 당연히 있죠. 내가 가게 말고 또 어디 있겠어요?"

"사건에 대한 충격으로 하루 휴가를 냈을지도 모르잖습니까?"

그러자 한나는 고개를 가로저었다.

"충격받을 시간도 없어요. 만들어야 할 쿠키도 많고, 주문도 쌓였고, 출장 예약도 산더미인걸요."

마이크가 한나에게 다가와 어깨에 손을 올렸다. 그의 손길은 편안했지만, 한나는 어쩐지 노먼을 배신하는 것 같은 이상한 기분이 들었다. 바보 같은 생각이다. 하지만 마음은 여전히 편치 않았다.

"물어볼 것이 있다면서요?"

"그렇죠. 근데 이거 살구 냄새입니까?"

"맞아요."

한나는 잠시 갈등했다. 하지만 마음속 양심이 지금껏 아침식사할 새도 없었을 남자에게 응당 대접할 것은 대접해야만 한다고 속삭이고 있었다.

"애프리컷 브레드 푸딩을 만들었거든요. 노먼이 곧 코너 태번에서 베이컨이랑 치즈 스크램블, 해쉬브라운을 사 들고 이리로 올 텐데, 기다렸다가 우리랑 같이 아침 먹지 않을래요?"

"좋습니다! 고마워요, 한나."

"아까 묻고 싶다는 게 뭐예요?"

살인사건에 대한 대화는 아침식사가 도착하기 전에 해치워버릴 작정이었다.

"원래는 같이 나가서 아침식사하면서 이야기하려고 했는데, 한나가 먼저 나를 초대해줬네요."

한나가 나중에 구울 쿠키 반죽 세 개 분량을 완성하는 동안 리사가 마이크에게 커피를 갖다 주었다. 한나는 완성된 반죽을 냉장실에 갖다 놓고는 앞치마 주머니에서 핸드폰을 꺼내 노먼에게 전화를 걸었다.

"노먼?"

그가 받자 한나가 입을 열었다.

“여기 한 사람 더 있어요. 방금 마이크가 왔거든요. 밤새 근무한 것 같아서 우리랑 같이 아침 먹자고 했어요.”

“알았어요.”

노먼이 대답했다. 전혀 기분 상한 눈치가 아니었다.

“그럼 소시지도 좀 사갈게요. 비스킷이랑 꿀도요. 밤새 일했다니, 그 친구 엄청 많이 먹겠네요. 또 누가 오거든 전화해요.”

한나는 다시 냉장실에서 나와 오븐 타이머가 울릴 때까지 잠시 커피를 몇 모금 마셨다. 이내 타이머가 울렸고 오븐에서 브레드 푸딩을 꺼내 안에 커스터드 크림이 어느 정도 굳었는지 확인한 뒤 팬을 식힘망으로 옮겼다. 막 자리로 돌아와 다시 커피를 마시려는데 또다시 노크소리가 들렸다. 노먼이 온 모양이었다. 한나는 자리에서 일어나 뒷문을 열고는 뜻밖의 방문객에 또다시 놀랐다. 찾아온 사람은 다름 아닌 엄마였다.

“안녕, 얘야. 내가 너무 일찍 왔지? 너한테 빨리 알려줘야 할 게 있어서 말이다…….”

한나의 놀란 표정을 눈치챈 엄마가 말을 멈추었다. 한나가 옆으로 살짝 비켜서고 나서야 엄마는 비로소 미소를 지었다.

“안녕, 마이크.”

“안녕하세요, 딜로어. 한나에게 알려주실 것이란 게 설마 수사에 방해가 되는 건 아니겠죠?

“세상에, 아니고말고!”

엄마가 깜짝 놀라며 손사래를 쳤다.

“어젯밤에 전화 통화를 하다가 알게 된 소소한 얘기야. 어디서도 말하면 안 되겠지만 말이야.”

“아무튼 이렇게 오셔서 반가워요, 엄마.”

마이크가 엄마에게 또다시 질문하기 전에 한나가 나섰다.

"저희랑 같이 아침식사 하실래요? 실험작 맛도 보시구요."

"저거 말이냐?"

엄마가 식힘망 쪽을 가리켰다.

"네, 초콜릿 애프리컷 브레드 푸딩이에요."

"샐리의 애프리컷 브레드로 만든 것이로구나?"

엄마가 추측했다.

"맞아요."

"그렇다면 맛을 봐야지. 어젯밤에 호텔에서 한 조각 먹었는데 밤새 생각이 나서 죽을 뻔했단다."

"설마 냅킨에 싸서 집에 가져가신 건 아니죠?"

"한나!"

엄마가 얼굴을 찌푸렸다.

"그건 딱 한 번 그런 거란다. 아침에 식사할 시간이 없어서 말이다."

한나는 엄마를 작업대 앞 의자로 안내한 뒤 커피를 따라드리기 위해 포트로 향했다. 그러고는 돌아서서 다시 노먼에게 전화를 걸었다.

"엄마도 오셨어요."

인사말 같은 것으로 시간 낭비할 짬이 없었다.

"넵."

노먼이 대답했다.

"또 누구 오면 얘기해요."

엄마 앞에 커피를 내려놓은 지 얼마 지나지 않아 또다시 뒷문에 노크 소리가 들렸다. 이번에는 안드레아였다. 그녀는 마치 복수의 화신과 같이 잔뜩 찌푸린 얼굴로 문밖에 서 있었다.

"나랑 단둘이 얘기 좀 해, 언니."

안드레아가 말했다.

“잠깐 밖에 나올 수 있어?”

“그래, 잠깐만.”

한나는 뒤로 물러나 또 노먼에게 전화했다.

“안드레아도요.”

한나의 말이 끝나자마자 노먼이 대꾸했다.

“이거, 다음번에는 조던 고등학교 미식축구팀 선수들이 단체로 찾아오는 거 아니에요?”

한나는 핸드폰을 다시 앞치마 주머니에 넣은 뒤 동생을 따라 순순히 밖으로 나섰다. 안드레아는 여전히 심통 난 얼굴을 하고 있었다.

“무슨 일이야, 안드레아?”

“언니!”

한나의 등 뒤로 문이 닫히자마자 안드레아가 소리쳤다.

“어떻게 그럴 수가 있어?”

“내가 뭘?”

“어떻게 클레어가 세일가로 내놓은 핫핑크색 상의를 살 수가 있냐구? 내가 봤는데, 색깔이 언니랑 완전 안 어울려. 언니 머리카락 색깔이랑 전혀 안 어울린다구!”

한나는 웃음을 터뜨릴 뻔했지만 안드레아는 매우 심각했다.

“그래, 안드레아. 내 머리카락이랑 안 어울리는 거 나도 알아.”

“알면서 왜 샀어? 언니가 세일하는 물건은 무조건 사들이는 그런 사람인 줄 몰랐어.”

“난 그런 사람 아니거든?”

“그럼 도대체 왜? 언니가 그 옷을 입고 밖에 나다닌다니, 난 생각조차 하기 싫어. 적어도 레이크 에덴에서는 입지 않겠다고 나랑 약속해줘.”

“약속할게.”

"하느님, 감사합니다!"

안드레아는 크게 안도의 한숨을 내쉬었다.

"나랑 같이 다닐 때도 절대 그 옷은 안 돼. 알았지?"

"알았어."

"그럼 집에서만 입을 거야?"

"아니."

"그럼, 나 모르게 여행갈 때?"

"아니. 진정해, 안드레아. 내가 그 옷을 입을 일은 없을 테니까."

"안 입을 거면 왜……."

안드레아는 아리송한 표정을 지었다.

"안 입을 거면, 그건 왜 산 거야?"

"에드위나 개츠비에게 생일 선물할 거야. 정말 최고로 훌륭한 레시피를 보내줬거든. 에드위나의 초콜릿 입힌 건포도 쿠키는 모두가 좋아하니 말이야."

안드레아의 볼에 다시 반짝이듯 생기가 돌기 시작했다. 섣부른 오해가 겸연쩍은 모양이었다.

"미안. 난 언니가 정말 그걸 입으려는 줄 알고……. 내 맘 알지? 어쨌든 성급하게 굴어서 미안해, 언니. 어젯밤에 클레어네 가게에서 새로 입고된 의상들을 누가 사갔나 궁금해서 매출장부를 훑어봤거든. 거기에 언니 이름이 적혀 있길래, 뭘 샀나 봤더니……, 그만 이렇게 흥분하고 말았어."

"그래, 조금. 그래도 괜찮아. 이렇게 패션테러리스트 단속해주는 담당 경찰관이 있으니 좋네. 어서 들어가자. 엄마랑 마이크도 와 있고, 곧 있으면 노먼도 올 거야."

"고마워."

한나를 따라 안드레아도 다시 작업실 안으로 들어갔다.

"이 향긋한 냄새는 뭐야?"

"초콜릿 애프리컷 브레드 푸딩이야. 실험작이지."

"내가 맛 봐 줄까?"

"다 같이 맛보자."

안드레아가 리사와 마이크, 그리고 엄마와 인사를 나누고 나자 노먼이 도착했다.

"넉넉하게 사 오길 잘했네요."

그가 코너 태번에서 포장해 온 테이크아웃 상자들을 한나에게 건넸다.

"안에서 맛있는 냄새 나요."

리사가 접시와 은식기, 그리고 냅킨을 준비하는 동안 노먼은 계란요리와 베이컨, 소시지, 해쉬브라운, 그리고 비스킷을 접시에 담기 시작했다. 그러고는 1인분이 든 접시를 한나에게 건네면 한나는 배고픈 손님들에게 접시를 돌렸다.

한참 동안 다들 먹는 데에 열중하느라 서로 아무 말도 하지 않았다. 그 침묵을 먼저 깨트린 사람은 노먼이었다.

"더 드실 분, 없으세요? 아직 많이 있어요."

"상자를 그냥 여기 가운데에 두렴."

엄마가 제안했다.

"노먼이 수고할 필요 없어. 각자 덜어 먹으면 되니까."

몇 분 안에 많다고 생각했던 음식들이 모두 동이 났다.

"다들 디저트로 초콜릿 애프리컷 브레드 푸딩 먹을 준비 되었나요?"

한나가 물었다.

"아침식사에서도 디저트를 먹는단 말이냐?"

엄마가 물었다. 그리고 다들 고개를 끄덕이자 엄마는 어깨를 으쓱하며 말했다.

"그래, 안 될 건 없지."

한나는 둥근 볼에 브레드 푸딩을 담은 뒤 토핑으로 크림을 올려 사람들에게 나눠주었다. 그리고 얼마 동안 또다시 침묵이 흐르는 가운데 간간히 터져 나오는 감탄의 소리 외에는 식기에 포크 부딪히는 소리만 들려올 뿐이었다. 한나는 모두를 바라보며 미소를 지었다. 가족과 친구들의 행복한 얼굴을 보고 있자니 한나는 이런 생각이 들었다. 만약 이들에게 제일 좋아하는 식사가 무엇이냐고 물어본다면 다들 분명 이렇게 대답할 것이라고. "아침식사! 특히 지금 이 아침식사!"

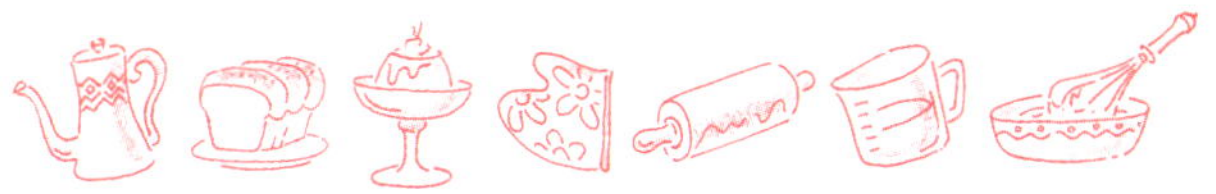

샐리의 애프리컷 브레드

오븐은 175도로 예열합니다. 틀은 오븐의 중앙에 두세요.

재료

부드러운 버터 3/4컵 / 부드러운 크림치즈 8온스(224g) / 백설탕 2컵

거품 낸 계란 2개 / 바닐라액 1/2티스푼 / 으깬 살구 1과 1/2컵***

밀가루 2컵(체질하지 마세요) / 베이킹파우더 1/2티스푼

베이킹소다 1/2티스푼 / 소금 1/2티스푼 / 다진 호판 1컵

*** 신선한 살구를 사서 손질한 뒤 사용하셔도 되고, 이미 잘라서 파는 것을 사용하셔도 되고, 아니면 통조림을 사용하셔도 됩니다(전 420g 중량의 통조림을 사용했답니다. 안에 시럽은 전부 비워내고 믹서기에 퓨레 형태로 갈아주시면 돼요).

한나의 첫 번째 메모: 믹서기가 있으면 매우 편하답니다.

만드는 법

1. 버터, 크림치즈, 설탕을 넣고 잘 섞어줍니다.
2. 거품 낸 계란을 넣고 섞어줍니다.
3. 바닐라액을 넣고 섞어줍니다.
4. 신선한 살구를 사용할 때에는 껍질을 벗겨서 슬라이스로 잘라 주세요. 통조림을 사용하실 때에는 안에 시럽을 전부 따라내어 주시구요. 칼날을 부착한 믹서기에 넣고 퓨레 형식으로 갈아 주시면 됩니다. 으깬 살구는 1과 1/2컵 분량으로 측량해서 아까의 혼합물 볼에 넣고 잘 섞어주세요.

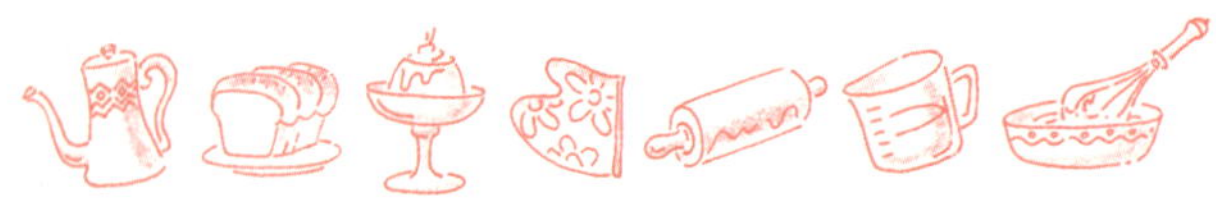

5. 다른 볼에 밀가루와 베이킹파우더, 베이킹소다, 소금을 넣고 섞어줍니다.

6. 밀가루 혼합물을 아까 으깬 살구를 넣은 그릇에 조금씩 더하면서 낮은 속도로 믹서기를 가동해 주세요.

7. 다진 피칸을 손으로 넣어 섞어줍니다.

8. 식빵용 팬 2개의 안쪽에 들러붙음 방지 스프레이를 뿌립니다. 그런 뒤 애프리컷 브레드 반죽을 숟가락으로 떠서 똑같이 2개의 팬에 나눠 담습니다.

9. 175도에서 약 1시간 정도 굽습니다. 가운데 부분에 꼬챙이를 찔러 넣었을 때 아무것도 묻어나오는 것이 없이 깨끗하면 완성입니다(전 정확히 60분이 걸렸어요).

10. 굽기 시작한 지 50분 정도 지났을 때 오븐 안을 확인해 봅니다. 윗부분이 너무 빨리 갈색으로 변하는 것 같으면 팬을 꺼내 그 위에 쿠킹호일을 살짝 덮고 계속 구워주세요.

한나의 두 번째 메모: 일반 식빵용 팬보다 좀 더 작은 크기의 팬에 담아 구울 때는 175도에서 45분 정도 구우면 적당합니다.

11. 오븐에서 팬을 꺼내 식힘망 위에서 식힙니다. 팬에 든 상태로 30분 정도 놓아두세요.

12. 30분이 지났으면 팬의 가장자리를 나이프로 훑은 다음 식힘망 위로 식빵을 꺼내어 완전히 식힙니다.

13. 애프리컷 브레드는 매우 촘촘하면서도 촉촉한 빵입니다.

그러니 서늘한 밀폐공간에 보관하세요. 저는 충분히 식은 빵을 플라스틱 밀폐 비닐에 넣고 냉장고에 넣어둔답니다. 그게 아니면 깨끗한 키친타월로 감싼 다음 빵 상자에 넣어 보관해도 됩니다. 근데 요즘에도 빵 상자가 나오는지 모르겠네요.

14. 비닐랩이나 호일에 싸서 냉동실용 비닐백에 넣은 다음 냉동실에 보관해도 괜찮습니다.

한나의 세 번째 메모: 애프리컷 브레드를 머핀 형태로 만들고 싶다면 머핀 틴에 2/3 정도 차게 반죽을 부은 다음 190도에서 25분 정도 구우면 됩니다.

미니 머핀을 만들 때에는 미니 머핀 틴의 1/2 정도 차오를 만큼 반죽을 부은 다음에 190도에서 15~20분간 구워주세요.

초콜릿 애프리컷 브레드 푸딩!

오븐은 예열하지 마세요. 이 레시피는 베이킹을 하기 전에 빵을 충분히 적셔두어야 하거든요.

재료

소금기 있는 버터 1/2컵 / 황설탕 1컵 / 살구 팬케이크 시럽 1/2컵***

다진 피칸 1컵 / 쌓인 애프리컷 브레드 커다란 덩어리 1과 1/2개(앞에 레시피에서 2개를 만들었죠) / 크림치즈 1/2컵 / 미니 초콜릿 칩 1/2컵

거품 낸 계란 8개 / 백설탕 2테이블스푼 / 휘핑크림 2컵

바닐라액 2티스푼 / 소금기 있는 버터 1/2컵(112g) / 슈가 파우더 약간

*** 살구 팬케이크 시럽을 구하지 못했다면, 살구잼 1/4컵에 가벼운 카로 시럽 1/4컵을 섞어서 만들어 주시면 됩니다.

만드는 법

1. 버터와 황설탕, 살구 팬케이크 시럽을 전자레인지용 용기에 넣고 '강'에서 2분 30초 돌리거나(전 쿼터 측량컵을 사용했답니다) 팬에 넣고 가스레인지 불 위에 올려 버터가 녹을 때까지 계속 저어줍니다. 완성된 것은 옆으로 치워둡니다.

2. 9×13 크기의 케이크 팬에 들러붙음 방지 스프레이를 뿌립니다.

3. 살구 시럽 혼합물을 팬에 붓습니다. 그 위에 다진 피칸을 뿌립니다.

4. 샐리의 애프리컷 브레드의 가장자리를 잘라내고 속 부분을 14조각으로 자릅니다.

5. 나머지 애프리컷 브레드도 가장자리를 잘라낸 뒤 반으로 자릅니다. 반은 놔두고, 남은 반을 6조각으로 잘라주세요.

6. 작업대 위에 기름종이를 올리고 그 위에 잘라 놓은 애프리컷 브레드 20조각을 전부 나열해 주세요. 그런 뒤 윗면에 일제히 크림치즈를 발라줍니다.

7. 애프리컷 브레드 10조각을 크림치즈를 바른 면이 위로 향하게 하여 아까 시럽을 부은 베이킹팬에 가지런히 나열해 줍니다. 저는 팬의 가로 면에 맞춰 벽과 마주보게끔 브레드 3조각씩을 얹었답니다. 그 반대편에도 물론 3조각을 세워 넣었구요. 세로 면에는 1조각이면 충분할 거예요. 팬의 중간에는 서로 마주보게 2조각을 넣습니다. 공간이 딱 들어맞지 않으면 조금 구겨서라도 맞출 수 있어요. 단, 겹치게만 놓지 마세요.

8. 배열이 끝났으면 크림치즈가 발린 면 위로 미니 초콜릿 칩 1/2컵을 뿌립니다.

9. 이제 남은 브레드 조각을 크림치즈 바른 면을 아래로 향하게 하여 덮어줍니다. 크림치즈, 초콜릿 칩, 크림치즈 순서대로 샌드위치를 만드는 격이죠.

10. 평평한 철제 주걱으로 샌드위치를 눌러주거나 깨끗이 씻은 손으로 꾹 눌러 줍니다. 그렇게 해야 굽는 과정에서 위아

래가 서로 잘 엉기게 되거든요.

11. 거품 낸 계란에 설탕을 넣고 섞은 다음 크림과 바닐라를 더해 골고루 섞어 줍니다. 이것을 팬에 담긴 애프리컷 브레드 샌드위치 위에 뿌립니다.

12. 팬을 비닐랩이나 호일로 덮은 다음 작업대 위에 최소한 20분 이상 놓아둡니다(멋진 저녁 파티용으로 만든 것이라면 아침에 만든 다음 비닐랩을 씌워 냉장고에 보관하세요. 그리고 저녁때 손님들이 도착하기 시작하면 그때 꺼내 오븐에서 구우면 됩니다).

13. 오븐을 175도로 예열하고 틀은 오븐의 중앙에 둡니다.

14. 비닐랩을 벗긴 다음 버터를 녹여 크림치즈 초콜릿 칩 샌드위치가 담긴 팬 위에 뿌려줍니다.

15. 초콜릿 애프리컷 브레드 푸딩은 175도에서 아무것도 덮지 않은 채 1시간 정도 굽습니다. 윗부분이 황갈색으로 익었으면 완성입니다. 식힘망에서 적어도 5분 동안 식히세요.

16. 손님에게 내기 전, 테이블에 나가기 전 슈가 파우더를 뿌려주세요. 그래야 더 먹음직스러워 보인답니다. 철제 주걱으로 조각을 덜어 개인 접시에 담습니다.

한나의 메모: 저는 접시에 덜 때 일부러 뒤집어서 담아요. 그래야 손님들이 바닥에 흥건한 시럽을 눈으로 확인할 수 있거든요. 그리고 이 위에 휘핑크림이나 부드러운 바닐라 아이스크림을 얹어 먹어도 맛있답니다.

“이것 봐요.”

마이크가 자리를 뜬 뒤 노먼이 작업대의 철제 면에 인화지 4장을 늘어놓으며 말했다.

“졸업앨범이 조단 고등학교 홈페이지에 올라와 있길래 거기서 폴의 사진을 찾아 출력했어요. 매튜의 사진도 그 옆에 있고요.”

“쌍둥이 같아요!”

리사가 두 사진을 번갈아 보며 말했다.

“이건?”

엄마가 사진 하나를 가리켰다.

“폴이에요.”

엄마가 입을 떼자마자 노먼이 눈치껏 대답했다.

“폴은 광대뼈가 더 도드라져 있어요. 아마 더 말라서 그럴 거예요. 둘을 같이 놓고 보면 그래도 어느 정도 구분할 수 있어요.”

“누가 동생이에요?”

안드레아가 물었다.

“폴이 매튜보다 두 살 더 어려요.”

노먼이 대답했다.

“근데 어쩜 이렇게 닮았죠?”

리사가 물었다.

이제 한나가 설명할 차례였다.

"매튜 아버님한테는 남동생이 있었고 어머님한테는 여동생이 있었는데, 그 두 동생이 두 사람 결혼하고 1년 뒤에 똑같이 결혼을 했대."

"지금도 비슷하게 생겼을까 궁금하네."

안드레아가 즐거운 듯 중얼거렸다.

"일단 매튜 목사님은 지금이 더 나이 들어 보인다 뿐이지 생김새는 학생 때랑 똑같아. 폴도 어떻게 변했는지 궁금한걸."

"그건 알 길이 없어."

한나가 말했다.

"매튜 목사님이 고용했었다는 사설탐정도 찾지 못한 폴을 우리가 어떻게 찾아내겠어."

"여기 매튜 목사님의 반 친구들 전체 사진이 있어요."

노먼이 세 번째 사진을 가리켰다.

"졸업파티 사진도 있는데, 여자친구랑 같이 있어요. 다들 두 사람이 졸업하자마자 결혼할 줄 알았대요. 그 여자친구 이름이 앨리스 로스테라죠."

"지금은 앨리스 로스테 보겔이지."

엄마가 말했다.

"두 사람은 결혼에 골인하지 못했어. 내 전화 탐문에 의하면, 매튜가 일방적으로 헤어지자고 했고, 그 바람에 앨리스는 나이 많은 보겔가 청년이랑 결혼하게 된 게지."

"그럼 우리가 아는 그 앨리스가?"

한나는 깜짝 놀랐다.

"그렇단다."

엄마가 고개를 끄덕이며 말했다.

"오늘 아침부터 여길 들른 이유가 그것 때문이었어. 근데 마이크가 떡하니 와 있으니, 잠자코 있을 수밖에. 앨리스를 경찰에 시달리게 하고 싶진 않거든. 아마 앨리스에게도 힘든 일일 게다. 내 정보원 말에 의하면, 아직도 매튜를 못 잊고 있는 것 같다고 하더라만."

안드레아가 한나의 팔을 잡았다.

"엄마의 정보원 말이 맞아, 언니. 클레어의 매출 장부를 살펴봤다고 했던 거 기억나?"

"기억나."

"청구서 중 하나가 앨리스 보겔 것이었어. 목사님이 마을에 온 다음 날 새 옷을 구입했더라구."

"너무 성급하게 결론짓지 마."

한나가 안드레아를 나무랐다.

"그 청구서가 뭘 증명할 수 있겠어? 전에는 클레어네 가게에서 옷 안 샀겠어?"

"적어도 지난 12개월 동안은 한 번도 안 샀어. 내가 1년 치 장부를 모두 살폈거든. 앨리스가 갑자기 그렇게 비싼 옷을 산 건 분명 매튜 목사님에게 예쁘게 보이기 위해서였을 거야."

"그럴 만하구나."

엄마가 나섰다.

"옛날에 사랑했던 사람 앞에서 예쁘게 보이고 싶은 건 당연한 일 아니겠느냐."

한나는 엄마를 쳐다보았다. 그러고 보니 엄마가 요새 평소보다 더 신경 쓰고 다니시는 듯하다! 옷도 매주 한 벌씩은 꼭 사신다. 그것도 클레어네 가게에서 제일 비싼 컬렉션으로만. 가만있어 보자. 그러고 보니 미용실 버티도 요새 엄마가 일주일에 한 번씩 머리 하러 오신다고 했는데. 그저 가게에 나가는 길일 뿐인데 머리, 화장은 물론 매니큐어까지 바른다고 했다. 뭘까? 혹시 엄마에게도 옛사랑이 찾아온 걸까?

"너무 걱정스럽게 보지 말 거라, 한나."

엄마가 한나 쪽으로 바짝 붙어 속삭이듯 말했다.

"나한테 진정한 사랑은 네 아빠뿐이거든. 지금 만나는 남자들은 그저 한순간의 유희일 뿐이란다."

한나는 웃음을 터뜨리며 엄마의 손을 꽉 한 번 잡아주었다. 가끔 이렇게 엄마는 놀라운 통찰력을 발휘하곤 하신다.

"앨리스도 밥 목사와 클레어의 신혼여행 축하 파티에 왔었어요?"

리사가 물었다. 덕분에 모녀간 러브 라이프에 대한 담화도 끝이 났다.

"전 못 본 것 같아서요."

"나도 못 봤어."

안드레아가 말했다.

"나도."

엄마가 대답했다.

"나도 전혀 기억이 없는데."

한나가 노먼을 돌아보았다.

"노먼은 생각나요?"

"못 본 것 같은데, 그날 워낙 사람들이 많았으니까요. 거기 잠깐 있기도 했고. 베이킹이 다 끝나면 같이 앨리스네 볼링장에 가 봐요. 가서 물어보자구요."

"오늘 오전 10시부터 12시까지 엄마들 경기가 있어요."

안드레아가 말했다.

"루시 던라이트도 출전한다고 해서 이야기 들었어. 항상 학교에 카렌

내려주고, 우리 부동산 사무실 들러서 같이 커피 한 잔 마신 다음 바로 볼링을 치러 가거든. 볼링이 몸매 관리에 최고라나."

"볼링은 좋은 운동이죠."

노먼이 말했다.

"그럼 12시까지 기다려야겠네요. 경기 때문에 바빠서 우리랑 이야기할 새가 없을 테니 말이에요."

"내 생각은 다르단다."

엄마가 재빨리 나섰다.

"볼링화 대여만 해주고 나면 앨리스가 할 일이 별로 없거든. 개중에는 자기 볼링화를 가져온 사람도 있을 테고 말이다. 핀을 세팅하는 것도 점수를 매기는 것도 모두 전자동이잖니. 갑자기 오작동을 일으키지만 않는다면, 앨리스는 아마 경기 내내 스낵바 뒤에 앉아서 책이나 읽고 있을 게다."

한나는 깜짝 놀랐다. 엄마가 볼링장에 대해 어떻게 아셨을까? 엄마가 볼링을 친단 이야기는 한 번도 들어보지 못했다.

"어떻게 아셨어요?"

한나가 물었다.

"버드 호지랑 조 디에츠, 그리고 박사랑 같이 지금 시니어 리그팀에 있거든. 매주 일요일 오후에 볼링을 한단다."

한나는 아무렇지도 않은 표정을 지으려 애썼다. 하지만 엄마가 세 남자들에 둘러싸여 볼링 경기를 하면서 은근슬쩍 그들의 경쟁심에 불을 댕기는 모습이 자꾸만 머릿속에 그려졌다.

"혹시 돈내기 경기를 하셨던 거예요?"

리사가 물었다.

"허브랑 한 번 해본 적이 있거든요."

"비슷하겠구나. 우린 맥주를 놓고 경기하니까."

"맥주요?"

한나는 깜짝 놀랐다.

"엄마는 맥주 안 좋아하시잖아요."

"그래. 처음이자 마지막으로 맥주가 맛있다고 느꼈을 때가 네 아빠랑 데이트를 할 때였단다. 몹시 더운 날이었는데, 맥주가 정말 시원했지. 같이 야구경기를 봤거든."

"그럼 어머님이 이기셨을 때는 그 맥주를 어떻게 하세요?"

노먼이 물었다.

"조에게 주지. 맥주를 엄청 좋아하거든. 박사도 맥주 안 마시고, 버드도 안 마시잖느냐."

"그럼 이번 엄마들 경기는 뭘 걸고 하는 거예요?"

리사가 안드레아에게 물었다.

"베이비시팅. 진 팀에서 가장 낮은 점수를 기록한 회원은 이긴 팀의 가장 높은 점수를 기록한 회원의 아이를 2시간 동안 돌봐주는 거지. 그 때문에 루시가 지난주에 재노우스키네 아이들을 돌봐줬어."

작업실에는 다섯 사람이 전부인데도 안드레아는 한껏 목소리를 낮춰 말했다.

"루시가 워낙 아이들을 좋아하니까 기꺼이 받아들이긴 했는데, 재노우스키네 쌍둥이는 정말 끔찍했대."

노먼이 한나를 위해 앨리의 볼링장 유리문을 열어주었다. 한나의 손에는 앨리스에게 안길 쿠키 꾸러미가 들려 있었다. 여자들의 높다란 목소리와 함께 볼링공이 나무 바닥을 구르는 둔탁한 소리가 이어졌다. 그리고 이내 회원들의 열띤 응원과 야유소리가 들려왔다.

“시끄럽네요.”

한나가 말했다.

“엄마들 경기라고 해서 차분할 줄 알았는데.”

“남자들보다 더해.”

마침 한나의 말을 들은 앨리스가 두 사람을 반갑게 맞아주었다.

“시니어팀 경기도 만만찮게 요란하지.”

한나는 앨리스에게 쿠키를 건넸다.

“선물이에요, 앨리스. 리사가 라즈베리 비니거 쿠키를 만들었는데, 앨리스가 좋아하는 거라고 해서요.”

“맞아. 쇼트브레드 맛이 나거든. 내가 쇼트브레드를 엄청 좋아해서.”

앨리스가 노먼을 돌아보았다.

“오늘은 병원에 안 나가?”

“오늘은 아니에요. 한나를 돕고 있거든요.”

순간 앨리스의 얼굴에 당황한 기색이 스치더니, 이내 창백해지기 시작했다.

“매튜.”

그녀가 말했다.

“그것 때문에 온 거로군. 매튜의 살인사건 때문에.”

“유감이지만, 맞아요.”

한나는 앨리스가 매튜를 아직 잊지 못한 것 같다는 엄마의 말을 떠올렸다.

“마음이 많이 아팠겠어요, 앨리스.”

“마음이 아파?”

앨리스가 쓴웃음을 지었다.

“마음 아픈 건 매튜가 졸업한 지 1주일 만에 레이크 에덴을 떠나버렸을 때만으로도 충분해. 적어도 작별인사는 할 줄 알았는데⋯⋯.”

앨리스는 하던 말을 멈추고 힘들게 침을 삼켜 내렸다.

“어쨌든 지금은 중요하지 않아. 지난 일은 빨리 잊는 게 나으니까.”

이별의 상처. 그것도 살인의 동기일 수 있다. 한나의 마음이 변속 기어를 가동하기 시작했다. *매튜는 앨리스에게 상처를 줬어. 어쩌면 그 일이 그녀의 인생을 망가트린 것인지도 몰라. 앨리스는 매튜가 떠난 지 3개월도 채 지나지 않아 버치 보겔과 결혼했고, 그 결혼 역시 해피엔딩은 아니었으니까.*

한나는 머릿속으로 버치 보겔에 대해 떠올려 보았다. 그는 말이 빠르고, 머리보다 주먹이 먼저인 우락부락한 남자였는데, 술을 좋아해 늘 이글에 살다시피 했다. 한나의 기억이 정확하다면, 두 사람의 결혼 생활은 1년을 넘지 못했다. 버치와 술집 웨이트리스 사이에 염문설이 퍼지자 앨리스는 그 길로 그와 이혼을 했다.

“왜 그렇게 조용해, 한나?”

앨리스가 물었다.

“혹시 내가 매튜를 죽인 거 아니냐고 물어보려던 거 아녔어?”

“네.”

한나가 대답했다. 앨리스는 평소에도 직선적으로 말하기로 유명한 사람이었다. 솔직한 심정을 어필하기 위해서는 역시 이 방법이 나은 듯했다.

“좋은 동기잖아요, 앨리스.”

“그렇지! 아마 그 사람이 떠난 지 1년 안에 마을에 왔다면, 어쩌면 그를 죽였을지도 몰라. 그때 심정이 딱 그랬으니까. 하지만 지금⋯⋯? 지금은 너무 늦었어, 한나. 세월이 많이 흘렀잖아. 그동안 매튜도 다른 사람이 됐고, 나도 마찬가지야. 혹시 그에게 잘 보이려고 감당도 안 되는 비싼 옷을 산 게 아니냐고 의심하고 있는 거야? 심지어 버티의 미용실에 가서 흰머리를 감출 수 있도록 부분 가발도 맞췄으니?"

"그저 좀 달라 보인다 생각했어요."

노먼이 말했다.

"머리 모양이 정말 아름다워요, 앨리스. 그 부분 가발이라는 게 정확히 뭔지는 모르겠지만, 어쨌든 잘 어울리는 것 같아요."

그러자 앨리스가 웃음을 터뜨렸다.

"고마워! 남자들이야 그게 뭔지 모르는 게 당연하지. 매튜도 내 머리 모양이 예쁘다고 생각했는지 전화를 해서는 월요일 저녁에 함께 식사하자고 청하더군. 오랜만에 그를 만날 생각에 들떴어. 월요일 아침에 클레어의 가게에 가서 새 옷도 샀구. 하지만 그리고 나서……."

그녀는 말을 멈추고는 눈을 몇 번 깜빡거렸다.

"그리고 나서 KCOW 라디오 뉴스를 들었어. 매튜가 죽었다고."

"운전사 노릇 해 줘서 고마워요, 노먼."

한나가 조수석에 올라타며 말했다.

"일단 메모를 좀 해야겠어요."

노먼은 차를 출발시키며 한나를 쳐다보았다.

"앨리스를 용의자 명단에 올리게요?"

"네, 일단 써놓고 지우려구요. 고등학교 시절 남자친구를 다시 만나자고 청해온 날에 바로 죽이진 않았을 것 같아요."

"이해가 안 돼요."

노먼이 골목을 돌아 큰길로 나섰다.

"뭐가요?"

"어차피 지울 거면서 무엇하러 이름을 적어요?"

"간단해요. 내가 누구를 만나서 이야기를 나눴고, 왜 그 사람을 용의

선상에서 지웠는지 기록으로 남길 수 있잖아요. 앨리스에게는 더 이상 동기가 없어요. 물론 매튜가 만나자고 연락해 오기 전까지는 가능성이 있었지만요. 그러고 보니……, 노먼 핸드폰 금방 꺼낼 수 있어요?"

"물론이죠. 누구한테 전화하게요?"

"샐리요. 월요일 저녁에 매튜가 예약을 했었는지 확인하려구요. 예약한 게 사실이면 앨리스의 알리바이가 성립이 되는 셈이죠."

"설마 거짓말일지도 모른다고 생각하는 거예요?"

"아뇨. 하지만 앨리스가 진짜 범인이라면 그것만큼 완벽한 핑계도 없잖아요, 안 그래요?"

라즈베리 바닐라 쿠키

오븐은 165도로 예열하세요. 틀은 오븐의 중앙에 둡니다.

재료

소금기 있는 버터 1컵(224g) / 백설탕 1컵

라즈베리 식초 1티스푼*** / 베이킹소다 1티스푼 / 럼주 1디스푼****

다목적 밀가루 1과 1/2컵(나이프로 측량컵 윗면을 훑어주세요)

다진 피칸 1컵(다진 후에 측량하세요)

*** 라즈베리 식초를 구하기 힘들다면 그냥 아무 과일 식초나 괜찮아요. 아니면 일반 백식초도 상관없구요. 식초는 어차피 베이킹소다와 만나 산화되니까 어떤 종류의 식초든 상관없답니다. 단, 발사믹 식초는 안 돼요. 발사믹은 자체 풍미가 강하기 때문에 쿠키 맛을 상하게 할 수 있거든요. 하지만 실제로 발사믹을 넣어서 만들어 본 적은 없어요. 뭐, 의외로 맛있을지도 모르죠.
**** 럼주를 넣고 싶지 않으면, 바닐라액과 같은 기타 종류의 시럽류를 넣어도 좋습니다.

만드는 법

1. 버터와 설탕을 넣고 보슬보슬하게 섞어줍니다(믹서기를 사용하셔도 됩니다).
2. 라즈베리 식초, 베이킹소다, 럼주를 넣습니다.
3. 다목적 밀가루를 넣고 잘 섞습니다.
4. 다진 피칸을 넣습니다.
5. 기름칠을 한 베이킹 틀에 반죽을 스푼으로 떠 올립니다(리사와 전 쿠키단지에 있는 2-티스푼 스쿠퍼를 사용했어요).

6. 165도에서 18~20분간 굽습니다. 윗부분에 황갈색이 돌면 완성입니다.

7. 오븐에서 꺼내 2분간 틀 위에서 식힙니다.

8. 2분 후 식힘망으로 옮겨 완전히 식힙니다.

9. 이 쿠키는 밀폐용기에 보관해야 합니다. 그래야 촉촉하고 부드러운 식감이 오래 남아 있거든요.

한나의 메모: 이 쿠키를 보면 '로나 둔 쇼트브레드 쿠키'가 생각난답니다. 맛도 쇼트브레드 쿠키가 더 낫구요. 그 쿠키를 만들어 보고 싶다면, 반죽에 초콜릿 칩을 넣거나, 틀에 올린 반죽 한가운데 초콜릿 조각을 박아 넣으면 됩니다.

한겨울의 에덴 호수는 무척 아름다웠다. 사실, 에덴 호수는 겨울뿐만 아니라 사시사철 매력을 지닌 곳이었다. 봄에는 선명한 초록빛의 자그마한 새순이 돋아나는 나무와 다채로운 야생화에 둘러싸여 맑고 투명한 물빛을 뽐냈다. 누군가 몇 년 전에 심어놓은 노란색과 보라색의 수선화에, 혈근초라고 불리는 하얀색 꽃도 피었다. 그 꽃은 줄기를 꺾으면 손에 빨간 얼룩이 묻어나곤 했다. 호수 인근 숲 속 공터 가장자리에는 분홍색과 노란색의 제비꽃이 가득 피었고, 솜털이 보송보송 돋은 버드나무 가지에는 꽃차례라고 불리는 회색빛 꽃송이들이 가득 매달렸다. 한나는 어렸을 때 물가에 인적이 드물어지면 그 꽃송이들이 전부 조그마한 고양이로 변하는 상상을 해보곤 했다. 봄철 운이 좋으면, 그리고 남다른 눈썰미를 지니고 있다면, 미네소타 주의 주화(州花)로 법적 보호를 받고 있는 복주머니꽃을 볼 수도 있다. 그 야생란은 주로 늪지나 어두컴컴한 숲 속 깊은 곳에 서식하고 있었다.

여름도 아름답기는 마찬가지였다. 호숫가에는 꽃들이 만개하였는데, 호수 주변을 돌아 난 자갈길에는 길을 따라 접시꽃이 만발했다. 꽃자루 윗부분에 살짝 피어오르는 붉은색 꽃은 지나면서 보면 꼭 빨간 깃발이 나부끼는 것 같았다. 회색 꽃머리를 한 수레국화는 밝은 노란빛의 꽃잎과 서로 누가 사람들 눈에 더 잘 뜨일까 경쟁을 했고, 햇살 아래 잔디밭에는 분홍색과 보라색의 야생 엉겅퀴가 군데군데 꽃을 피웠다.

그리고 무엇보다 중요한 호수가 있었다. 하얀색과 노란색의 물수선화가 군데군데 피어난 가운데 잔잔한 수면은 햇빛에 반사되어 반짝였다. 노먼이 언젠가 누군가 몇 년 전 만들어 놓은 물빛의 고요한 꽃 정원을 보여준 적이 있었다. 나무와 하늘이 반사된 호수의 수면은 잔잔하게 일렁거리는 가운데 일몰 때가 가까워 오면 선명한 오렌지빛과 분홍, 붉은 빛의 음영들이 물 위로 물감처럼 번졌다.

가을에는 또 다른 정취를 느낄 수 있다. 물가의 얕은 곳에는 높다란 부들개지가 가을바람을 맞으며 서 있고, 파피루스는 가지 끝에 갈색 빛의 꽃을 매달고 휘어졌다. 야생 엉겅퀴는 가을까지 만개했는데 겨울이 올 때까지 그 꽃을 볼 수 있었다. 마른 언덕 위에는 하얗고 노란 쑥부쟁이가 가득했다. 지난 더운 여름 사이 가득 불어난 이끼들 때문에 물은 초록빛으로 변했고, 다리가 긴 두루미들이 강변을 거닐었다. 호수 위로는 캐나다 거위떼가 V자형을 지으며 날았고, 낙엽이 진 나무들은 저마다 오렌지색, 노란색, 붉은색, 그리고 마호가니 빛의 잎사귀를 떨어냈다.

그리고 겨울이 왔다. 상록수를 제외한 모든 것이 검은빛이나 하얀빛으로 변했다. 나무들은 희미한 겨울햇살이라도 한줄기 받고자 울퉁불퉁한 가지를 하늘 위로 뻗었고, 호수는 온통 눈으로 뒤덮였다. 오늘도 호수면은 반짝이는 눈으로 가득한 가운데 바람에 날려 군데군데 눈더미가 쌓여 있었다. 어찌나 반짝이는지 눈이 다 부실 지경이었다. 한나는 일부러 수첩으로 시선을 떨구었다. 휴 쾰러는 기둥에 미네소타 축산농가라는 노란색 표지판이 못 박혀 있는 커다란 떡갈나무를 지나 네 번째 오두막에 살고 있었다. 빛바랜 푸른색 오두막이었는데, 다 꺼져가는 현관 마루를 시멘트로 메워놓은 집이었다.

"저기 박사님이 말씀하신 나무가 있어요."

한나가 표지판이 걸린 떡갈나무를 가리켰다.

"휴의 오두막은 오른쪽 네 번째 집이라고 했어요. 파란색이요."

노먼의 조심스러운 운전이 한나는 흡족했다. 매서운 바람에 호수면 위의 눈이 자갈길 위로 불어오고 있었다. 그렇게 만들어진 눈더미가 자칫하면 휠캡에까지 닿을 기세였는데, 여기서 차가 멈췄다가는 오도 가도 못하고 큰일이었다! 메인가에서 벗어난 이후로 핸드폰 중계기는 구경도 못한 데다가 겨울철에는 호숫가에 사람도 뜸했다. 만약 폭설에 파묻혔는데 휴 퀼러까지 집을 비웠다면, 이 추운 겨울에 길 밖에 나서 도움을 요청해야만 할 것이다.

"저거예요."

빛바랜 푸른색 오두막을 발견한 한나가 말했다.

"문에 사슴뿔을 달아 놓은 집이요."

노먼은 진입로를 슬쩍 바라보더니 이내 고개를 가로저었다.

"저 안까지 들어가는 모험은 감수하고 싶지 않네요. 저 우편함이 원래 저렇게 짤막한 게 아니라면 진입로가 여기보다 더 눈이 많이 쌓였단 얘기예요."

"여기도 괜찮아요. 난 부츠 신고 왔거든요. 노먼은요?"

"나도 뒷자리에 부츠 있어요. 운전석 뒷자리 바닥에 있을 거예요. 꺼내줄래요?"

한나는 손을 뻗어 부츠를 집은 뒤 노먼에게 건넸고, 노먼은 부츠를 하나씩 발에 꿰어신었다. 이내 한나는 차에서 내려 집을 향해 걸어갔다. 노먼의 말이 맞았다. 진입로의 눈이 더 깊었다. 안으로 들어오지 않은 게 다행이었다. 무릎 깊이까지 빠지는 눈밭을 헤쳐 두 사람은 드디어 집 앞에 당도했다.

노먼이 문에 노크를 했고, 한나는 얼굴에 미소를 띠웠다. 휴가 범인인지 아닌지를 가늠하기 위해 어떤 질문을 던져야 할지도 아직 결정하지 못했다. 문이 열리기 전에 뭐라도 생각이 나야 할 텐데.

곧 문이 열렸고, 노먼과 한나는 깜짝 놀라 두 눈만 껌뻑일 수밖에 없었다. 더블 산탄총이 눈앞에 떡하니 나타난 것이다.

"아까는 정말 미안했어."

휴가 말했다.

"워낙 외진 곳이라. 게다가 지난주에 스틸워터에서 도망친 살인범이 아직 잡히지 않았다기에. 오늘 아침에 제이크와 켈리의 방송을 들었는데, 이 부근에서 목격됐다고 하던데."

"괜찮아요. 누가 다친 것도 아닌데요."

노먼이 말했다.

"내가 지금 워낙 무방비잖아, 안 그래? 이렇게 휠체어에 갇힌 신세니. 전화가 있긴 하지만, 연결이 잘 안 될 때가 잦고, 트럭도 시동이 안 걸려."

"마을에 가실 일이 있으시면 온 김에 태워드릴게요."

한나가 제안했다.

"근데 트럭에는 무슨 문제라도 생겼어요?"

"일요일에 배터리가 나갔어. 몇 킬로미터 근방에 사람이라곤 나 혼자뿐인데. 그래도 배터리가 나가기 전에 필요한 물품들을 다 사가지고 왔으니 다행이지."

"음식은 충분하세요?"

노먼이 물었다.

"넉넉해."

휴가 한나를 돌아보았다.

"태워주겠다고 해줘서 고마워. 하지만 지금 필요한 건 시릴에게 전화를 걸어 새 배터리 좀 들고 와달라고 부탁하는 일이야."

"정말 괜찮으시겠어요?"

한나가 물었다.

"그럼. 설 수도 있고, 지팡이로 몇 발자국 정도는 걸을 수 있는걸. 내 등은 멀쩡하니까."

"그래도 요리하기는 쉽지 않으실 것 같은데요."

"별로. 이미 내 상태에 맞춰 부엌 세팅을 해 났지. 주로 샌드위치를 많이 먹는데, 휠체어에 앉아서도 손이 닿는 전자레인지가 있어서 수프랑 샌드위치를 데워먹곤 하지. 그 두 개만으로도 아주 훌륭한 식사가 되거든."

"쿠키를 좀 가져왔어요."

한나가 휴를 위해 포장해온 쿠키를 내밀었다.

"이런! 정말 고마워. 근데 여기까지는 어쩐 일로 온 거야?"

"교회 일 때문에요."

한나가 입을 열기 전에 노먼이 나섰다.

"다치셨다고 얘기를 들어서요. 필요하신 것이 없나 살필 겸 병문안 왔어요."

"흠, 그렇다면 제때 왔군! 고마워, 두 사람. 설마 나를 위해 기도를 하겠다거나 나를 구원해 주겠다거나 뭐, 그러려는 건 아니겠지?"

노먼이 고개를 가로저었다.

"그런 교회 일로 온 건 아니에요."

"저희는 더 방문해야 할 곳이 남아서 이만 가봐야겠어요."

한나가 자리에서 일어났다.

"참, 배터리는 걱정 마세요."

노먼이 덧붙였다.

"시릴한테 전화해서 배터리 부탁해 놓을게요."

두 사람 등 뒤로 문이 닫히자 한나는 큰 안도의 한숨을 내쉬었다. 집에서 어느 정도 멀어졌다 싶을 때 한나가 노먼의 팔을 톡톡 두드렸다.

"교회 일이라구요?"

한나가 씩 웃었다.

"사실이잖아요, 교회 일."

노먼이 대답했다.

"어떻게요?"

"매튜 목사님의 살인사건을 수사하는 중이고, 더군다나 교회 사무실에서 발생한 일이니, 이게 교회 일이 아니면 뭐겠어요?"

"내가 베이킹하는 거 도와줄게요."

쿠키단지에 돌아오자 노먼이 말했다.

"좋아요. 근데 정말 진심이에요?"

"네. 포포버 만들기가 얼마나 간단한지 한나가 알려준 뒤로는 나도 베이킹을 좋아하게 됐는걸요. 한나 레시피대로만 하면 나도 제법 만들 수 있을 것 같아요."

한나는 미소를 지었다.

"그럼 브라우니부터 시작하는 게 어때요?"

"아주 좋은 출발점이 되겠네요! 이왕이면 한나의 브라우니 플러스를 만들어볼 수 있을까요? 아주 맛있던데."

"물론이죠."

한나는 직접 만든 레시피 책의 비닐 페이지를 넘겨 브라우니 플러스를 찾아 펼쳤다.

"지금 저장실에 심포니 바가 좀 있을 거예요. 다들 중간 정도 레이어의 심포니 바를 좋아하거든요."

노먼에게 표준 크기의 볼과 팬을 건넨 뒤 한나는 목록에 있는 다음 레시피로 고개를 돌렸다. 그것도 바 쿠키였는데, 역시나 인기가 좋은 메뉴였다.

"한나는 뭘 만들 거예요?"

"초콜릿 유포리아 쿠키 바요."

"그게 뭔데요?"

"바닥에 초콜릿 쿠키 조각이 깔리고, 그 위에 초콜릿 칩이 깔리고, 다시 그 위에 미니 마시멜로우, 마시멜로우 위에 화이트 초콜릿 칩, 그리고 초콜릿 시리얼, 제일 위에 밀크 초콜릿 칩, 이렇게 여섯 겹이 쌓이는 쿠키 바예요."

"와오! 말 그대로 초콜릿 유포리아(Euphoria: 행복감, 도취감)네요!"

"이름값 한다니까요. 지난주에 안드레아에게 시험 삼아 맛을 보여 봤는데 겨우 두 조각 먹고는 마치 구름 위를 걷는 기분이라고 했어요."

"훌륭한 감상평이로군요."

"트레시의 평이 더 멋졌어요. 내 쿠키 덕분에 안드레아가 하루 종일 기분이 좋았다고 하지 뭐예요. 강아지 키우게 해 달라고 졸랐는데도 말이에요."

"꼭 한 번 맛을 봐야겠네요."

"곧 맛볼 수 있을 거예요. 빨리 반죽해서 오븐에 넣은 다음에 완성된 쿠키가 식을 때까지 기다렸다가 같이 맛을 보도록 해요. 그런 다음에 노먼이 브라우니 플러스 만드는 거 도와줄게요. 내 도움이 필요하다면 말이에요."

한나는 재료와 팬 몇 개를 수집한 다음 서둘러 재료들을 혼합해 반죽을 만들었다. 그런 다음 반죽을 담은 팬을 오븐에 넣고 타이머를 25분으로 맞췄다. 그러고는 노먼의 베이킹이 어떻게 진행되고 있는지 그가 있는 쪽으로 고개를 돌렸다.

"다 됐어요."

노먼이 브라우니 반죽이 담긴 팬을 가리키며 말했다.

"빠르네요."

한나가 그를 칭찬했다.

"나랑 거의 동시에 끝냈어요."

"한나는 팬이 4개고, 난 1개잖아요."

"그건 상관없어요. 난 노먼보다도 베이킹 경험이 더……."

한나는 하던 말을 멈추었다. 마지가 텅 빈 쿠키단지를 들고 작업실에 들어온 것이다.

"쿠키 더 필요하세요?"

"그래, 다들 리사의 이야기를 어찌나 좋아하는지. 벌써 두 번째 이야기 들으러 오는 사람도 있고, 처음 찾는 사람들도 소몰이꾼에게 몰리는 소 떼처럼 몰려들고 있어."

"근데 소몰이꾼이 뭐예요?"

노먼이 한나에게 물었다.

"집에서 기르는 가축들을 시장으로 몰고 가는 전문 카우보이 말이에요."

한나가 말했다.

"소몰이꾼이라는 게 그렇게 소를 몰고 가는 사람이라는 뜻일 거예요."

"말 되네요."

마지는 식힘망에 놓인 쿠키들로 단지를 가득 채워서는 다시 회전문 쪽으로 향했다.

"오, 이 부분은 놓치고 싶지 않아."

마지가 말했다.

"내가 제일 좋아하는 부분이거든. 리사가 오늘따라 참 말을 잘하지 뭐야. 한나도 들을 수 있게 회전문에 행주 끼워놓을까?"

"네."

노먼이 대답했다. 한나는 그에게 동의할 수밖에 없었다. 물론 리사의 이야기가 듣기 싫어서가 아니었다. 리사의 활약으로 가게의 매상도 올라가고 있으니 말이다. 다만 매튜 목사의 시체를 발견한 당사자로서 그때의 경험을 귀로 들으며 다시 떠올리고 싶지 않았을 뿐이었다.

"……노크를 똑. 똑. 했어요. 하지만 아무 소리도 들리지 않았죠."

리사의 목소리가 작업실까지 들렸다.

"그래서 우리 한나는 또 노크를 했어요. '매튜 목사님? 안에 계세요?' 하지만 여전히 대답은 없었어요. 한나는 우리에 갇힌 사자처럼 쿵쾅거리는 심장을 부여잡고 조심스럽게 문 손잡이를 잡고 빼꼼히 열어 보았어요."

노먼이 한나를 쳐다보았다.

"우리에 갇힌 사자요?"

그가 리사의 표현을 따라했다.

"나한테 묻지 말아요. 리사가 지어낸 거니까."

"하지만 실제로 일어났던 일은 맞잖아요."

"100퍼센트는 아니구요. 거의 비슷하죠."

"한나는 문을 좀 더 밀어보았어요."

리사가 계속해서 말을 이었다.

"순간 눈에 들어온 광경에 한나는 피가 얼어붙어 버렸죠."

리사의 청중들 사이에서 탄식과 함께 나지막이 중얼거리는 사람들의 소리가 들렸다. 다음 이어질 이야기가 무엇인지 다들 짐작한 모양이다. 한나는 그중에서 플로렌스의 목소리를 알아챌 수 있었다. 빨간 부엉이 식료품점에 임시 종업원을 불러다 놓고 리사의 이야기를 듣기 위해 이곳까지 달려온 모양이다. 그리고 또 귀에 익은 목소리가 있었다.

"계속해, 리사."

한나는 깜짝 놀라 노먼을 쳐다보았다.

"저건 설마 미셸?"

한나는 자신의 귀를 의심했다.

"미셸 맞네요."

노먼이 고개를 끄덕이며 대답했다.

"매튜 목사님 사건 소식을 듣고 곧장 버스를 타고 집에 왔나 봐요."

"여러분들은 어떨지 모르겠지만, 저라면 그 자리에서 꽁무니를 내뺐을 거예요."

리사가 청중들을 향해 말했다.

"여러분들이라면 어떻게 하셨겠어요?"

"절대 못 들어가죠!"

역시나 귀에 익은 목소리가 소리쳤다. 보니 서마였다.

"아마 한참을 고민해본 다음에 들어갔을 거야."

"도우 그리어슨."

한나가 노먼에게 말했다.

"저라면 다시 문을 닫고 핸드폰으로 경찰에 신고부터 했을 거예요."

또 다른 목소리가 들렸다. 한나의 귀에는 낯선 여자 목소리였다.

"베브예요."

노먼이 말했다.

"점심시간이라 걸어서 여기까지 왔나 보네요."

한나는 사건 이야기를 직접 맡아서 하지 않기로 결정한 것이 참 잘한 일이었다고 생각했다. 베브가 가게에 와 있는 지금도 한나는 노먼과 단 둘이 시간을 보내고 있지 않은가. 지금 순간만큼은 베브 박사의 존재를 의식하고 싶지도, 노먼이 다른 날 그녀와 병원에서 얼마만큼 많은 시간을 함께 보내는지도 알고 싶지 않았다.

“더 얘기해봐, 리사. 긴장돼 죽겠어!”

남자의 목소리가 리사를 재촉했다.

“얼 프렌스버그.”

한나가 노먼에게 말했다.

“다음은 어떻게 됐어?”

로드 부인의 걱정스러운 목소리가 울려 퍼졌다.

“우리 어머니네요.”

노먼이 미소를 지으며 말했다.

“두 분 결혼하신 이후로는 단 10분도 서로 떨어져 계시지 않는 것 같아요.”

“우리의 한나는 멈추지도 경찰에 전화를 걸지도 않았어요.”

리사가 이야기를 이어나갔다.

“심지어 망설이지도 않았죠. 한나는 어깨에 단단히 힘을 주고, 심호흡을 한 다음에 사무실 안으로 들어갔어요. 마음 같아서는 그대로 내빼고 싶었지만, 그러지 않았죠. 다리는 후들거리고, 숨은 기관차고에서 막 빠져나온 낡은 기관차처럼 헐떡거리고, 이도 덜덜 떨렸지만, 매튜의 맥박을 짚어보기 위해 용기를 내서 앞으로 나아갔어요.”

“그건 대체 왜 그랬대?”

“또 도우 그리어슨이에요.”

한나가 노먼에게 부드럽게 말했다.

“완전히 집중하셨는데요.”

“왠지 일단 맥박을 짚어 보아야만 할 것 같았거든요.”

리사가 설명했다.

“희미하게나마 맥박이 남아 있다면, 바로 구급차를 불러야 할 테니까요. 하지만 예상대로 맥박은 느껴지지 않았어요. 매튜 목사님은 돌처럼 차갑게 죽어 있었죠. 그리고 그때, 바로 그 순간 도저히 믿기지 않는 소리가 들렸어요."

"전화벨?"

도우가 추측했다.

"아뇨, 전화가 아니었어요. 위쪽에서 나는 누군가의 목소리였어요. 바로 매튜 목사님의 목소리요."

아까보다 더 크게 탄성이 나왔고, 몇몇 사람은 비명을 지르기도 했다.

"그 매튜 목사님의 목소리가 이렇게 말했어요. '죄의 값은 죽음이니라'."

"왜 이래, 리사."

얼이 무겁게 내려앉은 침묵을 깨트렸다.

"그건 있을 수 없는 일이라는 건 세 살 먹은 아이도 다 아는 사실이야. 매튜 목사님은 이미 죽었다고 했잖아. 죽은 사람이 어떻게 말을 하겠어?"

"그건 매튜 목사님의 목소리가 아니었어요."

홀 뒤편에서 누군가가 대신 대답했다.

"제이콥이었어요!"

"피트 넌크."

한나가 노먼에게 설명했다.

"제이콥이 누구예요?"

로드 부인이 피트에게 물었다.

"내 구관조예요. 제가 병원에 있는 동안 밥 목사님과 클레어가 대신 돌봐줬죠. 크누드슨 부인께서 내가 이 몹쓸 휠체어에서 벗어날 수 있을 때까지 돌봐주겠다고 하셨구요. 부인 말씀이 매튜 목사님이 많은 시간을 제이콥과 함께 다니면서 성경 구절 같은 것을 가르쳤다고 하더군요."

“부인께 직접 이야기를 들으신 모양이군요.”

리사는 다시 이야기를 이어나갔다.

“하지만 우리의 한나는 매튜 목사님이 제이콥을 사무실까지 데리고 와서 새장을 책장 위에 얹어 놓은 줄은 전혀 모르고 있었어요. 제이콥이 매튜 목사님의 목소리를 흉내 내서 ‘죄의 값은 죽음이니라’ 라고 외치자 한나는 너무 놀라 나자빠질 뻔했죠!”

“저런, 그럴밖에!”

버티 스트롭이 말했다. 한나는 그녀가 미용실 오후 예약 손님들은 다 어쩌고 가게에 온 것일까 의아했다. 버티는 아침에 가게 문을 열었을 때 보고, 노먼과 외출했을 때 또 보고, 이번이 벌써 세 번째 보는 것이다. 그러니 컷 앤 컬의 사장인 그녀는 지금쯤 리사의 대사를 다 외우고도 남았을 것이다.

“한나는 매튜 목사님의 목소리를 흉내 낸 것이 제이콥이었다는 사실을 깨닫고는 안도의 한숨을 내쉬었어요. 하지만 그때 또 다른 소리가 들려 한나를 깜짝 놀라게 했죠. 바로 책상 위에 놓여 있던 전화기 벨이 울린 거예요. 매튜 목사님의 머리 바로 옆의 전화기가 말이죠.”

그때 정말로 전화벨이 울렸다. 순간 한나는 리사가 어떻게 이런 효과음까지 준비했을까 의아했다. 하지만 이내 정말 가게 전화가 울리고 있는 것이라는 사실을 깨달았다. 한나는 손을 뻗어 수화기를 들었다.

“쿠키단지, 한나입니다.”

“한나!”

크누드슨 부인의 목소리가 숨이 넘어갈 듯 떨리고 있었다.

“한나!”

“부인, 괜찮으세요?”

한나는 최대한 차분하게 마음을 가다듬으며 물었다. 크누드슨 부인의 목소리가 심상치 않았다.

"그래, 그래, 난 괜찮아. 오, 한나! 정말 믿을 수 없는 일이 일어났어!"

"무슨 일인데요, 부인?"

한나는 매튜 목사의 갑작스러운 죽음에 대한 충격과 그 이후 24시간 동안의 심적 고통으로 인해 부인의 건강에 문제가 생긴 것은 아닐까 걱정스러웠다.

"매튜야! 한나도 어서 와서 봐야 해! 매튜가 죽지 않았어. 살아 있다고!"

초콜릿 유프라이 쿠키 바

오븐은 175도로 예열하세요. 틀은 오븐의 중앙에 둡니다.

재료

초콜릿 와퍼 크럼브(부스러기) 1과 1/2컵(혹은 오레오 쿠키 크럼브) ***

버터 1/2컵 / 중간 달기의 초콜릿 칩 1컵 / 미니 마시멜로우 2컵

농축우유 14온스(392g, 무가당은 안 돼요!) / 화이트 초콜릿 칩(혹은 바닐라 칩) 1컵

코코아 퍼프 시리얼 2컵(초콜릿 크런치 시리얼 종류면 어느 것이든 좋습니다) ****

밀크 초콜릿 칩 1컵

*** 저희 동네 식료품점에는 나비스코 페이머스 초콜릿 와퍼가 있는데, 불행히도 크럼브 형태는 아니랍니다. 그래서 전 믹서기에 칼날을 부착한 뒤 와퍼를 넣고 돌렸어요. 그렇게 해서 9온스(252g)짜리 포장 1개에 2컵의 크럼브가 만들어졌답니다.

**** 역시 코코아 퍼프 시리얼은 저희 동네에 없어서 대신 초콜릿 코코아 크리스피를 사용했어요(라이스 크리스피에 초콜릿만 보탠 격이죠).

만드는 법

1. 9×13 크기의 팬에 들러붙음 방지 스프레이를 뿌리고 한편으로 치워주세요.

2. 전자레인지용 그릇에 버터를 넣고 '강'에 50초간 돌려 녹입니다.

3. 초콜릿 와퍼를 준비했다면 믹서기에 넣어 돌리거나 커다란 밀폐 비닐백에 담아 롤링핀으로 굴려 크럼브를 만듭니다.

초콜릿 와퍼 크럼브(혹은 오레오 쿠키 크럼브)를 측량해 버터가 담긴 그릇에 넣습니다. 재료가 잘 섞이도록 저어주세요(잘 섞인 혼합물은 아마도 축축하게 젖은 모래처럼 보일 겁니다).

4. 아까 준비한 케이크 팬 바닥에 버터와 쿠키 크럼브 섞은 것을 최대한 골고루 펴 줍니다. 그런 다음에 깨끗하게 씻은 손이나 철제 주걱의 평평한 면으로 질 두딕여 줍니다.

5. 그 위에 초콜릿 칩을 뿌린 다음, 또 윗면을 고르게 다듬어 줍니다.

6. 미니 마시멜로우를 뿌리고 윗면을 다듬습니다.

7. 농축우유를 마시멜로우 위에 붓습니다.

8. 그 위에 화이트 초콜릿 칩을 얹습니다. 어느 부분에서건 커팅을 했을 때 재료들이 층층이 잘 들어가 있을 수 있도록 고르게 펴주세요.

9. 코코아 퍼프(초콜릿 시리얼 종류면 아무거나)를 측량한 다음에 화이트 초콜릿 위에 고르게 뿌립니다.

10. 초콜릿 시리얼 위에 밀크 초콜릿 칩을 뿌립니다.

11. 철제 주걱의 평평한 면으로 모든 재료들을 꾹 눌러줍니다(시리얼이 조금 부서져도 괜찮아요).

12. 이렇게 층층이 쌓은 초콜릿 유포리아 쿠키 바는 175도에서 20~25분 동안 구워줍니다(전 24분간 구웠어요).

13. 다 구워졌으면 오븐에서 팬을 꺼내 불을 켜지 않은 가스레인지 위에 올리거나 식힘망에 올립니다.

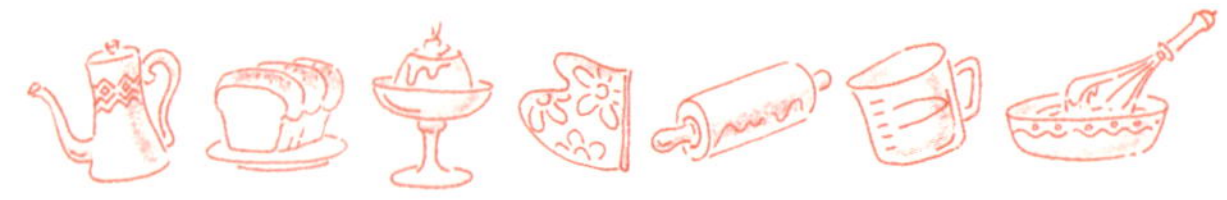

14. 초콜릿 유포리아 쿠키 바가 실온 정도로 식었으면 브라우니 크기로 자릅니다. 하지만 바로 먹을 것이 아니라면 아직 팬에서 꺼내지 마세요.

15. 금방 먹을 것이 아니라면 팬에 담긴 채로 냉장고에 넣습니다. 그러면 조금 단단해지거든요.

한나의 첫 번째 메모: 냉장고에 넣기 전에 미리 잘라두지 않으면 안 됩니다. 냉장고에 보관되는 동안 단단해지니까요.

16. 손님들에게 낼 준비가 됐으면 철제 주걱으로 쿠키 바를 팬에서 꺼냅니다. 아마 다들 좋아할 겁니다.

한나의 두 번째 메모: 이 쿠키 바는 쿠키단지에서 아주 인기 메뉴랍니다. 특히 엄마와 같은 초콜릿 광팬들은 무척 열광하죠. 안드레아는 이 쿠키 바의 초콜릿이 너무 진해서 아이들에게 줄 때는 꼭 먼저 한입 베어먹고 줘야겠다고 얘기한 적도 있답니다.

한나의 세 번째 메모: 엄마는 저한테 퍼지 프로스팅을 잔뜩 올린 초콜릿 유포리아 쿠키 바를 만들어 보면 어떻겠냐고 종용하기도 했답니다. 정말 초콜릿에 푹 빠진 엄마입니다.

목사관 진입로에 들어서면서 한나가 제일 처음 눈치챈 것은 진입로에 새로 난 타이어 자국이 없다는 것이었다. 지난 월요일 한나가 매튜 목사의 시체를 발견한 후 목사관을 떠났을 때만 해도 클라라 홀른벡의 차가 목사관 뒤편에 주차되어 있었는데, 두 자매가 크누드슨 부인의 부탁으로 자리를 비운 모양이었다. 그건 곧 지금 크누드슨 부인 혼자 있다는 뜻이었다. 혼자 있다 보니 아마 매튜 목사가 정말로 죽은 게 맞을까 잠시 혼란이 온 것일 테다.

"나이트 박사님께 오시라고 전화해야 할지 어쩔지 모르겠네요."

한나가 노먼을 돌아보았다.

"필요할 것 같으면 나중에 전화하면 되니까, 일단은 들어가서 크누드슨 부인부터 만나봐요."

"알았어요."

한나는 노먼의 차 뒷자리에 놓아둔 초콜릿 유포리아 쿠키 바 꾸러미를 챙겨 차에서 내렸다. 크누드슨 부인에게는 지금 무엇보다 초콜릿이 필요할 것이다. 초콜릿 속의 엔도르핀이 분명 기분을 한결 나아지게 만들어 줄 테니 말이다. 더군다나 이 초콜릿 유포리아 쿠키 바에는 초콜릿이 여섯 겹으로 층층이 쌓여 있으니 효과가 확실하지 않겠는가.

한나는 노먼에게 따라오라고 손짓한 뒤 현관으로 향하는 계단을 올랐다. 한 번도 잠긴 적이 없는 문을 통과해, 부인이 차가운 겨울바람에 속 전속결로 파이나 케이크 등을 식힐 때 사용하는 여러 개의 식힘망이 놓인 테이블 옆을 지났다. 부엌문 역시 잠겨 있지 않았다. 크누드슨 부인은 아침에 일어나면 제일 먼저 부엌문을 열어 놓고는 밤이 될 때까지 잠그지 않았다. 한나는 뒤따라오는 노먼과 함께 따뜻한 온기가 감도는 부엌으로 들어가 부인을 불렀다.

"안녕하세요, 크누드슨 부인! 한나예요. 노먼도 같이 왔구요. 안에 계세요?"

"우리 지금 응접실에 있어."

부인의 목소리가 들렸다. 뜻밖의 굳건한 목소리에 한나는 내심 놀랐다.

"어서 커피 한 잔씩들 들고 이리로 와."

"방금 '우리' 라고 하신 거예요?"

노먼이 얼굴을 살짝 찌푸리며 물었다.

"나도 그렇게 들었어요. 교회 관련 기관에서 누군가 방문했나 봐요."

노먼은 고개를 끄덕였지만, 전혀 수긍한 표정이 아니었다.

"커피는 내가 들고 갈게요. 한나는 쿠키 꾸러미도 들었으니까요."

노먼은 재빨리 커피 두 잔을 따랐다. 두 사람 모두 블랙커피를 좋아했기 때문에 크림이나 설탕을 찾느라 시간을 낭비하지 않아도 되었다. 노먼은 손에 컵을 든 채 크누드슨 부인의 응접실로 향하는 한나의 뒤를 따랐다.

"저희 왔어요!"

한나는 응접실에 들어서며 경쾌한 목소리로 인사를 건넸다.

"제가 초콜릿 쿠키 바를 좀 가져……."

"아앗!"

갑자기 멈춰 선 한나 때문에 뒤따르던 노먼은 하마터면 커피를 쏟을 뻔했다.

"한나, 왜……, 아니!"

한참 동안 그 누구도 말이 없었다. 한나와 노먼은 충격에 사로잡힌 채 우두커니 서서 크누드슨 부인의 분홍 소파에 앉아 있는 남자를 쳐다봤다.

"안녕하세요, 한나 그리고 노먼."

크누드슨 부인이 의자에 앉은 채 두 사람을 향해 고개를 돌렸다.

"여기는 진짜 매튜 월터스. 자기가 죽었다는 소식을 듣자마자 달려왔다더군."

"정말 똑같이 생기셨어요!"

한차례 설명이 이루어진 후 마침내 한나가 탄성을 내뱉었다.

"그렇죠."

진짜 매튜 목사가 말했다.

"옛날부터 그랬어요. 왜 폴이 여기서 내 행세를 하고 다녔는지 모르겠지만, 어쨌든 꼭 알아내고 말겠어요. 우리 가련한 비서가 내가 죽었다는 소식을 듣고 얼마나 상심했는지 몰라요."

"콜린 말이죠?"

한나는 그를 시험해 보기 위해 일부러 비서 이름을 틀리게 말했다.

"코린느예요."

매튜 목사가 바로잡아 주었다.

"친구들 몇 명이랑 위스콘신에 갔다가 혹시 나한테 메시지 온 게 없나 궁금해서 사무실에 전화를 했더니 코린느가 내 목소리를 듣고 어찌나 깜짝 놀라는지 금방이라도 기절해 버리는 줄 알았다니까요."

"나도 얼마나 놀랐는지 몰라."

크누드슨 부인이 말했다.

"물론 매튜는 날 놀래킬 의도가 아니었겠지만."

"당연히 놀라실 수밖에요."

매튜 목사가 자리에서 일어나 크누드슨 부인의 의자 뒤로 가더니 부인의 어깨를 다정하게 토닥였다.

"정말 죄송해요. 직접 찾아뵙는 것 외에는 방법이 없었어요."

크누드슨 부인이 그의 손 위로 손을 얹었다.

"흠, 어쨌든 지금은 행복하니 다행이지. 내가 얼마나 마음이 좋지 못했는지 상상도 못할 거야. 그 일은 정말……."

"그때 생각은 이제 그만하세요."

매튜 목사가 나섰다.

"한나가 가져온 쿠키 바 한 조각 더 드셔 보세요. 설탕을 드시면 기분이 나아지실 거예요."

"초콜릿도 도움이 될 거예요."

한나가 덧붙였다. 그러고는 이내 매튜 목사를 쳐다보았다.

"이제 어떻게 되는 거예요? 병원에 가서 그……."

한나는 하던 말을 멈추었다. 폴의 시체를 직접 확인해야 하지 않겠느냐는 이야기를 꺼내 부인의 심기를 불편하게 하고 싶지 않았다.

"물론 그래야죠. 그래서 부인께 말씀드린걸요. 함께 있어줄 수 있을 만한 사람에게 전화하시라고 말이에요. 근데 친한 친구분들은 모두 식료품점에 가 계시거나 교회 일을 하던 중이시라서요. 각자 일이 언제 끝날지 확실치 않고, 저도 부인을 혼자 계시게 하는 것이 마음에 걸려서 그러는데, 혹시 한나가 같이 있어줄 수 있겠어요?"

"그만!"

부인이 매튜 목사를 돌아보며 얼굴을 찌푸렸다.

"난 연약한 노인네가 아니야! 나 혼자서도 얼마든지 있을 수 있다."

"물론이죠. 저 어렸을 때랑 똑같이 기운이 넘치시는걸요."

매튜 목사가 웃음을 터뜨리며 말했다.

"단지 제가 그냥 마음이 놓이지 않아서 그래요. 그러니 이번만 제 뜻대로 해 주세요."

"흠…… 매튜가 그렇게까지 말하니…… 좋아."

크누드슨 부인이 수락하며 한나와 노먼을 돌아보았다.

"매튜는 사람 설득하는 데에 능하다니까."

"쿠키 좀 가져가실래요? 가시는 길에 드세요."

한나가 매튜 목사에게 물었다. 이렇게 물은 데에는 두 가지 목적이 있었다. 하나는 말 그대로 병원까지 가는 길에 간식거리가 있으면 좋을 것이란 생각에서였고, 다른 하나는 그보다 더 계략적이었는데, 초콜릿을 제안했을 때 그가 어떤 반응을 보일지 살피기 위해서였다.

"고마워요, 한나. 하지만 안 돼요. 초콜릿은 조심해야 하거든요. 요 몇 년 동안은 괜찮긴 했는데, 그래도 의사에게 물어보니 무리하지 않는 편이 좋겠다고 했어요. 알레르기란 언제 또다시 생길지 모른대요. 초콜릿 알레르기가 정말 심했거든요."

흥미로운걸. 한나는 생각했다. *그게 정말인지 나중에 나이트 박사님께 여쭤봐야겠어.*

매튜 목사는 허리를 굽혀 크누드슨 부인의 머리 위에 키스했다.

"가능하면 빨리 돌아올게요." 그가 말했다.

"괜찮으시면 앞문으로 나가도 될까요? 렌트한 차를 길가에 주차했거든요."

매튜 목사의 등 뒤로 현관문이 닫히는 소리가 들리자 한나는 크누드슨 부인을 돌아보았다.

"정말 괜찮으세요?"

"난 괜찮아. 쿠키까지 챙겨오다니 정말 고마워."

크누드슨 부인이 쿠키 바가 담긴 접시를 가리켰다.

"근데 이건 무슨 쿠키야, 한나?"

"초콜릿 유포리아 쿠키 바예요."

"이름값 하는걸!"

부인이 접시에서 쿠키를 또 한 조각 집어 들었다.

"너무 많이 먹으면 안 되는데 손이 멈추질 않네. 차라리 초콜릿 수이 사이드(자살이라는 뜻)라고 불러도 되겠어."

"그러다가 손님들이 오해하시면 큰일이에요."

한나가 큭큭거리며 대답했다.

크누드슨 부인 역시 미소를 지었지만, 이내 다시 흐느끼기 시작했다.

"폴이 매튜인 척 행세하며 나를 속였다는 게 아직도 믿어지지 않아."

"한나에게 들은 바로는 부인께서 속으신 게 아닌 것 같던데요."

노먼이 입을 열었다.

"처음부터 매튜가 매튜가 아닌 것 같다고 의심하셨다면서요."

"그랬지. 하지만 한나와 안드레아가 신학교에 전화를 했고, 비서가 사실 설명을 해줬거든. 그 탓에 내 의심도 다 사라졌고."

한나는 고개를 가로저었다.

"전부 사라졌던 건 아니었어요. 십 대 시절 매튜랑 많이 다르다고 느끼셨잖아요. 그 이후로도 뭔가 이상하다는 걸 충분히 감지하고 계셨어요. 그게 뭔지는 확실히 몰랐지만, 어쨌든 부인의 느낌이 정확했던 거죠."

"그건 그렇지만……."

크누드슨 부인이 자세를 다시 고쳐 앉았다. 사람을 제대로 볼 줄 안다는 부인의 자신감에 났던 상처가 어느 정도 회복이 된 듯했다.

"……내가 이제 너무 늙어서 사람도 제대로 못 알아보는 게 아닌가 싶었어.”

“그렇지 않으세요.”

노먼이 말했다.

“부인의 생각이 결국 옳았잖아요. 가짜 매튜 목사님이 다른 사람들은 다 속일 수 있었는지 몰라도, 부인만큼은 아니었어요.”

“가짜 매튜 목사라.”

노먼의 말을 따라하는 부인의 얼굴이 순간 창백해졌다.

“왜 그러세요?”

한나가 물었다.

“진짜 문제가 따로 있었어.”

크누드슨 부인은 이내 말을 멈추고 크게 심호흡을 했다.

“폴은 목사 안수를 받은 적이 없어. 그건 사실일 거야. 만약 지금까지 매튜 행세를 했던 사람이 자신의 사촌 폴이었다는 사실을 진짜 매튜가 확인하게 되면, 지금껏 행했던 신성한 의식들은……”

크누드슨 부인은 다시 말을 멈추고 얼굴을 찌푸렸다.

“아, 어쩌면 좋을지…… 오, 이건 정말 재앙이야!”

“왜요?”

노먼이 다시 물었다.

“폴은 목사가 아니었잖아. 그는 그저 평신도였을 뿐이야. 매튜의 이야기를 들어보면 폴은 교회 활동에 열심이지도 않았어. 그러니 지금껏 그 애가 주관한 신성한 의식이며, 기도와 축복이며, 심지어 주례했던 결혼식까지 모두…… 모두……”

부인이 말을 멈추고 고개를 설레설레 저었다.

“무효가 되어버리는 거야! 모두 교회의 정식 승인을 받지 못한다고!”

“어디 갔었어, 언니?”

한나와 노먼이 쿠키단지로 돌아오자 미셸이 물었다.

“크누드슨 부인을 만나러.”

한나가 잠시 멈칫했다. 지금 미셸에게 상황 이야기를 하게 되면 이따 리사에게도 다시 반복해서 이야기해줘야 한다.

“마지에게 10분만 홀을 봐주실 수 있는지 물어봐 줄래? 그리고 리사에게는 잠시 작업실로 들어오라고 하고.”

“매튜 목사님 사건 수사에 무슨 문제라도 생긴 거야?”

미셸이 물었다.

“그렇다고 할 수 있지. 어서 리사나 데려와, 미셸. 사건에 대한 상황을 빨리 알려야, 이제 무엇을 하면 좋을지도 빨리 결정할 수 있지.”

어서 리사를 데려오라는 한나의 급한 마음을 알아챘는지 미셸은 순식간에 리사를 데리고 작업실로 돌아왔다. 한나는 최대한 간략하게 새로 드러난 사실들을 알렸고, 목사관에서의 이벤트 아닌 이벤트를 한 줄의 문장으로 간추려 말했다.

“그래서 지금 크누드슨 부인의 전화를 기다리고 있는 중이야. 진짜 매튜 목사님이 사건 피해자가 정말 폴이 맞는지 확인하고 돌아오는 대로 전화 주시기로 했거든.”

한동안 작업실에서는 보일러가 나지막하게 웅웅거리는 소리만이 감돌 뿐이었다. 리사와 미셸은 한나가 언젠가 본 적이 있는 물 밖의 물고기들마냥 눈을 휘둥그렇게 뜨고 입만 뻐끔거렸다. 그저 파다닥거리지 않는다는 것이 물고기들과 다르달까. 그렇게 얼마간을 멍하게 있던 두 사람 중 미셸이 먼저 입을 열었다.

“그러니까…… 전부 반대가 되었다는 얘기네.”

“그렇지. 그리고 문제가 또 하나 있어.”

“매튜 목사님이라고 했던 사람이 진짜 목사님이 아니었다는 거?”

“맞아.” 노먼이 말했다.

“크누드슨 부인이 매튜 목사님이 돌아오는 대로 물어보겠다고 하셨지만, 아마 지금껏 행했던 의식들은 분명 무효 처리가 되고 말 거라고 하셨어.”

“온통 엉망이 되었네요!”

리사가 머리를 좌우로 흔들며 말했다.

“내 친구 사라가 이 사실을 알게 되면 충격이 클 거예요. 지난 주말에 매튜 목사님 주례로 결혼식을 올렸거든요…… 아니, 그 가짜 매튜 목사님 주례로요. 근데 그 결혼식마저 무효가 된다니!”

“다들 중요한 것 하나를 잊고 있어.”

한나가 말했다.

“사건 피해자가 폴이 아닐 수도 있잖아. 진짜 목사님일 수도 있다구.”

“하지만 어젯밤에 내가 출력한 졸업앨범에서 폴과 매튜는 정말 많이 닮아 있었어요. 그리고 아까 한나도 봤듯이 지금도 거의 똑같잖아요. 이건 슬램덩크예요.”

노먼이 말했다

“슬램덩크요?” 한나가 되물었다.

“설마 노먼, 요즘 TV 농구경기도 봐요?”

“네, 베브가 농구경기를 좋아하거든요. 우리 집 스크린 TV로 같이 미네소타 와일드 경기를 보곤 하죠. 베브 말이 미네소타에 왔으면 농구경기를 봐주는 것이 애국하는 길이라더군요.”

“그럼 노먼도 이제 농구를 즐겨보게 된 거예요?”

노먼이 농구경기를 본다는 사실이 한나는 여전히 믿기지 않았다. 평소 노먼은 스포츠 같은 것에는 관심이 없었다.

"나쁘지 않던데요. 2~3개 경기만 보고 나면 선수들이나 경기 규칙에 대해서 웬만큼 알게 돼요."

그때 작업대 밑으로 누군가의 발이 한나의 다리를 살짝 찼다. 한나가 고개를 돌려 보니 미셸이 한나를 쳐다보며 슬며시 고개를 젓고 있었다. 막냇동생의 생각이 옳았다. 바이킹 풋볼 경기를 함께 보자는 노먼의 제안을 거절한 한나가 왜 베브를 집으로 초대해 함께 농구경기를 보았냐고 노먼을 타박할 상황이 아니었다.

"그나저나 소식이 알려지면 목사관 전화통에 불이 날 거예요."

리사가 한숨을 쉬며 말했다.

"지난주에도 결혼식이 많았잖아요. 결혼이 교회에서 인정이 될지 궁금해하는 신부들이 사라 말고도 엄청 많을걸요."

"주일에 가짜 매튜 목사님에게서 성체를 받아 모신 사람들도 마찬가지일 테고요."

노먼이 덧붙였다.

"병원 환자들은 말할 것도 없죠."

"그럼 지금 크누드슨 부인 혼자 계신 거야?"

미셸이 한나에게 물었다.

"아니, 마거릿과 클라라 홀른벡이 같이 있어. 매튜 목사님이 병원에서 돌아올 때까지 교회 예금 업무를 보고 있을 거라고 했어."

"목사관에서 나올 때 보니 다들 한나의 초콜릿 유포리아 쿠키 바를 맛있게 먹고 있던걸요."

노먼이 덧붙였다.

"팬 하나 분량을 더 만든 게 다행이었네요."

리사가 말했다.

"맞아." 미셸이 말했다.

"언니가 하나도 남기지 않고 가져갔다는 이야기를 들었을 때 내 꼬르륵 소리를 언니가 들었어야 해. 근데 그거 만들기 어려워? 오늘 밤에 언니 집에 있는 오븐으로 만들어 볼래. 참, 그리고 보니 나 언니 집에서 자도 되지?"

"언제든 환영이라는 거 너도 알잖아. 이미 열쇠도 복사해 줬고. 그리고 초콜릿 유포리아 쿠키 바가 얼마나 쉬운 레시피인데. 제일 어려운 부분이 케이크 팬에 쿠킹호일 덮는 일일 정도라니까."

"좋았어. 그럼 내일 팬 반 개 분량 정도로 만들어 봐야지. 다른 레시피는 없어?"

"많지. 내가 몇 개 적어줄게. 집에 있는 컴퓨터에 저장되어 있거든."

"새로 알게 된 사실들은 언제쯤 제 이야기에 넣어도 될까요?"

리사가 한나에게 물었다.

"내일까지는 기다려 보는 게 좋겠어. 아직은 확실히 모르니까."

"알았어요. 하지만 약간의 예고는 필요하겠어요. 이를테면 이렇게요. 제가 조금 긴장하고 있는 것 같지 않나요? 사실은 방금 매튜 목사님에 대해 충격적인 소식을 들었거든요. 사건을 완전히 뒤바꾸어버릴 놀라운 사실이에요. 하지만 한나가 아직까지는 공표하지 말라고 신신당부를 했답니다. 내일까지 기다리라고 말이에요."

"멋진데!"

미셸이 리사를 칭찬했다.

"고마워요. 내일은 손님이 더 많이 몰려들 거예요. 오늘 아직 화요일밖에 안 됐는데도 지난주 전체 수익보다 더 많은 매출을 올렸거든요."

"살인사건이 사업에는 득이 되지."

한나가 말했다.

"좀 슬픈 일이긴 하지만 사실이야."

"약간의 음모와 속임수도 도움이 되죠."

리사가 말했다.

"내일 이야기할 것도 바로 그런 것들이거든요. 다들 한나와 안드레아가 어떻게 신학교에 전화를 해서 크누드슨 부인의 의심을 해소해 드렸는지 궁금해하고 있어요. 결국 부인의 생각이 옳았다는 것을 알게 되면 다들 재미있어할 거예요. 저희 가게에 오는 손님들 중 크누드슨 부인을 싫어하는 사람은 아마 없을 테니까요."

"아마도."

한나는 주머니에 손을 넣어 목사관을 떠날 때 부인이 건네준 레시피를 꺼냈다.

"허브가 과일 중에 파인애플을 제일 좋아한다고 들었다며, 리사에게 전해 달라고 이걸 주셨어. 며느리인 잔넬에게 받은 레시피래."

리사는 레시피를 내려다보았다.

"파인애플 캐서롤이요? 처음 들어보는 이름이에요."

"파인애플에 미트 핫디쉬를 섞은 건가?"

미셸이 물었다.

"아뇨, 나도 뭔지 모르겠어요. 그저 파인애플 조각과 설탕, 밀가루, 소금, 베이킹소다, 그리고 잘게 간 체다 치즈가 들어간다는 것 외에는요!"

"파인애플에 체다 치즈를?"

미셸이 의심스러운 목소리로 되물었다.

"그게 맛이 있을까?"

"맛있던데." 노먼이 말했다.

"크누드슨 부인이 점심 먹고 가라고 하셔서 프라이드 햄이랑 비스킷을 먹었는데, 즉석에서 파인애플 캐서롤을 만들어 주셨어. 만드는 데 5분도 안 걸리고, 굽는 것도 30분 만에 완성이었던 것 같아. 근데 바삭바삭한

콘플레이크랑 버터가 정말 최고였어."

"오늘 저녁에 만들어 볼래요."

리사가 앞치마 주머니에 레시피를 넣었다.

"허브가 좋아할 거예요. 마침 일요일 저녁때 쓰고 남은 햄도 있고요. 저희를 이렇게 생각해 주시다니 정말 감사하네요. 다시 뵙게 되면 꼭 감사 인사 전해 주세요."

"그럴게."

한나가 대답했다. 그때 전화벨이 울렸다. 전화를 받은 리사가 이내 감사 인사를 하는 것을 보니 크누드슨 부인인 모양이었다.

"크누드슨 부인이세요. 전할 말씀이 있으시대요."

리사가 한나에게 말했다.

"범인의 정체를 알 수 있는 단서를 찾으셨대요. 지금 바로 목사관으로 올 수 있는지 물어보시는데요."

"5분 내로 가겠다고 말씀드려."

한나가 자리에서 벌떡 일어나 옷걸이에 걸린 파카를 집어 입었다.

"마지가 있으니까 나도 같이 갈 수 있어."

미셸 역시 재빨리 자리에서 일어났다.

"노먼도 같이 갈래요?"

"운전사 노릇 해야죠."

노먼이 코트를 집어 들고 두 스웬슨 자매 뒤를 따랐다.

파인애플 캐서롤

오븐은 175도로 예열하세요. 틀은 오븐의 중앙에 둡니다.

재료

20온스(560g)짜리 파인애플 통조림 2캔(조각으로 썰어야 합니다)

백설탕 1/3컵 / 다목적 밀가루 3/4컵(여러 번 내려치며 측량해 주세요)

소금 1/2티스푼 / 베이킹소다 1/2티스푼

다진 체다 치즈 1컵(측량컵 위를 나이프로 쓸어주세요)

소금기 있는 버터 1/2컵(112g) / 파인애플 주스 4테이블스푼

으깬 콘플레이크 1컵(으깬 다음에 측량하세요)

만드는 법

1. 파인애플 통조림의 물을 따로 따라냅니다. 그 물은 절대 버리시면 안 돼요. 나중에 사용할 거거든요.

2. 설탕, 밀가루, 소금, 베이킹소다를 작은 볼에 넣고 섞습니다.

3. 2쿼트(1.8L)짜리 캐서롤용 접시에 들러붙음 방지 스프레이를 뿌립니다. 그런 뒤 밀가루 혼합물을 붓습니다.

4. 캐서롤 접시에 파인애플 조각을 넣어 섞어줍니다.

5. 체다 치즈를 넣고 섞어줍니다(손으로 섞어주어도 됩니다).

6. 버터를 전자레인지 '강'에 45초간 돌려 녹입니다.

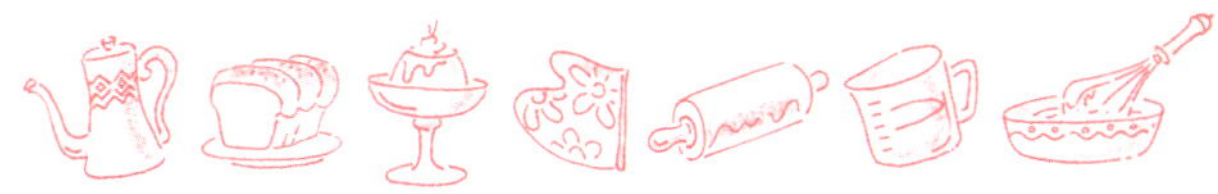

7. 녹인 버터의 반을 캐서롤 접시 위에 부은 다음 손가락 혹은 숟가락으로 섞어 줍니다.

8. 파인애플 주스 4테이블스푼을 뿌립니다.

9. 콘플레이크는 봉인된 비닐백에 담아 손으로 으깨주면 됩니다. 으깬 콘플레이크를 1컵 측량하여 캐서롤 위에 뿌립니다.

10. 녹인 버터 남은 것을 으깬 콘플레이크 위에 붓습니다.

11. 175도에서 35~40분간 굽습니다.

"다들 왔으니 이제 우리는 은행에 가봐야겠어."

세 사람이 목사관에 도착하자 마거릿이 말했다.

"아마 15분도 안 걸릴 거야. 곧장 도우 그리어슨의 사무실로 가면 알아서 해 줄 테니까. 그 정도면 괜찮지, 한나?"

"괜찮아요. 마거릿이나 매튜 목사님이나 두 분 중 아무나 먼저 돌아오실 때까지 기다릴게요."

"부인께서 커피 한 잔 따라서 응접실로 오라고 하셨어. 제이콥이랑 같이 계시거든."

크누드슨 부인의 부엌에는 물론 새 커피가 모락모락 김을 내고 있었다. 목사관에는 늘 갓 내린 신선한 커피가 준비되어 있었다. 미셸이 커피를 세 잔 따랐고 세 사람은 복도를 지나 응접실로 향했다.

"왔구나!"

크누드슨 부인이 세 사람을 맞아주었다.

"미셸도 왔네. 설마 학교에서 쫓겨난 건 아니겠지?"

미셸이 웃음을 터뜨렸다. 크누드슨 부인의 말은 농담이었다. 엄마가 미셸의 우수한 학업 성적을 동네방네 자랑하고 다니시는 덕분에 레이크에덴 마을 사람들 모두가 미셸의 평균 학점이 3.9점이라는 사실을 잘 알고 있었다.

"아직까지는 무사해요, 부인."

크누드슨 부인도 웃음을 터뜨렸다. 한나는 좀 전에 가져왔던 쿠키가 몇 조각 남아 있지 않은 것이 눈에 띄었다. 쿠키의 효과가 제대로 발휘된 모양이었다. 크누드슨 부인은 아까보다 훨씬 차분한 모습이었고, 양볼에 혈기도 돌아와 있었다.

"범인의 정체를 알 수 있을 만한 단서를 찾으셨다면서요?"

한나가 크누드슨 부인 가까이에 있는 의자에 앉으며 물었다. 노먼과 미셸도 분홍색 소파에 앉았다.

"그 단서가 뭐예요?"

"제이콥이야."

크누드슨 부인이 새장 안에 있는 구관조를 가리켰다.

"전에 한 번도 들어본 적이 없는 말을 하더군. 이건 분명 살인이 일어났던 밤에 배운 말일 거야. 다들 들을 수 있게 녀석이 한 번 더 말해주면 좋겠는데 어떨지 모르겠어."

"어서, 제이콥. 착하지. 한 번만 더 말해봐."

크누드슨 부인, 한나, 노먼, 그리고 미셸까지 새장을 둘러싸고 벌써 5분 동안 제이콥을 달래고 있었다. 하지만 녀석은 구슬같이 노란 두 눈으로 그들을 멀뚱히 쳐다볼 뿐이었다.

"'새대가리' 라는 욕설이 영 근거 없는 이야기는 아니었네요."

한나의 말에 다들 웃음을 터뜨렸다. 그러자 제이콥은 마치 말을 알아듣기라도 한 듯 머리를 뒤로 젖히며 꽥꽥거렸다. 그러더니 이내 소리를 질렀다.

"으후 너무 추워!"

피트 넌크의 목소리였다.

"이거예요?" 노먼이 물었다.

"아니."

크누드슨 부인이 대답했다.

"이건 피트가 가르친 말이야."

"영구차가 이삿짐 끄는 광경이라니 상상이 안 돼요."

제이콥이 이번에는 클레어의 목소리를 흉내 냈다.

"한바탕 레퍼토리를 할 작정인가 봐."

미셸이 말했다.

"룸메이트의 앵무새도 이렇거든. 일부러 말을 시킨 것도 아닌데, 혼자 말하기 시작하면 할 줄 아는 말을 전부 읊더라니까."

"오, 세상에. 그 욕설만은 안 했으면 좋겠는데."

크누드슨 부인이 미셸에게 말했다.

"만약 녀석이 그 말을 하거든 귀를 막아. 피트가 가르친 모양인데, 듣기 거북해."

"죄의 값은 죽음이니라."

마침내 제이콥이 날개를 퍼덕이며 그들을 향해 가짜 매튜 목사의 목소리를 흉내 냈다.

그러자 미셸이 몸을 살짝 떨었다.

"저게 바로 언니가 그때 들었다는…… 그 말?"

"이제 가봐야겠어. 11시 30분이 다 되어가."

그때 제이콥이 누군가의 목소리를 흉내 냈다. 여자의 음색이었다. 한나는 노먼과 시선을 주고받았다. 이 목소리는 분명 앨리스 보겔이다.

"이건 처음 듣는 건데, 아마 신자와 상담 중에 나온 이야기를 들은 모양이야."

크누드슨 부인이 말했다.

“매튜가…… 그러니까 그 매튜인 척했던 남자가 오전에는 보통 신자들과 상담을 했거든. 그때 제이콥도 데려가곤 했지. 그러다가 정오쯤에는 항상 목사관에 돌아오곤 했는데, 어제는 점심때가 되었는데도 나타나지 않아서 내가 걱정을 했던 거야.”

과연 가짜 매튜 목사와 상담을 했던 여신도의 목소리가 맞을까 한나는 의심스러웠다. 하지만 아무 말도 하지 않았다. 앨리스 보겔을 다시 만나 정확히 몇 시에 그 매튜 월터스였던 남자를 만나러 교회에 왔는지 물어봐야겠다.

“땅 파는 일꾼의…….”

제이콥이 다시 말을 시작하자 크누드슨 부인이 바로 호통을 쳤다.

“제이콥! 그런 말하면 못 써!”

그러자 제이콥은 머리를 뒤로 젖히며 즐거워했다. 그러더니 이내 부인의 목소리를 따라했다.

“제이콥! 못 써!”

한나는 참지 못하고 웃음을 터뜨렸다. 그러자 다른 사람들도 함께 웃음을 터뜨렸고, 이내 크누드슨 부인도 함께 웃었다.

“날씨 음악 최신 소식을 듣고 싶을 때에는 KCOW를 들어요~.”

제이콥이 라디오 방송국의 테마송을 완벽하게 따라 불렀다.

“잘하는데요.”

한나가 말했다.

“가짜 매튜 목사님이 KCOW 방송을 들었나 봐요.”

그러자 크누드슨 부인이 고개를 가로저었다.

“아니, 저건 클레어의 아이디어야. 외출할 때면 늘 제이콥에게 라디오를 틀어주고 나갔거든.”

“그건 절대 못 가져!”

제이콥이 큰 소리로 매튜 목사의 목소리를 흉내 냈다.

"저거야."

그러자 크누드슨 부인이 재빨리 말했다.

"내가 바로 저걸 얘기한 거였어."

제이콥이 또 다른 말을 외우지 않았을까 다들 잠자코 기다려 보았다. 하지만 녀석도 조용하긴 마찬가지였다. 제이콥은 횃대에서 폴짝 내려와 새장에 달린 물그릇으로 향했다.

"여기까지인가보네."

제이콥이 물을 마신 뒤 깃털을 단장하는 모습을 지켜보며 크누드슨 부인이 말했다.

"낮잠을 자기 전에 꼭 저런 행동을 하거든."

모두들 제이콥이 다시 횃대에 올라가 달콤한 잠에 빠져드는 모습을 지켜보았다. 크누드슨 부인은 새장을 천으로 덮은 뒤 모두를 소파와 의자가 있는 곳으로 다시 안내했다.

"우리가 떠드는 게 제이콥에게 방해가 되지 않을까요?"

"괜찮아. 저렇게 천을 덮어주면 아주 시끄러운 소리가 아닌 이상은 깨지 않는다고 피트가 그랬거든."

"새들이 보통 그렇대요." 미셸이 말했다.

"제 룸메이트도 새장을 옷 같은 것으로 덮어주니까, 앵무새가 금방 잠이 들더라구요."

"피트 말이 저렇게 해 주면 새들이 밤인 줄 알고 잔다는 거야."

크누드슨 부인이 말했다.

"하지만 내 생각에는 새들이 정말 잠을 자야 하는 경우가 아닌 이상에는 그런 식으로 속이는 건 좋지 않은 것 같아."

안드레아도 트레시가 낮잠을 자야 할 때면 트레시를 차에 태운 뒤 쉽

게 잠들게 하기 위해 차양막을 치고 동네를 몇 바퀴나 돌곤 했다. 부모나 새 주인들은 각자 맡아 양육하고 있는 어린 생명들을 쉽게 잠들게 할 수 있는 요령을 몇 가지 정도 터득하고 있는 모양이다.

"마거릿이랑 클라라도 제가 가져온 쿠키 바 맛있게 드시던가요?"

한나는 부인에게 쿠키를 한 조각 더 들게 하려는 요량으로 쿠키에 대한 이야기를 꺼냈다. 부인이 여전히 긴장한 듯 보였기 때문이다.

"오, 그럼, 그럼! 교회 모임 때 맞춰 만들어 보면 좋겠다고까지 한걸. 하지만 재료 중에 농축우유가 들어간다는 것을 알고는 다시 생각해본다더군. 화려한 싱글레이디 모임 회원은 30명이 넘는데 가게에서 파는 농축우유는 꽤 비싸니까 말이야."

"꼭 시중에 파는 농축우유만 사용해야 되는 건 아니에요."

한나가 말했다.

"집에서 만들 수 있는 농축우유 레시피를 갖고 있는걸요. 우윳가루를 넣어도 되고, 그 외 다른 재료로 대체해도 괜찮아요. 부인께 레시피를 드릴게요. 두 분에게도 전해 주실래요?"

"오, 좋지! 나야 기꺼이! 몇 년 전엔가 '농장소식' 잡지에도 그런 레시피가 나온 적이 있어서 내가 페이지를 접어 표시를 해 뒀는데, 그만 레시피책에 복사해 놓지를 못했어. 얼마 전엔가 생각이 나서 찾아봤는데, 통 안보이더라고. 어딘가에 잃어버렸나 봐."

"아마 제가 갖고 있는 게 그걸 거예요. 저도 할머니에게서 받은 거거든요. 할머니도 '농장소식' 지를 즐겨 읽으셨으니까요. 레시피는 쿠키단지에 있으니까 조만간 복사해서 가져다 드릴게요."

"그냥 이메일로 보내."

크누드슨 부인이 말했다.

"내 레시피 폴더에 넣어 놓으면 되니까."

“이메일도 갖고 계세요?”

미셸이 짐짓 놀라며 물었다.

“당연히 갖고 있지. 젊은 사람들만 컴퓨터 쓰는 게 아니야. 밥이 주소를 만들어줬는데, 친구들이랑 연락하기가 정말 편하더군. 인터넷 서핑도 재미있고. 여기저기 돌아다니면서 놀라운 것도 많이 보고 알게 되거든. 성경 구절이 소개되어 있는 웹사이트도 몇 개 찾아 놓았어. 읽고 싶은 성경을 골라 찾고자 하는 구절을 자판으로 치면 그 구절이 얼마나 많이 사람들에게 읽히는지, 그리고 그 구절이 나와 있는 장과 절까지 알려 준다니까. 정말 놀랍지.”

“저에게도 그 주소 보내주실래요?”

미셸이 종이에 자신의 이메일 주소를 적어 크누드슨 부인에게 건넸다.

“제 룸메이트 중 한 명이 지금 비교종교학 수업을 듣고 있는데, 한창 리포트를 쓰고 있거든요. 거기 들어가면 정보가 많겠어요.”

“오늘 밤에 바로 보내줄게.”

크누드슨 부인이 약속했다. 그런 뒤 한나를 돌아보았다.

“농축우유 레시피를 보내주려면 내 이메일 주소가 필요하지? 아이디는 GrandmaK이고, 뒤에 이어지는 주소는 교회 사이트야.”

한나는 노먼을 쳐다보았다. 그는 한나를 향해 ‘거봐요. 내가 뭐랬어요.’ 라는 표정을 지어보였다. 레이크 에덴 마을 사람들 거의 전부가 컴퓨터를 활용하고 있다고 노먼이 이야기했을 때 한나는 믿지 않았다. 하지만 이제 와서 보니 그의 말이 사실인 듯했다. 아흔에 가까운 크누드슨 부인도 복잡한 인터넷을 사용할 줄 아는 마당에, 이제 한나도 컴퓨터와 좀 더 친해질 때다.

“농축우유 대체 레시피도 필요하신 거죠?”

한나가 물었다.

"우유 알레르기가 있는 사람을 위한 레시피가 있거든요."

"보내주면 고맙지! 교회 신자들 중 우유 알레르기가 있는 사람이 몇 있거든."

"그럼 그것도 같이 보내드릴게요."

한나가 약속했다.

"필요한 레시피는 뭐든 말씀만 하세요. 기꺼이 보내드릴게요."

"안녕, 여러분!"

네 사람의 조용한 대화에 누군가의 우렁찬 목소리가 끼어들었다. 은행에서 막 돌아온 클라라와 마거릿 홀른벡 자매였다.

"오, 이런!"

마거릿이 제이콥의 새장에 덮인 천을 뒤늦게 눈치챘다.

"목소리 낮춰, 클라라. 제이콥이 자고 있잖아."

"나보다 네 목소리가 더 커, 마거릿."

"미안."

마거릿이 이내 크누드슨 부인을 돌아보았다.

"은행에서 약간 문제가 생겼어요."

"무슨 문제가?" 크누드슨 부인이 물었다.

"저희는 항상 하던 대로 했어요."

클라라가 설명을 시작했다.

"헌금을 모아서 레이크 에덴 은행의 도우를 찾아갔죠."

"도우가 대신 돈을 세주었어요."

마거릿이 설명을 이어갔다.

"항상 도우가 돈을 세주거든요. 우리가 이미 총합을 다 내어 돈 꾸러미 안에 금액을 적어 넣는데도 말이에요. 지난 22년 동안 우린 단 1센트도 틀린 적이 없어요."

“도우는 은행장이잖아.”

클라라가 말했다.

“아마 모든 게 정확해야 마음이 놓이기 때문일 거야.”

클라라가 모두를 향해 미소를 지었다.

“그런데 일요일 예배가 끝나고 우리가 계산했던 총합이 도우의 총합이랑 전혀 맞지 않는 거야!”

“돈이 모자랐어요? 아니면 남았어요?”

한나가 재빨리 물었다.

그러자 마거릿이 한숨을 내쉬었다.

“모자랐어. 그것도 아주 한참이나.”

“정확히 325달러가 비었지.”

클라라가 정확한 차액을 알려주었다.

“누군가 큰 액수의 지폐는 모두 가져가고 남은 건 작은 금액 지폐와 잔돈들뿐이었어.”

“근데 지금까지 그걸 아무도 몰랐단 말이에요?”

한나는 어떻게 그런 일이 가능할 수 있을까 의아했다.

“몰랐어.” 클라라가 대답했다.

“지금까지 누구도 헌금함을 확인해 볼 생각은 미처 못 했지. 일단 은행은 화요일마다 가니까 그전에, 일요일 예배가 끝난 뒤에 우리가 교회 사무실로 가져가서 미리 돈을 세어봐. 세 번 정도 반복해서 세어본 다음에 예금장을 작성해서 돈 꾸러미에 함께 넣어 놓지. 지난 주일에는 헌금이 꽤 많았어. 5달러나 1달러 지폐 외에도 20달러 지폐가 꽤 많이 눈에 띄었거든. 그런 경우는 드물지.”

“금화도 있었잖아.”

마거릿이 상기시켰다.

“헌금함에 금화도 다섯 개 정도 들어 있었어. 근데 그게 큰 액수 지폐 랑 함께 온데간데없이 사라졌지 뭐야.”

“살인 동기가 또 하나 추가되었네요.”

노먼이 말했다.

“제이콥이 아까 했던 말 기억나세요?”

한나가 물었다.

“가짜 매튜 목사님 흉내를 내서 말했잖아요. ‘그건 절대 못 가져가!’ 라구요. 어쩌면 헌금을 이야기한 것일지도 몰라요.”

“말이 되는데.” 마거릿이 말했다.

“헌금은 항상 파일 캐비닛에 보관해 두거든. ‘헌금’이니 ‘ㅎ’ 자 아래 에다가 말이야. 근데 누군가 캐비닛을 옮겨 놓았더라구. 가짜 매튜 목사 님이 그랬을지도 모르겠어.”

“아니면 가짜 매튜 목사님을 죽인 살인범이 원하는 것을 손에 넣은 뒤 옮겨 놓았는지도 모르죠.”

미셸이 주장했다.

“그리고 만약 가짜 매튜 목사님이 살인범으로부터 헌금을 숨기기 위해 옮겨 놓은 것이라면 살인범이 올 것이란 걸, 그리고 그 사람이 누구인지 도 알고 있었단 얘기구요.”

한나는 고개를 끄덕였다. 역시 똑똑한 미셸이 자랑스러웠다.

“몇 가지 가설들이 나오고 있네요. 모두 일리가 있어요.”

한나가 클라라를 돌아보았다.

“헌금이 ‘ㅎ’ 자 아래에 들어 있다는 걸 아는 사람이 몇 명이나 돼요?”

“불행히도…… 아주 많지. 교회 신자들인데 못 믿을 이유가 없잖아.”

“하지만 교회 사무실은 밤에는 잠겨 있어.”

마거릿이 덧붙였.

"살인사건이 일어났던 밤에만 열려 있었던 거지. 가짜 목사님이 안에서 일을 하고 있었으니까."

"그러면 강도살인일 수도 있겠어."

크누드슨 부인이 심각하게 이야기를 꺼냈다.

"폴이 감옥에 간 것도 그 죄목 때문이었잖아."

"가짜 매튜 목사님이 그렇게 얘기했죠."

한나가 말했다.

"하지만 그것도 거짓말이었을 수 있어요."

그때 전화벨이 울렸고, 크누드슨 부인이 손을 뻗어 수화기를 집었다. 부인이 전화를 받는 동안 다들 숨죽이고 있었다.

"그래, 매튜야. 전화해줘서 고맙구나. 지금 어디 있니?"

매튜의 전화인 모양이었다. 한나는 노먼 쪽을 흘끗 쳐다보았다. 그는 부인의 통화에 가만히 귀를 기울이고 있었다.

"괜찮니?"

부인이 물었다. 그러고는 잠시 아무 말이 없었다.

"그래, 그럴 줄 알았지. 곧장 경찰서에 가서 신원 확인을 했다고 알리는 게 좋겠다. 그리고 내 걱정은 하지 마. 클라라와 마거릿이 같이 있으니까. 네가 올 때까지 같이 있어준다고 했어."

크누드슨 부인의 대화 내용으로 짐작건대 가짜 매튜 목사는 바로 폴이었던 모양이다. 그리고 진짜 매튜 목사는 부인을 걱정하고 있는 듯했다.

"걱정하지 말고 일 다 보고 들어오렴."

크누드슨 부인이 말했다.

"저녁에 소고기로 맛있는 비프스튜를 만들어 주마. 든든히 먹어야 기분도 좋아지지."

크누드슨 부인의 얼굴에 환한 미소가 번졌다. 매튜 목사가 무언가 기

분 좋은 이야기를 한 모양이었다.

"오, 고맙기도 하지! 나한테도 넌 내 손자나 마찬가지야."

크누드슨 부인이 전화를 끊자 한나가 바로 부인을 쳐다보았다.

"사건 피해자가 폴이 맞대요?"

"그래. 불쌍한 매튜가 마음이 영 좋지 못한 모양이야. 전화하는 목소리가 떨리고 있었어."

"그렇겠죠." 노먼이 말했다.

"사촌의 신원을 두 눈으로 직접 확인하기가 쉽지 않았을 거예요."

"그보다도 한때 그토록 가깝게 지냈던 사촌인 폴이 자신의 행세를 했다는 게 더 받아들이기 힘들 거야."

마거릿이 말했다.

"그런 배신이 어디 있겠어."

클라라가 고개를 끄덕였다.

"유다처럼 말이야. 은화 20전 대신 도대체 무슨 대가가 있었을까?"

"제가 알아볼게요."

한나가 약속했다.

"나도 도울게요."

노먼도 나섰다.

"한 주를 통째로 휴가를 낼 테니 함께 다녀봐요."

"나도."

미셸이 재빨리 고개를 끄덕였다.

"걱정 마세요, 부인. 모두 저희한테 맡기시면, 저희가 샅샅이 파헤쳐서 꼭 해결해 낼게요!"

한나는 동생을 쳐다보았다. 미셸이 꽤 솜씨 좋게 부인을 위로하고 있었다. 하지만 한나는 미셸이 조금 덜 희망적인 표현을 사용했으면 좋았을 뻔했다고 생각했다. 물론 크누드슨 부인이 폴의 살인사건에 대해 걱정하거나 근심하게 하고 싶진 않았다. 하지만 미셸이 방금 부인에게 한 약속 '샅샅이 파헤쳐서 꼭 해결해 낼게요'는 한나에게 부담으로 느껴졌다. 물론 샅샅이 파헤쳐보긴 하겠지만, 꼭 성공하리란 법은 없다. 지금껏 레이크 에덴 마을에서 일어난 살인사건을 수사하는 데에는 운이 따르곤 했지만, 실패할 가능성 역시 늘 도사리고 있었다.

세 사람은 그렇게 몇 분간을 응접실에서 이야기를 나누었다. 크누드슨 부인이 어느 정도 안정을 찾은 듯 보이자 한나는 모두에게 그만 가게로 돌아가 봐야 할 것 같다고 인사한 뒤 노먼과 미셸과 함께 자리를 떴다.

"괜찮으면, 가는 길에 난 메모 좀 할게요."

노먼이 조수석 문을 열어주자 한나가 말했다.

"그래요. 가게에 도착하면 한나가 메모한 것을 우리한테 읽어주……잠깐만요. 전화가 왔네요."

노먼이 한나에게 차 열쇠를 던졌다.

"미셸이 추울 테니 먼저 시동 걸어둬요."

한나와 미셸은 차창 밖으로 노먼이 통화하는 모습을 지켜보았다. 그는 잠시 말이 없더니 이내 표정이 굳어지고 말았다.

"무슨 일인지 궁금하네."

미셸이 말했다.

"표정이 안 좋아."

"그러게. 아마 무슨 응급상황인가 봐. 로드 부인이나 얼한테 무슨 일이 생긴 건 아니겠지?"

노먼은 주변을 서성이며 전화를 받고 있었다. 앞으로 몇 걸음 옮겼다가, 이내 다시 뒤를 돌아 몇 걸음을 옮겼다. 차가 있는 쪽을 향해 걸을 때 그의 표정을 살짝 살피니 무엇 때문인지 전화를 건 사람에게 몹시 화가 난 듯했다.

"로드 부인이나 얼 때문은 아닌 것 같아."

미셸이 말했다.

"노먼 얼굴이 걱정스러워 한다기보다는 좀 짜증이 난 것 같은데."

"그래, 아마 가족과 관계된 위급한 일이었다면 당장 차에 올라타고는 고속도로를 내달렸겠지."

한나가 덧붙였다.

10분 후 노먼이 차로 돌아왔다. 추위에 떠는 노먼을 보며 한나는 미리 히터를 틀어놓길 잘했다고 생각했다.

"괜찮아요?"

한나가 물었다.

"아뇨, 병원에 급한 일이 생겨서 바로 가봐야 할 것 같아요. 시간이 좀 걸릴 것 같으니까 일단 가게에 내려줄게요. 그리고 이따 집에서 봐요. 그래도 괜찮죠?"

"그럼요. 괜찮아요."

한나가 대답했다.

"혹시 미셸이랑 어디 외출하게 되면 문 앞에 쪽지 남겨둬요."

"그럴게요."

한나가 약속했다. 하지만 왠지 기분이 좋지 않았다. 노먼에게 뭔가 좋지 않은 일이 있는 게 분명하다. 무슨 일일까. 한나는 몹시 궁금했다. 하지만 노먼은 또다시 비밀스러운 자신만의 세상으로 달아나 버렸다.

홈메이드 농축우유

재료

끓인 물 1/3컵 / 버터 4테이블스푼 / 설탕 3/4컵

순수 바닐라액 1/2티스푼 / 우윳가루 1컵

만드는 법

1. 전기믹서기의 속도를 '낮음' 으로 지정한 뒤 끓인 물과 버터를 넣고 섞습니다.

2. 설탕을 넣고 몇 초간 가동시킵니다.

3. 순수 바닐라액을 넣고 몇 초간 가동시킵니다.

4. 믹서기의 전원을 끈 뒤 우윳가루를 넣고 다시 '낮음' 으로 믹서기를 가동합니다. 혼합물이 약간 되다 싶을 때까지 가동시킵니다.

5. 완성된 농축우유는 뚜껑이 있는 용기에 담아 재빨리 냉장고에 보관합니다. 냉장고에 한 주간 보관 가능합니다.

한나의 메모: 저희 할머니는 일요일 아침이면 늘 이 농축우유를 만들어서 냉장고에 넣어둔 다음 한 주 내내 커피를 마실 때마다 사용하셨답니다.

농축우유 대체용 레시피

(우유를 잘 못 드시는 분을 위한 레시피입니다)

재료

큰 계란 2개 / 황설탕 1컵 / 바닐라액 1티스푼 / 밀가루 2테이블스푼
베이킹파우더 1/2티스푼 / 소금 1/4티스푼

한나의 첫 번째 메모: 믹서기가 있으면 만들기 쉽습니다. 블렌더를 사용하셔도 되구요. 어느 레시피에서 활용하시든 갓 만든 것을 사용하셔야 합니다.

만드는 법

1. 믹서기 용기에 계란을 깨트려 넣고 균일한 색이 날 때까지 휘저어 줍니다.
2. 황설탕과 바닐라액을 넣고 섞습니다.
3. 밀가루를 넣고 1분가량 섞습니다.
4. 베이킹파우더와 소금을 넣습니다. 그런 뒤 다시 몇 분간 섞어 줍니다.
5. 자, 이제 농축우유 대체물이 완성되었습니다. 한편에 두었다가 농축우유가 필요할 때 대신 이걸 넣으세요.

한나의 두 번째 메모: 파이, 케이크, 쿠키 바 등등, 어떤 종류의 디저트 레시피에도 사용이 가능합니다. 단 프로스팅이나 캔디에는 사용하지 마세요.

"언니?"

미셸이 한나의 아파트 부엌에서 핫초콜릿을 들고 나왔다.

"냉장고 위에 양말 뭉치 올려놓은 거 알아?"

"또야?"

한나는 두 사람의 대화에 관심 없다는 듯 딴청을 부리는 모이쉐를 쳐다보며 한숨을 내쉬었다.

"모이쉐가 그런 거야?"

모이쉐를 쳐다보는 한나를 향해 미셸이 물었다.

"여기 나랑 모이쉐 말고 또 누가 있겠어. 설마 내가 한밤중에 몽유병 환자처럼 스스슥 걸어나와 양말을 냉장고에 올려두진 않았을 테고. 아, 이제 네가 있으니까, 모이쉐랑 나랑 둘 중에 누가 범인인지 알아보고 이야기해 주면 되겠다."

"하지만 모이쉐는 서랍을 열 줄 모르잖아…… 아니야?"

"먹이를 먹겠다는 일념하에 벽장문까지 잘근잘근 씹어댔던 고집쟁이 녀석의 실력을 과소평가하지 마."

한나가 말했다. 그러자 미셸은 어깨를 으쓱했다.

"그렇긴 해. 근데 혹시 서랍장 뒤는 확인해 봤어?"

"진작에 했지."

“했는데?”

“구멍 같은 것도 없어. 서랍은 단단한 나무 재질인데다가 무겁기까지 하다구. 그냥 내가 아니면 모이쉐인 거야. 근데 녀석이 이 서랍을 어떻게 열었는지 도통 모를 일이라니까.”

“그렇담 나도 언니랑 같이 모이쉐를 관찰해 볼게. 근데 몽유병은 스트레스 많이 받으면 나타나는 흔한 증상이야. 언니 혹시 지금 스트레스 받는 거 있어?”

“누구, 나? 내가 스트레스 받을 일이 뭐가 있겠어? 키우는 고양이가 늘 이상한 행동만 해대서? 아니면 마이크가 폴의 살인사건에 관여하지 말라고 또다시 으름장을 놓아서? 아니면 엄마가 출간기념파티 때 손님들에게 대접할 쿠키나 파이 종류를 자꾸만 추가해서? 그것도 아니면 노먼이 나보다 더 예쁘고, 어린 베브 박사랑 같이 시간을 많이 보내서? 그런 것들이 뭐 그리 대수라고 내가 스트레스를 받겠어?”

“물어보나 마나였군. 언니 지금 스트레스받고 있잖아.”

미셸이 단언했다.

“냉소적으로 얘기하는 걸 보니 확실해. 언니는 스트레스 받으면 꼭 그런 식으로 말하더라.”

“아마도.”

한나가 인정했다.

“그 여자, 나도 봤어.”

한나는 미셸이 누구 이야기를 하는 것인지 단번에 알아차렸다.

“어떤 것 같아?”

“언니 말이 다 맞던데. 거기에 완전 가짜란 사실이 하나 더 붙지.”

“뭐?”

“완전 가짜라구.”

미셸이 반복해서 말했다.

"뭔가 사람이 진실해 보이지 않아. 그렇게 늘 상냥하기만 하고 완벽해 보이는 사람은 세상에 없어. 그 여자는 말이지, 뭐랄까……, 치과의사 인형 같다니까."

한나는 혼란스러웠다. 치과의사 인형이라니, 도대체 무슨 이야기일까?

"무슨 소리야?"

"왜 있잖아, 엄마들이 어린 딸들한테 사주는 역할 인형들. 우주비행사나 선생님, 변호사, 아니면 의사 등등. 내가 옛날에 받았던 치과의사 인형이 꼭 베브 박사를 닮았었어."

"그럼 진짜 치과의사가 아닐 거란 말이야?"

"그게 아니라, 진짜 치과의사가 맞는데, 일종의 연기를 하고 있는 것 같단 말이야. 내가 여배우는 척보면 안다니까. 그 여자는 그냥 상냥하고, 친절하고, 모든 사람들에게 잘 대해주는 척하는 것뿐이지 그 속은 전혀 아닐 거야. 도대체 무슨 꿍꿍이인지 궁금하단 말이지."

한나는 오랫동안 생각에 잠겼다. 미셸의 말이 사실일지도 모른다. 생일파티 때 베브 박사의 행동이 어딘가 부자연스러워 보였던 것은 사실이다.

"어때? 내 짐작이 틀린 것 같아?"

미셸이 물었다.

"아니, 나도 잠깐이지만 그런 느낌을 받은 적이 있었어. 근데 그냥 질투심에서 그런 건 줄 알았는데."

"질투할 거 없어! 베브 박사 같은 여자보다 언니가 백배는 나아!"

한나는 미셸에게 다가가 그녀를 꼭 안아주었다. 아무리 스킨십에 익숙하지 않은 스웬슨가 사람들이라지만, 지금 순간만큼은 미셸을 안아주지 않고는 못 배길 듯했다.

"저녁 뭐 먹고 싶어?"

"붉은 고기. 같이 코너 태번에 가서 더블버거 먹자. 지난주에 아르바이트를 해서 돈 번 게 조금 있거든."

"하지만 나한테까지 돈 안 써도 되는데."

"언니한테 돈 쓰는 게 아니라, 우리한테 돈 쓰는 거야. 크누드슨 부인이 매튜 목사님한테 비프스튜 만들어 주겠다고 한 이야기 들었을 때부터 내가 고기가 얼마나 먹고 싶었다고!"

물론 두 사람은 곧장 코너 태번으로 직행하지는 않았다. 한나가 미셸에게 폴과 상담했던 여신도의 목소리가 누구인지 알 것 같다는 이야기를 해줬기 때문이었다.

"앨리스 보겔?"

미셸은 놀란 듯했다.

"앨리스가 폴은 왜 만났대?"

"폴을 만난 게 아니라, 매튜 월터스인 줄 알고 만난 거지. 고등학교 때 두 사람이 연인 사이였대. 소문에 의하면 앨리스가 아직도 매튜에게 감정이 남아 있는 것 같다고 해."

"재미있는데. 그럼 일요일 밤에 두 사람이 교회 사무실에 같이 있었다는 거야?"

"추측일 뿐이야. 나이트 박사님 말씀으로는 사건 발생이 자정 무렵에서 새벽 2시 사이쯤이라고 했거든. 일단 앨리스가 자정 전에 교회에서 나왔다면 용의선상에서 벗어날 수 있어. 그뿐만 아니라 교회에서 나오는 길에 혹시라도 살인범을 목격했을지도 몰라."

"그럼 코너 태번 가는 길에 잠깐 볼링장에 들러서 이야기해 보자."

미셸이 말했다.

"매튜 목사님이 실은 폴이었다는 사실을 알렸을 때 앨리스의 반응이
궁금해."

트럭에 항상 여분의 쿠키를 실어 놓는 한나는 얼른 쿠키를 챙겼다.
"준비됐어?"
볼링장 입구를 향해 걸으며 한나가 미셸에게 물었다.
"난 준비됐어. 근데 무슨 쿠키야?"
"너트메그 스냅스. 앨리스가 좋아하는 거야."
"나도 좋아하는데. 이거 조앤 헤치의 레시피지?"
"맞아."
"예전에 샐리랑 출장 서비스를 같이 운영했었잖아. 지금은 어디에 있
대?"
"캘리포니아에 가서 자기 회사를 차렸대. 아직도 여기 있었으면 내 대
신 엄마의 출간기념파티도 맡아줄 수 있었을 텐데. 난 그저 파티나 즐길
수 있게 말이야."
볼링장 문을 열고 들어서자 훈훈한 공기와 함께 볼링을 즐기는 사람들
의 한바탕 농담과 팝콘 머신에서 솔솔 풍겨오는 고소한 팝콘냄새가 한나
의 코를 간지럽혔다.
볼링장은 레인마다 사람들로 가득했는데, 아마도 클럽 리그 경기를 치
르고 있는 듯했다. 미네소타 주의 2월은 한가롭기 짝이 없었다. 그리고
야외에서 할 수 있는 활동이라고 해봤자 썰매나 스케이트, 얼음낚시 등
이 전부였다. 하지만 이렇게 추운 겨울밤 영하의 날씨 속에서 호기 있게
야외 활동을 감행할 사람은 없었다. 볼링장 안을 둘러보니 한나가 아는
사람들 거의 전부가 볼링을 치러 온 듯했다. 클럽 리그는 실제로 리그에
가입할 필요가 없었기 때문에 간편하고 재밌었다. 그저 네 명의 친구들

과 즉석에서 팀을 만들어 경기에 출전 신청을 하기만 하면 되었다. 속한 팀이 경기에서 지면 그 자리에서 탈락이 되지만, 경기에서 이기면 다른 클럽 팀과 또다시 붙는 방식이었다. 그렇게 여러 번의 경기를 치르고 최종 우승을 거둔 팀에게는 팀원의 이름과 경기에서 우승한 날짜가 수놓인 야구 모자가 부상으로 주어졌는데, 그 모자를 얻기 위해 사람들은 열성적으로 경기에 임했다.

오늘 밤 볼링을 치는 사람들 중에 과거에 우승한 전력이 있는 사람도 몇몇 있었다. 초록색 모자를 쓰고 있는 시릴 머피와 주황색 모자를 쓰고 있는 디거 깁슨도 그런 이들이었다.

"앨리스가 스낵바 뒤에 있어."

미셸이 스낵바 쪽을 가리켰다.

"우리가 들어오는 걸 봤나 봐. 아까 보니까 손을 흔들더라. 뭐라고 물어볼 거야?"

"유도 질문. 일단 스스럼없이 말하게끔 해야지."

"어떻게?"

한나는 어깨를 으쓱했다.

"모르겠어. 하지만 너무 걱정하지 마. 앨리스에게 당도하기 전에 좋은 아이디어가 떠오를 테니."

마침 거스 요크가 맥주를 사기 위해 스낵바 앞에 서 있었다. 앨리스는 커다란 일회용 종이컵에 병맥주를 따른 뒤 그것을 거스에게 건넸다. 6개월 전에 한나가 볼링을 치러 왔을 때만 해도 병맥주 그대로 판매하곤 했는데, 아마 그동안 레인에 실수로 떨어트린 병맥주 조각으로 인해 여러 번 사고가 났었던 모양이다.

앨리스와 거스는 이야기를 몇 마디 주고받았다. 마침내 거스가 자리를 뜨자 한나는 곧장 앨리스에게로 향했다.

“안녕, 앨리스.”

한나가 쿠키 꾸러미를 건넸다.

“너트메그 스냅스예요. 이것도 앨리스가 좋아하는 거라고 리사가 얘기해 줬거든요.”

“오, 맞아! 이걸 먹으면 크리스마스 생각이 나거든.”

한나는 깜짝 놀랐다.

“정말이요?”

“아마 너트메그 때문일 거야.”

앨리스가 설명했다.

“크리스마스 시즌에 에그노그를 만들 때면 꼭 갓 간 너트메그를 넣으니까.”

“그렇겠네요.”

한나가 스낵바 앞에 놓인 의자에 앉은 다음 미셸에게도 앉으라고 손짓했다.

“제 여동생 미셸이에요, 아시죠?”

“그럼. 안녕, 미셸. 학교는 잘 다니고 있어?”

“잘 다니고 있어요. 고맙습니다. 며칠 학교를 쉬고 언니를 돕고 있어요. 언니가 이번 주에 무척 바빴거든요.”

“아마 그럴 거야.”

앨리스가 한나를 돌아보았다.

“매튜를 죽인 살인범을 쫓고 있는 거지?”

“그게…….”

한나는 살짝 경계했다.

“저도 전문가들에게 맡기고 싶은데, 크누드슨 부인이 개인적으로 알아봐 달라고 하셔서요.”

"그럴 것 같았어. 사실 한나가 마이크와 로니보다 5시간 빨랐어. 두 사람은 저녁때가 되어서야 날 찾아왔거든."

앨리스가 한숨을 내쉬더니 스낵바 뒤에 놓인 자신의 의자에 앉았다.

"솔직하게 말해봐, 한나. 아직도 날 의심해?"

"이젠 아니에요. 지난번에 노먼과 같이 다녀간 이후로 앨리스의 이름은 용의자 명단에서 깨끗이 지웠어요."

앨리스는 잠시 놀란 듯 보이더니 이내 미소를 지었다.

"그 이야기를 들으니까 기분이 한결 낫네! 어떻게 그렇게 됐어?"

"나이트 박사님이 사건 발생 시간을 자정에서 새벽 2시 사이로 추정하셨거든요. 근데 앨리스가 교회 사무실을 나선 건 11시 30분이었잖아요."

두 자매가 지켜보는 가운데 앨리스의 볼이 붉게 달아올랐다.

"그걸 어떻게 알았지?"

앨리스가 물었다.

"제이콥이 말해줬어요. 책장 위에 놓인 새장 안에 있던 구관조 기억나세요?"

"그래, 하지만……."

앨리스는 순간 말을 멈추었다. 모른 척하고 있었어야 했을 사실을 무심코 인정해 버린 것이다.

한나는 아무 말도 하지 않았다. 미셸 역시 마찬가지였다. 두 사람은 그저 앨리스가 다시 입을 열기만을 기다렸다.

"한나가 생각하는 그런 게 아니야. 그러니까…… 그저 만나보고 싶었을 뿐이야. 그가 나를 아직도…… 마음에 두고 있는지 확인하고 싶어서. 그냥 호기심으로. 정말이야."

"그래서 매튜 목사님이 아직도 앨리스를 좋아하던가요?"

한나가 물었다.

"옛날의 매튜 그대로였어. 고등학교 때처럼. 왜 마을을 떠난 후에 금방 나를 만나러 오지 못했는지도 설명해 줬어. 나를 만나게 되면 바보 같은 짓을 하게 될까 봐 두려웠대. 함께 어딘가 멀리 도망가서 결혼하자고 한다거나 콩코르디아 신학교에서 날아온 입학허가서를 찢어버리고 레이크 에덴에 눌러살게 될까 봐서. 나한테 편지도 썼다고 했어. 신학교를 졸업하고 목사로서 첫 부임지에 잘 자리 잡을 때까지 기다려 달라고, 그때가 되면 결혼하자고 말이야."

"하지만 편지는 받지 못하셨죠."

미셸이 한숨을 내쉬며 말했다.

"맞아. 분명 아빠가 편지를 숨긴 거야. 내가 매튜랑 결혼해서 레이크 에덴을 떠나는 걸 바라지 않으셨거든. 여기서 볼링장 운영을 도와주길 원하셨어."

"매튜의 말을 믿으세요?"

한나가 물었다.

"물론이지! 그는……."

앨리스는 하던 말을 멈추고 손등으로 흘러내리는 눈물을 닦았다.

"그는 친절하고 다정했는걸. 예전에 그랬던 것처럼. 내가 아직도 예쁘다고 했어. 그러면서 월요일 밤에 같이 저녁을 먹자고 했고. 어쩌면 밥 목사님이 돌아온 이후에는 모든 게 다 원래대로 돌아갔을지도 모르겠지만, 그래도 자꾸만 그런 생각이 들어. 만약 매튜가 죽지 않았다면……."

"여기요."

한나가 스낵바 위에 놓여 있던 냅킨함에서 종이 냅킨을 꺼내 앨리스에게 건넸다.

"마음의 준비를 하세요, 앨리스. 모든 상황을 뒤바꾸어놓을 소식이 있어요."

앨리스는 눈물이 그렁그렁 맺힌 눈으로 한나를 올려다보았다.

"뭔데?"

"매튜는 살아 있어요. 앨리스가 교회 사무실에서 봤던 목사님은 목사도 아니었어요. 그는 사실 매튜의 사촌인 폴이었어요."

순간 앨리스는 아무 말이 없더니 이내 고개를 설레설레 저었다.

"아니야."

앨리스가 말했다.

"아니야. 폴일 리가 없어. 분명 폴이 아니었어. 폴은 나도 알아. 두 사람이 닮은 것도. 하지만 속은 닮지 않았어. 폴은 그렇게 젠틀한 사람이 아니었다고. 지난밤에 내가 만났던 사람이 정말로 폴이었다면 단번에 알았을 거야!"

"지금 진짜 매튜가 마을에 와 있어요."

미셸이 말했다.

"자신이 레이크 에덴에서 살해당했다는 뉴스를 듣고 오늘 아침에 위스콘신에서 달려왔어요."

"그리고 오후에는 병원에서 폴의 신원도 직접 확인해 주었구요."

한나가 말했다.

"하지만……."

앨리스가 힘겹게 침을 삼켜 내렸다.

"분명히 매튜였는데, 그 사람이 폴이라니……."

앨리스는 종이 냅킨을 몇 장 더 집어 눈가를 훔쳤다.

"믿을 수가 없어."

"진짜 매튜 목사님을 한 번 만나보실래요?"

미셸이 물었다.

"볼링장은 제가 잠깐 봐드릴게요."

그러자 앨리스는 고개를 가로저었다.

"아니! 오늘은 이 정도로만 할래! 지금 더 이상은…… 힘들 것 같아. 내일이나 모레쯤. 아무튼 우선은…… 머릿속을 정리해야 할 것 같아."

"맞아요. 시간이 필요하실 거예요."

한나가 다정스럽게 대답하며 자리에서 슬며시 일어났다. 그러고는 미셸에게도 그만 일어나라고 손짓을 했다.

"무척 충격이 크실 거예요, 앨리스. 그래도 두 가지만 물어볼게요. 앨리스의 대답이 저희한테 정말 큰 도움이 될 거예요."

"그래…… 괜찮으니 물어봐."

앨리스는 심호흡을 하며 마음을 가다듬는 듯했다.

"첫 번째 질문이 뭐야, 한나?"

"일요일 밤에 교회에서 나올 때 누구 본 사람 없으세요? 밖에서 기다리고 있던 사람이라던가 주차장이나 교회 앞길에서라던가 혹은 지나가는 사람이라도요."

앨리스는 고개를 가로저었다.

"주변에 아무도 없었어. 사람들 눈에 띄는 게 싫어서 주위를 둘러봤었거든. 마을 사람들 모두 매튜와 내가 옛날에 연인 사이였다는 것도 알고 있고, 내가 아직도 매튜에게 마음이 있다고 생각하고 있었으니까. 하지만 교회에는 나 말고 아무도 없었어."

"고마워요, 앨리스. 도움이 됐어요. 두 번째 질문은 폴에 관한 것이에요. 혹시 고등학교 때 폴이 가깝게 지내던 친구 누구 없었을까요?"

"내 생각에 딱 한 명 있었던 것 같아. 물론 제일 친한 건 매튜였지. 여기 처음 왔을 때부터 쭉 같이 붙어 다녔으니까. 하지만 매튜가 나를 만나기 시작한 뒤로 폴은 레니 페스크랑 같이 다녔어."

"이글의 바텐더요?"

미셸이 물었다.

"맞아. 일종의 공범 관계이기도 했지. 둘이 같이 다니면서 나쁜 짓도 많이 했거든. 학교 사물함을 뜯는다든가 싫어하는 선생님들에게 못된 장난을 친다든가 하는."

"알았어요. 고마워요, 앨리스."

한나가 재빨리 말했다. 앨리스의 목소리가 떨리고 있었다. 조금이라도 빨리 앨리스를 쉬게 해 줘야 할 것 같았다.

"필요한 게 있으면 언제든지 전화주세요. 제 전화번호 알고 계시죠?"

"지난번에 받았어."

"제 전화번호도 여기 있어요."

미셸이 지갑에서 명함을 꺼내 앨리스에게 건넸다.

"언니가 종종 핸드폰 켜놓는 것을 잊어버리거든요."

"나도 그러는걸."

앨리스가 한나를 향해 미소를 지었다.

"살해당한 사람이 폴이라는 사실을 마이크도 알아?"

"지금쯤 알았을 거예요. 오후에 진짜 매튜 목사님이 경찰서에도 들렀으니까요."

"그러면 오늘 저녁에 다시 나를 찾아올지도 모르겠군. 볼링 치는 사람 중 한 명에게 대신 경기 진행을 부탁해야겠어. 경기가 끝난 뒤 문단속까지도. 마침 디거가 와 있는데 잘 됐어. 부탁하면 흔쾌히 들어주니까. 일요일 밤에도 내가 11시 40분이 되어서야 돌아왔는데 그때까지 디거가 볼링장을 봐줬어. 내가 돌아온 시간은 디거에게 확인해봐도 좋아."

"고마워요."

한나가 대답했다.

"오늘 밤에도 자리를 비우고 싶진 않지만, 경찰에서 찾아오기 전에 머릿속을 정리할 시간이 필요해."

"앨리스에게는 알리바이가 있다는 것 잊지 마세요."

한나가 상기시켰다.

"하지만 마이크도 그 사실을 알까?"

"아직은 모르죠."

한나가 인정했다.

"다음번에 마이크를 만나게 되면 얘기할게요. 하지만 내일이나 되어야 볼 수 있을 것 같아요. 앨리스가 교회 사무실에 찾아갔던 일도 마이크는 당연히 모르고 있겠죠. 저희도 불과 몇 시간 전에 알았으니까요."

"좋아. 이제 집에 가서 제일 좋아하는 가운으로 갈아입고 우리 강아지들이랑 소파에 앉아서 영화나 보겠어. 한나가 선물한 쿠키를 하나씩 음미하면서. 기분 내키면 맥주도 몇 잔 들이켜지 뭐. 그리고 초인종이든 핸드폰이든, 그 어떤 벨소리에도 답하지 않을 거야! 설사 한나라고 해도 말이야."

"전화 드릴 일은 없을 거예요. 일단 궁금한 것도 다 물어봤으니까요. 얼른 집에 가서 쉬세요. 오늘 하루 롤러코스터를 탄 듯 마음이 많이 힘드셨을 거예요."

앨리스는 잠시 생각에 잠겼다.

"맞아, 힘들었어. 롤러코스터를 타면 늘 멀미를 하곤 했는데, 그래도 이번에는 괜찮을 것 같아."

앨리스가 한나가 가져온 쿠키 꾸러미를 집었다.

"이번에는 이렇게 쿠키도 있잖아."

한나와 미셸은 웃음을 터뜨렸다. 그렇게 재미있는 이야기는 아니었지만, 앨리스가 농담 비슷한 이야기라도 던질 수 있을 만큼 여유를 되찾은 것이 반가워서였다.

"나랑 같이 가서 디거를 만나봐."

앨리스가 제안했다.

"일요일 밤에 내가 몇 시에 돌아왔는지 물어보면 대답해 줄 거야. 오늘도 볼링장을 대신 맡아줄 수 있는지도 한번 물어봐야겠어."

앨리스는 3번 레인 뒷좌석에 앉아 있는 팀원들을 향해 두 사람을 안내했다. 디거는 그가 속한 팀의 이름인 ‘Lucky Stiffs’ (뻣뻣한 송장)가 새겨진 밝은 보라색 셔츠를 입고 있었다.

"팀명이 짓궂네요."

미셸이 말했다.

"장의사들이 보면 싫어하겠어요."

"그렇지. 디거가 유머 감각이 좀 독특해."

앨리스는 디거 앞에 다 와갈 때쯤 멈춰 서더니 한나를 돌아보았다.

"이제 시체는 그만 찾았으면 해, 한나. 몇 번만 더 사건에 연루되었다가는 디거에게 아르바이트비를 줘야 할 판이야."

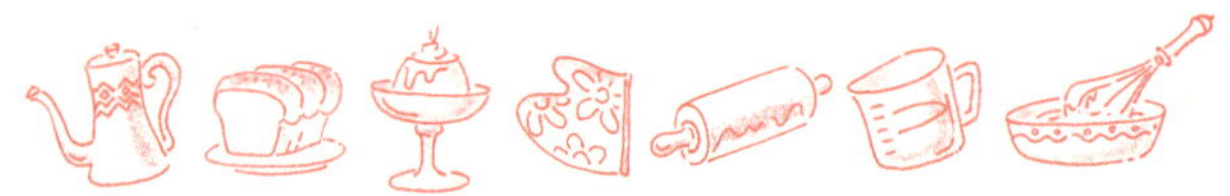

너트메그 스냅스

오븐은 예열하지 마세요. 반죽을 충분히 숙성시켜야 하거든요.

재료

소금기 있는 부드러운 버터 1컵(224g) / 짙은 황설탕 2와 1/2컵***

큰 계란 2개 / 베이킹소다 1과 1/2티스푼 / 소금 1/2티스푼

너트메그 간 것 2티스푼(갓 간 것은 1티스푼이면 돼요)****

다목적 밀가루 3과 1/2컵 / 말린 살구 다진 것 2/3컵(다진 후에 측량하세요)

베이킹 직전에 반죽을 굴릴 용으로 여분의 설탕 약 1/2컵

*** 짙은 황설탕이 없다고 가게까지 다녀오실 필요 없어요. 황설탕에는 총 3가지 종류가 있는데, 하나는 그냥 '황설탕'(brown sugar)이고, 다른 하나는 '옅은 황설탕'(light brown sugar)이고, 나머지 하나는 '짙은 황설탕'(dark brown sugar)이랍니다. 당밀이 얼마나 들어 있나에 따라 구분이 되는데, 옅은 황설탕에는 당밀이 가장 적게 들어 있고, 짙은 황설탕에는 제일 많이 들어 있어요. 따라서 짙은 황설탕이 없을 때에는 갖고 있는 일반 황설탕에 당밀을 1/2티스푼 넣어 섞으면 짙은 황설탕이 만들어집니다.

**** 기존에 갖고 있던 너트메그 가루가 오래된 것이라면, 바로 버리고 새것을 구입하세요. 와인과 달리 너트메그는 오래될수록 좋지 않거든요. 살짝 맛을 보았을 때 비누 같은 맛이 나야 합니다! 기왕이면 너트메그 가루가 아닌 너트메그로 준비하시는 것이 좋습니다. 시중에서 가루로 판매하는 것은 2티스푼을 넣고, 너트메그를 사서 그 자리에서 직접 간 것은 1티스푼만 넣습니다.

만드는 법

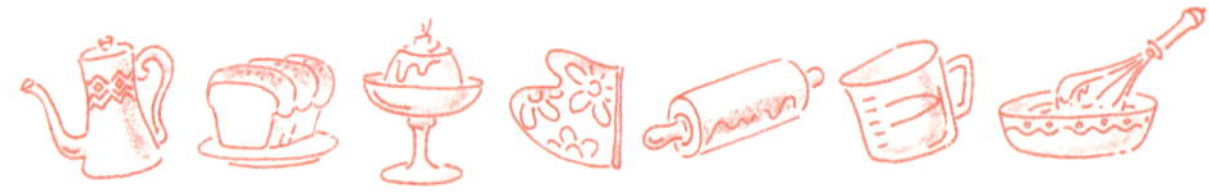

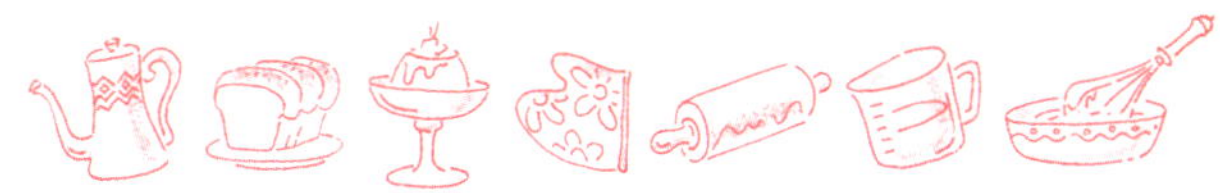

1. 부드러워진 버터(실온에 두면 됩니다)를 믹서기 그릇에 넣고 부드럽게 저어줍니다.

2. 짙은 황설탕을 넣고 잘 섞습니다.

3. 계란을 넣고 잘 섞습니다.

4. 믹서기를 제일 낮은 속도로 가동시키는 가운데 베이킹소다, 소금, 너트메그를 넣고 골고루 섞어줍니다.

5. 밀가루를 1/2컵씩 담아 믹서기에 넣습니다.

6. 믹서기 전원을 끄고 말린 살구를 넣은 뒤 손으로 섞어줍니다(믹서기를 사용하면 믹서기에 들러붙을 수 있거든요).

7. 믹서기 그릇에 담긴 반죽은 비닐랩으로 윗면을 덮어 줍니다. 옆면도 꼼꼼하게 덮어주어 공기가 통하지 않게 합니다.

8. 반죽을 1시간 동안 냉장고에 보관합니다(밤새 보관해도 좋습니다). 그래야 반죽이 숙성되거든요.

9. 구울 준비가 되었으면 오븐을 175도로 예열합니다. 틀은 오븐의 중앙에 둡니다.

10. 반죽을 냉장고에서 꺼냅니다.

11. 쿠키 틀 위에 양피지를 깔거나 들러붙음 방지 스프레이를 뿌립니다.

12. 틀에 얹기 전에 반죽을 2.5cm 크기의 공 모양으로 떼어 설탕이 담긴 그릇에 설탕이 골고루 묻도록 한 번씩 굴립니다.

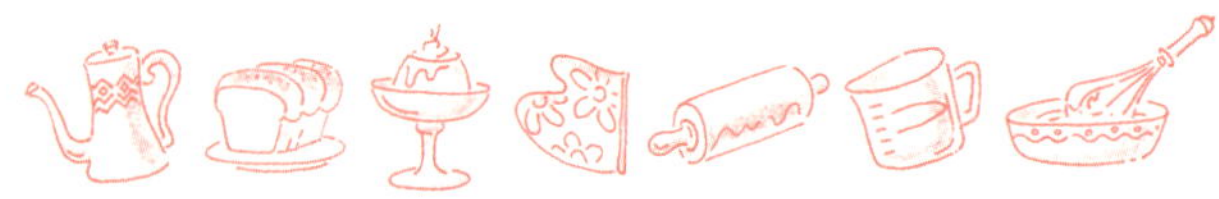

13. 설탕옷을 입은 반죽을 틀 위에 5cm 간격으로 나열합니다.

14. 각 반죽을 유리잔의 바닥면이나 철제 주걱의 평평한 면으로 눌러줍니다.

15. 175도에서 8~12분간 굽습니다. 먹음직스러운 황갈색이 돌면 완성입니다(전 11분이 걸렸어요. 조앤의 쿠키도 마찬가지였구요).

16. 오븐에서 쿠키를 꺼내 틀 위에서 1~2분간 굳힌 다음, 식힘망으로 옮겨 완전히 식힙니다.

17. 이 맛있는 너트메그 스냅스는 밀폐용기에 담으면 1주 정도 보관할 수 있습니다. 비닐랩이나 쿠킹호일로 포장한 뒤 냉동실용 비닐백에 넣어 냉동실에 보관해도 좋습니다.

한나의 두 번째 메모: 음료에 적셔 먹으면 무척 맛있는 쿠키랍니다. 빌은 오후 휴식시간에 맞춰 쿠키단지에 들를 때면 항상 커피에 이 쿠키를 담가먹곤 하거든요. 엄마도 마찬가지구요. 하지만 그런 이야기는 하면 안 돼요. 엄마는 음료에 쿠키를 담가 먹는 것은 예의에 어긋난다고 생각하시거든요.

"절인 볼로냐 소시지를 먹지 않아도 돼서 얼마나 좋은지 몰라!"

미셸이 더블-더블 치즈 머쉬룸 버거를 한입 베어 물며 말했다.

한나는 입안에 든 더블-더블 고르곤졸라 버거를 꿀꺽 삼킨 뒤 입을 열었다.

"절인 볼로냐 소시지라니, 무슨 소리야?"

"아까 스낵바에 있는 메뉴를 봤거든. 앨리스가 진짜 매튜 목사님을 만나러 갈 테니 볼링장을 부탁한다고 할까 봐서 말이야. 근데 거기에는 소다 종류랑 맥주랑 감자칩, 팝콘, 볼로냐 소시지밖에 없더라구. 카운터 뒤에 커다란 유리 용기들 중 하나가 그거였나 봐."

"절인 돼지 다리는 없든?"

"없었어. 아무튼 엉망이었어. 그나마 볼로냐 소시지가 낫지."

얼마간 두 자매는 루트비어와 함께 햄버거를 먹는 데 집중했다. 햄버거를 다 먹을 때까지 둘은 서로 말이 없었다.

"노먼 것도 포장해 갈까 봐."

한나가 말했다.

"뭔지 몰라도 일이 바쁜 모양이야. 쪽지 붙여놓은 거 보고 바로 이리로 올 줄 알았는데."

"굉장히 복잡한 수술인가 보지."

미셸이 잠시 말을 멈추더니 얼굴을 찌푸렸다.

"아니다. 그건 아닌가 보네."

"어떻게 알아?"

"그 응급수술이란 게 정말 있었다 해도 끝난 지 오랜가 봐. 방금 저기 칸막이 위에 놓인 가짜 화분의 나뭇잎 사이로 노먼을 봤거든."

"그럼 손을 흔들어봐. 우리를 못 찾았나 보다."

"그건 아닌 것 같아. 어쨌든 일어나지 마, 언니. 우선은 잔뜩 몸을 숙이고 있어야겠어."

"무슨 소리야?"

"지금 2인용 테이블에 앉아 있거든. 우리가 여기 온 지 얼마 안 돼서 들어온 모양이야."

"우리를 기다리고 있는 거야?"

"그건 아닌 것 같아. 베브 박사랑 같이 있거든."

한나는 순간 충격에 머리가 아찔했다. 영혼이 바닥을 치는 것이 느껴졌다.

"그럼 그 응급상황이라는 게 나에게서 벗어나 베브 박사와 저녁식사를 하는 거였군."

"성급하게 판단하지 마, 언니. 고개를 돌리면 언니도 나뭇잎들 사이로 노먼이 보일 거야."

"보고 싶지 않아!"

"오, 봐야 할걸. 노먼도 여기 있고 싶어하지 않는 것 같거든."

"정말?"

"정말. 고개 돌려서 직접 확인해. 내 말이 무슨 얘긴지 알 거야."

한나는 고개를 돌렸다. 정말 미셸의 말 대로였다. 2인용 테이블에 노먼이 앉아 있었다. 베브 박사도 함께였지만, 그녀는 한나 쪽으로 등을 지고 앉아 있었기 때문에 보이는 것이라곤 그녀의 등과 비싸게 주고 손질한 듯한 머리스타일 뿐이었다. 반면 노먼은 한나 쪽을 정면으로 보고 앉아 있었는데, 얼굴 표정이 좋지 못했다.

"표정이…… 화난 것 같은데."

한나가 말했다.

"맞아. 아까 응급상황이라고 전화 받았을 때랑 똑같은 표정이야."

"가짜 응급상황이지."

한나가 바로잡았다.

"베브 박사 전화였나 봐."

두 자매는 잠시 두 사람을 지켜보았다. 문득 미셸이 입을 열었다.

"봐! 베브 박사가 노먼에게 뭔가 기분 나쁜 말을 했나 봐. 노먼 표정이 더 일그러졌어."

"오늘 오후에 전화 받았을 때도 그랬어."

"두 사람, 싸우고 있는 것 같은데."

미셸이 말했다.

"노먼 손에 힘 들어간 것 봐. 들고 있는 브레드스틱이 완전 부서져버리겠어. 베브 박사가 노먼의 다른 쪽 손을 잡고 진정시키고 있어."

한나는 눈이 휘둥그레졌다.

"그래봤자 소용없을 거야. 손을 뿌리쳤어."

"불빛 때문인지도 모르겠지만, 노먼 얼굴이 붉어졌어."

"불빛 때문이 아니야."

한나가 말했다. 정말로 노먼의 얼굴은 빨갛게 달아올라 있었다.

"화가 난 거야. 그것도 상당히."

"노먼이 저렇게 화내는 거 본 적 있어?"

"아니. 노먼은 늘 차분하고 온유하니까. 이건 노먼답지 않아."

"그럼 베브 박사가 뭔가 끝장을 보려 했나 보네."

미셸이 말했다.

"뭘 하고 있는 거지? 방금 박사가 냅킨을 집어서 자기 얼굴 쪽으로 가져갔어."

한나가 의아하게 물었다.

"악어의 눈물이지."

미셸이 말했다.

"아니면 진짜로 눈물을 흘리고 있거나. 우리 드라마 수업에도 큐 사인이 떨어지면 바로 눈물을 흘리는 애가 있거든. 연기할 때 정말 편해."

"연기할 때만 유용한 게 아닌 것 같다. 방금 노먼이 박사의 손을 잡았거든."

그러자 미셸이 한숨을 내쉬었다.

"무리도 아니야. 여자들 우는 걸 못 참는 남자들이 은근 많거든. 노먼도 분명 그런 부류인 거야."

한나는 어깨를 으쓱했다.

"나도 모르겠어. 이제 모든 게 헷갈려. 노먼은 나를 사랑한다고 했는데, 이 상황은 도대체 무엇이며, 마이크도 나를 사랑한다고 하지만, 내가 수사에 방해 놓을까 봐 전전긍긍하는 모습을 보면 또 아닌 것 같고. 아마 둘 다 나를 사랑하지 않는 건가 봐!"

미셸은 웨이트리스를 향해 손짓을 한 뒤 지갑을 꺼냈다.

"돈으로 사랑은 살 수 없어도 초콜릿은 살 수 있지. 사랑이나 초콜릿이나 그게 그거 아니야? 내가 더블 퍼지 브라우니 딜라이트 쏠게. 포장해서 가자."

"포장? 아직은 안 돼. 나가려면 노먼의 테이블 옆을 지나가야 하는데, 어쩌려구?"

미셸이 씩 웃었다.

"왜 베브 박사 머리끄덩이라도 잡고 싶어질까 봐 겁나?"

"너, 이 언니를 어떻게 보고! 물론 케첩이나 머스터드 소스쯤은 거뜬히 뿌릴 수 있겠지만."

미셸이 폭소를 터뜨렸다.

"나 같아도 그럴 거야. 나를 따라와, 언니. 바로 부엌에 가서 브라우니 받은 다음에 뒷문으로 나가자. 코트랑 부츠는 다시 앞문으로 들어와서 살짝 가져가면 돼."

한나는 잠시 골몰했다.

"하지만 우리 너무 겁쟁이처럼 구는 거 아니야?"

"아니, 이게 가장 저렴한 방법이야. 저 하얀 캐시미어 스웨터에 케첩과 머스터드 소스 얼룩 지워내려면 돈푼깨나 써야 할걸."

"좀 낫지?"

한나가 더블 퍼지 브라우니 딜라이트 접시를 깨끗이 비우고 나자 미셸이 물었다.

"훨씬 나아. 고마워, 미셸. 노먼한테 병원 응급상황 때문에 가봐야 한다는 얘기를 들었을 때는 정말 마음이 상했거든."

"이해해."

미셸이 한나를 위로했다.

"나한테 레시피 출력해 주는 거 잊지 않았지? 당장 쿠키 바를 만들어볼래."

"당연히 기억하고 있지."

한나는 책상으로 가 종이 몇 장을 집은 뒤 미셸에게 건넸다.

"쿠키 바 레시피 3개랑 드롭 쿠키 레시피 하나야."

“좋았어! 같이 하자, 언니. 그럼 기분이 한결 더 나아질 거야. 뭐부터 만들면 좋을까?”

“그럼 넌 블랙 포레스트 브라우니부터 만들어. 난 스트로베리 쇼트브레드 바 쿠키를 만들게.”

10분간 두 사람 사이에는 간단한 대화만 오갔다. 이를테면, “설탕 좀 줄래?” 아니면 “알루미늄 호일 어디에 뒀어?” 같은.

위아래 오븐에 제각기 온도가 맞춰지고, 미셸과 한나는 바 쿠키 반죽을 올린 팬 두 개를 각각 오븐에 넣고 나서야 잠시 쉴 수 있었다. 한나는 커피포트에 물을 올린 뒤 부엌 테이블에 앉아 있는 미셸에게로 가 자리에 앉았다.

“레니 페스크 알지?”

“개인적으로는 몰라. 다만 평범한 것에서 약간 선을 넘어가는 사람이라는 것 외에는.”

한나가 아리송한 표정을 짓자 미셸이 말을 이었다.

“제대로 악당이 되고 싶어하지. 아직은 어설프지만.”

“그럼 범법 행위를 하고 다닌단 말이야?”

“맞았어. 로니의 삼촌인 팻이 그 사람을 잘 알아. 고등학교를 같이 다녔거든.”

“로니 삼촌이 이 근처에 사셔?”

그러자 미셸이 고개를 가로저었다.

“벌써 몇 년째 시카고에 살고 계셔. 로니가 지난번에 삼촌을 찾아갔을 때 둘이 앉아서 한참 이야기를 나눴는데, 레니가 평범한 사람은 아니라고 하셨대. 아무래도 직접 만나서 얘기를 해 봐야 할 것 같아.”

“팻 삼촌이랑?”

“아니, 레니랑. 이글에 가면 항상 있을 거 아니야.”

한나는 깜짝 놀랐다. 낡고 오래된 술집인 이글이 형편없는 곳이라는 것은 레이크 에덴 마을 사람들 대부분이 알고 있는 사실이었다. 지난번 미셸이 살인사건을 수사하기 위해 이글에 위장 잠입했을 때도 하마터면 큰 고초를 겪을 뻔하지 않았던가.

"정말로 이글에 또 가고 싶어?"

한나가 물었다.

"아니. 하지만 레니가 거기서 일하는 걸 어떡해. 내가 또다시 위장 잠입하는 게 싫은 거야?"

"당연하지!"

"좋아. 그럼 다 같이 가자."

"다 같이라니, 누구?"

"언니랑 안드레아 언니랑 나. 나도 혼자 가고 싶진 않거든. 셋이 있으면 아무래도 든든하겠지. 내일 밤 어때?"

"난 괜찮아. 안드레아한테는 아침에 물어볼게. 하지만 엄마한테는 절대 얘기하지 마. 알게 되시면 같이 간다고 하실 거야. 엄마가 있으면 계속 엄마한테만 신경 써야 하니까 안 돼."

"그 얘기 엄마가 들으면 얼마나 분노하실지 생각해 봤어?"

"오, 당연히 그렇겠지."

그때 오븐의 타이머가 울렸고, 한나는 오븐 쪽으로 고개를 돌렸다.

"네 거야? 아니면 내 거야?"

"언니 거야. 파이 껍질은 15분만 구우면 되고, 5분 동안 식힌 다음에 스트로베리 파이 소를 채우고 30분을 더 구워야 해. 아까 레시피를 읽어 봤거든."

"그럼 일단 내 파이 껍질은 오븐에서 꺼내고, 네 블랙 포레스트 브라우니는 얼마나 더 구워야 하는지 알려줘. 내가 타이머를 맞춰놓을게."

"내가 계속 시계를 보고 있으니까 괜찮아. 아무래도 내일 빨간 부엉이 식료품점에 들러서 타이머를 하나 더 사야겠어. 내가 집에 오면 항상 언니랑 같이 베이킹을 하니까."

"기다리는 동안에 이글에 전화해서 내일 밤에 레니가 근무하는지 물어보면 어때? 애써 거기까지 갔는데 허탕치면 안 되잖아."

그러자 미셸이 벽에 걸린 수화기를 집었다.

"좋은 생각이야. 내가 지금 할게. 브라우니도 완성되려면 아직 15분이나 남았으니까."

5분 뒤 파이 껍질이 식자 한나는 쿠키 바에 소를 얹기 시작했다. 오븐에 다시 쿠키 바를 넣을 때쯤이 되어서야 미셸이 수화기를 내려놓았다.

"왜 그렇게 오래 걸렸어?"

한나가 물었다.

"레니가 사무실에서 누군가와 얘기 중이라고 해서 나올 때까지 기다리느라. 문도 잠겨 있다고 하지 뭐야."

"이글에서 사적인 만남이라?"

"나랑 통화했던 웨이트리스가 그렇게 얘기했어. 실키라는 이름의 웨이트리스였어."

"진짜 이름일까?"

"아니. 그런 술집의 웨이트리스들은 보통 진짜 이름을 쓰지 않잖아. 손님들이 자신의 사적인 부분에 대해서는 모르길 바라니까."

한나는 막내 여동생을 물끄러미 바라보았다.

"네가 그런 것은 또 어떻게 알고 있는지 언니로서 물어봐야 하는 걸까?"

"궁금하면 얼마든지. 룸메이트 중 한 명이 여름방학 동안 술집에서 일을 했거든. 거기서 가짜 이름이 적힌 이름표를 나눠주더래. 어쨌든 실키

말로는 레니가 매니저로 승급되고 나서부터는 사무실을 잠그기 시작했다
는 거야. 열쇠도 자기만 갖고 있고. 레니가 출근하지 않는 날에는 다른
직원들은 열어볼 수조차 없대.”

“정말!”

한나의 머릿속이 바빠지기 시작했다. 레니에 대한 팻 삼촌의 평가가
사실이었던 것일까.

“뭔가 불법적인 일을 하고 있는 게 분명해.”

“내 생각도 같아. 4개월 전까지만 해도 사무실에 웨이트리스들도 마음
대로 드나들었는데 이제는 레니 외에 아무도 못 들어간다는 거야.”

“그 얘기를 들으니 내 눈으로 직접 그 사무실이 보고 싶어졌어.”

한나가 말했다.

두 자매는 한동안 그렇게 베이킹을 하고, 이야기도 나누며 함께 즐거
운 시간을 보냈다. 덕분에 쿠키 바 여섯 틀 분량이 눈 깜짝할 사이에 완
성되었다. 한나가 마침내 자리에서 일어났다.

“이제 그만 가서 자, 미셸. 내일 나랑 같이 나가려면 일찍 일어나야
할 거야.”

“알았어요.”

미셸이 자리에서 일어나 한나를 포옹했다.

“잘 자, 언니.”

“잘 자, 미셸.”

한나도 동생을 안아주었다.

“나도 빨리 자야겠…….”

갑작스런 초인종 소리에 한나는 하던 말을 멈추었다.

“침실로 가는 길에 내가 문 열어줄게.”

미셸이 현관으로 향하며 소리쳤다.

"아마 노먼이겠지."

"아뇨, 아마 마이크일 겁니다."

마이크가 안으로 들어섰다.

"도어렌즈로 내다보지도 않습니까?"

"그래봤자 소용없으니까요. 안녕, 마이크. 만나서 반가워요. 그리고 잘 자요, 난 자러 갈래요."

"그럼, 잘 자요, 미셸."

마이크는 방으로 들어가는 미셸을 향해 인사한 뒤 한나를 돌아보았다.

"도어렌즈에 무슨 문제 있습니까?"

"바깥 등 때문에요."

한나가 그에게 다가가 그의 코트를 받아 걸었다.

"찾아온 사람의 얼굴에 그림자가 져서 안 보이니까 고쳐 달라고 몇 번이나 관리소에 얘기를 했는데, 알았다고 하더니 아직도 안 고쳐주네요."

"쉬는 날 내가 고쳐줄게요."

마이크가 약속했다.

"하지만 괜찮은데……."

"그러고 싶어요. 한나가 안전한 게 제일이니까요. 지금 벌써 밤 11시가 넘은 시각인데, 밖에 누가 온 것인지는 확인해야 하지 않겠습니까. 게다가 난 경찰이잖아요. 그러니 마을 주민인 한나의 안전에 책임이 있습니다. 그리고 난 한나가 안전해야 안심이 됩니다."

"오, 정말이요?"

마이크가 점점 가까이 다가오는 가운데 한나가 물었다. 한나는 태연한 척 굴었지만 마이크가 뭘 하려고 하는 것인지 알 것 같았다. 한나의 목소리가 살짝 떨렸다.

"왜 그래요?"

“보면 알아요.”

한나가 숨 한 번 더 내쉬기도 전에 마이크가 한나를 와락 안더니 키스를 하기 시작했다.

누군가에게 사랑받는다는 것은 참 기분 좋은 일이었다. 설사 그 상대가 나와 전혀 맞지 않는다고 생각했던 마이크일지라도 말이다. 마이크는 베브 박사와도 데이트를 하면서도 한나에게 전혀 이야기하지 않았다. 물론 예전에 쇼우나 리 퀸이나 그녀의 여동생 바네사, 그리고 로니 워드를 만날 때도 한나에게 일언반구도 없기는 마찬가지였지만. 반면 한나에게 잘 맞는다고 생각했던 노먼은 한나가 마이크와 시간을 보내고 있을 때 베브 박사와 함께 저녁식사를 했다. 게다가 오늘 밤에는 한나를 배신하기까지 하지 않았던가……

한나는 거기서 생각을 멈췄다. 마이크의 키스가 너무 달콤해서 다른 것은 좀처럼 생각할 수 없었다. 아, 사랑받는 기분이란 얼마나 좋은 것인가. 설사 그게 영원할 수 없다고 해도 말이다.

스트로베리 쇼트브레드 바 쿠키

오븐은 175도로 예열하세요. 틀은 오븐의 중앙에 둡니다.

한나의 첫 번째 메모: 정말 쉽고 간편한 레시피랍니다. 다들 이 쿠키를 좋아해요. 심지어 아직 아기인 베시까지도요. 초콜릿도 넣지 않았는데 말이죠!

재료

다목적 밀가루 3컵 / 슈가 파우더 3/4컵 / 소금기 있는 버터 1과 1/2컵

스트로베리 파이 소 통조림 1개(588g) ***

*** 스트로베리 파이 소 통조림을 구할 수 없다면 라즈베리나 블루베리 통조림을 사용해도 됩니다. 파이 소를 복숭아나 사과 같은 큰 과일로 대체해도 되구요. 단, 큰 과일을 사용할 때는 나중에 바 쿠키를 자를 때에도 조각들이 각각 조금씩은 포함될 수 있도록 과일을 조그맣게 잘라 주세요. 저는 복숭아나 사과를 그냥 믹서기에 넣어서 퓨레 형식으로 만들어 사용했답니다. 레몬 파이 소는 사용해 보지 않아서 잘 모르겠어요.

만드는 법

첫 번째 단계:

1. 밀가루와 슈가 파우더를 중간 크기의 볼에 넣고 섞습니다.
2. 버터를 칼이나 패스트리용 커터로 잘라서 넣은 뒤 빵 부스러기나 거친 옥수수가루처럼 보일 때까지 섞어줍니다.
(버터 조각을 밀가루와 슈가 파우더 섞은 것에 골고루 넣은 뒤 믹서기에 잠깐씩 돌려주면 작업이 더 편하답니다)

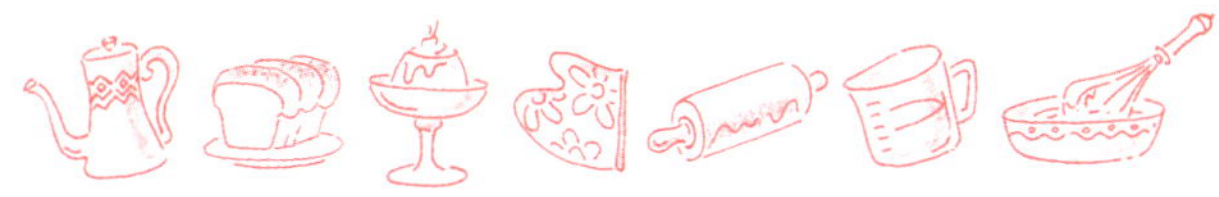

3. 기름칠을 한 9×13 크기(이게 표준 크기입니다)의 팬에 섞은 것의 반(약 3컵 정도 될 거예요)을 넣습니다.

4. 175도에서 12~15분간 굽습니다. 가장자리가 먹음직스러운 황갈색을 띠면 완성입니다.

5. 팬을 꺼내 식힘망이나 불을 켜지 않은 가스레인지 위로 옮깁니다. 잠깐, 아직 오븐은 끄지 마세요!

6. 방금 만든 것은 파이 껍질이랍니다. 5분간 식혀주세요.

7. 방금 구운 파이 껍질 위에 파이 소를 붓습니다.

8. 그 위로 아까 남겨둔 밀가루와 슈가 파우더, 버터 혼합물의 반을 뿌립니다. 가능한 한 윗면을 평평하게 다져주세요. 그리고 토핑 사이에 틈이 보이더라도 괜찮습니다. 오븐에서 굽는 동안 저절로 메워질 테니까요.

9. 철제 주걱의 평평한 면으로 윗부분을 살짝 눌러주세요.

10. 175도에서 30~35분간 굽습니다. 윗부분이 황금색 빛을 띠면 완성입니다.

11. 오븐을 끄고 팬을 꺼내 식힘망으로 옮깁니다.

12. 바 쿠키가 완전히 식었으면 팬 위를 호일로 덮은 다음 냉장고에 넣습니다(얼마간 냉장고에 넣어두어야 자르기가 쉽거든요).

13. 손님들에게 낼 준비가 되었으면, 냉장고에서 꺼내 브라우니 크기로 자른 뒤 접시에 먹기 좋게 나열합니다. 취향에 따라 위에 슈가 파우더를 뿌려주셔도 됩니다.

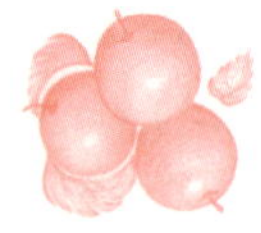

“한나, 닭살 돋았어요.”

마이크가 문을 닫으며 말했다.

“미안해요. 문을 열어둔 사실을 까맣게 잊고 있었습니다.”

“괜찮아요.”

사실 한나는 문이 열려 있는 줄도 몰랐다. 닭살이 돋은 게 문밖에서 들어오는 찬바람 탓은 아니었다. 또다시 마이크의 품에 안겨 아까 잠시 중단했던 것을 이어나가게 될 것 같아 한나는 어색하게 뒤로 물러나며 그를 향해 미소를 지었다.

“저녁은 먹었어요?”

“아뇨, 코너 태번에 들러서 먹을 생각이었는데, 경찰서에서 일이 생기는 바람에 못 먹었습니다. 혹시 한나가 저녁 줄 겁니까? 아니면 그냥 궁금해서 물어본 거예요?”

“내가 언제 굶겨 보낸 적 있나요?”

한나가 또 다른 질문으로 맞받아쳤다.

“좋아요! 엄청 배가 고팠거든요. 메뉴는 뭡니까?”

한나는 재빨리 생각했다. 간편하게 만들 수 있는 메뉴들이 몇 가지 떠올랐다. 관건은 지금 냉장고에 어떤 재료들이 있느냐다.

“웰시 래빗(녹인 체다 치즈에 갖가지 양념을 더한 영국식 치즈 토스트) 어때요?”

 296

“맛있겠는데요!”

마이크가 살인적인 미소를 날렸다. 그가 이런 미소를 보일 때면 한나는 늘 심장이 두근거렸다.

“근데 그게 뭡니까?”

“뭔지도 모르고 맛있겠다고 한 거예요?”

“넵. 한나가 만들어 주는 건 뭐든지 다 맛있으니까요. 어서요 한나, 그게 뭔지 얘기해 봐요.”

“빵 한 쪽으로만 만드는 치즈 샌드위치 같은 거예요. 디저트로는 스트로베리 쇼트브레드 바 쿠키가 준비되어 있답니다.”

“오, 세상에! 오늘 밤에 한나 집을 정말 제대로 찾아온 것 같군요! 디저트부터 먹으면 안 될까요?”

“왜 안 되겠어요.”

한나가 부엌으로 향했다.

“커피랑 같이 내올게요. 그런 다음에 웰시 래빗을 만들어야겠어요. 15분밖에 안 걸리니까 조금만 기다려요.”

“급할 거 없습니다. 모이쉐랑 생쥐 인형 던지기 놀이 하면서 있을게요. 이 놀이 좋아하잖아요. 그렇지 친구?”

모이쉐는 스스럼없이 마이크에게 다가가 그의 다리에 머리를 비벼댔다. 어찌나 큰 소리로 야옹거리는지 부엌에 있는 한나에게까지 들릴 정도였다. 모이쉐는 마이크를 좋아했다. 그러고 보니 동물들 대부분이 마이크를 좋아하는 듯했다. 마이크는 허브가 키우고 있는 딜런과도 잘 지냈는데, 녀석이 어느 부분을 긁어주어야 좋아하는지, 그리고 제일 좋아하는 장난감이 무엇인지도 훤히 꿰고 있었다. 노먼의 고양이인 커들스와도 물론 사이가 좋았다. 마이크는 그 누구의 애완동물과도 금방 친구가 됐다.

커피 물을 올리고 오븐의 온도를 맞추던 한나는 문득 냉장고 위를 올려다보았다. 거기에는 한나가 거의 사용하지 않는 아이스 버켓 옆으로 양말 뭉치가 놓여 있었다.

"오, 이런! 또야!"

한나는 푹 한숨을 내쉬었다. 냉장고 위에서 양말 뭉치를 발견한 게 벌써 4~5번째다. 세탁실에서 침실까지 가는 길에 이렇게 수없이 양말을 떨어트렸을 리는 없다. 잠결에 한나가 이상한 행동을 했을 리도 없고, 모이쉐가 서랍을 여는 방법을 터득했을 리도 없다.

"무슨 일 있습니까?"

마이크가 물었다. 한나가 돌아보니 그는 손에 생쥐 장난감을 든 채 부엌 문간에 서 있었다. 모이쉐 역시 순진무구한 얼굴로 마이크의 옆을 맴돌고 있었다.

한나는 아무 말 없이 냉장고 위에 있는 양말 뭉치를 가리켰다.

"양말 뭉치요?"

마이크가 물었다.

"맞아요. 저건 내가 올려놓은 게 아니에요."

마이크는 자신을 올려다보며 갸르랑거리는 모이쉐를 쳐다보았다.

"그럼 이 녀석이 그랬단 겁니까?"

마이크가 물었다.

"네. 하지만 어떻게 했는지는 모르겠어요. 양말은 침실 서랍에 넣어두는데, 뻑뻑한 게 잘 열리지도 않거든요."

"어디 볼까요."

마이크가 말했다.

한나는 마이크를 침실로 안내한 뒤 양말 뭉치들이 가득 들어찬 서랍을 가리켰다.

"한번 열어봐요. 그럼 무슨 얘긴지 알 거예요."

한나가 말했다.

마이크는 손잡이를 잡고 앞으로 당겼다. 하지만 서랍은 움직이지 않았다. 이번에는 아까보다 좀 더 세게 잡아당겼다. 하지만 여전히 열리지 않았다.

"정말 뻑뻑하군요."

마이크가 말했다.

"어떤 때는 살짝 흔들면서 당겨줘야 해요. 그래야 열리거든요."

마이크는 한나가 말한 대로 서랍을 당겨 보았다. 그제야 간신히 서랍이 열렸다.

"서랍장이 앤티크이거든요. 옛날에는 오래 사용하기 위해 아주 중후하고 견고하게 만들었잖아요. 엄마 말씀이 마호가니로 만든 서랍장이라고 하더라구요. 내 침대 머리랑 똑같은 재질이에요."

마이크는 침대를 돌아보더니 이내 깊은 한숨을 내쉬었다.

"왜 그래요?"

한나가 물었다.

"한나 침대요. 너무 폭신하고 편안하고, 따뜻해 보여요. 그래서……
어서 여기서 나가야겠습니다!"

한나는 웃음을 터뜨리며 그의 팔을 잡고 복도로 나왔다.

"요즘 잠을 잘 못 잤을 텐데 내가 눈치를 못 챘네요."

"거의 못 잤어요. 보석 도난 사건에다 노인분들이 연루되어 있는 사기 건 여럿에 세 건의 차량 도난 사건, 거기다 이제는 교회의 살인사건까지. 거의 매일을 평소 두 배 이상으로 일에 매달리고 있습니다."

"흠, 그럼 내가 웰시 래빗을 만드는 동안 소파에서 잠깐 눈 좀 붙여요."

"오, 그러면 훨씬 낫겠군요!"

마이크가 씩 웃음을 지었다.

"한 번 잠들면 깨더라도 정신 못 차릴 겁니다. 아침에 날 문밖으로 질질 끌어내야 할걸요."

"그 얘기, 마음에 새길게요."

한나가 말했다.

"커피를 마시면 쿠키 먹을 기운은 날 거예요. 쿠키를 먹으면 설탕 기운으로 곧 머리가 맑아질 테구요."

쟁반에 커피와 함께 쿠키 바 접시를 나열하며 한나는 지금까지 수집한 정보들을 어떻게 하면 마이크에게 던질 맛깔스러운 미끼로 다듬을 수 있을까 생각해보았다. 마이크에게 일요일 밤 앨리스가 목사관을 방문했던 일을 이야기해도 좋을 것이다. 단, 앨리스에게 알리바이가 있다는 사실 또한 알려줘야 한다. 마이크가 앨리스의 알리바이를 확인하고 싶다고 하면, 디거를 만나보라고 하면 될 것이다. 이런 식의 정보 교환을 통해 마이크로부터 또 유용한 정보를 얻어낼 수 있을지도 모른다. 이 방법이 효과가 있으면, 그 이야기도…… 아니다, 레니 페스크가 예전에 폴과 곧잘 어울려 다녔다는 이야기는 아직 하지 말자. 적어도 이글에 가서 레니를 직접 만나보기 전까지는 말이다. 만약 마이크가 먼저 레니를 만나게 된다면, 놀라운 반전의 요소를 그에게 빼앗기게 될지도 모른다. 새로운 아이디어의 발화점이 될 수도 있을 텐데, 그런 기회를 뺏기게 되면 한나의 편에서는 안 그래도 복잡한 이번 사건의 수사가 더 막막해질 것이다. 가능한 한 모든 기회를 그러모아야 한다.

"와오!"

포크를 내려놓으며 마이크는 탄성을 내질렀다.

"정말 최고였어요, 한나. 핫소스도 딱 적당했습니다."

“고마워요.”

매운 것을 좋아하는 마이크를 위해 레시피의 핫소스 분량을 두 배로 늘인 것이 역시나 탁월한 선택이었다.

마이크는 테이블 가장자리에 놓인 주전자를 집어 한나의 컵에 커피를 따른 뒤 자신의 컵에도 커피를 따르고는 주전자를 다시 제자리에 내려놓았다. 그러고는 한나를 향해 미소를 지었다.

“그나저나 수사는 어떻게 진행되고 있습니까?”

마이크가 물었다.

“수사요?”

한나는 아무렇지도 않은 표정으로 되물었다.

“내가 사법적인 일이라면 전문가의 말을 조신하게 따르는 거 몰라요?”

“이를테면 정지 신호에서는 성실하게 차를 세우고, 제한 속도도 철저하게 지키는 것 등을 말하는 거겠죠.”

“그러는 마이크의 수사는 어떻게 진행되고 있는데요?”

한나가 반격에 나섰다. 한나 역시 폴의 사건 수사에 암암리에 나서고 있다는 사실을 부인할 수는 없었다. 마이크가 그 사실을 모를 리 없다.

“힘든 경우죠.”

“매튜 목사님의 사건이 갑자기 폴의 사건으로 바뀌어 버려서요?”

“그런 이유도 일부 있지만, 과거사가 얽혀 있다는 것도 문제입니다.”

“우리 마을에서 같은 고등학교를 다녔던 두 사람이라, 지금 사건이 그 당시의 일과 연관이 있을 것 같아서요?”

“맞습니다.”

마이크는 소파에 등을 기대더니 한나를 유심히 바라보았다.

“왜요?”

한나가 물었다. 마이크가 어찌나 뚫어져라 쳐다보는지 얼굴에 코가 한 개 더 솟아나기라도 한 것일까 의아할 정도였다.

"한나는 베이킹을 하지 않는 게 나았을 뻔했습니다."

한나는 뒤로 살짝 물러섰다.

"내 쿠키를 좋아하는 줄 알았는데요!"

"물론 좋아합니다! 내 말은, 한나가 차라리 경찰이 돼서 우리 팀에 소속되었더라면 좋았을 거란 뜻입니다."

"왜요?"

이미 이유를 알고 있으면서도 한나는 칭찬받고 싶은 마음에 모르는 척 마이크를 떠 보았다. 오늘 밤 노먼에게 당했던 일을 생각하니 마이크에게서라도 위로를 받고 싶었다!

"그 방면에 실력이 있지 않습니까. 우리 팀 사람들보다 훨씬 더 나아요. 게다가 한나가 경찰이었다면 한나에게 말조심을 하지 않아도 되었을 테니 말입니다."

"왜 말조심을 해야 하는데요?"

마이크의 칭찬에 사뭇 들뜬 한나가 물었다.

"경찰에서 수사 중인 사안이잖아요. 사건에 대해서 경찰 이외의 인물과는 절대로 의논할 수 없습니다."

한나는 살짝 한숨을 내쉬었지만, 내심 신이 났다. 마이크가 무심결에 그랬는지, 아니면 의도적으로 그랬는지는 모르겠지만, 자신의 손으로 직접 사건에 대해 직접적으로 의논할 수 있는 길을 열어준 격이 되었기 때문이다.

"그럼 오늘 알게 된 사실도 마이크에게 이야기하면 안 되겠네요."

한나가 말했다.

"경찰도 아닌 내가 한 얘기를 마이크가 뭐하러 진지하게 듣겠어요?"

“그건 상황이 다르죠. 형사들은 온갖 곳에서 정보를 수집하니까요.”

“그렇다면 정보를 얻기 위해 정보를 풀어야 할 때도 있겠네요?”

마이크의 눈이 휘둥그레졌다.

“그러니까 정보 교환을 하자는 겁니까?”

“나 그런 말은 안 했어요. 그냥 나한테 마이크가 흥미있어할 만한 정보가 있을지도 모르고, 또 마이크한테 내가 흥미있어할 만한 정보가 있을지도 모른다고 이야기했을 뿐이에요.”

“그게 그 이야기 아닙니까.”

마이크는 분명 즐거워하고 있었다.

“무슨 패를 가졌습니까, 한나?”

“먼저 얘기해 봐요. 내 건 마이크가 분명 모르는 내용이거든요.”

“좋습니다……. 사망 추정 시간, 어떻습니까?”

“그건 이미 알고 있어요. 그보다 더 고급 정보를 풀어야 할 거예요.”

“살해 도구?”

“찾았어요?”

“아뇨. 하지만 뭔지는 알아냈습니다.”

한나는 슬며시 웃음을 지었다.

“그건 나도 알아요. 총이잖아요.”

“그렇죠. 하지만 몇 구경인지, 어떤 모델인지도 알고 있습니까? 그건 아마 모를 걸요.”

“몰라요. 하지만 그게 중요한가요?”

“그렇게 중요하지는 않죠. 적어도 그걸 찾아내기 전까지는 말입니다. 뭐, 이야기 꺼낸 김에 알려주겠습니다. 22구경 반자동식 권총이었습니다. 탄피는 찾았고요.”

“엄청 놀라운 단서네요!”

한나의 장난스러운 반응에 마이크가 웃음을 터뜨렸다.

"실컷 웃어요. 어쨌든 내가 가진 정보는 그보다 더 놀라운 거니까."

"그럼 힌트라도 줘요. 고급 정보를 공개할지 말지는 힌트를 들어보고 결정하겠습니다."

"흠…… 좋아요."

한나는 잠시 생각에 잠겼다.

"사건 현장에서 새장을 봤죠?"

"당연히 봤죠. 릭 머피가 덮인 천을 들어보고 피트 넌크의 구관조임을 확인했습니다."

"그 천은 내가 덮은 거예요. 시체를 발견한 직후에요."

한나가 말했다.

"왜 그런……."

마이크가 이내 미소를 지었다.

"알겠군요. 새에게 시체를 보여주는 게 마음에 걸린 거죠."

"네, 그런 비슷한 마음이었어요. 하지만 그 구관조, 제이콥은 사건을 처음부터 끝까지 목격했어요. 게다가 말도 할 줄 알구요."

마이크가 또다시 한바탕 웃음을 터뜨렸다.

"그럼 그 새가 살인범이 누군지도 알려주던가요?"

"아뇨. 하지만 사람들 목소리를 흉내 내기는 했죠. 오후에 크누드슨 부인의 응접실에서 한바탕 리사이틀을 했답니다. 그중에 하나가 '이제 가봐야겠어. 11시 30분이 다 되어가'였어요. 노먼과 난 그 목소리의 주인공을 단번에 알아챘구요."

"정말입니까!"

마이크가 좀 전과는 달리 큰 관심을 보였다.

"누구였습니까?"

"아직은 안 돼요. 마이크는 아직 정보를 알려주지 않았잖아요."

"좋습니다……. 이건 어때요? 폴의 전과 기록을 확인했는데, 무장 강도 건으로 복역을 했더군요. 당시 경비원 한 명을 쏘기도 했습니다."

"22구경으로요?"

한나가 추측했다.

"역시 남다르군요, 한나. 맞습니다. 그 사건 때도 총은 찾지 못했거든요. 자, 이제 그 구관조가 교회 사무실을 찾았던 사람으로 누구를 지목했는지 말해봐요."

"앨리스 보겔이요. 고등학교 때 매튜와 서로 사랑하는 사이였대요. 하지만 다시 만나기로 한 날 밤에 남자는 살해됐구요."

"오늘 오후에 로니와 함께 앨리스를 찾아갔었는데, 그렇게 떨었던 이유를 이제야 알겠군요!"

"지금 더 힘들어하고 있을 거예요. 좀 전에 미셸이랑 같이 앨리스를 만나고 왔거든요. 가서 폴이 매튜 목사님 행세를 했고, 살해당한 사람도 폴이라는 사실을 알려줬어요. 가련한 앨리스는 사실을 잘 받아들이지 못하더라구요. 볼링장은 디거에게 잠시 부탁하고 바로 집으로 돌아갔어요. 생각할 시간이 필요하다면서요."

"앨리스는 처음부터 그 사람이 매튜 목사님이 아니라는 사실을 알고 있었던 게 아닐까요?"

마이크가 추리했다.

"속았다는 사실을 알고는 너무 화가 나서—"

"그만!"

한나가 그의 말을 가로막았다.

"앨리스는 아니에요. 알리바이도 있다구요. 디거랑 이야기를 해 봤는데, 앨리스는 그날 11시 40분쯤 볼링장으로 돌아왔대요."

“하지만, 볼링장 문을 닫은 다음에 다시 교회에 갔을 수도 있지 않습니까?”

“그렇게 되면 시간대가 맞지 않아요. 앨리스의 볼링장은 그날 델레이 직원들의 야간 올빼미 리그 경기가 있어서 새벽 2시까지 영업을 했거든요. 델레이 직원들 근무가 11시에 끝나니까요.”

마이크는 생각에 잠긴 듯한 얼굴이었다.

“그렇다면 교회 주변에서 누구 본 사람은 없었는지 물어봤습니까?”

“당연히 물어봤죠. 주차해 놓은 차까지 걸어가는 동안 아무도 보지 못했대요. 어슬렁거리는 사람도 없었고, 지나가는 차도 없었고, 물론 목사관 앞에 주차된 차도 없었대요. 교회 앞이랑 교회 주차장에도 마찬가지였구요.”

“알았습니다. 절차상에서라도 앨리스와 직접 이야기를 나눠봐야겠군요. 하지만 그전에 손에 넣은 단서 몇 가지에 대해 더 자세히 알아봐야겠습니다.”

“단서요?”

한나는 몸을 앞으로 바싹 기울였다.

마이크 역시 몸을 앞으로 기울인 채 두 손으로 턱을 받쳤다.

“안 돼요.”

마이크가 한나의 입술에 살짝 키스를 했다.

“오늘 밤은 여기까지만 하죠. 또 새로운 정보를 알게 되면 그때 연락해요. 또다시 정보교환을 해 봅시다.”

마이크가 자리에서 일어났다. 그리고 이내 한나를 일으켜 세우더니 따스하게 포옹했다.

“자, 이제 뭘 할 건지 이야기해줘요. 그 이야기 들은 다음에 난 이만 가봐야겠습니다. 시간이 늦었어요.”

마이크의 따스한 품 안에서 생각이란 것을 하기가 쉽지는 않았지만 한나는 애를 써 보았다.

"폴이 조단고등학교 다닐 때 알고 지냈던 친구들 중 한 명을 만나볼 거예요."

한나가 솔직하게 이야기했다.

"좋습니다."

마이크의 반응에 한나는 깜짝 놀랐다.

"거기까지만 얘기해도 괜찮은 거예요?"

"그럼요. 구체적인 것은 묻지 않겠습니다. 그래야 서로의 수사에 방해가 되지 않을 테니까요."

다른 말로 하면, 내가 그다지 중요한 단서들을 알아내지 못할 거라고 생각하는 거죠. 한나는 생각했다.

"얼른 침실로 들어가요. 문은 내가 잠그고 가겠습니다."

마이크가 한나를 한 번 더 포옹한 뒤 현관으로 향했다.

"두어 시간이라도 자두는 게 좋을 겁니다."

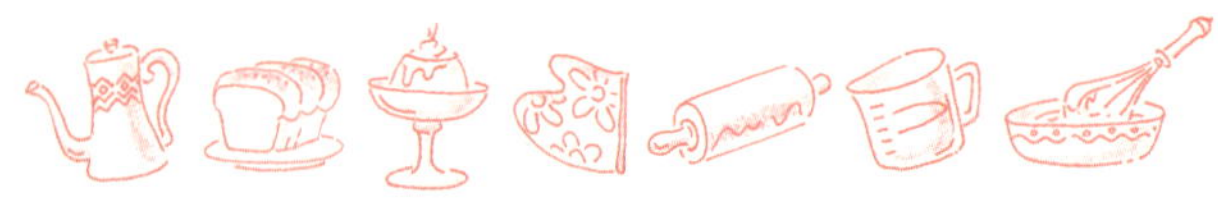

웰시 래빗

토스트기가 없으면 오븐은 예열하지 마시구요. 토스트기가 있을 때만 오븐을 230도로(매우 뜨거운 온도죠) 예열하세요. 틀은 오븐의 중앙에 둡니다.

재료

하얀 식빵 크게 자른 것 2조각(전 계란 식빵을 사용한답니다) / 큰 계란 4개 체다 치즈 간 것(224g) / 머스터드 가루 1/2티스푼 / 타바스코(핫페퍼) 소스 소금 / 갓 간 블랙페퍼 / 타르타르 크림 1/8티스푼

만드는 법

1. 우선 식빵을 토스트기에 노릇노릇하게 굽습니다. 토스트기가 없다면 브로일러에 놓고 타지 않도록 구워주면 됩니다. 한쪽이 잘 익었으면 뒤집어서 다른 쪽도 구워줍니다.

2. 토스트기(혹은 브로일러)에서 빵을 꺼냅니다. 브로일러를 사용하였을 경우에는 이제 오븐을 230도로 예열합니다. 틀은 오븐의 중앙에 둡니다(브로일러를 사용하였다면 이미 오븐의 온도가 230도에 가깝게 올랐을 겁니다).

3. 빵 조각을 펼쳐 넣을 수 있을 만한 크기의 베이킹용 팬을

꺼내 들러붙음 방지 스프레이를 뿌립니다(레시피 분량을 2배로 늘리지 않을 때는 20cm 크기의 사각 팬을 사용하고, 분량을 늘릴 때에는 1회용 스팀테이블 호일 팬 밑에 일반 쿠키 틀을 받쳐 사용하지요).

4. 베이킹팬에 토스트한 식빵을 얹습니다.

5. 계란을 흰자와 노른자로 분리합니다. 방법은 계란을 깨트려 껍질을 반으로 쪼갭니다. 노른자를 두 개의 껍질 사이로 왔다갔다하며 흰자를 중간 크기의 볼에 흘리고, 남은 노른자는 또 다른 중간 크기의 볼에 넣습니다.

6. 두 번째, 세 번째 계란도 똑같은 방식으로 분리합니다.

7. 네 번째 계란도 같은 방식으로 흰자를 분리해 낸 다음 노른자는 냉장고 보관용 용기에 담아 냉장고에 넣습니다. 그걸로 다음 날 아침 스크램블드에그를 만들면 좋을 거예요.

8. 자, 이제 중간 크기의 볼 하나에는 계란 노른자 3개가, 또 다른 볼 하나에는 계란 흰자 4개 분량이 담겼을 겁니다.

9. 계란 노른자를 섞어주세요.

10. 거기에 체다 치즈 간 것을 넣고 포크로 섞어줍니다.

11. 머스터드 가루, 핫페퍼 소스를 넣고 섞어줍니다.

12. 적당량의 소금과 약간의 후추를 넣고 섞어줍니다.

13. 이제 볼을 옆으로 치워둡니다.

14. 흰자가 담긴 볼에 타르타르 크림을 넣고 섞어줍니다. 타르타르 크림은 흰자가 더 빠르게 거품을 낼 수 있도록 도와주는 역할을 합니다.

15. 봉우리가 솟을 때까지 흰자를 저어줍니다. 믹서기를 사용하거나 거품체를 사용하면 쉽습니다(손으로 하는 것보다 믹서기를 사용하는 게 힘이 덜 들겠죠).

16. 계란 흰자 거품을 크게 한 숟가락 떠서 노른자 혼합물에 넣고 섞습니다. 이 작업을 "템퍼링"이라고 해요.

17. 남은 흰자 거품을 모두 노른자 혼합물에 넣고 고무 주걱으로 보송보송함이 죽지 않도록 섞어 줍니다.

한나의 두 번째 메모: 계란 흰자를 섞을 때는 고무 주걱을 평평하게 든 다음 그릇 중앙의 가운데 부분을 바닥까지 닿을 정도로 깊게 떠서 내가 있는 쪽 면에 닿을 때까지 뒤집어 줍니다. 이런 방식으로 그릇을 돌려가며 흰자를 섞어주는 겁니다. 가능하면 흰자 덩어리가 보이지 않을 때까지 골고루 섞어주는데, 약간의 덩어리가 보이더라도 크게 상관은 없습니다(수플레를 만드는 방식이랍니다. 간단하죠?).

18. 섞은 것을 빵 위에 바른 뒤 230도에서 10분간 굽습니다. 노릇노릇하게 살짝 솟아오르면 완성입니다.

한나의 세 번째 메모: 안드레아의 집에서 안드레아와 빌, 트레시, 그리고 제가 먹을 용으로 만든 적이 있어요(그때는 베시가 태어나기 전이었답니다). 제가 이걸 웰시 래빗이라고 부르는 것을 보고 트레시는 처음에 먹지 않겠다고 했어요. 좋아하는 토끼를 먹을 수 없다면서 말이죠. 빵을 요리조리 뒤집어 토끼는 절대 넣지 않는다는 것을 확인시켜 준 뒤에야 트레시는 안심을 했답니다.

　오후 1시, 한나는 지칠 대로 지쳐버렸다. 우선 안드레아와의 이야기는 잘 되었다. 안드레아는 점심시간에 짬을 내어 함께 이글에 가겠노라고 약속했다. 마지와 미셸이 홀에 진열하는 유리 쿠키 단지를 채우러 작업실을 왔다갔다하는 동안 한나는 업데이트 버전을 풀어놓는 리사의 이야기에도 귀를 기울였다. 어제의 이야기보다 훨씬 나아진 업데이트 버전은 또다시 입소문을 타고 아침부터 많은 손님들을 불러 모았다.

　한나가 오븐에서 쿠키를 꺼내 식힘망에 막 밀어 넣는 찰나 작업실 문에 노크소리가 들렸다. 한나는 재빨리 작업을 마무리하고 문을 열었다.

　"안녕, 언니!"

　안드레아가 화급히 들어와 옷걸이에 코트를 벗어 걸었다.

　"엄마가 나 이리로 오는 거 못 보셨겠지? 저녁식사 초대를 하셨는데, 내가 다른 약속이 있다고 했거든."

　"우리가 이글에 간다는 얘긴 하지 않았지?"

　"당연하지! 내가 바본 줄 알아! 그 얘기를 하면 엄마도 같이 가겠다고 하실 거 아니야. 그러면 엄마한테만 신경 써야 하고……."

　한나의 일그러진 얼굴을 눈치챈 안드레아가 하던 말을 멈추었다.

　"왜 그래?"

　"엄마가 행차하셨네."

한나는 우스갯소리를 해보았지만, 전혀 먹히지 않았다.

"비밀이 들통 난 것 같아."

"도대체 무슨 소리냐?"

엄마가 작업대 앞으로 다가와 자리에 앉았다.

"이글처럼 끔찍한 곳에 가겠다니, 그게 다 무슨 소리야?"

한나는 한숨을 푹 내쉰 다음 사실을 털어놓기 시작했다.

"엄마가 알면 걱정하실까 봐 말씀 못 드렸어요. 정말 별것 아닌—."

"한나!"

엄마가 한나의 말을 가로막았다.

"변명해 봤자 소용없으니 시간 낭비 말거라. 오늘 밤 안드레아와 이글에 가는 게 사실이지 않니? 아마 미셸도 같이 가는 거겠지? 거긴 도대체왜 가는 게야?"

"레니 페스크를 만나러요. 고등학교 때 폴이랑 곧잘 어울려 다니며 문제를 일으켰대요."

"그렇게 큰 문젯거리는 아니었어요."

안드레아가 재빨리 나섰다.

"학교 사물함을 뜯는다든가 싫어하는 선생님에게 장난을 친 정도였어요."

"그럼 폴의 사건이 과거의 일이랑 연관이 있을 거라고 생각하는 게냐? 폴이 레니랑 친하게 지냈으니?"

"가능성이 있다고 봐요."

한나가 말했다.

"이제부터 알아봐야겠죠."

"그래, 이제야 이해가 가는구나. 그래도 레니가 용의자인 것은 아니겠지?"

한나는 고개를 가로저었다.

"그에게 동기가 있을 것 같진 않아요."

"알았다, 그럼. 그저 레니를 만나기 위해 가는 거라면 더 이상 걱정하지 않으마. 대신 레니가 뭔가 흉악한 말을 하거든 곧장 집으로 돌아오겠다고 약속해라."

"알았어요."

한나가 순순히 대답했다.

"그런 일이 생기면 바로 돌아오겠다고 약속할게요."

"그래, 그럼 되었구나. 자, 이제 커피 좀 마셔도 되겠니, 얘야?"

"물론이죠. 안드레아도 커피 줄까?"

안드레아는 고개를 가로저었다.

"커피는 됐어. 보니 서마 때문에 아직도 머리가 지끈거려. 마음 달래주는 쿠키랑 우유 한 잔 주면 고맙고."

한나는 안드레아에게 줄 우유와 엄마에게 줄 커피를 따르며 '마음을 달래주는 쿠키'로 뭐가 좋을까 고심했다. 그리고 마침내 접시의 반을 정통 슈가쿠키로 채우기로 결심했다. 버터의 달콤함과 입안에서 녹아내리는 부드러움이 마음 달래기에는 안성맞춤이다. 그리고 또 다른 반은 엔도르핀을 퐁퐁 샘솟게 하는 초콜릿이 가득 든 캔디바 바 쿠키로 채웠다.

"보니 서마는 왜?"

한나는 우유와 함께 쿠키를 가져다주며 안드레아에게 물었다.

"오늘 정오 전에 클레어의 가게에 왔었거든."

엄마가 안드레아에게 어서 쿠키를 먹으라고 손짓했다.

"보니가 오늘 아침에 쇼윈도에 걸어 놓은 블랙 드레스를 입어보고 싶다고 하더구나."

한나는 아리송한 표정을 지었다.

"난 못 봤는데. 근데 그게 왜?"

"우선 그 블랙 드레스는 엉덩이 부분에 우아한 주름이 잡혀 있거든."

안드레아가 말했다.

"그리고 보니는 원래 자기 엉덩이에 주름이 잔뜩 잡혀 있잖아. 군살 주름."

한나는 슬며시 미소를 지었다.

"이제 알겠다. 그 블랙 드레스가 보니의 결점을 더욱 드러나 보이게 해 준 거구나."

"바로 그거란다!" 엄마가 말했다.

"그래서 내가 그 이야기를 해 줬더니 그렇지 않다고 고집을 피우더구나."

"내가 말했잖아요, 엄마. 자기 결점을 이야기하는데 좋아할 사람은 없다구요. 그 옷이 안 어울린다는 이야기를 돌려서 말할 수도 있었어요."

안드레아가 한나를 돌아보았다.

"보니가 클레어의 가게에 아예 발길을 끊을까 봐 이러저러하게 달래는 데에 20분이 걸리고, 새로 들어온 드레스들 중에서 아직 포장을 뜯지도 않은 레드 드레스를 애써 잘 어울린다고 설득하는 데에 20분이 걸렸어. 어떤 옷들이 보니의 활달한 성격에 잘 어울리는지 설명하면서 레드 드레스의 다채로운 색상의 음영들이 보니에게 완전 잘 어울린다고, 이건 그냥 딱 보니를 위한 드레스라고 침이 마르게 설명하는 동안 엄마는 부리나케 드레스 다림질을 해야만 했지."

"그래, 다림질할 필요 없는 그 드레스를 다림질해 달라고 안드레아가 부탁한 이유가 날 멀리 쫓아내기 위해서였단다. 내가 괜한 소리 할까 봐서 말이지."

엄마가 불평했다. 하지만 이내 안드레아를 바라보며 미소를 지었다.

"하지만 안드레아의 선택이 옳았어. 안드레아의 화려한 화술도 훌륭했지만, 대신 골라준 드레스의 화려한 색깔이 정말 보니에게 잘 어울렸거든. 덕분에 드레스를 세 벌이나 사갔지 뭐냐. 세 벌 다 정말 잘 어울렸단다!"

그때 홀 쪽에서 사람들의 박수소리가 들렸고, 세 사람은 일제히 입을 다물었다. 리사가 '한나의 시체 발견 이야기'의 마무리를 장식한 모양이었다. 그리고 잠시 후 리사가 작업실로 들어왔다. 반짝이는 두 눈에 발그레한 양 볼로 행복한 미소를 짓고 있었다.

"오늘 이야기가 제일 재미있었던 것 같아요."

리사가 작업대 앞에 앉으며 말했다.

"심지어 팁도 받았어요. 다들 평소에는 절대 팁을 주지 않는 사람들이었는데 말이에요!"

한나는 리사를 향해 미소를 지었다.

"훌륭한데! 얼마나 받았어?"

"잘 모르겠어요."

리사가 앞치마 주머니에 손을 넣어 금화 한 닢을 꺼냈다.

"1달러 가치는 될 거라고 했는데, 허브 말로는 그보다 더 값나는 것 같대요."

"그게 뭔데?"

안드레아가 리사의 손에 있는 금화를 쳐다보며 물었다.

"사카가위아 골드 달러(아메리카 원주민 여인의 이름을 따서 1999년부터 제조한 미국 1달러 동전)요. 홀에 있는 사람들 모두 구경하려고 하더라구요."

"그건 누가 준 거야?"

한나가 물었다.

"레니 페스크요."

그때 회전문이 열리고 미셸이 모습을 보였다.

"손님들이 커튼콜을 외치고 있어, 리사."

미셸이 말했다.

"그나저나 아까 이야기 정말 재밌었어."

"고마워요."

리사는 서둘러 다시 홀로 나갔다. 하지만 미셸은 나가지 않고 작업실에 남았다.

"존 워커가 언니를 만나고 싶대."

미셸이 말했다.

"아까 그 금화를 보더니 언니한테 알려줄 정보가 있다고 하던데."

미셸은 잠시 후 존 워커와 함께 다시 작업실로 들어왔다. 녹색의 약사복 차림으로 찾아온 존은 쿠키와 커피를 들겠냐는 한나의 제안을 흔쾌히 받아들였다.

"그 금화 말이야, 한나."

존이 캔디바 바 쿠키에 손을 뻗었다.

"아까 리사가 보여주기에 내가 한번 뒤집어봤지. 처음 발행한 주화 중 하나더라구. 하지만 이글에서 초판 금화를 취급할 리 없는데 말이야."

"초판 주화가 더 값이 나가나 봐?"

엄마가 물었다.

"그렇진 않지만, 레니가 그걸 갖고 있다는 게 참 우연이에요. 왜냐하면 지난 일요일에 내가 초판 사카가위아 달러 5닢을 교회에 헌금으로 냈거든요."

한나는 미셸과 서로 시선을 주고받았다. 교회 헌금이 일부 사라진 사실을 알고 있는 두 사람이었다. 헌금함에 손을 댄 사람이 폴을 죽인 범인일 가능성이 높다.

“그럼 그 초판 사카가위아 달러가 흔치 않은 거예요?”

한나가 물었다.

그러자 존이 어깨를 으쓱했다.

“뭐, 그렇게 보기 드문 주화는 아니야. 약국에 있으면서 종종 사카가위아 달러를 받는 때도 있으니까. 그럴 때면 따로 모아뒀다가 교회 헌금으로 내지. 밥 목사님이 그걸 일반 달러로 바꿔서 여름 성경학교에서 1등을 한 아이들에게 줄 부상을 마련하시거든.”

“그럼 올해 약국에서 사카가위아 달러를 얼마나 받으셨어요?”

한나가 물었다.

“확실하진 않지만, 아마도…… 10달러 내지 12달러 정도?”

“그중에서 초판 달러는 얼마나 됐는데요?”

“절반 정도.”

“그렇다면 레니가 초판 달러를 갖고 있는 게 그렇게 이상한 일은 아니지 않아요?”

한나가 마무리를 위한 질문을 던졌다.

“그래, 그렇지. 따지고 보면 그게 그렇게 이상한 일은 아니야. 그걸 따로 모아서 팁으로 사용하는 사람들도 있으니까. 그저 오묘한 우연이라고 생각했을 뿐이야. 레니가 이글에서 바텐딩을 하면서 아마 손님에게 팁으로 받았을 수도 있겠지.”

존이 자리를 뜨자 엄마는 세 딸을 향해 엄한 표정을 지었다.

“나도 발을 담그마.”

엄마가 말했다.

“뭘 하신다고요, 엄마?”

미셸이 물었다. 처음부터 함께 자리하지 않았던 미셸로서는 아리송할 수밖에 없었다.

“나도 같이 이글에 가겠다는 얘기다. 내 차로 움직이자꾸나. 존의 이야기를 들어보니 레니가 용의자일 수도 있겠어. 그런 위험한 사람을 만나러 우리 딸들만 보낼 수는 없지 않겠니!”

한나는 테이프의 끈적한 쪽이 밖을 향하도록 손에 둘둘 감은 뒤 검은색 스웨터를 두들겼다. 서랍 속 다른 스웨터들 가장 위쪽에 접혀 있었는데, 어찌된 일인지 오렌지색과 하얀색의 모이쉐 털이 잔뜩 묻어 있었다. 테이프로 털 떼어내기를 거의 마칠 무렵 미셸이 들어왔다.

“스웨터에 고양이 털 묻었어?”

한나가 테이프로 스웨터 두드리는 것을 본 미셸이 물었다.

“그러게! 서랍 속에 넣어 뒀는데, 어떻게 이렇게 많이 묻었는지 모르겠어. 모이쉐가 분명……．”

미셸에게로 시선을 옮기던 한나가 순간 말을 멈추었다.

“그거 입게?”

“응, 나 빨간색 옷 좋아해. 게다가 반짝이는 장식이 색상을 더 돋보이게 하잖아.”

“정말 네가 산 거야?”

막내 여동생의 안목에 문제가 생긴 것은 아닐까 한나는 염려스러웠다.

“정말 싸게 샀어. 오늘 오후에 중고용품점을 지나는데, 1달러 코너에서 이걸 발견했지.”

“하지만 그건 네 사이즈보다 3사이즈나 작잖아!”

“4사이즈 작아. 하지만 누가 알겠어? 타이트한 청바지에 이 밝은 립스틱 색상의 스웨터면 이글에서 노는 여자애들이랑 비슷해 보일 거야.”

“무슨 소리야. 오늘은 위장 잠입이 아니잖아. 그저 레니를 만나러 가는 거라구.”

“언니랑 안드레아 언니가 레니를 만나는 동안 엄마랑 나는 레니에 대한 정보를 수집하러 돌아다닐 거거든. 오늘 오후에 다 계획을 세웠지.”

“하지만…… 우리 전부 다 엄마 차를 타고 갈 건데?”

“우린 아니야. 계획 수정이 있었어. 우선 엄마가 우리를 태운 다음에 언니가 운전대를 잡고 엄마랑 나를 버드 호지의 집에 내려줘. 버드의 새 트럭을 빌리기로 했거든.”

한나는 의심스러운 눈초리로 미셸을 바라보았다.

“이거 전부 엄마가 꾸민 일이지?”

“맞아. 하지만 나도 적극 동조했어. 재밌을 것 같았거든. 엄마랑은 한 번도 위장 잠입해 본 적이 없잖아.”

한나는 한숨을 내쉬었다. 두 사람을 말리기에는 너무 늦은 듯했다. 엄마가 도착할 때가 거의 다 되었다.

“알았어. 그럼 그렇게 하자. 하지만 이거 하나만 약속해.”

“뭔데?”

“아코나에 있는 무스헤드에서 엄마랑 로드 부인이 참가했던 가라오케 경연대회 기억나지?”

“당연히 기억나지. ‘바이바이 러브’를 불렀는데, 정말 끔찍했잖아.”

“그래, 바로 그거야. 무슨 수를 쓰더라도 엄마가 노래 부르는 걸 막아.”

"준비됐어?"

한나가 이글의 주차장으로 들어서 뒤편의 파란색 픽업트럭과 한쪽 문이 움푹 들어간 검은색 포드 사이에 차를 세우자 안드레아가 물었다.

"준비됐어."

한나는 차에서 내렸다. 안드레아 역시 차에서 내려 건물 밖에 걸려 있는 붉은색의 네온사인을 물끄러미 올려다보았다. 네온사인은 지지직 소리를 내며 불규칙하게 번쩍이고 있었다. 마지막으로 이곳을 다녀갔을 때에는 EAGLE의 A자가 불이 나가 버려 EGLE만 번쩍이고 있었는데, 그 사이 세월 탓인지, 날씨 탓인지 L자의 전구도 터져 버리고 오로지 E와 G와 마지막 E자만이 남아 초라한 빛을 발하고 있었다. 뭉텅이로 빠져버린 알파벳 때문에 술집은 EGE라는 이상한 이름이 되어버렸다.

"저 간판은 아예 고칠 생각도 안 하나 봐."

안드레아가 중얼거렸다.

"단골손님이야 가게 이름쯤은 이미 익히 알고 있을 테니 굳이 광고할 필요가 없다고 생각하는 거겠지. 관광명소도 아니니까 말이야."

안드레아는 웃음을 터뜨렸다. 그녀의 입에서 하얗게 입김이 피어올랐다. 추운 밤이었다.

"어서 가자."

한나는 레니에게 주려고 가져온 쿠키 꾸러미를 집은 뒤 엄마 세단의 열쇠를 잠갔다. 그러고는 눈 덮인 주차장을 가로질러 입구로 향했다.

"미셸이랑 엄마가 도착하기 전에 얼른 들어가야 해."

"그러면 우리가 같이 온 걸 사람들이 눈치채지 못할 테니까?"

"아니. 그래야 엄마의 의상을 보지 않아도 될 테니까."

"엄마의 의상이 어떻기에?"

안드레아가 물었다.

"보면 알아."

한나가 웃음을 지으며 말했다. 미셸과 엄마를 버드 호지의 집에 내려 준 뒤 안드레아를 태웠기 때문에 엄마가 어떤 옷을 입고 나왔는지 안드레아는 아직 보지 못했다.

한나는 문을 연 뒤 안드레아가 들어갈 수 있도록 잡아 주었다. 훈훈한 공기와 함께 서부 컨트리풍의 음악, 그리고 소란스러운 웃음소리가 두 사람을 맞아주었다. 안에서는 바닥에 흘린 맥주 냄새와 개인위생이 의심 스러운 사람들에게서 스며 나오는 냄새, 그리고 그 정체를 확인하고 싶 지 않은 기이한 냄새가 뒤섞여 퀴퀴한 향취를 풍겼다.

"또 그릴 요리를 하고 있네."

안드레아가 뒷문 근처에 놓인 휴대용 숯불 그릴을 가리켰다. 햄버거나 치즈버거를 만들기 위해 놓아둔 것이었다.

"저거 불법 아니야?"

"아마도. 집에 가서 빌에게 물어봐. 지금은 입 다물고. 밀고죄로 쫓겨 나고 싶지 않거든."

"걱정 마. 입 꾹 다물고 있을게. 저쪽 바에 두 자리 났다."

안드레아는 한나를 바 앞에 자리한 스툴로 이끌었고, 두 사람은 자리 에 앉았다. 하지만 한나 옆에 앉은 여자의 엉덩이가 스툴에서 삐져나올

만큼 거대했기 때문에 한나는 편히 앉을 수 없었다. 결국 안드레아가 자신의 스툴을 최대한 벽 쪽으로 당겨주었고, 그제야 한나는 자리에 껴 앉을 수 있었다.

"뭐 마실까?"

안드레아가 물었다.

"화이트 와인. 마실 건 아니고 바닥에 조금씩 흘릴 거야."

"누가 보면 어떡해?"

"바닥을 봐봐."

안드레아가 아래를 내려다보더니 얼굴을 찌푸렸다.

"예리한걸. 나도 그럼 같은 걸 마실래. 레니는 쉬는 중인가 봐. 지금 바텐더는 여자밖에 없는데."

"안녕, 숙녀분들."

웨이트리스가 다가왔다.

"뭘 드릴까?"

"와인은 어떤 거 있어요?"

안드레아가 물었다.

"화이트, 레드, 그리고 로지가 있죠. 뭐로 취해볼래요?"

"그냥 화이트 와인 한 잔씩 주세요."

안드레아가 브랜드명까지 자세히 물어보거나 웨이트리스의 발음을 교정해 주려 하기 전에 한나가 얼른 주문을 마쳤다.

웨이트리스는 거의 바로 화이트 와인 비스름하게 보이는 와인 두 잔을 들고 돌아왔다. 액체의 정체가 무엇이든 상관없었다. 어차피 마시는 척만 하고 버릴 것이니 말이다.

"고마워요."

한나가 말했다.

“근데 얼마죠? 지금 계산할게요.”

“6달러 50센트씩이에요.”

웨이트리스가 한나에게서 20달러 지폐를 건네받았다.

“잔돈 필요해요?”

“5달러만 주세요.”

한나가 애써 미소를 지으며 말했다. 먼지 쌓인 창고에서 꺼낸 듯한 싸구려 와인을 들고 온 웨이트리스에게 팁으로 7달러나 줄 이유는 없다!

안드레아는 와인을 한 모금 마셔보더니 이내 미간을 찌푸렸다.

“이거 꼭 테레빈유(송진을 수증기로 증류하여 얻는 정유) 냄새 같은 맛이 나. 아니, 냄새도 완전 테레빈유인데.”

“알려줘서 고마워.”

한나가 잔 기둥을 흔들며 말했다.

“레니의 휴식 시간이 빨리 끝났으면 좋겠네. 빨리 물어볼 거 물어보고 여기서 나가고 싶다.”

“저기 미셸이다.”

안드레아가 댄스 플로어를 둘러싸듯 놓인 테이블 중 하나를 가리켰다.

“벌써 남자들한테서 춤 신청을 받았나 봐. 어느새 춤추고 있어.”

한나는 격자무늬 셔츠를 입은 큰 키의 남자 품속에서 춤을 추고 있는 미셸을 발견했다. 꽤 준수한 외모의 남자였다. 흠, 괜찮군. 그리고 엄마가 보였다.

“어-오! 저기 엄마 좀 봐!”

“어디? 안 보이는데.”

“완전 덩치 큰 남자랑 춤추고 있어. 못해도 예순넷은 되어 보여. 붉은색 셔츠에 수염을 기르고 있어.”

안드레아는 잠시 말이 없었다.

“아, 보인다. 근데…… 저 사람이 엄마야?!”

“엄마야.”

“아니, 대체 뭘 입고 계신 거야?”

“쇼핑몰에서 구하신 거래.”

한나가 씩 웃으며 말했다.

엄마는 그야말로 몹쓸 쇼핑을 하고 말았다. 다리 선을 따라 화려한 술이 달린 번쩍번쩍 빛나는 검정 가죽바지에 가슴께에 나비 문양의 라인스톤(인조 다이아몬드)이 달린 꼭 달라붙는 블랙 가죽 상의를 입고, 거기에 붉은색의 립스틱과 길고 긴 손톱에 빨간 매니큐어, 금발 가발에 검정색 하이힐 부츠로 한껏 멋을 부렸다.

“믿을 수가 없어!”

안드레아가 표정을 일그러트리며 말했다.

“언니가 잘못 안 걸 거야. 엄마가 쇼핑몰에서 저런 옷들을 건졌을 리 없어.”

“오, 사실이야. 코스튬 가게에서 빌린 것들이래. 미셸이 그랬어.”

“하지만 대체 누가 그리고 왜 저런 코스튬을 입겠어?”

한나는 어깨를 으쓱했다.

“할로윈? 아니면 도미나트릭스데이? 나야 모르지. 난 그저 엄마가 다른 옷을 골랐으면 더 좋았을 텐데 하는 생각뿐이야.”

“내 말이. 부모가 자식과 연을 끊듯이 자식이 부모와 연을 끊을 수는 없나?”

한나는 웃음을 터뜨렸다.

“무슨 농담이 그래. 완전 다른 사람이 된 듯 즐거워하고 계시는데 뭘. 미셸이 엄마를 잘 보필할 수 있도록 돕기나 하자구.”

“알았어. 미셸이랑 춤추는 남자도 마음에 안 드는데, 아직까지는 꽤 젠틀하게 굴고 있으니까 지켜보겠어. 하지만 무슨 일이 생겼다 하면 바로 그이에게 긴급통화를 걸어버릴 거야. 그나저나 레니는 도대체 언제……."

안드레아가 하던 말을 멈추고 한나를 쿡쿡 찔렀다.

"레니야. 방금 사무실 문이 열리고 레니가 나왔어. 뭘 들고 있는데."

한나는 고개를 돌렸다. 레니는 바의 끝 편으로 향하고 있었다. 단정하게 자른 머리에 양옆에 남루한 구레나룻을 기른 평범한 얼굴의 레니는 10킬로그램만 더 살을 빼면 제법 미남 소리를 들을 법한 사내였다.

"무슨 상자인 것 같은데. 길고 가장자리가 둥근 모양이야. 파란색 벨벳으로 덮여 있고."

"저건 보석 상자야. 보석상에서 값비싼 목걸이를 보관할 때 저런 상자를 써."

안드레아가 말했다.

"작년 크리스마스에 빌이 진주 목걸이를 선물했는데, 그때도 저런 벨벳 상자에 포장이 되어 있었어."

두 사람이 지켜보는 가운데 레니는 바 끝에 있는 남자에게 상자를 건넸고, 남자는 뚜껑을 열어 안을 슬쩍 들여다보더니 이내 고개를 끄덕였다. 남자는 레니에게 꼬깃꼬깃 접힌 지폐를 건넸고, 레니는 지폐를 세어보더니 고개를 끄덕였다. 그러자 퀼트 파카 조끼를 입은 남자는 보석 상자를 안쪽 주머니에 넣고 곧바로 술집을 빠져나갔다.

"무슨 상황이지?"

안드레아가 물었다.

"확실하진 않지만, 방금 저 검정색 카우보이셔츠를 입은 남자도 레니에게 무슨 티켓이랑 돈 뭉치를 건넸어. 그리고 레니가 다시 사무실로 돌아가고 있어."

하지만 이번에 레니는 사무실에 오래 머물지 않았다. 그는 이내 파란색 벨벳이 덮인 반지 상자를 들고 다시 모습을 보였다.

"여기 있어."

레니는 카우보이셔츠를 입은 남자에게 상자를 건넸다.

"그녀의 생일에 맞춰서 제때 돌려줘야 해."

'티켓', '돈' 그리고 '돌려주다'. 한나의 머릿속에 무언가가 불현듯 스쳐 지나갔다.

"레니가 사무실에 전당포를 차린 것 같지 않아?"

한나가 안드레아에게 물었다.

"나도 그런 생각을 하고 있었어. 그래서 사무실을 잠가 놓는 걸 거야."

"도대체 안에 어떤 물건들이 있는 건지 궁금하네. 지금까지 본 것들은 보석이고—."

그때 안드레아가 한나의 팔을 움켜잡았고 그 바람에 한나는 하던 말을 멈췄다.

"왜 그래?"

"만약 전당포보다 더한 걸 하고 있는 거면? 장물을 팔고 있는 거면? 그 시티즈에서 있었던 도난 건으로 사라진 보석이 레니의 손에 있는 걸지도 몰라."

한나는 고개를 가로저었다.

"말도 안 돼. 레니가 손을 대기에는 너무 고가의 물품들이잖아."

"좋아, 그럼 직접 파는 건 아니라고 치자. 강도가 장물을 살 사람이 나타나길 기다리는 동안 레니에게 그걸 맡긴 거야. 보관료를 내고. 이건 말이 되지?"

"훨씬 낫네. 그래도 설마 레니가—."

“쉿!”

안드레아가 입술로 휙 바람을 불었다.

“지금 이쪽으로 오고 있어! 언니는 어떻게든 사무실 안을 살펴봐. 분명 도난당한 보석들이 안에 있을 거야. 그것만 확인하면 빌이 수색영장을 청구할 수도 있어.”

“알았어, 애써 볼게.”

한나는 미소를 지으며 안드레아에게 약속했다.

“숙녀분들.”

레니가 냅킨 두 장을 가져와 한나와 안드레아의 와인잔 밑에 받쳤다.

“실키가 냅킨 주는 걸 잊었나 보네요. 사과의 뜻으로 술 한 잔 대접할까요?”

“그럼 이건 내버리고 진저에일로 부탁해요.”

한나가 미소를 지으며 말했다.

“오늘 가게에서 미처 얼굴을 못 봤네요. 작업실에서 베이킹을 하느라.”

레니는 잠시 어리둥절해하더니 이내 미소를 지었다.

“한나, 여기서 이렇게 볼 줄은 몰랐네요. 우리 가게의 고품질 화이트 와인이 마음에 안 들었나보죠?”

한나는 고개를 설레설레 저으며 아무도 엿들을 수 없게 몸을 바짝 앞으로 숙였다.

“끔찍했어요. 대관절 무슨 종류예요?”

“글쎄요. 흰색 바탕에 파란색 줄무늬 상자에 담겨 나오는 와인인데, 겉면에 정말로 고품질 화이트 와인이라고 적혀 있어요.”

레니는 자신의 농담에 먼저 웃음을 터뜨리고 말았다. 한나 역시 따라 웃어주었다.

"근데 여기까지 어쩐 일이에요?"

그가 물었다.

"이거요."

한나가 대답하며 가져온 쿠키 꾸러미를 바 위에 올려놓았다.

"가게에서 이걸 챙겨주려고 했는데, 이미 가버리고 없더라구요. 제 친구 에드위나 개츠비에게서 받은 레시피인데, 초콜릿을 입힌 건포도 쿠키예요."

그러자 레니는 기쁜 듯 머리를 뒤로 젖혔다.

"에드위나 개츠비. 어디선가 들어본 이름이네요."

"그럴 거예요. 에드위나의 부모님이 레이크 에덴 영화관을 운영하셨거든요. 제가 고등학교 들어갔을 때 영화관에 불이 나서 전소됐지만."

"맞아요! 그 영화관을 위대한 개츠비라고 불렀죠. 토요일에는 마티니를 반값에 팔기도 했어요."

레니는 잠시 생각에 잠기는 듯했다.

"초콜릿을 입힌 건포도라면 캔디 가게에서 파는 레이지넷(네슬레 사 제품) 같은 건가요?"

"같은 게 아니라, 바로 그거예요. 플로렌스의 빨간 부엉이 식료품점에서 특별히 레이지넷을 주문해 줬거든요. 그래서 그걸 쿠키 반죽에 넣었어요."

"그렇다면 내 입맛에도 맞겠어요. 고마워요, 한나. 우리 웨이트리스들이 넘보지 않게 따로 사무실에 갖다두고 잠가야겠어요."

"아, 그리고 보니 생각난 건데."

한나가 재빨리 화두를 던졌다.

"혹시 사무실 전화 좀 쓸 수 있을까요? 급하게 전화할 곳이 있는데, 핸드폰 배터리 충전하는 걸 깜빡해서요."

“얼마든지요. 열쇠로 열어놓을게요.”

“잘됐다! 통화할 때 사무실 문을 좀 닫아놓아도 괜찮죠? 여긴 너무 시끄러워서요.”

“그렇게 해요. 근데 이 정도가 시끄럽다고 하면, 토요일 밤에 한 번 더 들러봐요.”

레니가 한나에게 손짓을 했다.

“나를 따라와요.”

한나는 미끄러지듯 스툴에서 일어나 안드레아를 스치듯 지나쳤다.

“레니가 돌아오면 최대한 주의를 분산시켜.”

한나가 말했다.

“금화에 대해 물어보면 좋을 거야.”

초콜릿을 입힌 건포도 쿠키

오븐은 175도로 예열하세요. 틀은 오븐의 중앙에 둡니다.

한나의 첫 번째 메모: 에드위나의 할머니가 맛있는 오트밀 건포도 쿠키를 만드시는 것을 보면서 에드위나는 이제 좀더 '극적인' 버전의 업데이트 레시피를 탄생시켜야겠다고 생각했대요. 그래서 초콜릿을 입힌 건포도와 버터스카치 푸딩 믹스, 그리고 버터스카치 칩을 첨가하기로 했죠. 그 결과물은 할머니의 오트밀 건포도 쿠키와는 아주 다른 새로운 것이었답니다!

재료

소금기 있는 버터 1컵 / 버터스카치 푸딩 믹스 1개(2컵, 무설탕은 안 됩니다)***

백설탕 1/2컵 / 황설탕 1/2컵 / 거품 낸 계란 1개 / 바닐라액 1티스푼

베이킹소다 1티스푼 / 소금 1/4티스푼 / 시나몬가루 1/2티스푼

다목적 밀가루 1과 1/2컵 / 오트밀 1과 1/2컵 / 버터스카치 칩 1컵

초콜릿을 입힌 건포도 1컵(전 11온스(308g) 포장 1개를 사서 1/4컵 정도 남기고 다 사용했답니다. 물론 남은 1/4컵 분량도 금세 사라졌지만요!)

*** 버터스카치 푸딩 믹스를 구하기 어렵다면, 바닐라 푸딩 믹스로 대체하셔도 됩니다. 분량은 똑같이 2컵으로 측량하시면 되구요. 버터스카치 맛이 나는 젤로 3.5온스(98g) 포장 1개를 사용하셔도 됩니다. 단, 무가당은 안 돼요.

한나의 두 번째 메모: 반죽은 손으로 해도 되지만, 믹서기를 사용하면 더 편하답니다.

만드는 법

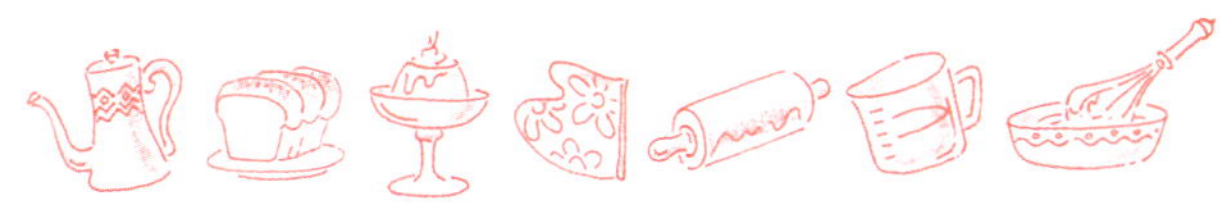

1. 부드러운 버터에 푸딩 믹스, 백설탕, 황설탕을 넣고 섞습니다. 골고루 섞일 때까지 저어줍니다.
2. 계란과 바닐라액을 넣고 섞어줍니다.
3. 베이킹소다, 소금, 시나몬을 넣고 섞어줍니다.
4. 밀가루를 1/2컵씩 넣고 한 번씩 넣을 때마다 섞어줍니다.
5. 오트밀을 1/2컵씩 넣고 한 번씩 넣을 때마다 섞어줍니다.
6. 믹서기에서 볼을 꺼내 초콜릿을 입힌 건포도와 버터스카치 칩을 넣고 손으로 섞어줍니다.
7. 둥근 테이블스푼으로 반죽을 떠서 기름칠한 쿠키 틀 위에 5cm 간격으로 올립니다. 표준 크기의 틀에는 6개 이상 올라가지 않을 겁니다. 취향에 따라 2-테이블스푼 크기의 스쿠퍼를 사용하셔도 됩니다.
8. 175도에서 15~17분간 굽습니다. 가장자리가 먹음직스러운 황갈빛을 띠면 완성입니다.
9. 쿠키의 크기와는 상관없이 완성된 쿠키는 틀 위에서 2분간 식힌 다음 식힘망으로 옮겨 완전히 식힙니다.

한나의 세 번째 메모: 에드위나는 쿠키를 저희가 쿠키단지에서 만드는 보통 크기보다 더 크게 만들었어요. 그녀가 사용한 기구가 저희가 사용한 것보다 두 배 더 크거든요. 저희는 2-티스푼 사이즈 스쿠퍼를, 에드위나는 2-테이블스푼 사이즈 스쿠퍼를 사용한 거죠. 2-티스푼 사이즈를 사용한 저희의 쿠키는 175도에서 10~12분간 구웠답니다.

리사의 메모: 허브가 특히 좋아하는 쿠키예요. 이 쿠키를 마주했다 하면 그 누구도 하나만 먹고 만족할 수 없을 거라고 하더군요.

책상과 의자, 그리고 책상 앞에 두 개의 딱딱한 의자, 파일 캐비닛이 놓인 그저 평범한 사무실이었다. 문과 마주하고 있는 벽에는 커다란 거울이 달려 있었는데 문을 등지고 있어도 누가 들어오는지 훤히 볼 수 있었다. 아무래도 거울이 저 위치에 걸린 것이 그저 우연은 아닌 듯했다.

한나는 사무실 문을 닫고, 집 번호를 눌렀다. 수화기에서 한나의 자동응답기 안내 메시지가 흘러 나왔다. 잠자코 자신의 목소리를 듣고 있자니 한나는 조금 이상한 기분이 들었다. 한나는 문득 안내 메시지의 말투를 좀 더 사무적으로 고쳐서 다시 녹음해야겠다고 생각했다. 근데 사실 집으로 사무적인 전화가 걸려 올 일이 얼마나 있을까. 역시 원래대로 평범한 말투가 낫겠다. 만약 레니가 바 뒤에서 수화기를 들고 몰래 엿들었다면, 한나의 목소리를 듣고 안심하며 수화기를 내려놓을 것이다. 물론 희망사항이지만.

"노먼, 없어요?"

응답기에서 삐—소리가 들리자 한나는 입을 열었다.

"나예요. 집에 있으면 전화 좀 받아요."

당연히 노먼은 전화를 받지 않았다. 안 그래도 하루 종일 감감무소식인 그가 갑자기 한나의 집에서 전화를 받고 있을 리 없지 않겠는가.

"이 메시지를 꼭 들었으면 좋겠네요. 중요하게 할 얘기가 있거든요."

한나가 말하며 책상의 첫 번째 서랍을 열었다. 펜, 자, 전화번호부책 외에는 아무것도 없었다. 한나는 노먼에게 노먼 어머니의 생일 선물에 대해 의논하고 싶다는 이야기를 중얼거리며 전화번호부책을 뒤적여 보았다. 하지만 전화번호부책의 그 어떤 이름이나 지명에도 특이할 만한 표시는 없었다.

"일단 로드 부인께는 절대 선물 이야기하면 안 돼요."

한나는 계속 말을 이어가며 가운데 서랍을 닫고 오른쪽에서 제일 첫 번째 서랍을 열었다.

서랍은 거의 텅 비어 있었다. 인조 가죽으로 만든 수첩 외에는 아무것도 없었다.

"향수가 어떨까 하는데 어떤 향을 좋아하실지 모르겠어요."

한나는 수첩을 펼쳤다. 이름과 번호들이 가득 메모되어 있었다. 웨이트리스들의 근무 시간표인 듯했다. 한나는 수첩을 닫아 다시 서랍에 넣고는 다음 서랍을 살폈다.

"샤넬 향수를 쓰시는 것 같긴 한데."

한나는 아무거나 제일 먼저 떠오르는 향수 이름을 댔다.

"그게 넘버 파이브인지는 모르겠어요. 손님용 욕실에서 병을 한 번 봤는데, 번호가 달랐거든요."

고무줄, 종이집게, 스템플러, 두 종류의 테이프.

"로드 부인이 쓰지 않는 브랜드의 향수를 선물하고 싶진 않아요. 다들 자기 취향이 있잖아요, 안 그래요? 아니면 실크 스카프를 사 드리는 것도 좋을 것 같구요."

한나는 서랍을 닫았다. 사무용품 외에는 별다른 것이 없었다. 이번에는 제일 마지막 서랍을 열었다. 보통은 파일 캐비닛으로 사용하는 서랍이었다.

하지만 안에는 파일이 들어 있지 않았다. 대신 가죽 주머니가 들어 있었다.

"아니면 우아한 드레스 스웨터는 어떨까요? 하지만 그러려면 노먼이 몰래 로드 부인의 옷장을 살펴봐야 할 거예요 내가 여쭤보면 눈치채실지도 모르잖아요."

한나는 가죽 주머니를 꺼냈다. 생각 외로 묵직했다. 지퍼를 열어본 한나는 너무 놀라 주머니를 떨어트릴 뻔했다.

"총."

한나는 숨을 몰아쉬었다. 하지만 이내 자신이 아직 수화기를 붙들고 있다는 사실을 깨닫고는 다시 목청을 가다듬었다.

"어쨌든 노먼이 사이즈를 알아봐야 해요. 이렇게 중요한 선물을 대충 감으로 결정하고 싶진 않으니까요."

한나는 총을 내려다보며 얼굴을 찌푸렸다. 38구경 권총이었다. 이건 살해 도구는 아닐 테다. 폴은 22구경 반자동 권총에 살해당했다고 마이크에게 들었으니까.

'*선을 넘어가는 사람*'. 주머니의 지퍼를 잠그고 다시 서랍의 원래 있던 자리에 고대로 넣으며 한나는 생각했다. 로니의 삼촌인 팻은 레니를 두고 그렇게 말했다. 불법으로 소지하고 있는 총인지도 모른다. 하지만 지금은 불법 무기 소지 여부를 확인하러 온 것이 아니라, 폴에게 도난당한 보석들이 있는지 확인하기 위해 온 것이다.

"얘기하면 할수록 점차 범위가 넓어지네요."

한나가 말했다.

"새 시계를 사 드리는 것도 좋을 것 같아요. 시계를 곧잘 잃어버리시니까요."

이제 파일 캐비닛을 살펴볼 차례였다. 한나는 시계 브랜드명을 나열하며 전화선을 길게 빼 세 칸짜리 캐비닛 앞에 섰다. 서류들뿐이었다. 서류 외에는 아무것도 없었다. 굳이 서류까지 읽어보고 싶은 마음은 없었다. 한나는 캐비닛 서랍을 닫고 다시 책상으로 돌아왔다.

이제 한 군데, 벽에 기대어 선 책장만이 남았다. 거기에는 숫자들이 적힌 비디오테이프가 가득했다. 어떤 숫자는 겹치기도 했지만, 알파벳순으로 쭉 나열되어 있었다. 그저 텔레비전 드라마의 에피소드 3개를 녹화해 놓은 것일 수도 있겠지만, 한나는 왠지 의심스러워졌다.

"물론 보석도 괜찮겠죠."

책장 앞으로 다가서며 한나가 말했다. 지금껏 살펴본 서랍 어디에서도 영화 목록 같은 건 없었다. 한나는 아무 테이프나 집어 꺼내 보았다. 43C번 테이프였다. 테이프 껍데기 안에는 비디오테이프 대신 진주 목걸이를 감싼 티슈 꾸러미가 들어 있었다.

"진주!"

한나는 자신도 모르게 탄성을 지르고 말았다.

"참, 로드 부인이 진주를 좋아하시죠. 그럼, 그것도 괜찮겠네요. 아니면……."

한나는 이번에는 27번 테이프를 꺼냈다.

"……아니면 우아한 칵테일 반지라든가."

이번에도 테이프 껍데기 안에서 티슈에 감싼 보석이 발견됐다. 한나는 자신의 자동 응답기에 대고 로드 부인의 상상 속 생일 선물 품목을 나열하는 일에 슬슬 지쳐갔다.

"만나서 얘기하는 게 낫겠어요, 노먼."

한나가 말했다.

"계속 이렇게 얘기하다가는 녹음테이프 하나를 내가 다 써버리겠네요. 그럼 이따 집에 가서 봐요, 알았죠?"

한나는 사무실에서 나와 다시 자리로 돌아갔다. 한나가 나오자 레니가 다시 사무실 문을 잠갔다. 한나는 안드레아에게로 가까이 몸을 숙였다.

"아무것도 없어."

한나가 말했다.

"허가증 없이 전당포를 차린 명목으로 벌금을 부과할 수 있을 진 몰라도 시티즈에서 있었던 도난 건이랑은 상관없는 것 같아."

"오, 이런! 뭔가 있을 줄 알았는데."

"이건 실망이라고 해야 할지, 안심이라고 해야 할지 모르겠다. 레니를 좋아하지만…… 어-오!"

안드레아는 한나가 가리키는 곳을 향해 고개를 돌리고는 눈이 휘둥그레졌다. 붉은색 셔츠를 입은 남자와 그 남자만큼 덩치 좋은 또 한 명의 남자가 댄스 플로어에서 격투를 벌이고 있었기 때문이다.

"난 엄마를 맡을게. 넌 미셸을 맡아."

한나는 자리에서 미끄러지듯 일어나 최대한 빨리 난리통이 난 곳을 향해 달려갔다.

"나 뒤에 있어."

안드레아가 한나의 뒤에 바싹 따라붙으며 말했다.

"두 사람 어디 갔지?"

댄스 플로어 가장자리까지 훑어보았지만, 두 사람의 모습은 보이지 않았다.

"글쎄, 방금 전만 해도 저기에…… 잠깐! 저기 엄마야!"

팔꿈치를 앞으로 향한 채 이쪽저쪽으로 열심히 흔드는 엄마의 모습을 본 안드레아의 눈이 또 한 번 휘둥그레졌다. 엄마의 팔꿈치에 주변 사람들이 옆으로 밀려났다.

"미셸은 엄마 뒤에 오고 있어."

한나가 미셸의 스웨터를 포착했다.

"미셸도 엄마랑 똑같은 동작을 하고 있는데. 사람들이 다 비켜나네."

"엄마가 저렇게 빨리 움직일 수 있으신지 몰랐어!"

안드레아가 충격받은 듯한 얼굴로 외쳤다.

"저게 바로 동기 부여라는 거야."

한나가 말했다.

"빠른 움직임으로 사람들에게 위압감을 주어야 사람들 틈에서 샌드위치가 되지 않거든."

"메이시스 백화점 다음번 세일 때 그 말을 꼭 기억해야겠어."

안드레아가 말했다.

"가자, 언니. 두 사람은 밖에서 만나자."

한나와 안드레아는 서둘러 문 쪽으로 향했다. 하지만 문에 당도하기도 전에 별안간 맥주병 깨지는 소리와 주먹 날리는 소리가 들렸다. 문밖으로 나서며 안드레아는 뒤를 돌아보고 휙 휘파람을 불었다.

"뭐야?"

두 사람 등 뒤로 문이 닫히고 안에서 들려오는 소리가 희미해지자 한나가 물었다.

"진짜 싸움이야. 붉은색 셔츠를 입은 남자가 다른 두 남자 머리를 붙잡고 서로 박치기를 시켰어. 그건 영화에서만 가능한 일인 줄 알았는데!"

두 사람은 버드 호지의 트럭 옆에서 엄마와 미셸을 보았다. 한나는 곧장 그들에게로 가서 단도직입적으로 물었다.

"어떻게 된 거예요?"

"나중에."

엄마가 말했다.

"우선 버드에게 트럭부터 갖다 줘야 하니, 트럭을 뒤따라오거라. 그래야 우리를 태울 수 있을 게 아니냐. 브리핑은 버타넬리에서 하자꾸나."

브리핑? 한나의 머릿속에 반짝 물음표가 떠올랐지만, 아무 말도 하지 않았다. 맛있는 피자라면 얼마든지 기다릴 수 있다.

"뭐 알아내신 거 있으면 알려주세요."

"오, 있고말고!"

엄마가 대답했다.

"넌 어떠냐?"

"저도 있어요."

한나가 대답하며 안드레아를 돌아보았다.

"너도 있어?"

"당연하지. 내가 사람들 구슬리는 데에는 또 선수잖아."

"어쨌든 일단 버드의 집에 들렀다가 버타넬리로 가자꾸나."

엄마가 열쇠를 꽂지 않아도 시동이 걸리는 버드의 신형 트럭을 가동시켰다.

"집에 들러서 내 코트도 챙겨야겠구나. 가죽이 생각만큼 따뜻하지 않아."

45분 후, 한나, 안드레아, 미셸은 엄마와 함께 버타넬리의 피자 레스토랑 원형 탁자에 둘러앉았다. 버드 호지에게 트럭을 돌려준 뒤 세 자매는 엄마가 집에 들어가 재빨리 옷을 갈아입는 동안 집 앞에서 한가롭게 엄마를 기다려야만 했다. 엄마가 입었던 검정색 가죽 의상은 봉투에 담겨 엄마의 세단 트렁크에 실렸다. 곧 트라이 카운티 쇼핑몰 코스튬 가게로 반환해야 할 테니 말이다.

“아까 싸움이 뭐였는지 이제는 얘기해 주실 수 있죠?”

웨이트리스가 네 사람의 주문을 받은 뒤 자리를 뜨자 한나가 물었다.

“네가 먼저 하거라.”

엄마가 안드레아를 지목했다.

“뭘 발견한 게냐?”

“레니가 어디서 사카가위아 달러를 구했는지 알아냈어. 우리한테 맛대가리 없는 와인을 서빙한 웨이트리스 실키가 지난 토요일 밤에 팁으로 받은 거래. 레니가 그걸 현금으로 바꿔주면서 2달러를 쳐 줬다는데.”

“토요일 밤?”

미셸이 깜짝 놀라며 안드레아의 말을 되짚었다. 그러자 안드레아가 고개를 끄덕였다.

“그래, 토요일 밤에. 실키한테 다시 물어봤는데, 똑같은 대답이었어.”

“토요일에 받은 거라면, 교회 헌금함에서 나온 게 아니란 얘기잖아.”

“맞아.”

한나가 말했다.

“존 워커의 말대로 우연이었을 뿐이야.”

“이걸로 레니는 결백해진 게냐?”

엄마가 물었다.

그러자 한나가 고개를 가로저었다.

“아직 아니에요. 알리바이가 있는지 확인해 봐야겠어요.”

“있어, 알리바이.”

미셸이 말했다.

“나랑 같이 춤춘 남자가 일요일 밤에 레니랑 술을 마셨는데, 새벽 3시까지 마셨대. 박사님 말씀이 폴은 자정에서 새벽 2시 사이에 죽었다고 했으니까 레니는 아닌 거지.”

"그러네."

한나도 동의했다.

"고마워, 미셸. 이제 엄마는요?"

"네가 먼저 해라."

엄마가 커피를 한 모금 마셨다.

"괜찮다면 난 제일 나중에 하고 싶구나."

한나는 어찌됐든 상관없었다.

"레니가 이글에 있는 자기 사무실에 전당포를 차리고 있었어요."

한나는 노먼이 들을 턱이 없는 메시지를 자신의 자동 응답기에 남기며 어떻게 해서 사무실을 샅샅이 살폈는지, 어떻게 해서 비디오테이프 껍데기를 발견하게 됐는지 그 과정을 자세히 이야기했다.

"그런 명목으로 형부가 체포할 수 있을까?"

미셸이 물었다.

"모르겠어."

한나가 어깨를 으쓱했다.

"한편으로는 그냥 잘 넘어갔으면 좋겠다는 마음도 들어. 레니가 터무니없는 값에 물건을 내놓는 것 같진 않았으니까. 악랄한 전당포 업자에게 가느니 레니에게 가는 게 나을 수도 있지."

한나가 엄마를 돌아보았다.

"자, 이제 엄마 차례예요."

"나에 관한 것이란다."

엄마가 마침내 입을 열었다.

"스파이크는 트릭시와 춤을 추고 싶었지만, 허브는 그녀를 내주지 않았지."

"트릭시가 누구예요?"

안드레아가 물었다.

"트릭시는 나란다. 내가 아까 이글에서 썼던 이름이야. 진짜 이름을 알리고 싶지 않았거든. 미셸이 내 의상이랑 잘 어울리는 이름이라고 하더라."

"그럼 허브는 붉은색 셔츠 입은 남자예요?"

한나가 물었다.

"허바드의 줄임 이름이야."

미셸이 말했다.

"난 그 아들이랑 춤을 췄거든."

"허브 허바드."

안드레아는 살짝 몸서리를 쳤다.

"그이가 그 이름 이야기한 적이 있어. 허바드가 사람들 모두 사고뭉치라고 말이야."

그러자 미셸이 고개를 끄덕였다.

"형부 말이 맞아. 허브 아들이 그러는데, 아버지가 구치소에서 풀려난 지 얼마 안 됐다고 하던걸."

"뭣 때문에 들어갔는데?"

안드레아가 물었다.

"잘 모르겠지만, 3개월 정도 형을 살았다나 봐. 오늘은 허브가 석방된 첫 번째 날을 축하하기 위해 이글에 온 거라고 했어."

"엄마는 정말 사람 보는 눈을 좀 키워야겠어요!"

한나가 참지 못하고 말했다.

"내가 그 사람을 선택한 게 아니다. 그 사람이 트릭시를 선택했지. 오히려 그 사람이 트릭시를 선택한 걸 다행으로 생각해야 해!"

세 자매는 충격 어린 표정으로 엄마를 쳐다보았다.

“어째서요?”

안드레아가 마침내 물어보았다.

“지난번 플로리다에서 빌에게 걸려온 가짜 스카우트 전화를 누가 걸었는지 알게 됐거든.”

“정말이요?!”

안드레아가 신나하며 되물었다.

“그래, 그렇단다. 지난주에 경찰에게 몹시 시달림을 당했다고 하니까 자진해서 그런 정보를 던져주더구나.”

“엄마!”

안드레아가 펄쩍 뛰었다.

“우리 그이는 누굴 괴롭히는 사람이 아니에요. 엄마도 아시잖아요!”

“알다마다. 난 그저 트릭시 역할에 충실했을 뿐이란다. 트릭시는 경찰에 종종 시달렸을 법한 캐릭터였거든. 사실 내가 그런 화두를 던진 게 다행이었지. 내 얘길 듣더니 동정심이 들었는지 트릭시를 위로해 주려고 애를 쓰더라.”

한나는 차마 물어보기가 두려웠지만, 그래도 용기를 냈다.

“뭐라고 했는데요?”

“몇 달 전에 플로리다에서 어마어마하게 조건 좋은 일자리를 제안하면서 경찰서장을 골려준 일을 알고 있느냐고 묻지 않겠니?”

“그래서 뭐라고 하셨어요?”

“트릭시는 그 이야기를 들은 적이 있다고, 무척 재밌게 생각했다고 말했지. 그런 통쾌한 일을 벌인 사람이 누구인지 꼭 좀 만나보고 싶다고 했단다.”

안드레아가 귀를 쫑긋 세웠다.

“그랬더니 엄마한테 얘기해줬어요?”

“트릭시한테 얘기해줬지.”

엄마가 안드레아의 질문을 바로잡아 주었다.

“순순히 그 모든 일을 꾸민 건 자기였다고 얘기하더구나. 그리고 전화를 건 사람은 아들이었다고 말이야.”

“잘 하셨어요, 엄마!”

한나가 엄마를 추켜세웠다.

“아니면, 트릭시라고 해야 하나요?”

“이제 엄마가 좋다, 얘야.”

“그이한테 바로 얘기해 줘야겠어요.”

안드레아가 백에서 핸드폰을 꺼냈다.

그러자 엄마가 고개를 가로저었다.

“오, 아니. 내가 전화하마. 그 우스꽝스러운 옷을 입고 즐거운 척 연기하느라 고생한 건 나이지 않느냐.”

안드레아는 마지못해 핸드폰을 다시 백에 넣고 미셸을 돌아보았다.

“참, 그러고 보니.”

안드레아가 미셸에게 말했다.

“너, 팔꿈치 휘두르는 방법은 도대체 언제 어디서 배운 거야!”

　한나에게 아침은 너무 일찍 찾아왔다. 버타넬리에서 1시간 정도 더 시간을 보낸 뒤 한나는 집으로 돌아와 자동 응답기에 불이 반짝이는 것을 보았다. 아까 자신이 녹음한 메시지가 들어와 있을 것이라고 생각했지만, 확인해 보니 의외로 노먼의 메시지가 남겨져 있었다. 그는 집에 들르려고 했는데, 갑자기 일이 생겨 가지 못했다며, 내일 연락하겠다고 했다. 단지 그것뿐이었다. 사랑한다거나 미안하다거나, 보고 싶다는 말도 없었다. 사적인 메시지라고는 전무했다.

　흐느적거리는 몸에 흐리멍덩한 눈을 깜빡이며 한나는 낡은 가운을 입었다. 그러고는 룸메이트 고양이를 쳐다보았다. 하지만 모이쉐는 전혀 미동이 없었다. 자꾸만 모이쉐에게 베개를 뺏기는 통에 새로 장만한 값비싼 거위털 베개 한가운데 웅크린 녀석은 한나가 불러도 꼬리조차 흔들지 않았다.

　"무심한 녀석."

　한나는 나지막이 코를 골고 있는 모이쉐를 향해 말했다. 하지만 녀석을 깨우고 싶지는 않았다. 한나는 카펫이 깔린 복도를 터덜터덜 지났다. 너무 피곤해서 슬리퍼가 어디에 있는지도 찾기 힘들었다. 침대에서 꼼짝도 않는 모이쉐를 탓할 수만은 없는 노릇이다. 누구든 아직 밖이 깜깜할 때에는 일어나지 않는 것이 옳다. 부엌에 들어선 한나는 불을 켜기 위해 손을 뻗었지만, 이미 불은 켜져 있었다.

미셸이 쌩쌩하고 예쁜 모습으로 벌써부터 부엌 탁자에 앉아 있었던 것이다. 이른 아침에도 말끔한 모습을 유지할 수 있는 권리를 소유한 그 누구보다 더 예쁜 모습이었다. 한나는 참지 못하고 나지막이 신음소리를 냈다.

"무슨 소리야?"

미셸이 물었다.

"그냥 질투야. 커피 있어?"

"있긴 한데, 다시 들어가서 눈 좀 더 붙여. 커피는 내가 새로 끓여 놓을게. 리사가 언니 10시쯤에 나오라고 전화했어. 아무래도 잠을 푹 자야 무리가 없을 것 같다고 말이야."

"하지만…… 넌 쿠키단지까지 어떻게 가려고?"

"엄마 차가 있잖아, 기억 안나?"

"아, 그렇지."

엄마가 미셸에게 의상을 쇼핑몰에 대신 가져다준다면 얼마든지 차를 써도 좋다고 하셨던 말씀이 어렴풋이 떠올랐다.

"자, 이제 잠이 완전히 달아나기 전에 얼른 침실로 돌아가."

미셸이 자리에서 일어나 한나의 어깨를 잡아 돌려 세우더니 침실 방향으로 살짝 밀었다.

"모이쉐가 기다리고 있답니다."

한나는 다시 침실로 돌아와 여전히 쌕쌕거리고 있는 모이쉐 옆에 머리를 누이고 눈을 감았다. 그리고 9시 15분, 아침 햇살이 침실 창가에 눈부시게 비칠 때까지 일어나지 못했다.

잠은 정말로 놀라운 특효약이었다. 한나도 인정할 수밖에 없었다. 영

업용 오븐에 칸칸이 쿠키 반죽을 넣으며 한나는 콧노래까지 흥얼거렸다. 타이머를 맞춘 뒤 한나는 작업대 앞에 앉아 고마운 마음으로 커피를 홀짝였다. 정말 리사는 최고의 동업자다.

"오, 다행이에요!"

회전문을 통해 리사가 작업실로 들어왔다.

"당밀 쿠키를 만드셨네요."

"리사의 레시피인 아몬드 키스랑 레드 벨벳 쿠키도 만들었지. 이제 모카 너트 버터볼도 만들려구."

"좋아요."

리사는 진열용 유리 단지를 들고 와 식힘망에 있는 쿠키를 차례차례 담았다.

"블론드 브라우니를 만들어 보시면 어때요? 시간 있으실까요?"

"그럼, 있는 건 시간 밖에 없어. 리사 덕분에 잠을 푹 잤더니……."

전화벨 소리에 한나는 하던 말을 멈추었다.

"내가 받을게."

리사는 다시 홀로 나갔고, 한나는 벽에 걸린 수화기를 집었다.

"쿠키단지 한나입니다."

한나가 말했다.

"한나! 마침 전화를 받아서 다행이야!"

"크누드슨 부인?"

부인의 목소리가 몹시 떨리고 있었음에도 불구하고 한나는 한 번에 그녀의 목소리를 알아챌 수 있었다.

"무슨 일 있으세요?"

"어째야 좋을지 모르겠어, 한나. 모든 게 의심스러워!"

한나의 머릿속에 빨간 경고등이 반짝였다. 항상 현명하고 자신감에 넘치던 부인이었는데, 이렇게 혼란스러워하는 모습은 처음이었다.

"혹시 신앙 때문에 그러세요?"

한나는 내심 종교에 대한 이야기는 아니길 바랐다. 신앙심에 문제가 생긴 사람에게 무슨 이야기를 어떻게 해 줘야 좋을지 한나로서는 알 길이 없었다.

"오, 그게 아니야. 내 신앙심은 변함없이 견고해. 그러니까…… 한나, 괜찮으면 한나를 만나고 싶어. 이 상황을 이해할 만한 사람을 만나 당장 이야기를 해야겠어."

"무슨 상황이요, 부인?"

"내가 무슨 신경쇠약증에라도 걸린 모양이야. 이제 나조차도 믿지 못하겠어!"

목사관 부엌에 들어선 한나는 무언가 큰일이 일어났다는 것을 직감했다. 늘 모락모락 김을 피우고 있던 커피가 없었다. 커피 주전자는 돌처럼 차갑게 식어 있었다.

"크누드슨 부인?"

한나는 급하게 포장해 온 쿠키 꾸러미를 들고 부인을 불러보았다. 농축우유 대체 재료를 넣어 만든 초콜릿 유포리아 쿠키 바였다.

"나 여기 있어. 여기…… 응접실에."

매우 약하고 기운 없는 목소리였다.

"그리로 갈게요."

한나는 커피를 새로 올리거나 심지어 쿠키 꾸러미를 풀어 접시에 담을 생각도 안 하고 복도를 따라 응접실로 향했다. 크누드슨 부인이 어딘가 편찮으신 것이라면 바로 나이트 박사님을 불러야겠다.

한나는 응접실로 들어섰다. 크누드슨 부인은 무릎에 성경책을 펼친 채 평소 좋아하던 의자에 앉아 있었다.

"무슨 일이세요, 부인?"

"매튜 말이야. 그 아이도 매튜 같지 않아. 오, 내가 이런 이야기를 하면 노망 난 늙은이라고 하겠지."

"절대 아니에요!"

한나가 가져온 베이커리 상자를 열어 쿠키 쪽으로 손짓을 했다.

"하나 드셔보세요. 지난번에 드렸던 농축우유 대체 레시피를 사용해서 만든 초콜릿 유포리아 쿠키 바예요."

크누드슨 부인은 약간 기운을 차리는 듯 보였다.

"그 우윳가루와 버터를 넣은 것 말이지?"

"아뇨, 우유는 전혀 들어가지 않아요. 맛보시고 진짜 농축우유 맛이랑 비슷한지 얘기 좀 해 주세요."

부인은 손을 뻗어 쿠키 바를 하나 집더니 한입 베어 물고는 고개를 끄덕였다.

"다르지만 맛은 좋네. 게다가 훨씬 저렴하잖아. 클라라와 마거릿에게 부탁해서 농축우유를 구해 달라고 했는데, 캔 하나에 무려 3.5달러나 한다더군!"

"그렇게까지 비싼 줄 몰랐네요."

한나는 크누드슨 부인에게 자신이 여기 온 이유를 상기시켜 드려야 할지 아니면 부인을 이대로 그냥 두는 것이 나을지 내심 고민스러웠다. 베이킹과 재료 가격에 대한 담소가 조금이나마 그녀를 진정시키는 듯했다.

"앉아, 한나."

부인이 분홍색 소파를 가리켰다.

"내가 한나를 왜 불렀는지 이야기해 줄게. 들어보고 내가 미친 건지 아닌지 판단해줘."

불편하기 짝이 없는 분홍색 소파에 앉으며 한나는 심장이 발 아래로 쿵 떨어졌다. 부인에게 본론을 상기시킬 필요 따위는 없었다. 레이크 에덴 홀리 리디미어 루터 교회의 여자 우두머리는 처음부터 나름의 생각을 갖고 있었던 것이다. 부인의 머리는 아직도 명료했다.

"처음에 내가 엉뚱한 이유들로 가짜 매튜를 의심했던 일 생각 나?"

"네, 기억나요."

한나가 재빨리 고개를 끄덕였다.

"결국 그게 사실이었잖아요."

"지금은 생각이 달라졌어. 이제 매튜 목사가 가짜인 것 같아. 사실 너무도 확신을 하지만, 내가 이번에도 이런 이야기를 꺼내면 앞뒤도 모르는 노망 난 늙은이라고 할까 봐 겁이 나."

한나는 조심스럽게 접근하기로 했다. 사실 미친 소리처럼 들리기는 했다. 한나는 무어라 대꾸하기 전에 질문을 던졌다.

"어떻게 해서 지금 목사님이 진짜 매튜 목사님이 아니라는 생각을 하게 되셨어요?"

"그냥 그거야, 느낌. 먼젓번의 목사가 진짜 매튜였다는 생각이 들기 시작했거든. 그 애가 진짜 목사라면 절대 하지 않을 일을 했어. 그래서 확신을 했지."

"목사님이 뭘 하셨는데요?"

한나는 목사 호칭을 누구에게 붙여야 할지 슬슬 헷갈리기 시작했다.

"그러니까, 지금 현재 목사님이요."

"성경을 밟고 올라섰어. 두 발로 말이야. 진짜 목사라면 절대 그렇게 하지 못해. 그건 불경 그 자체거든!"

크누드슨 부인이 목소리를 높였다.

"이제 이해가 가요."

한나가 재빨리 대답했다.

"전례용 유리잔으로 티파티를 한 격이네요."

"내 여동생도 그런 적이 있었지."

크누드슨 부인이 털어놓았다.

"다들 경악을 했어. 하지만 아직 어렸을 때니까 잘 모르고 한 것이었지. 컵이 작으니까 딱 인형 사이즈라고 생각했던 모양이야. 하지만 이건 달라, 한나. 다 큰 성인이, 그것도 신학교를 나와서 목사 안수까지 받은 사람이 성경을 그렇게 취급할 리가 없어."

"그건 어디서……, 그러니까 현재 목사님이 언제 그런 행동을 하셨어요?"

"교회 사무실에서. 15분도 안 됐을 거야. 그 광경을 목격하자마자 바로 한나에게 전화를 한 거지. 차를 마시러 오라고 전화를 했더니 너무 바빠서 갈 시간이 없다고 하더군. 그래서 내가 직접 쟁반을 가지고 올라갔지. 그런데 책을 한 무더기 쌓아 올려서 그걸 밟고는 제일 높은 책장 위를 살피고 있더군. 거기엔 아무것도 없을 텐데, 왜 보고 있었는지 모르겠어."

"그럼 밟고 올라선 책 무더기 중에 성경이 들어 있었던 거예요?"

"확실해. 내가 열려 있는 문을 노크하니까 그 애가 책 더미에서 내려와서 내 쟁반을 받아 들었지. 직접 차를 갖다 주다니 감사하다고 하면서 다음 주 주일 설교를 위해 자료 조사를 하고 있었다고 하더군. 그때 책 더미를 봤는데 제일 위에 올려져 있던 게 다름 아닌 성경책이었어. 책장 위는 도대체 왜 살펴보고 있었던 건지 궁금해."

"자료 조사 때문에 참고할 만한 책을 찾고 있었던 게 아닐까요?"

그러자 부인이 고개를 가로저었다.

"그럴 리가 없어. 책장 제일 위 칸에는 밥이 여름 성경학교 때 사용하

는 옛날 찬송가책밖에 없거든. 아이들이 어른들 찬송가를 좋아하는데, 요즘 것은 아이들에게 너무 어려워서 옛날 찬송가를 사용하지. 요즘 찬송가책도 아닌데 뭣 때문에 그걸 보겠어. 분명히 뭘 찾고 있는 눈치였는데, 그게 뭔지 모르겠어.”

“아직도 교회 사무실에 있어요?”

한나가 물었다.

“아니, 병원에 환자들을 만나러 갔어. 그가 나간 다음에 한나에게 전화한 거야. 혹시나 엿들을까 봐 겁이 나서.”

“잘하셨어요.”

한나가 부인의 조심성을 칭찬했다.

“어차피 지금 자리를 비웠다고 하니까 제가 직접 사무실에 가서 살펴볼게요.”

“그럼 한나도 뭔가 의심스럽다고 생각하는 거지?”

“그렇지 않고서야 잘 이해가 안 되는 상황이잖아요. 손에 먼지털이용 장갑을 꼈던 게 아니라면요, 그렇죠? 그런 장갑은 끼지 않았죠?”

크누드슨 부인은 처음으로 미소를 보였다.

“지금 목사는 처음 매튜만큼 깨끗하지 않아. 그러니까 내가 진짜 매튜라고 생각하는 그 아이만큼 말이야. 아무데나 옷을 벗어놓곤 하거든. 꼭 폴이 그랬던 것처럼……..”

크누드슨 부인은 하던 말을 멈추고 얼굴을 찌푸렸다.

“설마!”

“그럴 수도 있어요.”

한나가 말했다.

“노먼이 매튜와 폴의 고등학교 사진을 출력해 왔었는데, 정말 많이 닮았더라구요.”

"둘이 닮은 건 사실이지만, 그럼 지금 목사가 폴일지도 모른다고 생각하는 거야?"

"어떻게 봐야 할지는 모르겠지만, 어쨌든 유력한 가능성이 있는 건 맞잖아요. 일단 직접 사무실에 가서 살펴볼게요. 열쇠가 있어야 하나요?"

"잠그고 나갔는지 모르겠지만, 혹시 모르니 내 것을 가져가."

크누드슨 부인은 앞치마 주머니에서 작은 종이 달린 열쇠고리의 열쇠 하나를 꺼냈다.

"귀엽네요."

한나가 말했다.

"우리 남편이 준 거야. 주일 예배 전에 내가 항상 종을 쳐줬거든. 근데 그 폴인지 누구인지 알 수 없는 그 애가 돌아오면 어떻게 하면 좋을까?"

"사무실에서도 차 소리가 들리겠지만, 혹시라도 주차장에 차가 들어오는 게 보이시면 사무실로 전화 주세요."

"그럴게. 부디 그 애에게 들키지 않도록 조심해, 한나. 어쩐지 매튜를 죽인 사람이 그 애인 것 같은 불길한 느낌이 들어."

"저도 그런 느낌이 들긴 하는데, 걱정 마세요. 가능한 빨리 살펴보고 돌아올게요."

무엇을 찾아야 하는지도 모르고 탐색에 나서는 일 만큼 어려운 것도 없을 것이다. 한나가 알고 있는 것이라곤 폴, 아니, 매튜, 누가 됐든 그 정체불명의 남자가 사무실에서 무언가를 찾고 있었다는 것뿐이었다. 그 남자보다 먼저 그것을 찾아내야 할 텐데, 한나는 마음속으로 간절히 기도했다.

높다란 책장에는 아무것도 없었다. 선반에 있는 모든 책들을 뒤져봤지만, 특별한 것은 없었다. 책 안쪽에 빈 공간을 만들어 두지는 않았을까 싶어 일일이 페이지를 넘겨보기도 했다.

그건 절대 못 가져! 제이콥이 가짜 매튜 목사의 목소리를 흉내 내어 이렇게 말했다. 하지만 크누드슨 부인은 이제 그 매튜 목사가 진짜였다고 생각하고 있다. 그 사람이 진짜였고, 자신이 진짜 매튜 목사라고 밝히며 뒤늦게 마을에 나타난 남자가 바로 사촌인 폴이라고 말이다.

한나는 잠시 두 손 위로 머리를 묻었다. 리사에게 이 엄청난 반전을 알려주면 무척 놀라워하겠지! 파악조차 제대로 되지 않을 만큼 얽히고설킨 상황이다. 폴이 매튜 목사를 죽이고 자신이 진짜 매튜인 척 마을에 돌아와 경찰에 매튜의 시신의 신원을 자신이라고 확인시킨 것에 대한 정황 증거를 찾게 되면 마을 사람들 전부 리사의 이야기를 들으러 쿠키단지로 몰려올 것이다.

한나는 책상을 살피며 한숨을 내쉬었다. 뭔가 이상한 것이 있었다면 범죄수사팀에서 진즉에 발견했겠지. 하지만 이번 사건은 결코 평범하지 않으니 한나 또한 나서서 모든 방법을 다 동원할 수밖에 없다.

그건 절대 못 가져가! 첫 번째 매튜 목사가 범인에게 했던 말일 테다. 그리고 한나의 추측대로라면, 그 범인은 사촌인 폴이다. 그 말은 곧 매튜 목사가 무언가를 마을에 숨겼고, 그걸 찾기 위해 폴이 이곳에 온 것이란 이야기다. 그렇다면 매튜 목사는 폴이 그토록 찾고 싶어하는 것을 어떻게 해서 손에 넣게 된 것일까? 그리고 또 그것을 어디에 숨긴 것일까?

모든 단어들이 혼란스러웠다. 한나의 머릿속은 같은 자리를 뱅뱅 돌고 있었다. 누가 누구인지, 무엇이 어디에 있는지에 대한 생각은 일단 그만하고, 숨겨져 있는 그것을 찾는 데에만 정신을 집중하자. 우선 교회 사무실은 아니다. 온갖 곳을 샅샅이 뒤져봤지만 특이할 만한 것은 보이지 않았다. 그렇다면 도대체 어디에 그것을 숨긴 것일까?

"세례단."

한나는 큰 소리로 말했다. 뚜껑이 덮여 있는 세례단은 아무도 안을 들여다보지 않는다. 한나는 책상 의자에서 벌떡 일어나 서둘러 예배당 복도를 따라 제단 쪽으로 달려갔다. 화려한 금테로 장식된 뚜껑이 덮인 하얀 대리석 수반이 바로 그곳에 놓여 있었다. 수많은 신도들의 세례식을 지켜본 세례단일 것이다.

30분 후, 한나는 그만 포기하고 싶어졌다. 세례단 뿐만 아니라 설교단에서부터 조각상에 이르기까지 제단 쪽을 샅샅이 살피고 뒤져보았다. 사람들이 앉는 회중석 아래에 무언가 테이프로 붙여져 있지는 않을까, 자리마다 놓여 있는 찬송가책이나 성경책 안에 무언가 숨겨져 있지는 않을까 일일이 다니면서 들춰보기도 했다. 예배 때 사용하는 물품이나 제의 등을 넣어놓는 조그마한 창고도 살펴보고, 심지어 성가대석도 들여다봤다. 이제 남은 곳은 종루뿐이다. 하지만 저 위까지 어떻게 올라간다? 크누드슨 부인은 아마 알고 있을 것이다. 부인의 남편이 목사로 사목활동을 했을 때 종을 쳐주곤 했다는 부인의 이야기가 문득 떠올랐다.

한나는 다시 교회 사무실로 들어가 수화기를 들고, 목사관의 전화번호를 눌렀다. 크누드슨 부인의 목소리가 들리자 한나는 안도했다.

"종루에 올라가려면 어디로 가야 해요?" 한나가 물었다.

"종루에?"

크누드슨 부인은 깜짝 놀란 듯했다.

"거기는 왜?"

"매튜 목사님이 폴이 찾지 못하도록 그 위에 숨겨뒀을 수도 있잖아요. 가능성은 희박하지만, 그래도 다 찾아봐야죠."

"그래, 한나 생각이 그렇다면야. 종루에 올라가려면 성가대석 뒤로 난 문으로 나가야 해. 문을 열면 종치기단으로 이어지는 나선형 계단이 있을 거야."

"거기가 종루예요?"

"종루의 일부지. 계단을 올라가서 종치기단에 서면 종과 연결된 줄이 보일 거고, 오른쪽을 보면 벽에 붙은, 사다리처럼 보이는 계단이 있을 거야. 그 계단을 타고 올라가면 천장에 문이 나 있을 텐데 그 위가 바로 종탑이지."

"그렇군요."

한나는 숨을 몰아쉬었다. 어쩐지 기분이 으슬으슬했다. 딱히 높은 곳을 무서워하는 것은 아니었지만, 그렇다고 좋아하는 것도 아니었다. 밀실 공포증이 있는 것도 아니었지만, 한나는 이 질문을 던질 수밖에 없었다.

"종탑이 넓은가요?"

"적당한 크기인데, 그래도 아마 한가운데만 서 있을 수 있을 거야. 나머지 부분은 첨탑을 지탱해 주는 서까래들이 깔렸거든. 물론 종이랑 종틀은 가운데에 자리하고 있지만. 한나는 키가 크니까 그나마 좀 걸어 다니려면 몸을 숙여야 할 거야.”

한나는 한숨을 내쉬었다. 종루는 그리 만만한 곳이 아닌 듯했다.

“거기 설마 박쥐는 없겠죠?” 한나가 물었다.

“글쎄, 종탑까지는 올라가 본 적이 없어서. 하지만 있을 수도 있지. 아마 지금은 한창 잠을 자고 있을 테니 아주 조용히 다녀야 할 거야. 박쥐는 야행성 동물이니까.”

“그렇겠네요.”

박쥐가 야행성 동물이라는 얄팍한 지식 따위는 전혀 도움이 되지 않았다. 야행성이라고 해서 낮에 전혀 활동하지 않는 것은 아니니까. 애니멀 채널에서 박쥐에 대한 프로그램을 본 적이 있다. 거기서 박쥐는 낮의 햇살 아래에서는 장님이나 마찬가지이기 때문에 사람의 머리를 곧잘 헝클어놓곤 한다는 오래된 미신 같은 이야기를 했다. 하지만 한나는 무엇하나 비집고 들어갈 틈이 없는 완벽한 곱슬머리이기 때문에 그런 걱정은 하지 않아도 되었다.

“적어도 뱀파이어 박쥐는 없겠죠.”

한나가 농담을 던졌다.

“아니, 있어. 멕시코에서 온 종인데, 물론 드라큘라 백작 같은 무시무시한 것들은 아니겠지만, 어쨌든 사람을 문다더군.”

깜찍하기도 하지! 사람을 무는 박쥐라. 정말 환상이야!

“행운을 빌어, 한나.”

크누드슨 부인이 말하고는 전화를 끊었다.

일단 행동에 옮기는 수밖에 달리 방법이 없어. 한나의 마음속에 증조할머니 엘사가 좋아하셨던 문구가 메아리쳤다. 할머니는 커다란 수동 전

기 세탁조를 꺼내어 낡은 손잡이를 돌려 세탁을 한 뒤 탈수를 위해 뒷문 현관에서 부엌까지 세탁물을 옮기면서 그런 이야기를 하셨다.

시간이 가고 있다. 폴, 아니 매튜, 아니 그 정체불명의 남자가 병원에서 돌아오기 전까지 서둘러야 한다. 할머니 말씀이 옳았다. 가만히 앉아서 뭘 해야 할지 생각하느니 자리를 박차고 일어나 행동으로 옮기는 편이 백배 천배 나았다.

성가대석을 향하던 도중 한나는 탈의실을 지나 분실물 함 앞에 멈춰 섰다. 교회에서 주인을 잃은 물건들이 들어 있는 함은 절반 정도 차 있었다. 한나는 함에 손을 넣어 제일 위에 놓여 있는 울로 된 머리 스카프를 집었다. 그런 뒤 삼각형 모양으로 접어 머리에 두르고는 러시아 여인들처럼 턱 아래로 묶었다. 그러고 나니 박쥐들과 대적할 만한 용기가 조금은 솟는 듯했다.

성가대석 뒷문은 금방 찾을 수 있었다. 한나는 순간 왜 저기에 문이 있는 것을 전에는 알지 못했을까 의아했지만, 이내 자신이 한 번도 성가대석에 올라와 본 적이 없다는 사실을 깨달았다. 한나는 문을 열고 협소한 나선형 계단을 올라 이전에는 한 번도 와본 적이 없는 레이크 에덴 홀리 리디미어 교회의 종치기단에 섰다.

사면에 난 통풍창으로 빛이 새어들고 있었다. 천장을 둘러싼 나무 널빤지는 경사가 급해 비나 눈이 들이칠 것 같지는 않았지만, 차가운 바람이 불어오는 것은 막지 못했다. 한나는 종치기 일이 꽤 힘들 것 같다는 생각이 들었다. 겨울에는 잠시만 서 있어도 온몸이 얼어붙을 만큼 춥고, 반면 여름에는 땀을 뻘뻘 흘려야 할 정도로 몹시 더울 게 분명했으니 말이다. 남편을 위해 예배 시작 전에 항상 종을 쳐서 신자들을 불러모았다는 크누드슨 부인이 순간 대단해 보였다.

천장에 뚫린 구멍으로 밧줄이 매달려 있어 한나가 고개를 들어보니 교회 종이 높다란 곳에 달려 있었다. 아주 크고 오래된 종이었다. 1800년대에 청동으로 만든 것이라고 밥 목사에게 들은 기억이 났다. 두꺼운 삼으로 만들어진 밧줄에는 종치기의 손이 거친 밧줄에 쓸리지 않도록 무명의 천이 덧대어져 있었다. 누군가 이 천을 '샐리'라고 부른다고 설명했던 것이 생각났다. 물론 왜 그런 이름이 붙여졌는지는 알 길이 없었다.

한나는 멍하니 밧줄을 쳐다보다가 문득 줄을 한 번 잡아 당겨보고 싶다는 충동이 일었다. 종을 치다니, 이건 그야말로 미친 짓이다. 종을 쳤다가는 크누드슨 부인이 한나에게 무슨 문제가 생긴 줄 알 테고, 주변에 사는 신자들은 왜 갑자기 교회 종이 울리는지 이유를 알아보기 위해 목사관이며 교회 사무실에 전화를 해댈 것이다. 그리고 폴, 아니, 매튜, 누가 됐건 그 정체불명의 남자도 종소리를 듣게 되면, 교회로 바로 달려올 테고, 그럼 한나가 종루에 올라가 있다는 것도 금세 알게 될 것이다.

한나는 밧줄을 지나쳐 벽에 붙은 사다리로 재빨리 걸음을 옮겼다. 다행히 사다리의 발받침이 둥근 모양이 아니었다. 둥근 발받침의 사다리는 오르기가 어렵다. 벽의 사다리는 접사다리와 같은 발받침이 달려 있었는데, 보통의 계단보다 훨씬 협소하고 얇긴 했지만, 그래도 오를 수는 있을 것 같았다.

사다리는 곧장 90도 경사의 천장으로 향했지만, 난간도 부착되어 있어 다행이었다. 머리가 천장에 닿자 한나는 왼손으로는 사다리를 잡고 오른손으로 있는 힘껏 머리 위의 문을 열어 젖혔다. 천장에 난 문은 몸집이 거대한 남자도 충분히 드나들 수 있을 만큼 컸지만, 경첩이 달린 덕분에 부드럽게 열려 반대편의 나무 버팀대에 무사히 안착했다.

적막하고 고요한 종탑 위로 올라서니 왠지 으스스한 기분이 들었다. 간간히 들리는 희미한 경적 소리와 멀리서 들려오는 개 짓는 소리, 혹은 제설차의 나지막한 엔진 소리 외에는 아무 소리도 들리지 않았다. 다행히 무언가 바스락거리는 소리는 들리지 않아 한나는 안도했다. 박쥐가 있다고 해도 지금은 깊은 잠에 든 모양이었다.

종탑의 형태는 그 자체로 기하학적이어서 한나도 금세 구조를 파악하기는 어려웠다. 1.5미터 높이의 사각 벽이 위로 향할수록 좁아져 가파른 경사를 형성하고 있었다. 교회 옆을 지나는 사람이면 누구나 종을 볼 수 있도록 촘촘한 그물을 씌운 네 개의 커다란 창문은 모두 활짝 열려 있었다. 높다란 종탑에서 바라본 레이크 에덴의 풍경은 참으로 광활했다. 네 개의 창문을 하나씩 차례대로 내다보면 그야말로 마을을 360도로 쭉 훑어보는 것이나 마찬가지였다.

"놀라운데!"

엄마의 차가 3번가에서 좌회전을 해 메인가로 접어들며 고속도로를 향해 달리고 있는 것을 발견한 한나가 외쳤다. 미셸이 엄마의 의상을 반납하기 위해 쇼핑몰에 가는 중인 모양이었다.

종탑 내부는 다소 어수선했는데, 나무로 된 서까래와 철제 지주, 그리고 무거운 나무 블록이 십자 형태로 얽혀 전체 구조를 지탱해 주고 있었다. 크누드슨 부인의 말대로 한가운데 위치한 종은 두 개의 두터운 나무 바퀴 사이에 매달려 있었다. 바퀴에는 밧줄이 감겨 있었는데, 그걸 본 한나는 종이 어떻게 해서 울리는지 작동 원리를 이해할 수 있었다. 밑에서 밧줄을 당기면 바퀴가 돌고 중력에 의해 종이 좌우로 흔들리면서 소리를 내는 것이다.

네 개의 창문 중 한 곳 아래에 캐비닛이 달려 있었는데, 캐비닛 문이 열려 있고, 바닥에는 여러 연장들이 부주의하게 흩어져 있었다. 수리공이 연장을 제자리에 넣지도 않고 돌아갔을 리는 없다. 누군가 무언가를 찾기 위해 캐비닛을 뒤지면서 안에 있던 연장을 흩어놓은 것일 테다.

종을 둘러싼 공간은 무척 협소했다. 벽에 닿기 위해서는 몸을 숙이거나 옆으로 걷거나 구조물을 잡고 몸을 의지해야만 했다. 그때 한나의 눈에 바닥에 두껍게 깔린 먼지 위로 발자국이 나 있는 것이 포착되었다. 누군가 얼마 전까지 이곳에 있었다!

한나는 서까래나 지주 혹은 나무 블록에 부딪히지 않도록 조심하며 발자국을 따라갔다. 벽면과 가까워질수록 허리를 점점 숙여야 했기 때문에 결국에는 웅크린 자세가 되고 말았다. 벽면에 도착하자 널빤지가 뜯겨나가 안팎이 훤히 드러나 있었다. 뭔가를 찾고 있던 흔적이다. 이건 분명 폴의 짓일 것이다.

"여기서 뭐하고 있어요?"

누군가의 목소리에 깜짝 놀란 한나는 고개를 돌렸다.

"폴!"

한나는 탄성을 질렀다.

아차, 그 한마디가 순식간에 한나의 머리 위로 매달린 언월도가 되었다. 다시 그 이름을 주워 담을 수만 있다면. 하지만 이미 엎질러진 물이다. 혹시 못 듣진 않았을까?

"오호, 맞았어. 내가 폴이야. 보기보다 똑똑하군, 한나. 이걸 알아내다니!"

그가 한나를 향해 눈을 번뜩였다.

"남의 일에는 상관하는 게 아니라고 아무도 충고를 해 주지 않은 모양이지?"

한나는 자신도 모르게 몸을 떨기 시작했다. 따뜻하고 친근했던 그의 목소리가 순식간에 차갑게 변해버리고 말았다. 순식간에 변모한 그의 모습에 한나는 너무도 충격을 받아 달려드는 트럭을 발견한 주머니쥐마냥 시체처럼 굳어 버렸다. 그리고 한나가 멍하니 그를 쳐다보는 가운데 그가 총을 꺼내 정확히 한나의 머리를 겨누었다.

반자동식 22구경 권총이었다. 리사와 허브도 같은 총을 갖고 있었기 때문에 한눈에 알 수 있었다. 한나 역시 연습장에서 한 번 쏴본 적이 있었다. 지금 이 권총이 매튜를 죽인 바로 그 살해도구일 테다.

"여기서 뭘 찾고 있었던 거지?"

폴이 물었다.

"당신이 찾던 거요. 크누드슨 부인이 당신이 책더미를 밟고 올라서 교회 사무실 책장 위를 살피는 것을 보셨어요. 진짜 매튜 목사님이 숨겨놓은 무언가를 찾고 있는 것이라고 추측했죠."

"A학점 감이군."

폴이 냉소적인 웃음을 지었다.

"그러니까 내가 찾아내기 전에 먼저 찾아내려 했단 말이군. 그걸 찾으면 모든 걸 알게 되리라 생각하고 말이야."

"맞아요."

한나가 앞으로 살짝 나아가자 폴이 뒤로 물러났다.

"한 걸음만 더 오면 죽을 줄 알아!"

그가 협박했다.

"미안해요."

한나는 재빨리 사과한 뒤 화제를 돌렸다.

“매튜를 엄청 싫어했나 봐요.”

“왜 그런 말을 하지?”

“죽였으니까요.”

한나가 또다시 살짝 앞으로 나아갔다.

“죽인 것은 맞지만 싫어한 건 아니었어. 그저…… 자기방어였을 뿐이라고. 맞아, 자기방어, 바로 그거야. 내 목숨을 지키기 위해, 매튜가 경찰에 신고하는 것을 막기 위해 그를 쏴야만 했어. 옳은 일을 하라며, 보석을 원래 주인에게 돌려주라고 했거든.”

“보석이요?”

“훔친 보석. 난 그걸 되찾아야 했어. 내겐 파트너가 있었거든.”

“미니애폴리스의 집에서 훔친 보석 말이군요.”

한나가 말했다. 뜻밖의 사실에 머릿속이 다시 분주해졌다.

“하지만 매튜가 어떻게 해서 그 보석을 갖게 된 거죠?”

“세인트루이스에 갈 경비를 마련할 때까지 보석을 안전한 곳에 숨겨야겠다고 생각했지. 그래서 매튜가 있는 신학교에 보석을 숨길 계획으로 그를 찾아갔어. 신학교에 도난당한 보석이 숨겨져 있을 거라고 그 누가 상상할 수 있겠어?”

“기발한 아이디어군요.”

한나가 대꾸했다.

“하지만 매튜가 기숙사 어느 방에 묵고 있는지 알아내기도 전에 서류가방을 들고 차에서 내리는 모습을 우연히 봤지.”

“매튜는 당신을 못 봤군요.”

한나가 추측했다. 매튜가 폴을 보았다면, 크누드슨 부인을 만난 첫날 이야기했을 것이다.

“그래, 나를 보지 못했어. 어떤 남자에게 작별인사를 하면서 얼마나 오래 떠나 있을 건지 이야기하고 위스콘신에 있는 누군가를 만난 다음에 레이크 에덴에 갈 거란 이야기도 하더군. 그 남자는 매튜의 수업을 대신 맡아 가르치기 위해 온 사람이었는데, 임시로 그의 숙소에 묵을 거라고 했어. 그 남자가 우연히 보석을 발견하게 되면 안 될 테니까 난 그의 숙소에 보석을 숨기기로 했던 계획을 바꿔야 했지. 그래서 매튜가 잠시 자리를 비운 사이에 그의 차 트렁크 안에 있던 책 상자 바닥에 보석을 숨겼어.”

“우리 마을에 도착했을 때 그 보석을 가져갈 생각이었군요.”

한나가 결론을 내렸다.

“맞아. 설마 매튜가 그걸 발견하고 다른 곳에 숨길 줄은 생각도 못했지! 그건…… 갈취야!”

자기방어와 갈취의 진정한 정의를 폴은 모르고 있는 듯했지만, 한나는 일단 고개를 끄덕였다.

“그럼 매튜 목사님은 보석을 어디에 숨겼는지 알려주지 않고, 자수하라고 이야기했던 거예요?”

“그래, 그랬어. 내가 저지른 죄에 대가를 치러야 한다고 했지. 웃기지 않아? 내가 진심으로 뉘우치면 하느님이 날 용서해 줄 거라나 뭐라나. 나를 친형제처럼 생각한다면서 정말 어리석은 짓을 하더군. 수화기를 들고 경찰서 번호를 누르잖아. 그래서 내가 쏴버렸지. 그럼 어쩌겠어? 처음부터 죽일 생각은 아니었어. 나를 몰아붙인 것은 매튜였다고.”

“죽일 마음은 없었던 것 이해해요.”

한나가 말했다.

“이해한다고?”

한나의 반응에 폴은 짐짓 놀란 듯했다.

“어떻게 내 말을 믿는 거지?”

"고등학교 때 미식축구팀에서 다 함께 전지훈련을 갔을 때 당신이 팠던 구덩이 때문이기도 해요."

그때 멀리서 전화벨 소리가 들렸다. 사무실에서 나는 소리 같았다. 한나가 전화를 받지 않으면 크누드슨 부인이 바로 경찰에 신고하실까? 확신이 서지 않았다. 우선은 폴에게 계속 말을 시켜 시간을 끄는 데에 집중해야 한다.

"당신이 구덩이를 파고 그 위를 낙엽으로 덮은 바람에 휴 퀼러가 구덩이에 빠져 다리가 부러졌잖아요. 그래서 사촌인 매튜 목사님이 휴를 대신해 쿼터백으로 출전할 수 있었구요. 그걸 보면 목사님을 좋아하고 있었던 게 맞아요."

폴은 웃음을 터뜨렸지만 그렇게 유쾌한 웃음은 아니었다.

"틀렸어, 자매님! 구덩이를 판 건 내가 아니야. 그저 발견한 거지. 그건 매튜를 위한 게 아니라 나를 위한 거였어. 휴는 나쁜 놈이었어. 팀에 있는 모두를 괴롭혔지. 자기 혼자만 잘났다고 뻐기고 코치도 연습 경기를 할 때마다 그놈이 우리를 마음대로 지적하고 훈계하도록 내버려뒀지. 그래서 전지훈련 때 내가 휴의 뒤를 쫒은 거야. 그놈은 그런 꼴을 당해도 싸! 다들 매튜의 짓이라고 그를 의심했으니 난 운이 좋았지. 어쨌거나 더 이상 시간 낭비하지 말자구."

폴이 총구를 가늠했다. 시간이 없다.

"잠깐만요!"

한나가 말했다.

"그 보석이 어디에 있는지 내가 알아요."

총을 들고 있는 폴의 손이 살짝 흔들렸다.

"뭐라고! 도대체 어디야?"

그가 소리쳤다.

“말하면 날 살려줄 거예요?”

한나가 물었다. 물론 폴이 그럴 리가 없다.

“물론.”

“그럼 내가 경찰에 신고하지 않을 거라고 믿는 거예요?”

그러자 폴은 한바탕 거칠게 웃어젖혔다.

“어림없지! 당연히 신고하지 못하도록 손을 써둬야 하지 않겠어?”

“어떻게요?”

한나가 물었다. 점점 상황이 위태로워지고 있었다.

“흠, 어디 보자.”

폴이 흥겨운 듯 말했다.

“누군가 우연히 네 외침을 듣고 널 발견해내기 전까지 여기에 가둬둘 수도 있지. 아니, 아니, 그보다 아예 소리도 못 지르도록 입에 재갈을 물려야겠어. 아주 교훈적인 경험이 될 거야. 네가 여기서 얼어 죽기 전에 너의 친구들이 과연 널 찾아낼 수 있을지 한 번 두고 보자구. 물론 상황에 따라 이야기는 달라지겠지만.”

“무슨 상황이요?”

한나가 물었다. 그의 이야기에 귀를 기울이고 있으면서도 한편으로는 그를 넘어트려 손에서 총을 떨어트릴 수 있는 좋은 방법이 없을까 고심하고 있었다. 그에게 공격을 가할 수 있을 만큼의 거리까지는 가까워졌다. 물론 한나가 행동을 취하는 즉시 그는 방아쇠를 당기겠지만, 운이 좋으면 치명상은 피할 수도 있다. 재빠르게 움직인다면 한두 발 정도밖에 쏘지 못할 것이다. 위험하긴 해도 지금 상황에서 벗어날 수 있는 기회를 만들기 위해서는 그 방법밖에 없다.

“모든 게 네가 정말로 보석의 위치를 알고 있느냐에 달려 있거든.”

그가 말했다.

"당연히 알고 있죠."

한나가 자신감 있게 말했다.

"당신이 보고 싶어할 만한 것을 내가 발견했거든요."

"뭐?"

한나는 이야기를 지어내며 총을 향해 좀 더 가까이 다가갔다.

"매튜 목사님이 세례단에 남기신 쪽지를 발견했어요. 누군가 결국은 보석을 찾으러 올 것을 미리 아시고, 그것을 어디에 숨겼는지……."

순간 종탑을 뒤흔드는 거대한 공명이 울려 퍼졌고 한나는 말을 멈추었다. 벽체를 흔드는 큰 소리에 한나가 그토록 우려하던 박쥐들이 잠에서 깨어 안 그래도 좁은 공간 위를 후드득 정신없이 날아다녔다. 한나는 잠시 주춤했다가 이내 정신을 차리고 상황을 살폈다. 소리의 정체는 바로 종이었다! 누군가 종을 치고 있는 것이다. 가까이서 듣는 종소리에 가히 귀가 먹어버릴 지경이었다.

폴은 종소리에 더해 박쥐를 피하기 위해 허리를 한껏 숙였다. 그때를 놓치지 않고 한나는 평소 좋아하던 바이킹 팀의 라인배커(스크럼 라인의 후방을 지키는 선수)처럼 무작정 앞으로 돌진하면서 미셸과 엄마가 이글에서 사람들 틈을 빠져나올 때 했던 것처럼 팔꿈치를 마구 휘저어댔다.

그를 향해 있는 힘껏 돌진한 결과 예상치 못한 일이 벌어졌다. 한나의 가격에 총이 폴의 손에서 떨어져 밧줄이 이어지는 바닥의 구멍을 향해 미끄러지기 시작한 것이다. 총은 가장자리에 걸치는가 싶더니 이내 구멍 속으로 쏙 빠져버리고 말았다. 그와 동시에 또 하나의 운이 따랐는데, 이건 보는 사람의 관점에 따라 행운일 수도, 불행일 수도 있겠다.

폴이 균형을 잃고 뒤쪽으로 비틀거리기 시작한 것이다. 그는 나름 팔을 저어 균형을 잡아보려 했지만, 이미 때는 늦었다. 끔찍한 비명 소리와 함께 그는 총과 같이 구멍으로 떨어져 버리고 말았다.

끔찍한 순간이 지나자 주변은 다시 고요해졌다. 그때 종탑 아래 종치기단에서 누군가가 한나를 부르는 소리가 들렸다.

"한나, 괜찮아?"

크누드슨 부인이었다.

"네, 부인은요?"

"나도 괜찮아. 총은 내가 갖고 있어. 폴도 내가 붙들고 있고."

"죽지…… 않았어요?"

한나가 물었다. 안도해야 할지 실망해야 할지 복잡한 기분이었다.

"죽진 않았지만, 의식을 잃었어. 다리가 부러진 것 같아. 마이크와 로니가 이리로 오고 있으니 걱정하지 마. 여기 올라오기 전에 경찰에 전화를 했거든. 금방 도착할 거야."

한나는 종탑 창밖을 내다보았다.

"경찰차가 보여요! 방금 고속도로에서 빠져나왔어요!"

한나가 외쳤다. 하지만 다리는 여전히 부들부들 떨리고 있었다. 이 다리로 사다리를 무사히 내려갈 수 있을까 걱정이었다.

"금방 내려갈게요."

사다리를 내려가는 첫 몇 걸음은 무척 힘이 들었지만, 그래도 간신히 균형은 잃지 않았다. 사다리의 마지막 칸에서 내려 마침내 종치기단에 당도한 한나는 여전히 떨리는 다리로 크누드슨 부인을 와락 껴안았다.

"제 목숨을 살리셨어요!"

한나가 말했다.

"종을 친 것뿐인걸. 내가 할 수 있는 것은 그것밖에 없었으니까. 내가 처음부터 매튜를 의심하는 바람에 한나가 이런 위험에 빠지게 된 거잖아. 그래도 진짜 매튜가 내가 의심했던 것을 모르고 간 게 다행이야. 정말 착한 아이였는데."

"그러게요."

크누드슨 부인이 이 모든 사건의 충격을 나름 잘 받아들인 것 같아 한나는 안심이 되었다.

"밥과 클레어가 돌아오는 대로 장례 예배를 올릴 생각이야. 매튜가 얼마나 좋은 사람이었는지 사람들에게 알렸으면 해. 십 대 때부터 말썽 한번 안 피웠는데."

크누드슨 부인이 잠시 말을 멈추고 한숨을 내쉬었다.

"근데 아까 폴이 매튜가 도난당한 보석을 숨겼다고 말한 것 같던데?"

"맞아요."

"오, 세상에! 어디에 숨겼는지 알 것 같아."

"정말이요?"

한나는 깜짝 놀라 물었다.

"아마 맞을 거야. 분홍색 소파. 우리 응접실에 있는 그 끔찍한 것 말이야. 쿠션 뒤에 공간이 있거든. 매튜가 우리와 함께 지낼 때 폴이 찾지 못하도록 저널을 거기에 숨겨놓곤 했어."

"저널이요?"

"옛날에 여자아이들은 일기를 썼지만, 남자아이들은 저널을 썼지. 사적인 이야기들을 쓰곤 하는 것 말이야. 근데 소파 쿠션 뒤라면 폴에게 들킬 염려가 없었어. 응접실에서는 내가 항상 여신도들을 불러 모아 모임을 열곤 하니까 성경공부나 자선행사 같은 데에 전혀 관심이 없었던 폴이 가까이할 리가 없었지."

그때 시끄러운 사이렌 소리와 함께 바퀴가 지면 위로 거칠게 미끄러지는 소리가 들렸다. 경찰차가 도착한 모양이었다. 드디어 도움의 손길이 당도한 것이다.

"형사로 나서도 손색이 없을 만큼 훌륭하세요."

한나가 말했다.

"종을 쳐서 제 목숨을 구해주셨을 뿐만 아니라 구멍에 빠진 총도 회수하고, 보석이 어디에 숨겨져 있는지도 알아내셨잖아요."

"고마워, 한나."

크누드슨 부인이 말했다. 나선형 계단을 오르는 발걸음 소리가 들렸다.

"경찰에 확인해 보라고 이야기하겠지만, 아마 내 생각이 맞을 거야. 이 정도면 다음 달에 아흔이 되는 할머니 치고는 꽤 정정하지 않아?"

"와우! 이게 다 뭡니까!

한나에게서 커피 컵을 받아들며 레이크 에덴 커뮤니티 도서관 한쪽 벽면에 차려진 쿠키와 디저트 뷔페에서 시선을 떼지 못한 채 마이크가 탄성을 질렀다.

"디저트를 얼마나 준비한 거예요?"

"열두 가지 정도요. 크누드슨 부인의 레드 데블스 푸드 케이크까지 포함해서요."

"어떻게 이렇게 많이 준비했습니까?"

마이크가 묻더니 이내 손을 뻗어 한나의 팔을 토닥였다.

"물론 불평하는 것은 아닙니다."

한나는 어깨를 으쓱했다.

"엄마가 계속 마음을 바꾸시는 바람에 지금껏 이야기 나왔던 디저트를 다 준비할 수밖에 없었어요."

"그래도 손님들은 무척 좋아할 겁니다. 디저트가 모두 사라져버리기 전에 얼른 서둘러야겠군요."

"걱정 말아요."

한나가 음료수 탁자 위를 덮은 테이블보를 들췄다. 안에는 베이커리 상자들이 빼곡히 차 있었다.

"레이크 에덴 사람들 전부가 충분히 먹을 수 있을 만큼 많이 준비했으니까요."

"거기에 강아지나 고양이들은 포함이 안 되는 겁니까?"

마이크가 장난스럽게 물었다.

"오, 녀석들이 먹기에도 충분할 거예요. 고양이 이야기가 나와서 말인데, 모이쉐가 어떻게 양말 뭉치를 옮기는지 미셸이 알아냈다는 이야기 내가 해줬나요?"

"아뇨. 설마 그 무거운 서랍을 녀석이 정말로 연 건 아니겠죠?"

한나는 고개를 가로저었다.

"그 위의 서랍을 열었어요. 스웨터를 넣어놓는 서랍 말이에요. 지난번에 내가 스웨터에 묻은 모이쉐 털을 떼어내는 것을 보고 미셸이 단서를 얻었대요."

"그럼 모이쉐가 스웨터 서랍을 열고 안에 들어갔다고 칩시다. 그럼 양말은 어떻게 건드린 겁니까?"

"아래 양말 서랍에서 그야말로 낚시질을 한 거죠."

"그럼 앞발로 양말을 낚아챘단 말인가요?"

"네, 바로 그거예요. 양말 뭉치를 집어 올릴 만한 공간이 있었거든요. 그렇게 꺼낸 양말 뭉치를 물고 서랍에서 뛰어내려 부엌 냉장고 위에 올려둔 거죠."

마이크가 웃음을 터뜨렸다.

"그 녀석, 정말 인물이군요!"

"못 말리죠."

"그래서 이젠 어떻게 할 겁니까? 양말을 다른 서랍에 넣기로 했습니까?"

"아뇨, 그냥 그대로 둘 거예요. 미셸이 모이쉐의 범행 현장을 직접 목격했는데, 꽤 재미있어하는 것 같았대요. 어차피 매일 아침 양말은 꺼내 신으니까 서랍에서 꺼내는 대신 냉장고 위에서 집어 신죠, 뭐."

"잠깐만요."

마이크가 인상을 찌푸렸다.

"그럼 스웨터 서랍은 어떻게 된 겁니까? 서랍이 열려 있는 것을 분명 한나가 보았을 텐데 그동안 이상하다는 생각을 안 했단 말이에요?"

"서랍이 열려 있는 것을 한 번도 못 봤어요. 모이쉐가 냉장고 위에 양말을 올려둔 다음에 꼭 다시 돌아와 서랍을 닫았던 것 같아요."

"자기 흔적을 그렇게 철저히 지울 만큼 똑똑한 고양이라니, 믿을 수가 없습니다."

마이크가 고개를 가로저었다.

"글쎄요. 집에 돌아가 보면 냉장고 위에는 양말 뭉치가 올라가 있고, 서랍은 아무 일 없이 꼭 닫혀 있으니 달리 설명할 방법이 없네요."

마이크는 잠시 생각에 잠겼다.

"그렇긴 하군요."

그가 마침내 인정했다.

"모이쉐는 내가 지금껏 잡아들인 그 어느 도둑보다도 똑똑한 것 같습니다. 참, 폴을 체포해서 경찰서로 이송했는데, 피트 넌크의 구관조보다 더 많은 이야기를 해 주더군요."

"공범이 누구인지 불던가요?"

한나가 물었다.

"그것도 포함해서 많은 것을 털어놓았습니다. 이번 절도건 말고도 세 건이나 더 범행을 저질렀지 뭡니까. 근데 녀석에게 벌을 줄 건가요?"

"폴이요?"

한나가 의심스러운 눈초리로 물었다.

"아뇨, 모이쉐 말입니다. 결국 녀석이 한나의 양말을 훔친 것이 아닙니까. 경범죄 정도는 해당됩니다."

"그렇게 심각하게 볼 일이 아니에요. 그냥 고양이의 장난인걸요. 사실 난 오히려 녀석이 서랍을 원래 자리로 집어넣은 것이 생각할수록 대견해요. 그래서 녀석에게 착한 고양이 케이크를 선물할 생각이에요."

"뭐요?"

"착한 고양이 케이크요. 아, 이번에는 똑똑한 고양이 케이크로 이름 붙여야겠네요."

"어떻게 만드는 겁니까?"

"삼단 케이크인데, 잘게 다진 닭고기, 칠면조, 연어를 패티로 만들어요. 그리고 그 위에 크림치즈와 고양이 간식으로 장식을 하는 거죠. 모이쉐가 좋아하는 물고기 모양의 연어맛 크런치를 올리곤 해요."

"맛있을 것 같군요."

"네, 한 번에 조금씩 먹이는데 정말 좋아하더라구요. 어차피 녀석이 다 먹기에는 양이 많으니 커들스에게도 먹일 수 있도록 노먼에게 나눠줘야겠어요."

문득 들려온 챙챙 소리에 두 사람은 동시에 고개를 돌렸다. 나이트 박사가 사람들의 주의를 집중시키기 위해 숟가락으로 샴페인 잔을 가볍게 두드리고 있었다. 실내가 조용해지자 그가 목청을 가다듬었다.

"레이크 에덴의 훌륭한 작가, 딜로어 스웬슨, 필명으로는 그 유명한 캐스린 커크우드를 소개하게 되어 영광입니다. 인사말 몇 마디 정도 어때, 로리."

또다. 박사님이 엄마를 로리라고 부르고 있다. 이 상황을 도대체 어떻게 해석하면 좋을까 고심할 사이도 없이 엄마가 입을 열었다.

"고마워. 오늘처럼 중요한 날 사랑하는 친구들이 이렇게 와 주니 정말 기쁘군요. 얼마 전 출판사에서 아주 놀라운 소식을 전해주었는데, 여러분들과 함께 나누고 싶습니다. 저의 첫 번째 레전시 로맨스 소설인 'A Match For Melissa'가 독자들에게 호응이 좋아서 곧 e-book으로도 출시된다고 하네요, 정말 멋지지 않나요?"

한나를 포함해 모두가 박수를 쳤다. 전자책은 첨단 문물에 익숙한 사람들에게 뿐만이 아니라 대중적으로도 큰 인기를 얻고 있었다. 심지어 크누드슨 부인도 전자책 독자였다. 응접실에 앉아 전자책을 읽는 모습을 한나도 본 적이 있다.

"저의 새로운 책 'A Season For Samantha' 역시 곧 e-book으로 출시될 예정이랍니다. 사실 e-book에 단점이 딱 하나 있는데, 그건 바로 사인을 해 드릴 수 없다는 거죠. 다행히 오늘 마지가 저의 신간을 가지고 나왔으니, 원하시는 분께는 얼마든지 사인을 해 드리겠습니다."

엄마가 사서인 마지 비즈먼 쪽을 가리켰다. 마지는 입구 옆에 놓인 탁자에 책을 가득 쌓아놓고 출판 기념회를 찾은 손님들에게 분주하게 판매하고 있었다.

"아주 잘 팔리네요."

마이크가 한나를 향해 씩 웃으며 나지막이 속삭였다. 그러고는 자신의 재킷 주머니를 툭툭 두드렸다.

"나도 벌써 하나 구매했습니다. 근데 헌정사 봤어요?"

한나는 고개를 가로저었다.

"디저트 챙기느라 바빠서 아직 못 봤어요. 뭐라고 적혀 있어요?"

"그게……."

마이크가 주머니에서 책을 꺼내 헌정사 페이지를 넘겼다.

"일일이 나열할 수 없는 수많은 이유들로 말미암아 나이트 박사에게 이 책을 바친다."

 374

"정말이요? 도대체 두 분, 뭔지 궁금하네요."

"나도 마찬가집니다. 사실 그 때문에 여기 왔어요. 미셸과 안드레아에게 물어봤지만, 두 사람도 모른다고 하더군요. 한나가 직접 물어보면 어떻겠어요?"

"아무래도 그래야 할까 봐요."

"우리도 궁금해요."

누군가의 목소리가 들렸다. 한나가 고개를 돌리니 짧은 금발머리에 통통한 체격, 동그란 금테 안경을 코끝에 걸친 여자가 장내가 다 환해질 만큼 밝은 미소를 짓고 서 있었다. 그 옆에는 붉은빛이 도는 갈색머리에 호리호리한 상체, 그리고 그에 비해 마라톤 선수처럼 길고 튼튼한 다리를 가진 남자도 함께였다.

"안녕하세요, 알드리치 박사님."

마이크가 금발의 여자에게 인사를 건넨 뒤 남자를 돌아보았다.

"맷슨 박사님. 여기서 만나뵙게 되다니 반갑습니다."

"딜로어의 출간기념 파티인데 당연히 와야지요."

금발이 말했다.

그러자 남자도 고개를 끄덕였다.

"그럼요. 병원에서 거의 매일 만나는걸요."

"여기는 한나 스웬슨이에요. 스웬슨 부인의 딸입니다."

마이크가 한나를 소개하며 한나 쪽으로 고개를 돌렸다.

"여기는 말린 알드리치 박사님, 그리고 여기는 벤 맷슨 박사님이에요. 나이트 박사님의 새로운 인턴이죠."

"만나서 반갑습니다."

한나가 두 사람을 향해 인사를 건넨 뒤 벤을 향해 고개를 돌렸다.

"그럼 박사님도 헌정사의 의미를 모르시는 거네요?"

벤이 고개를 가로저었다.

"레인보우 레이디즈와 관련이 있는 게 아니라면요."

"어쩌면 정말 그것 때문인지도 몰라요."

말린이 나섰다.

"우리 환자들을 위해 훌륭한 일을 하시는 분들이니까요. 딜로어도 박 사님과 함께 매일같이 일정을 짜면서 환자들의 필요 사항을 해결해 주고 계시니까요."

한나는 어쩐지 묘한 기분이 들었다. 매일 만나서 일 이야기를 하는 것 은 좋다. 하지만 과연 일 이야기만 진행되었던 것일까? 수년째 친구 사 이로 지내오던 두 분 사이에 한나가 미처 알지 못한 새로운 무언가가 시 작된 것은 아닐까?

말린에게 커피를 따르고, 벤에게 주스를 따라주는 가운데서도 한나는 좀처럼 걱정스러운 마음을 지울 수가 없었다. 두 인턴이 자리를 뜨자 한 나는 마이크를 돌아보았다.

"혹시 엄마가 어디 아프신 건 아닐까요?"

마이크는 어깨를 살짝 으쓱했다.

"글쎄요. 편찮아 보이시는 것 같진 않지만, 건강이란 알 수 없으니 말 입니다. 한나가 이렇게 걱정을 하니 헌정사 이야기를 괜히 꺼냈나 싶군 요. 미안해요."

"괜찮아요. 마이크가 이야기하지 않았어도 어차피 오늘 밤에는 알게 됐을 텐데요. 오히려 미리 알게 되어서 다행이에요. 파티 끝난 뒤에 엄마 랑 단둘이 이야기를 좀 해야겠어요."

착한 고양이 케이크

오븐은 175도로 예열하세요. 틀은 오븐의 중앙에 둡니다.

재료

다진 닭고기 1파운드(454g) / 다진 칠면조 1파운드

분홍살 연어 통조림 1개(413g)*** / 거품 낸 계란 1개

크래커 부스러기 1/4컵 / 크림치즈 24온스(672g)(벽돌 모양 포장을 구입하세요)

장식을 위한 다채로운 색상의 고양이 간식 꾸러미 1개

*** 선물로 준비하는 케이크라 좀 더 화려한 색상으로 꾸미고 싶다면, 비교적 저렴한 분홍살 연어 대신 붉은살 연어를 사용하세요. 연어 통조림의 물을 따라버린 뒤 회색 껍질을 벗겨 손질하면 됩니다. 고양이들이야 회색 껍질 같은 것 상관하지 않겠지만, 고양이 주인들은 은근히 신경 쓸 수도 있거든요.

만드는 법

1. 이 케이크를 만들기 위해서는 파이용 접시 3개 혹은 레이어 케이크 팬 3개가 필요합니다(저는 1회용 팬을 사용했어요).

2. 3개의 팬에 들러붙음 방지 스프레이를 뿌립니다.

3. 첫 번째 팬 바닥에 다진 닭고기를 넣고 골고루 펴줍니다.

4. 두 번째 팬 바닥에 다진 칠면조를 넣고 골고루 펴줍니다.

5. 연어 통조림의 물을 따라낸 뒤 취향에 따라 뼈와 회색 껍질을 제거합니다.

6. 연어살을 종이타월로 두드려 물기를 닦아낸 뒤 작은 볼에 잘게 쪼개어 넣습니다(믹서기에 넣어 돌려도 됩니다).

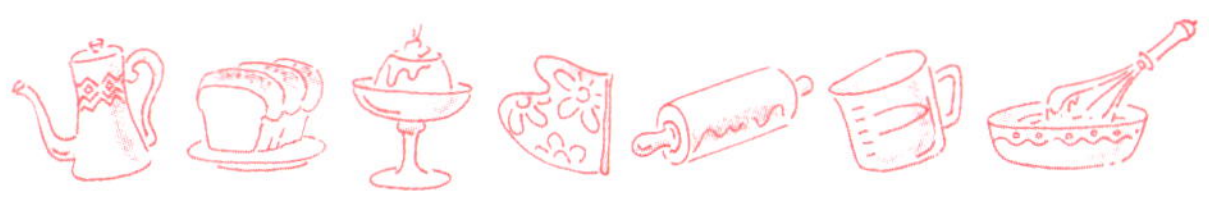

7. 거품 낸 계란을 넣습니다(이 과정 또한 믹서기를 사용해도 됩니다).

8. 크래커 부스러기를 넣습니다(믹서기가 있으면 편하겠죠).

9. 연어와 계란, 크래커 부스러기가 잘 섞였으면, 세 번째 팬에 넣고 바닥을 고르게 펴 줍니다.

10. 세 개의 팬을 오븐에 넣고 175도에서 25~30분간 구워줍니다.

11. 잘 구워진 팬을 오븐에서 꺼내 요리용 스포이드를 사용해 기름을 빼낸 다음 완전히 식힙니다. 다 식었으면 위에 비닐랩을 덮고 적어도 1시간 이상 냉장고에 보관합니다.

12. 착한 고양이 케이크를 조합하기 위해서는 우선 프로스팅을 만들어야 합니다. 크림치즈를 중간 크기의 볼에 넣고, 전자레인지에 '강' 으로 30초간 돌립니다.

13. 크림치즈를 한 번 저어보고 아직도 단단한 부분이 남아 있으면 15초 정도 더 돌려주세요. 케이크 위에 펴 바를 수 있을 정도까지 녹아야 한답니다.

14. 팬에서 닭고기 혹은 칠면조 패티를 꺼내 케이크 접시에 얹고, 그 위에 프로스팅을 바릅니다.

15. 다음으로 연어 패티를 팬에서 꺼내 중간에 얹고 아까보다 좀 더 풍성하게 프로스팅을 바릅니다.

16. 나머지 패티를 팬에서 꺼내 연어 위에 올린 뒤 프로스팅을 아까보다 더 많이 바릅니다. 이번 층이 마지막이기 때문에 주걱이나 프로스팅용 나이프를 사용해 옆면까지 모두 프로스팅으로 덮어야 합니다.

17. 고양이 간식을 사용해 케이크 위를 장식합니다. 나름의 예술적 기질을 발휘해 깜찍하게 꾸며보세요(사실 고양이들은 장식의 예술성 같은 건 따지지 않을 테지만요).

18. 이 케이크는 선물하기 전까지 꼭 냉장 보관을 해야 한답니다.

한나의 세 번째 메모: 프로스팅 때문에 아주 깊은 맛이 나는 케이크랍니다. 그러니 고양이에게 먹일 때는 아주 조금씩 떠서 주세요.

프로스팅이 남았으면 잼이랑 조금 섞어
다음 날 아침 토스트에 발라 먹어 보세요.
아, 설마 지금 고양이 음식을 먹는다고 얼굴 찌푸리고 계신 건
아니죠? 크림치즈는 물론 고양이들도 좋아하지만, 사람이 먹어도
무방한 음식이랍니다! 잊으셨어요?

파티가 거의 끝날 무렵에서야 노먼이 도착했다. 그는 곧장 한나에게로 다가와 한나의 서빙이 끝날 때까지 기다렸다.

"잠시 단둘이 이야기 좀 할 수 있을까요?"

노먼이 물었다.

그의 어두운 표정을 보자 한나의 머릿속에 또다시 경고의 등불이 깜빡였다. 정말로 뭔가 나쁜 일이 생긴 게 분명하다. 예전부터 예감하고 있었지만, 오늘 그의 얼굴을 보니 강한 확신이 들었다. 노먼은 지금 무언가 힘든 상황에 처해있는 것이다.

"저쪽으로 가요."

한나는 리사에게 서빙 테이블을 대신 맡아달라고 손짓을 한 뒤 앞치마에서 마지의 도서관 열쇠를 꺼냈다. 그러고는 노먼을 마지가 사무실로 사용하는 조그마한 방으로 안내한 뒤 잠긴 문을 열었다.

방 안에는 벽 쪽으로 의자 두 개가 놓여 있었다. 한나는 의자 한 개에 쌓인 책 더미를 옮기고, 다른 하나에 가득 쌓인 서류더미 역시 다른 곳으로 치웠다.

"앉아요, 노먼."

한나가 의자에 앉으며 다른 한 개의 의자를 가리켰다.

"아…… 정말 한나에게 어떻게 이야기해야 좋을지 모르겠어요."

노먼이 입을 열었다. 하지만 이내 다시 말을 삼키고는 여러 번 목청을 가다듬었다.

"괜찮아요."

한나가 애써 미소를 지어보였다. 하지만 사실 한나 역시 긴장되기는 마찬가지였다.

"편하게 말해봐요."

"커들스를 다른 집으로 보내야 할 것 같아요."

노먼이 힘들게 침을 삼켜 내렸다. 그의 목소리가 떨리고 있었다.

"그녀에게 알레르기가 있거든요."

"누구요?"

한나의 입에서 저도 모르게 질문이 터져 나왔다. 한나의 질문에 노먼의 표정이 더욱 일그러졌다. 한나는 묻지 말 걸 하고 후회했다.

"베브요."

노먼이 대답했다. 그의 대답이 마치 해골과 뼈로 그려진 해적선 깃발처럼 높다란 바다 위에서 펄럭이며 음울한 위협을 알리고 있었다. 끝날 것 같지 않은 침묵이 이어지고, 마침내 한나가 다시 입을 열었다.

"베브 박사 말이군요."

한나가 살짝 고개를 끄덕이며 말했다.

"네."

노먼의 눈이 금방이라도 눈물을 흘릴 듯 반짝였다. 그는 한나가 모이쉐를 좋아하는 것만큼이나 커들스를 아꼈다.

"그럼 베브 박사가 집에 올 때에만 커들스를 잠깐 우리 집에 맡기면 안 돼요?"

"그건 어려울 것 같아요. 그러니까 한나가 잠시 맡아줄 수 있을까요? 커들스를…… 사랑하고 아껴줄 새 주인을 찾을 때까지만요."

“그렇다면 다른 사람 찾을 필요 없어요.”

한나가 재빨리 말하며 그의 손을 잡았다.

“내가 있잖아요. 내가 커들스를 맡아 키울게요. 모이쉐도 커들스를 좋아하고, 나도 마찬가지니까요. 내가 가게에 나가 있는 동안 둘이 좋은 친구가 될 거예요.”

“오, 한나! 그렇게 해 준다면 정말 바랄 게 없어요! 이게 나한테 어떤 의미인지 한나는 모를 거예요! 한나는 정말 좋은 사람이에요…… 정말…… 정말 진심으로 사랑해요!”

베브 박사를 위해 아끼던 고양이까지 내보내면서 나를 사랑한다고? 정말로 미스터리한 일이 아닐 수 없었다. 하지만 한나는 지금 그런 이야기를 꺼내고 싶진 않았다. 분명 뭔가 그럴 만한 이유가 있을 것이다. 하지만 직접 묻지 않고서는 답을 얻을 수 없으리라.

“근데 이해가 안 돼요, 노먼. 왜 꼭 커들스를 보내야 해요? 노먼이 베브 박사의 집으로 가는 방법도 있잖아요.”

“그게…….”

노먼이 또다시 멈칫했다. 그의 얼굴이 고통스럽게 일그러졌다.

“그게…… 왜냐하면 베브가 우리 집으로 이사를 들어와야 하니까요.”

그는 다시 말을 멈추고 가쁘게 숨을 몰아쉬었다.

“정말이지 이것만큼은 한나에게 알리고 싶지 않았어요. 좀 더 다르게 전할 방법은 없을까 고심했는데…… 사실…… 사실 나 베브와 결혼해야만 해요.”

한나는 믿을 수 없다는 표정으로 그를 쳐다보았다. 노먼 역시 어두운 낯빛으로 한나를 바라보았다. 마치 영원과도 같은 침묵의 시간이 흐르고 한나가 가까스로 입을 열었다.

“베브 박사와 결혼을 해야만 한다구요?”

"네, 베브가 최후통첩을 했어요. 결혼해 주지 않으면 평생 다이애나를
만나지 못하게 하겠다구요."

잠깐만! 지금 도대체 뭐가 어떻게 흘러가고 있는 거지?! 한나의 심장
이 외치고 있었다. 하지만 차마 입이 떨어지지 않아 물을 수가 없었다.
한나는 대본 없이 드라마의 한 장면을 연기하고 있는 여배우가 된 듯한
기분이었다.

"다이애나라니, 다이애나가 누구예요?"

한나가 마침내 물었다.

노먼은 땅이 꺼질 듯 깊은 한숨을 내쉬었다.

"약혼이 깨졌을 때 베브는 임신한 상태였어요. 하지만 나한테는 이야
기를 해 주지 않아서 최근까지 몰랐죠. 다이애나는…… 내 딸이에요."

악마의 케이크 살인사건

2011년 12월 20일 초판 발행

지은이   조앤 플루크
옮긴이   박영인
펴낸이   이경선
펴낸곳   해문출판사

등 록   1978년 1월 28일 제3-82호
주 소   서울시 서초구 서초동 1328-11 도씨에빛 2차 1420호
전 화   325-4721(대표)
팩 스   325-4725

값 13,000원
ISBN 978-89-382-0424-0
ISBN 978-89-382-0400-4(세트)

※ 잘못 만들어진 책은 구입하신 곳에서 바꾸어 드립니다.

국립중앙도서관 출판시도서목록(CIP)

악마의 케이크 살인사건 / 조앤 플루크 지음 ; 박영인
옮김. -- 서울 : 해문출판사, 2011
    p. ;   cm. -- (Cozy mystery)

원표제: Devil's food cake murder
원저자: Joanne Fluke
영어 원작을 한국어로 번역
ISBN 978-89-382-0424-0 04840 : ₩13000
ISBN 978-89-382-0400-4(세트)

추리 소설[推理小說]
미국 현대 소설[美國現代小說]

843.5-KDC5
813.54-DDC21   CIP2011005311

"네, 베브가 최후통첩을 했어요. 결혼해 주지 않으면 평생 다이애나를 만나지 못하게 하겠다구요."

잠깐만! 지금 도대체 뭐가 어떻게 흘러가고 있는 거지?! 한나의 심장이 외치고 있었다. 하지만 차마 입이 떨어지지 않아 물을 수가 없었다. 한나는 대본 없이 드라마의 한 장면을 연기하고 있는 여배우가 된 듯한 기분이었다.

"다이애나라니, 다이애나가 누구예요?"

한나가 마침내 물었다.

노먼은 땅이 꺼질 듯 깊은 한숨을 내쉬었다.

"약혼이 깨졌을 때 베브는 임신한 상태였어요. 하지만 나한테는 이야기를 해 주지 않아서 최근까지 몰랐죠. 다이애나는…… 내 딸이에요."

악마의 케이크 살인사건

....

2011년 12월 20일 초판 발행

지은이　조앤 플루크
옮긴이　박영인
펴낸이　이경선
펴낸곳　해문출판사

등　록　1978년 1월 28일 제3-82호
주　소　서울시 서초구 서초동 1328-11 도씨에빛 2차 1420호
전　화　325-4721(대표)
팩　스　325-4725

....

값 13,000원

ISBN 978-89-382-0424-0
ISBN 978-89-382-0400-4(세트)

※ 잘못 만들어진 책은 구입하신 곳에서 바꾸어 드립니다.

국립중앙도서관 출판시도서목록(CIP)

악마의 케이크 살인사건 / 조앤 플루크 지음 ; 박영인
옮김. -- 서울 : 해문출판사, 2011
　　p. ;　　cm. -- (Cozy mystery)

원표제: Devil's food cake murder
원저자: Joanne Fluke
영어 원작을 한국어로 번역
ISBN　978-89-382-0424-0 04840 : ₩13000
ISBN　978-89-382-0400-4(세트)

추리 소설〔推理小說〕
미국 현대 소설〔美國現代小說〕

843.5-KDC5
813.54-DDC21　　　　　　　　CIP2011005311